这个故事发生在非常年代。一对年轻人的生死之恋，历尽坎坷，又遭受恶势力伤害，最终导致凄婉惨烈的结局。这个爱情大悲剧，人猴共舞，人魔同歌，在现实与荒诞交织的艺术世界中，演绎着人与兽、善与恶、美与丑的冲突。构思奇妙精巧，情节波谲云诡，以饱蘸激情的笔墨，剖析着人类的原始本性。这部优秀的作品，必将令您产生心灵的共鸣与震撼。

非常年代的非常爱情

季仲□著

作家出版社

人类来源于动物界这一事实已经决定人永远不能完全摆脱兽性，所以问题永远只能在于摆脱得多些或少些，在于兽性或人性程度上的差异。

——恩格斯《反杜林论》

只要我们首先想到我们的祖先是猿猴，我们便可以从目前尚存的猴类动物的社会组织形式中受到一些启迪。

——德斯蒙德·莫里斯《人类动物园》

目　录

第一章　人猴结怨

每天傍晚，吴希声陪孙卫红孙小姐去村外散步，一路上都有人跟他打招呼："喂，小吴，又陪你婆娘子去溜达啊！""哇，吴希声，跟你的小媳妇多亲热！"吴希声边走边笑边点头。那张斯文清瘦的脸，有些腼腆，有些涨红。枫树坪的女人们都说他长得很秀气。

其实，孙卫红不是个人，而是吴希声驯养的一只金丝猴。那个年代，年轻人喜欢改名字，把爷爷奶奶爹妈师长查家谱翻词典搜索枯肠绞尽脑汁起的好端端的名字，硬是改成卫彪、卫青、学彪、学青什么的。吴希声随了大流，给小母猴起名"孙卫红"。嘿，多棒的名字，又革命又响亮。孙卫红！孙小姐！知青们都亲亲热热这么叫，几乎把它当成知青楼的一员了。枫树坪的乡亲们很有幽默感，不爱直呼其名，常常戏谑地叫它做吴希声的婆娘子、小媳妇。

吴希声的确很疼孙卫红。也许今生有缘吧，三年前，吴希声第一眼见到这只小猴崽就喜欢它，心疼它。那天，吴希声到枫溪镇办事，路过圩场，看见一个耍把戏的江湖客手牵一只金丝猴，高声叫卖猴骨膏和大力丸。那只小猴崽可能还不上两岁吧，个儿很小，瘦骨伶仃，浑身脏兮兮的，脖颈和背脊上的细毛都黏结成团了。然而它很机灵，很活泼，一只前爪拎面小铜锣，另一只前爪握根小木棒，当当当敲打着，弯腰驼背直立起来转圈圈。只要它稍有怠慢，主人手上的竹梢鞭子就劈头盖脸抽过来，一声呼啸，抽出一声惨叫，吴希声心头也像挨了一鞭子，生生地痛了一下。吴希声闭上眼，不敢看，脑子里一片血光。只觉得那只小猴崽被砍了头，褪了毛，连皮带肉吃个精光，剩下一堆骨头，又扔进汤水沸腾的铁锅里熬成猴骨膏。过些天，它也会被主人捧到这街头来叫卖。

吴希声一直看到散场，缠住那个江湖佬，掏出他哥刚寄给他的十块钱（在当时这可不是个小数目，足够籴两担大米），买下这只丑陋不堪的金丝猴。

回到枫树坪知青楼，吴希声花了小半天工夫和一大块香皂，给金丝猴洗了个温水澡。他这才看清，小猴崽的红屁股下少了个零件，原来是个小妞儿。随后，又抱到晒谷坪上晒日头。小母猴吹着小凉风，一会儿把浑身的猴毛晾干了，在阳光下金光闪耀。它的火眼金睛是双眼皮的，一盼一顾流露出母性的温柔。塌鼻尖腮的瘦脸上，有一片三角形白毛，像戏台上的三花脸那么逗人喜爱。吴希声发现它身上有许多寄生虫，用一把小篦梳给它梳头，梳背，梳腿，梳尾巴，全身梳了个遍，篦下一大把白花花的虱子卵，掐死的虱子不计其数，弄得他双手的大拇指臭烘烘、血糊糊的。往后，吴希声从牙缝里省口粮，又上山采野果，像母亲哺育幼儿一样饲养孙卫红。慢慢地，这只骨瘦如柴的小猴崽就出落成一只丰满漂亮的猴小姐。

在吴希声的调教下，孙卫红变得格外聪明伶俐，善解人意。只要吴希声一声招呼，一个手势，它忽地从吴希声身前跳开，忽地又蹦上吴希声肩头，还龇牙咧嘴抛媚眼，唧唧叽叽讲猴语，把乡亲们逗得大乐。全村老少便都喜欢它。这个给它一根苞谷，那个给它一把青豆。叫它敬礼，它就敬礼，叫它作揖，它就作揖；至于翻跟斗、钻火圈、推小车、敲锣打鼓转圈圈，都是拿手好戏。最常表演的一大绝技，是知青们唱起语录歌，它竟能踩着节拍跳

"忠"字舞；知青们高呼敬祝万寿无疆，它立马双腿并立，一只前肢举到额前，作毕恭毕敬状。真他妈的成了猴精了！

但是，孙卫红也给知青们带来不少负担。它那张不停不歇的尖嘴，每天消耗的食物决不亚于一个后生哥。吴希声便常常牵着它到村外的树林里溜达，让它讨些野果填饱肚子，免得透夜透夜地唧唧鬼叫。

这天傍晚，吴希声又去村外林子里练琴遛猴。他左肩背着琴匣，右手牵着孙卫红，晃晃悠悠出了知青楼。一条枫溪从门前静静流过，把枫树坪分割成东村和西村。枫溪两岸是挤挤挨挨的枫树林，深秋把溪水烧得一片彤红，春天把枫溪染成一溪碧绿。眼下刚刚入秋，几阵霜风一吹，枫林初染，枫溪就流成了一条熠熠闪光的金溪。缘溪而上，是一座半圆形的石砌拱桥，过了桥，有座积满了米糠和尘土的灰蒙蒙的石碓，碓下旋转着一台水车，咿咿呀呀的，讲说着永远讲说不完的故事，吟唱着永远吟唱不完的歌。离水碓不远，有个浓阴如盖的溪埠头，排列着许多圆润溜光的捣衣石。一到向晚，溪埠头便热闹起来，喧嚷起来。女人们都来这里浣衣洗菜清涮农具家什，同时说三道四，家长里短，交流着乡间各种信息。那是村妇们每日一次不请自到无拘无束的民间聚会。

吴希声穿过村街，像穿过一条长长的画廊，一步一景，美不胜收。这古朴清幽的山村风光，在繁华的大城市可是从来也无缘领略的。因此，每到这个时候，吴希声郁闷的心情总会变得稍稍的轻松起来，嘴里就轻轻哼起莫扎特的小提琴曲。这是他终生难改的习惯，无论何时，他的脑子里总是飞扬着一些古典名曲的音符。可是，今天他刚刚出了村，就被一个突如其来的声音喝住了。

"喂，到哪里去闲逛？"

迎面走来公社主任刘福田。他来枫树坪大队蹲点好些天了，年纪不大，官架子蛮大，知青们都有些怕他。这会儿刘福田脸无笑容，打招呼又没名没姓的，吴希声吓了一跳，预感到这家伙要挑岔子，连忙站下回道："刘主任，您好！今天队里没活，我到村外随便溜达溜达。"

"哼，随便溜达溜达？"刘福田斜着眼睛打量吴希声，"你看你看，一手牵着猴哥，一手拎着提琴，成嘛咯①体统！"

"这……"吴希声十三岁就摘取过上海少年小提琴大赛桂冠，来到枫树坪插队，也常常琴不离手，还从来没人指责过他哩。我拎着提琴碍着谁了？怎么就不成体统了？

"队里没活，你不会自己找些活干？比如访贫问苦呀，出黑板报呀，写标语呀，该干的事多着呢，哼，你就知道东游西逛，游手好闲！"

吴希声觉得这话有些过分，心里抵触，又不敢顶撞新来的主任，就那么呆呆地站着。

"还有，听说你们那个夜校也办得很不景气。三天打鱼，两天晒网，上学的人稀稀拉拉。你就不会挨家挨户去动员，能多来一个算一个。"刘福田继续发话，像教训自己的孙子，"吴希声，我把丑话说在前头，如果两年内枫树坪摘不了文盲村的帽子，这个夜校教师你就别想干了。"

吴希声像个犯了错误的小学生，一直乖乖地站着，只能用沉默作为对抗的武器。刘福田看见吴希声战战兢兢的，像老猫玩弄一只小老鼠，心里无比快活。"吴希声呀吴希声，我到任虽然不久，全公社十五个大队都跑遍了，我们公社三百多号知识青年，还没见过像你表现这么次的。你也不想想，你老子还关在学习班受审查，你一个可以教育好的子女，还这样吊儿郎当，懒懒散散，不好好改造，脱胎换骨，你有嘛咯前途哟？"

"是，是，刘主任！"

一听到家庭问题，吴希声就心里发怵，自觉矮人三分，说话的声音更轻更细了，像只蚊子一样哼哼着。吴希声知道，当领导

───────────────

① 客家方言，什么的意思。

吴希声一手拎着小提琴，一手牵着孙卫红，晃晃悠悠出了知青楼。

的都有权力对自己打官腔，都喜欢用这种方式给对方施加压力，为自己建立权威。而他，只有乖乖挨训的份。但是，孙卫红是齐天大圣的后代，每根毫毛都充满了叛逆精神。它看惯了乡亲们对它的主人和和气气，亲亲热热，还从未见过谁会凶巴巴地跟吴希声讲话。开始，孙卫红只是龇龇牙、咧咧嘴，刘福田根本不放在眼里；接着，孙卫红狂躁地来回走动，唧、唧、唧地发出警告，刘福田也不予理睬。又继而，孙卫红看见刘福田唾沫四溅，眼露凶光，而吴希声老是一副勾头耷脑、无比委屈的样子，便心中有气，胸中起火。然而，孙卫红情绪的变化，刘福田和吴希声都毫无觉察。真是说时迟，那时快，只见孙卫红箭一样射过去，对准刘福田那只比比画画的胳膊，咔嚓咬了一口。

"哎哟！"刘福田惊叫一声，一下蹦开了，"反了，反了！看我捶死你这该死的畜生！"

"文革"中搞"清理阶级队伍"有句名言，叫"稳、准、狠"。孙卫红的突然袭击也做到了"稳、准、狠"。它蹭地一家伙，就把刘福田那只比比画画的右手腕撕开个小口子，血珠子像喷泉一样涌出来。刘福田痛得嗷嗷鬼叫，在路边抄起一根木棍，狂挥乱砸。吴希声忽然也变得像猴哥一样机灵，三步两步跳开了。孙卫红站在吴希声肩上冲刘福田狞笑，双方虎视眈眈地对峙着。

刘福田大声喝道："把猴哥交给我！"

吴希声连连打拱作揖："刘主任，我给你赔不是了！对不起！对不起！请你饶了它吧！"

刘福田加重了命令的口气："快！快！吴希声，把猴哥交给我！"

"不，不，不！"吴希声也不知哪来的勇气，撒开脚丫子猛跑起来，一下子把刘福田抛下老远。

刘福田追了一段路，没能撵上，一边喘气一边撕破了嗓门吆喝道："站住！站住！吴希声，你逃得了今天，还躲得过明天？快快把猴哥交给我，我要把这畜生一刀宰了下酒吃！"

吴希声在小路上猛跑飞奔。山野的狂风，裹着刘福田的怒吼，像子弹一样呼啸追来。

刘福田上任不久，就扛起铺盖卷来枫树坪大队蹲点。他扯旗放炮对外宣布的理由，是要改变枫树坪的落后面貌。至于他肚里的心思，只有他自己知道。

刘福田已经二十六七岁，到了想女人的年龄。不是一般想，偶尔想，而是夜夜想得寝不安席，想得心里发烧。原来也只是泛泛地想，没有既定目标。一来枫溪镇，一个青葱水嫩的山妹子一下就勾去他的魂。

公社召开夏收夏种动员大会那天，镇子上举办联欢晚会。演员都是各大队的文娱活动积极分子，节目都是"文化大革命好"、"人民公社好"这一类对口唱、锣鼓唱和采茶舞、插秧舞。没有布景，没有乐队，连衣着化妆也是马马虎虎的。几个小郎哥细妹子穿上一件干净衣衫，脸上抹点胭脂扑点粉，就上台又扭又唱，也能把那些终年看不上电影看不上戏的泥腿子社员乐得合不拢嘴。刘福田可是见过大世面，看得不过瘾，不断皱眉咂舌，评头论足。好容易熬到压轴节目，是山歌独唱。一个二十来岁的山妹子往台上一站，"韭菜开花一杆子心，剪掉髻子当红军……"清亮亮的歌声在山村的夜空飞扬，一下子把刘福田震住。这山妹子不施脂粉，清水素面，一件暖红色的斜襟短衫却把她映照得鲜亮无比。她双颊有两个小酒窝，仿佛盛满了酒，还没抿一口呢，就能叫你醉眼迷离晕了过去！坐在刘福田身边的副主任介绍说，这个山妹子叫王秀秀，是枫树坪大队的社员，在十里八乡算得上一枝花。刘福田"哦"了一声，记起这个王秀秀是他小学的同班同学。我的妈呀，几年不见，她一下子出挑得天仙一般了！秀秀的山歌也唱得好，赛过刘三姐，极有韵味。社员们连连叫好，秀秀就一个劲地唱。《十八老妹滴滴亲》《十八阿哥笑盈盈》《郎有心来妹有情》……唱了一支又一支，一连唱了十多支，才扭扭婷婷下了台。全场掌声如雷，刘福田把巴掌都拍红了，待观众们纷纷起立散去，他还傻乎乎地愣在场子上。

从那一刻起，刘福田就下定决心要到枫树坪来蹲点。

第二天，在双抢备战动员大会上，刘福田激昂慷慨地发了话："我们枫溪公社是个穷公社，全公社最穷要数枫树坪。有个顺口溜怎么说的？'枫树坪，枫树坪……生产年年都是末一名！'枫树坪真是一个老大难哪！这不成了顽固堡垒土围子了？我才不信这个邪！过几天我就下去蹲点，帮他们摘了这顶落后帽子！咦，杨春山呢，杨春山来了没有？"

杨春山是枫树坪大队的党支书。五十多岁了，是个老实巴交的老革命，到县上或公社开会，从来不显山，不露水。人家夸夸其谈，唾沫四溅，辩论呀，批判呀，表态呀，宣誓呀，春山爷只顾找个偏僻的角落坐着闭目养神。在会议冷场的时候，他响亮的呼噜声常常震惊四座。有位自作聪明的家伙编了一段顺口溜嘲笑他："枫树坪，枫树坪，田冒①两丈宽，地冒三尺平，支书开会不用心，打起呼噜赛雷鸣。工作生产拖尾巴，年年都是末一名。"可春山爷一点也不生气，安心当他的老落后，老右倾，总是一副死猪不怕烫的样子。这会儿，春山爷又坐在会场最后一排，双目微闭，嘴角挂着两溜口水，脑壳像鸡啄米一啄一啄的，快要昏昏睡去。猛地听到有人叫他的名字，一下子从座位上站了起来，迷迷糊糊应道："刘主任，我在这呢！"

刁钻的刘福田逼视着杨春山："我刚才讲嘛咯？你可听清了？"

"听清哩！听清哩！"杨春山揉眼睛，抹口水，还没从睡梦中完全醒来。

刘福田说："你重复一遍！"

春山爷搔搔芦花满头的短发，按照这类会议上常常说的老话

---

① 为客家方言，作"没"字解。

套话回答道:"刘主任,你号召我们要不误农时,抓紧夏收,颗粒归仓,交足公粮,完成征购呗……"

哄地一声,会场上笑成一窝蜂。

"看看,看看,杨春山,你又犯迷糊了吧!一到开会你钻屋角,领导讲话你睡大觉,你说,你枫树坪还能不是末一名?"刘福田也抚掌大笑,笑毕,吩咐道,"我再说一遍吧,杨春山,过几天我就去你们枫树坪蹲点,两年内,保证帮你们摘掉落后帽子。你回去准备准备吧!"

春山爷立时吓了一跳,话也说得结结巴巴的:"刘主任,别、别!你、你是全公社上万社员的当家人。你忙,你重担在肩,我们一个小小的枫树坪,哪敢劳动你的大驾?"

刘福田把手刀一砍,把话说得斩钉截铁:"不,我一定要去枫树坪蹲点。枫树坪是个革命基点村,却老是摆脱不了贫穷落后帽子,怎么对得起流血牺牲的革命先烈?这个决心我是下定了,我要亲自抓一抓枫树坪,两年以内,一定叫它旧貌换新颜,盖头兜底翻个个,你们等着瞧吧!"

刘福田这个决定,可把春山爷急坏了。枫树坪大队自然条件虽然差些,可也排不到"末一名"。公社成立的时候,上头好大喜功,把枫树坪的粮食产量定高了许多,"三年困难"时饿死了不少人。春山爷为了对付高指标,高征购,让社员们填饱肚子,早好些年就开始领着各小队搞"瞒产私分"。现在,刘福田要下来蹲点,睁大眼睛死盯着,叫他们怎么动作?到了十月粮荒,叫社员们喝西北风呀!夏收夏种动员大会一结束,春山爷立马赶回枫树坪。他连夜饭也顾不上吃,立即召开干部会,精选上百号青壮劳力,漏夜开进山垄,提前抢收早稻。

那次夜战的场面,吴希声终生难忘。那些天云淡风轻,月光如水,春山爷带着一支抢收队伍,在好几条田垄里同时铺开战场。社员们连话也顾不上说,水也顾不上喝,割禾的一拉开骑马蹲裆步,就没直起过腰;打谷的像擂响惊天大鼓,嘭嘭嘭,从黄昏一直响到天明。当启明星在东方天边闪亮的时候，挑着新谷的后生哥们，蹚着一路露珠，撒下一路欢笑，大步流星往村里赶了。

突击抢收的日子，吴希声忙得没睡过一个安稳觉。他是春山爷特别挑选的大队会计，要指导各小队算好工分账和预分账。这"瞒产私分"虽然是偷偷摸摸的勾当，可也乱来不得，田里产多少，仓里装多少；进仓多少，出仓多少；张三分多少，李四分多少，一笔一笔都要算得一清二楚。账目虽然不能对上公开，却要让社员人人心里有数，才能公平，才能服众，才不会先从内部乱起来。社员抢收三天三夜，吴希声的乌木算盘也嘀嗒嘀嗒敲了三天三夜。他眼里扯起血丝，双颊青灰一片，整整掉了十斤肉，才把全村六百多口的口粮、工分粮、"五保户"的保命粮，核算得斤两无误。

当几条山垄田收割完毕，新谷晒干，谷坪扫净，把该分的粮食分到各家各户，人人喜上眉梢的时候，一辆"东方红"55型拖拉机，突突突地进了村。那个年代枫溪公社还不通公路，公社主任也不配小轿车和吉普车，刘福田为了抖抖威风，就叫了一辆拖拉机把他送到枫树坪。

春山爷安顿刘福田在大队部住下。第二天，领着他进山看庄稼。那都是些水冷土瘠尚未收割的高山田。春山爷念了一首民谣："田丘尺六，田坎丈六，耕牛唔①到，手扒脚镣；无陂无圳，靠天食粥。洪水一冲，一坑到笃（底）。汗流浃背，谷枝蜡烛。田鼠偷食，鸟子又啄。辛苦一年，填不饱肚。"春山爷一口气唱完这支哭穷歌，又说，"刘主任，你看看，我们大队尽是些臭屎田、山坑田，还能不戴贫穷落后的帽子？"

刘福田拍拍胸脯大声响气说："杨春山，你等着吧，两年之内，不叫枫树坪改天换地，嘿，我刘福田就四脚着地爬出你们枫树坪！"

---

① 客家方言，作"不"解。

　　杨春山年过半百，在村里辈分很高，又是闽西暴动①时期的老赤卫队员，乡亲们无不尊称他春山爷。可这刘福田，仗着自己是公社第一把手，开口杨春山，闭嘴杨春山，大大咧咧，趾高气扬，像葫芦上瓜棚，摆出蛮大的架子。

　　刘福田一到枫树坪蹲点，就心急火燎地想见王秀秀。但是，那个年代的干部讲究"亲不亲，阶级分"。秀秀家是富裕中农，不能成为访贫问苦的首选对象。刘福田学着当时一些地县大干部的样子，这家军烈属屋下坐了坐，那家"五保户"家里看了看，该做的官样文章做了个足，第三天，日暮时分，他双手搭在后腰上，在枫溪岸边来回踱着官步，好像在观看风景。其实，他心猿意马的目光尽在溪埠头上溜来溜去。那里有一长溜婆娘子山妹子蹲在捣衣石上浣衣洗菜。刘福田看不见她们的脸，只能看见她们高高撅起的臀部，像一长溜不住扭动的圆圆的肉球。这真是一道迷人的风景线，让刘福田浮想联翩：嘿，谁想相媳妇挑女人，这里可是最好的去处！从那些大的小的肥的瘦的和不大不小肥瘦适中韵味无穷的肉球，你能判断出哪个是婆娘子，哪个是山妹子，哪个胖，哪个瘦，哪个俊，哪个丑，哪个正在含苞待放，哪个已经生过崽子。刘福田听过许多这方面的专业知识，那也是一门既有趣又深奥的大学问。刘福田大开眼界，心旌摇荡。可是，他看了好一会儿，也没发现王秀秀。秀秀细腰，圆臀，有一条乌黑油亮的长辫子搭在后背上，浑身都散发着学生女娃子的青春气息，刘福田只要远远地瞄上一眼，准能认出来的。

　　刘福田就有些扫兴，又从溪埠头趑了回来。突然，他眼睛一亮，看到挽着一竹篮衣衫的王秀秀脚步轻盈地走来了。刘福田立马迎了上去打招呼：

011

---

　　① 继1928年2月由邓子恢、郭滴人领导的后田暴动与6月由张鼎丞、阮山领导的金沙暴动之后，闽西革命成燎原之势，爆发闽西总暴动。

"咦，你，你……你不是秀秀么？"

刘福田惊喜的表情和声音，都表明这完全是一次邂逅。但真正惊愕不已的却是秀秀，她话都说得不利落了："你，你，你是……"

"咦，不认识了？我是刘福田。"

"哦！"秀秀终于认出来了，"刘、刘主任，刘书记，你怎么会在这里？"

"我下来蹲点。嘿，老同学了，叫我刘福田，叫我刘福田，不要叫官衔。"刘福田在漂亮的细妹子面前说话特别轻声细语。

秀秀抿嘴一笑："我可不敢。"

"有嘛咯不敢？我们是老同学。"刘福田更加和蔼可亲了，笑眯眯地开始叙旧。刘福田说，我和你一块上枫溪小学，同窗整整五载哩。班上有个调皮鬼老是欺负你，我还为你护过驾，保过镖，嘿，你记得不记得？

"是吗？"秀秀眨巴眨巴大眼睛，使劲地回想着，"真有这档子事？我怎么记不起来？"

王秀秀和刘福田说话的时候，在溪埠头洗菜浣衣的细妹子和婆娘子，都扭头看过来。那目光在惊奇中掺杂着羡慕，在羡慕中又掺着暧昧。秀秀脸上涨起一片红润，更是艳如春桃了，叫刘福田直勾勾的眼珠子几乎要弹将出来。

秀秀连忙说："刘主任，你忙吧，我还要洗衣衫呢！"

"哦，哦！"刘福田猛醒过来，发觉这人来人往的溪岸边可不是说知心话的地方，就轻声强调说，"秀秀，我是下来蹲点的，要呆很长时间，就住在大队部的西厢房，你有空，过来坐坐，老同学么，叙叙旧，聊聊天。啊，我等你！"

秀秀不吱声，沿着下河的石阶，像只机敏的小鹿蹦蹦跳跳地走了。

刘福田以为山里妹子总是小家子气的，也不责怪王秀秀。谁知好些天过去了，他左等右等，却不见秀秀来找他。后来有一回在村街上相遇，刘福田又拦住秀秀说了小半天。他一直夸秀秀山歌唱得好，活泼能干，说她最适合当大队团支书，甚至暗示一有机会，要安排她到公社当个脱产干部，比如团委书记、妇女主任什么的，也是大有可能的。秀秀只管听着，没有吭声，但刘福田分明看见她的眼睛倏地亮了一下，心里就有底了。他像姜太公那样稳坐钓鱼台，只等鱼游来。可是又等了些天，秀秀不仅不来见他，就是在村街上狭路相逢，也像见着瘟神似的，说不上三五句话，掉头就逃了。

刘福田心里好不纳闷：你王秀秀就是看不起我，也不能看不起那份吃公粮拿工资的工作呀？秀秀心里是不是已经有人了？经过一番打听，终于得知王秀秀和吴希声正打得火热，刘福田不由妒火烧心，就盘算着要给吴希声一点厉害看看。嘿，还没动吴希声一根毫毛哩，今天又被他养的猴哥咬了一口，真是火上浇油，再不修理修理这狗崽子，他哪能咽下这口气？

其实，刘福田那一番话，还真搅得王秀秀一夜没睡好觉。

秀秀正当花样年华，向她套近乎的后生哥早排成队，只是各人的套路不同。有送她一件小礼品的，有邀她看一场电影的，有请她上公社小馆店打一顿牙祭的，还有七拼八凑抄袭爱情小说上的佳言妙语给她写情书的，可就是没有像刘福田这样慷慨大方，一见面就要提拔她当干部，送她个"政治大礼包"。唉，那个年头，全国的大学都关门了，看来靠读书上学改个活法的路子全堵死了，能当个公社团委书记、妇女主任什么的，日不晒，雨不淋，旱涝保收，一月二三十块工资，二十六斤粮票，那可是多少山里妹子乃至知青梦想也不敢想的美差呀！她王秀秀又何尝不想做只飞出山窝窝的金凤凰？

可是，秀秀一闭上眼睛，就看见刘福田有些怪异的目光。那决不是领导对群众的目光，也不是同学对同学的目光。那目光热得炙人，热得邪门。秀秀只要被刘福田瞟上一眼，就会浑身寒颤起鸡皮疙瘩。

更何况，秀秀心里已经有人了。

五年前，暮春三月细雨霏霏的一天，一部带拖斗的拖拉机载着十名上海知青进村的时候，把整个枫树坪都闹翻了天。小郎哥细妹子站在村口晃着小旗，打起横幅，敲锣打鼓，燃放鞭炮，像迎接亲人那样欢迎知青哥。春山爷动员许多精壮劳力，把一幢年久失修的土楼补了漏，粉了墙，腾出空房，打扫干净，再安上锅灶，就理直气壮地命名为枫树坪知青楼。此楼原名"文昌楼"，是一家姓陈的地主富户的老宅。陈家有几个儿子早年过番去了南洋，属华侨工商业兼地主，抗日战争时期还给过八路军、新四军不少财力捐助，按政策规定不得没收房产，长年空着，大队就用来做堆放谷笪肥料的库房。现在，春山爷请一位私塾先生写上一块"枫树坪大队知青楼"的牌子，就挂在"文昌楼"横匾下面。这幢已经冷清多年的客家土楼，一下子热闹起来。连七十大几的老烈属瞎目婆张八嬷也拄着藤条拐杖摸来了。她双目失明，啥也看不见，是来听热闹的。那些上海来的学生哥学生妹，吴侬软语，咿咿呜呜，说起话来像画眉叫林一样好听。

来枫树坪落户的上海知青，共有十名。队长是个女生，叫蓝雪梅，大眼，圆脸，见人总是一脸灿烂的笑容。最招人注目的是张亮，一米八几的大个子，比村里最高的后生哥还要高出一头，乡亲们都要仰起头来看他，惊奇得像看动物园里的大熊猫。而让王秀秀看得最为顺眼的，却是个不高不矮有点清瘦的小白脸。他乌黑的剑眉，挺直的鼻梁，斯斯文文的带着几分女孩子气。当乡亲们忙着帮助知青们糊窗纸，搭床铺，整理内务的时候，王秀秀那双脚就情不自禁地走进这个白面书生的房间。秀秀发现那个小白脸特不能干，把用来铺床取暖的禾草搞得七零八落，满房间乱得像个猪窝。秀秀说，喂，我来帮你整整吧！小白脸点头应诺，退到一旁，垂手而立。秀秀三下两下把禾草归拢、铺平，又异常利索地搓了根草绳，扎了个禾草枕头。一会儿工夫，一铺又松软又暖和，散发着禾草芳香的眠床就铺整好了。

秀秀瞅着白面书生："你看看，舒服不舒服?"

白面书生在床上坐一坐，躺一躺，又蹦起来，腼腆一笑："好，好，太舒服了! 像一张弹簧床。"

秀秀笑问道："你叫嘛咯名字?"

这个上海知青是第一次听到这种带客家方言的普通话。他猜到"嘛咯"就是"什么"的意思，就说："我叫吴希声。口天吴，希望的希，声音的声。你呢，尊姓大名?"

"我叫王秀秀。三画王，秀丽的秀。"

他们就这样认识了。秀秀还落落大方地和人家握了手。秀秀发现吴希声的手指特别纤细，修长，柔软，白嫩，像大家闺秀的纤纤素手。接着，秀秀帮希声打开箱子，解开背包，整理物件。当一床被褥从沾满雨水的油布中解开时，咚的一声，掉下一只长长的黑皮匣子。

015

秀秀从来没见过这种玩意儿，咯咯笑起来："咦，嘛咯秘密武器?"

希声打开那只黑皮匣子，里头竟是一把精美的小提琴。上过初中的王秀秀只在画报和电影上见过这种玩意儿，知道那可是很有文化的人才玩得转的乐器，更加大惊小怪了："你会拉小提琴?"

"还能糊弄两下吧!"吴希声从琴匣中取出小提琴，往左额与左肩之间一夹，琴弓在琴弦上推拉几个来回，立即飞出一串美妙悦耳的琴声。

"哇，你真行!"秀秀立即肃然起敬。

乍一见面，吴希声就给王秀秀留下特别深刻又格外美好的印象。那天夜里，秀秀躺在自家的闺房眠床上，眼前老是晃动着吴希声的影子，耳畔老是响着他拉的琴声。二八芳龄的山妹子，头一回对一个异性有了好感，这就叫情窦初开了吧。

秀秀家道殷实，上无兄姐，下无弟妹，父亲一心一意要把她培养成个大学生。从初谙世事的年龄起，秀秀就在自己心里编织起许多美丽的幻想。上中学，上大学，当医生，当教师，当工程师，甚至当演员、作家、艺术家，反正她一心想飞出山窝窝，奔向大城市，再找个像童话书上描写得潇洒倜傥的白马王子。这个白马王子是个啥样子？秀秀一时还弄不清。但一定得是城里人，有文化，有品位。秀秀家祖祖辈辈都是泥腿子，真想换一种活法。这可不是异想天开，秀秀从小学到初中，不仅成绩拔尖，还能歌善舞，是公社的文娱骨干，有一回去县里参加会演，她唱闽西客家山歌，博得全场哗啦啦的掌声。可惜，"文革"一闹起来，全国大、中学校都停了课，秀秀回家务农，一切幻想都成了泡影。在许多暗自叹息的夜晚，已经认命的王秀秀勾画出一辈子的归宿：像所有枫树坪女人那样，扛锄，作田，砍樵，做饭，结婚，生子，劳劳碌碌，做牛做马，才三四十岁就熬成个干干瘦瘦的老太婆。可是，现在村里忽然来了一伙上海知青哥，那个斯斯文文、英气扑面的吴希声，仿佛是秀秀在梦中等了千年万载的人哪，把她埋在心头快要熄灭的一点火星子，重又呼猎猎点燃起来了。

从此，秀秀就格外向往那幢知青楼。但是，没有由来她又不敢轻易去那里串门。好在她家离知青楼不远，只隔一条几竹竿宽的枫溪，得空时候，秀秀常在自家门前站成一棵树，目光散漫地眺望对岸的知青楼；随着溪畔古老水车咿咿呀呀的吟唱，她心头涌起莫名其妙的惆怅。

过了几天，知青哥们下田干活了。那些上海人，一下到烂泥没膝的水田，惊惊乍乍，龇牙咧嘴，让山里人差点笑掉大牙。后来秀秀发现，要论干农活，除了队长蓝雪梅和大高个张亮比较斩劲撒泼，其余都是梁山上的军师——吴用（无用）之辈。特别是那个吴希声更吃不得苦，锄地会挖了自己的脚趾头，割草会伤了自己的手指头，连挑担稻草都是十步一停百步一歇的。可吴希声在某些方面又格外聪明，有满肚子墨水，村里写标语，出墙报这一类文字细活，全由他包了。看着吴希声在墙报上写的美术字，画的宣传画，秀秀觉得比她中学的语文老师和美术老师棒多了。她的爱慕之心陡地又增添几分。

不知不觉的，秀秀开始顾影自怜，喜爱梳妆打扮。那个年代，自然是不兴穿连衣裙超短裙什么的，秀秀就穿上直筒裤子和窄腰的斜襟短衫，那高挑的身材便像嫩葱一样愈发苗条好看。那个年代，自然也不兴烫发染发做什么新潮发型的，秀秀总把头上的辫子编出花花朵朵来，有时是单根直溜溜大辫子，像只乌梢蛇趴在直挺挺的腰背上；有时又成对儿像两根鼓槌悬在后脑壳。额前总是挑出一片刘海，耳畔总是垂下两缕云鬓，就衬托得微黑透红的脸庞更加青春亮丽神采飞扬了。秀秀一出现在哪里，都牵引着后生哥们直愣愣的目光。可是，惟有那个吴希声有眼无珠，不愿多看秀秀一眼。秀秀就主动凑上前去给他铺纸、磨墨、提糨糊桶，像个跟班似的乐颠颠地伺候左右。可那个家伙又沉默寡言，爱理不理的。秀秀就自觉没趣，信心大减。

017

其实，一个鲜枝嫩叶般的细妹子在眼前晃来晃去，吴希声哪能没有一点感觉？只是希声知道那个年代"文字狱"的厉害。他抄语录，写标语，出墙报，不能有半点差池。漏句话，错个字，弄不好都有脑壳搬家的危险。他顾得上多瞅秀秀一眼吗？

秀秀就在暗地里生了闷气。嘿，你们上海人有嘛了不起？目珠都长在额头上，敢看不起我们客家山妹子！于是，秀秀一颗春草萌动的心，便慢慢地安分了些。

然而不久，春山爷却给了秀秀极好的机会。枫树坪要办一所夜校，春山爷选中了吴希声当老师。可是，吴希声听不懂闽西客家土话，乡亲们也听不懂吴希声的上海官话，春山爷只得派秀秀给希声做助手。再后来，春山爷又让吴希声当大队会计，他挨家串户去计工分，算口粮，都得带上秀秀当翻译。两人接触多了，自然生出许多说不清道不明的感情。

可惜，古今中外，一切美好的爱情都不会平坦直溜得像北京的长安大街；凡是像长安大街一样平坦顺畅的爱情，也很少显出它的弥足珍贵和浪漫风采。乡亲们把秀秀和希声看在眼里，都说是郎才女貌，再般配不过。但是秀秀的阿爸却坚决反对。秀秀阿爸王茂财是个富裕中农。农村的富裕中农是嘛咯角色？闽西客家有句俗话："杀狗教猴"。二十多年来接二连三的政治运动，地、富、反、坏四类分子总少不了挨批挨斗，他们就是经常被杀的狗，而富裕中农则是站在一旁观看的猴；胡乱挥舞的大刀虽然没有砍到自己头上，猴哥们看也看怕了。茂财叔听说吴希声父亲是上海的大"权威"，至今还关在学习班里受审查，就死活也不让秀秀跟吴希声好。茂财叔天天像和尚念经一样念叨：

"秀，你莫人心高过天，想哩皇帝想神仙！十里八乡的后生哥还不够你挑？硬是看上吴希声！吴希声有嘛咯好？肩不能挑，手不能提，一天挣不到五工分，他阿爸还是个'反动权威'，至今关在学习班里。"

秀秀是茂财叔的独生女，自幼任性惯了，偏不理阿爸的茬："谁说我看上吴希声了？我们在一起教夜校，免不了在一起说说话，真是，这也疑神疑鬼的，你的木头脑壳有多封建哟！"

"好吧，好吧，教夜校就教夜校，你可不要给我惹出嘛咯风言风语来？"茂财叔默了默神，好像想起一桩很值得他高兴的稀罕事，忽然笑嘻嘻地问道，"秀，那个刚来的公社刘主任，听说还是你的同学？"

秀秀淡淡地回道："不错，是我的小学同学，那又怎么样？"

"嘿嘿，没嘛咯，没嘛咯，那个后生哥倒是有出息，年纪轻轻的，就当了公社主任，掌管几万人口哩！"茂财叔好像有嘛话没有说透，只自顾自地一味傻笑。

秀秀心里动了一下，觉得阿爸笑得莫名其妙。后来，秀秀慢慢回味，才揣摸出阿爸又狡诈又愚蠢的笑声后面，竟是大有深意的。

第二章 放猴归山

　　吴希声摆脱了刘福田的追赶，钻进枫树林拐了个弯，慌慌张张逃回知青楼，将孙卫红闯下大祸的事告诉两个上海同学。

　　粗粗拉拉的张亮一听就乐了，不由抚掌大笑："好，好！我们的孙小姐真是个巾帼英雄，该给它发个大奖章！那个什么鸟主任，一下来就指手画脚，作威作福，乡亲们早就心里有气，孙卫红给他放点血，也算给我们出了口鸟气！"

　　吴希声就心神不定地叫起苦来："你还笑？笑个鬼呀！刘主任肯定会来找我算账的，你们快快帮我想个法子吧！"

　　张亮说："算什么账？是孙卫红咬了他，又不是你咬了他。"

　　吴希声说："如果光找我，也就由他了。可刘主任他要找的就是孙卫红，还说要一刀宰了孙卫红下酒吃。这只猴哥是保不住了！"

　　蓝雪梅看吴希声大惊小怪的样子，也觉得他太胆小怕事了，就微笑宽慰道："放心！刘主任不过想吓唬吓唬你，哪会跟一只猴哥计较？看把你吓成这样……"

　　谁知蓝雪梅的话还没说完，就听到楼外传来刘福田乍乍呼呼的叫喊："吴希声！吴希声！喂，吴希声你这个臭小子，快快给我滚出来！"

　　吴希声立时吓得脸孔煞白，一把抱起孙卫红，急慌慌地对雪梅和张亮说："你们帮我说说情吧，我、我得出去躲一躲！"

吴希声轻轻开启后门，一溜烟跑个没影了。

一会儿，刘福田大模大样走进知青楼。他这里看看，那里瞅瞅，一边问雪梅和张亮："咦，吴希声呢？这小子躲哪去了？"

张亮说："他去遛猴了，这会儿还在林子里吧！刘主任找吴希声有嘛要紧事？又要出墙报写标语？"

刘福田把一只受伤的胳膊抬起来："瞧，他妈的！吴希声教唆他的猴哥，对我进行阶级报复，把我的胳膊咬了一口！"

张亮和雪梅看见刘福田的手腕子上果然撕开个小口子，鲜血直淌，把半条胳膊都染红了。张亮心里偷偷地乐，嘴上却连声大骂孙卫红，这畜生真是有眼无珠了，怎敢欺负到你刘主任头上啊？蓝雪梅连忙找些酒精、纱布和红药水，给刘福田的伤口消了毒，包扎好，又一个劲代吴希声道歉。蓝雪梅说，吴希声是个好知青，决不会教唆猴哥咬人的。怪只怪孙卫红，可它是只猴哥，连话都不会说，就有眼不识泰山，冒犯了您刘主任。您刘主任宰相肚里能撑船，该不会跟那个小猴哥计较吧！

刘福田听着蓝雪梅的吴侬软语，瞅着她漂亮的脸蛋，口气也和缓了些："好吧，好吧，看在你知青队长的面子上，暂且饶过它这一回；叫吴希声把猴哥快快放了。哪天再叫我碰上，我非宰了它下酒吃，决不甘休！"

张亮以为刘福田不过是虚张声势，就故意跟他打哈哈。张亮说："刘主任，猴哥有什么好吃？听说猴哥肉又腥又膻，别说吃了，闻一闻，也叫你吐个半死！你要是想尝尝山珍野味，我给你去套野兔，打山猪吧！"

"不，野兔是野兔，山猪是山猪。"刘福田说，"这只狗杂种猴哥，我说嘛咯也不会轻易放过的。"

刘福田走后，张亮和雪梅嘀咕了好一会儿，说这新来的主任对一只猴哥也这般记仇，他的心地绝对和善不了的，便都为吴希声和孙卫红捏着一把汗。

日头快落山了，吴希声牵着孙卫红进了苦槠林。那小畜生一见到满山遍野的草莓野果，欢蹦乱跳，心花怒放。前会儿，它咬了刘福田一口，当场见血，给主人出了气，报了仇，心里痛快极了。吴希声却惊魂未定，沮丧无比。刘福田的警告放大了十倍百倍，有如惊雷在林子里炸响：

"……吴希声，你逃得了今天，还躲得过明天？快把猴哥交给我，我要宰了下酒吃！下酒吃！下酒吃！……下酒吃下酒吃下酒吃下酒吃下酒吃……"

吴希声在秋风中不寒而栗，浑身觳觫。他知道刘福田心狠手辣，什么坏事他不敢干？听说刚闹"文革"那阵子，刘福田只是县委机关一名小小的通讯员，竟敢糊大字报造县长书记的反，还抡起铜头皮带呼呼响，把走资派抽得屁滚尿流。如今他要弄死一只小猴哥，还不是动一动手指头？

孙卫红一点也不晓得主人心中的恐惧和烦恼。进了林子，它就有一种回家的感觉。孙卫红耸耸鼻子，嗅到野枣子特有的香味，它放眼四望，看到成串的山梨子在枝头迎风招摇。片刻工夫，野草莓的果汁把它的厚嘴唇染红了，再一会儿，乌饭子的果汁又把它的尖腮帮浸黑了。可是，当它见到一株红山楂的时候，还是一个劲儿狼吞虎咽。这果子酸甜可口，它实在经不起诱惑。孙卫红很快吃得大腹便便，还是贪婪地吃呀吃，往死里吃。孙卫红两腮有两个小布袋似的嗉囊，那是猴哥的临时仓库。每次进入苦槠林，孙卫红都要把这两个粮仓装满，然后回家反馈再细嚼慢咽。

生离死别的伤感在吴希声心头涨满。他想，与其让刘福田宰了孙卫红下酒吃，还不如把这小畜生放归山林吧！然而，孙卫红却反转身，左蹦蹦，右跳跳，兴冲冲地给主人领路要回村去。吴希声抖了抖手中的铁链，孙卫红又乖乖地踅回来。它在山道旁蹲着，傻不愣登地望着主人，火眼金睛发出一串问号："怪了，天快黑了，我们还不回家？我可是吃饱了，你难道不饿吗？"

吴希声轻轻踢着孙卫红的屁股："走！走！你这小骚包蛋！"

无论在生气或高兴的时候，吴希声总爱骂孙卫红"小骚包蛋"。这只小母猴与他之间，除了人与畜，主与仆的关系，还真有那么一点说不清道不明的暧昧之情。孙卫红除了给吴希声唱歌、跳舞、飘媚眼，还常常躺在他怀里撒娇，蹲在他背上帮他挠痒痒。他洗脚，孙卫红给他递来擦脚布；他想喝水，孙卫红给他端来杯子。一个大热天，他躺在竹床上睡午觉，这不要脸的家伙趴在他身边，用那双粗糙的前爪轻轻地给他抚摸，搓揉。吴希声就常常叫孙卫红做小骚包蛋。

"走！走！小骚包蛋！"这回吴希声踢得稍稍重些，孙卫红懒洋洋站起，慢吞吞向林子深处走去。

吴希声下令："停！停！"

孙卫红乖乖站住。

吴希声抱起孙卫红，搂在怀里，轻轻抚摸它光滑的头毛，反复抚摸它丝绸一样的背毛，耳语般说："走吧，小骚包蛋！不是我不肯收留你，有人要对你动刀子呀！你快快逃命吧！"

孙卫红听不懂人话，依然用充满疑惑的目光望着吴希声。

吴希声拍拍孙卫红的小脑袋继续絮叨着："走吧，孙卫红，你的家在山里，在大自然。我不忍剥夺你的自由！这三年多，我让你失去自由，已经很对不起你了！请你原谅我！"

吴希声一说到"自由"二字，嗓子眼就有些哽咽，眼里就有些湿润。因为他想起了父亲。他父亲是上海交响乐团的首席指挥，"文革"一开始就被打成"反动权威"，关进"牛棚"已经七个年头。父亲有家不能归，有病不能治，上不了舞台，被迫放下珍视如命的音乐……说真的，就是孙卫红不闯下塌天大祸，刘福田不说要宰了它下酒吃，吴希声也多次动过恻隐之心，早想把孙卫红放归山林。

"生命诚可贵，爱情价更高，若为自由故，两者皆可抛。"吴希声才五岁时，父亲就教他背诵裴多菲这首诗。自由是高于一切的！孙卫红即使是个不会说话的金丝猴，也不该剥夺这位灵长目动物的自由啊。

吴希声从兜里掏出一把老虎钳，咔嚓一声，把锁在孙卫红脖子上的铁链剪断了，轻声喝道："走吧，走吧！小伙伴，小骚包蛋，我还你自由！"

吴希声把他的红颜知己抛下地。孙卫红很是诧异，它戴惯了铁链，怎么一下子全身轻松了？它噌地一下，又蹦到吴希声怀里。吴希声心里一酸，泪如雨下，把脸贴在孙卫红的尖腮上，轻轻摩挲了好一会儿，再用力一抛，孙卫红飞出一丈多远。

唧唧唧！唧唧唧！

发音器官发育不全的金丝猴，只能发出含义不清的单音。但与孙卫红朝夕相处三年又深谙音律的吴希声，能根据它发音频率的快慢轻重，大体听懂它说的猴语。这会儿孙卫红是说："老哥，你真的不爱我了？"

吴希声挥了挥手："走吧！走吧！我还你自由！"

唧唧唧！唧唧唧！——"你真的要撵我走！"

吴希声泣不成声："走吧，走吧，你再回村去，有人要宰了你下酒吃哩！"

吴希声转过身，毅然决然地走了。他不忍回头，也不敢回头。只要再留恋片刻，他也许会改变自己的决定。好一会儿，他听到身后林中响起一串枯枝败叶的沙沙声，牵扯得他心头阵阵作痛。他知道，孙卫红慢慢地走远了，走远了……

蓝雪梅在伙房里做饭，一边念叨吴希声："嘿，这家伙也不知跑哪去了？这时候还不见回来。"张亮在灶头烧火，一边抽喇叭烟一边接嘴道："可能到林子里躲一躲吧，他还能跑回上海去？"

闽西红土地适合栽种烤烟。据说二百多年前，一位南洋华侨引进极好的烤烟种子，如今闽西十县，无论是种烟还是吸烟，蔚然成风。来枫树坪插队的知青们，也大都学会卷烟和吸烟。社员们凑在一起开会、聊天，总是香飘满屋，烟雾缭绕。

一会儿，雪梅把饭菜做好了，张亮走到桌前看了看，鼻子眼睛缩成一团，又是满腹牢骚了："哼，可也不能天天红薯饭，南瓜汤吧。毛主席他老人家在井冈山闹革命，就是'红米饭，南瓜汤，餐餐吃个精打光'了。好，闹革命闹了四十多年，现在连红米饭也吃不上，餐餐要吃红薯饭，你说你说，这革命是怎么革的？……"

张亮的话还没说完，雪梅连忙伸出手去捂他的嘴巴："老天爷，你又说反动话！"

蓝雪梅是上海知青队的队长，也是这个小部落的酋长，小家庭的家长。这个小家的吃喝拉撒、油盐酱茶，乃至队员们的思想工作都归她统管，快把她一副稚嫩的肩膀压垮了。

"我不怕！"张亮把粗脖子一拧，大嗓门喊得震天响，"我还要到村街上去嚷嚷，到圩场上去演讲哩！"

"我的小祖宗，吃吧，吃吧！"蓝雪梅指着桌上一碗满满的红薯饭，掐细了嗓子说，"你用筷子挑一挑，饭碗底下还有好吃的。"

"还有啥好吃的？操！你可别蒙我！"张亮满脸疑惑，端起饭碗，用筷子往碗底拨拉一下，就看见一粒黄澄澄的荷包蛋，不由惊乍乍地叫起来，"哈，蛋？又有蛋吃了？怎么埋在碗底呀？"

"嘿，你叫什么叫？"蓝雪梅轻声制止张亮，目光很有些暧昧，"就给你煎的。"

张亮受宠若惊，也压低嗓门问道："你自己不吃？还有希声呢？"

"谁叫你是只贪吃的猫！再说，我养的老母鸡被黄鼠狼叼走三只，现在只剩一只，一天还能下三个蛋？"

张亮听出来了，雪梅话中的偏爱，绝对的多于埋怨，那口吻，那神态，很有点小两口的意思了。张亮心里热乎乎的，趁吴希声还没回来，一家伙吃下那粒荷包蛋。但是囫囵吞枣，是咸是淡，浑然不知，心里堵堵的，倒有些做贼似的感觉。

张亮和蓝雪梅放下碗筷时，吴希声才回到知青楼。有好一会儿，张亮头低低的，只顾抽烟，不敢看吴希声。雪梅却老练得多，脸不变色心不跳，一如既往，连忙招呼吴希声吃饭，好像啥事也没发生。

吴希声捧起饭碗，半天没动筷子。雪梅以为她只给张亮单个儿煎了个荷包蛋，被希声察觉了，心里有些虚，轻声细语地试探道："希声，凑合凑合吧，这五荒六月的，真弄不到什么菜吃。"

吴希声叹息道："唉，我知道，我知道，能填饱肚子就好。"却依旧木木地坐着，不动筷子。他毫无食欲，倒不在乎饭菜的好坏，而是一直记挂着已经放归山林的孙卫红。

这当儿，张亮到柴禾间转了一圈，发现心爱的金丝猴不见了，冲着吴希声诘问道："咦，希声，孙卫红呢？孙卫红呢？"

希声躲闪着张亮的目光，一副受了委屈的样子，就是一声不吭。

025

张亮吼道："咦，你哑巴了，你倒是说话呀！吴希声，你把孙卫红藏到哪去了？"

希声再也忍不住，早在眼里打转转的泪水哗哗滚落。张亮和雪梅又追问了半天，希声才轻轻地吐出一句话："唉，我把孙卫红放走了！"

雪梅和张亮都瞪大了眼睛，逼视着吴希声："放走了？你把它放哪去？"

希声说："它的家在大山里，我把它放归山林了。"

张亮的脸色一下黑下来："啊哈！放归山林？你干嘛要把孙卫红放归山林？你凭啥这样做？谁给你这个权力？啊，你、你、你……"

孙卫红不仅是吴希声的"小媳妇"、"小情人"，而且是知青楼公有的宠物。这个给它一口剩饭，那个给它一把零食，雪梅还曾给它做了件大红坎肩，一条水绿色小短裤，一顶橘黄色小尖帽，把它打扮得像个花枝招展的小妞儿，招徕多少昵爱的目光啊！孙卫红给知青们的回报也是慷慨大方的，做鬼脸，出洋相，翻跟斗，抛媚眼，天天花样翻新。在知青们穷极无聊、精神空虚的时候，孙卫红带来的欢乐，真是无可替代。现在可好，孙卫红说走就走了！知青们像失去了一个骨肉亲人，突如其来的打击叫他们不能承受。吴希声却反过来宽慰雪梅和张亮："别难过了，啊！放了也好，省得浪费粮食。"

张亮知道希声话虽这样说，他心里肯定比谁都难过。怪谁？还不是那个刘福田作威作福，把希声吓破了胆，才忍痛放走了孙卫红。张亮的处世哲学是"人不犯我，我不犯人；人若犯我，我必犯人"。他愈想愈气，就给希声鼓劲说："你呀，你呀，不能再这样窝窝囊囊地过日子了！就算孙卫红咬了刘福田一口，他刘福田还真的敢宰了我们的猴哥？惹恼了老子，老子跟他玩命！"

张亮一米八几的大个子，像金刚一样魁梧，摔跤、举重、扳手腕，打遍公社无敌手，这么多年来，还没谁敢欺负上海知青队的。因此，他说话办事就有一股子牛气。

"玩命，你跟谁玩命呀？"希声却是扶不起的阿斗，见张亮一肚子火，更是惶惶然了，"人家是公社领导，孙卫红又咬了人家一口，我思前想后，还是把孙卫红放了的好！我们惹不起总躲得起，图个平平安安比什么都好！"

"咳！"张亮像牛样叹了一声粗气，"你呀，你呀，真是个胆小鬼！老是畏畏缩缩，树叶掉下来也怕砸破脑壳，总有一天，自己也会被人家一刀宰了呢！"

"张亮，看你胡说八道些啥！"雪梅觉得这话很不吉利，不让张亮再说下去，"愈说愈不像话，你还让不让希声吃饭呀？"

卤水点豆腐，一物降一物，张亮就闭了嘴。吴希声埋头扒饭。三人一时无话，觉得那被烟火熏得黑漆漆的伙房里，顿时异常燥热，闷得叫人喘不过气。

六年前，蓝雪梅从上海带了九个同学来枫树坪插队。后来招工、招干、参军，陆陆续续走了七个。每走一个，知青楼便少了一分强颜欢笑，添一分清冷寂寞。这回，孙卫红的突然离去，给知青楼投下的阴影，尤为甚之。有好长日子，张亮和希声都板着一张脸，谁也不搭理谁，更听不到一点笑声。吃饭时光，他们就想起要给孙卫红一点吃的；夕阳西斜，他们就想起该带着孙卫红去林子里溜达；晚上知青们聚在晒谷坪上乘凉聊天，他们就想起孙卫红在他们之中蹿来跳去，表演精彩的节目……可惜如今，孙卫红待的猴舍依然如故，孙卫红常常敲打的小锣小鼓也保存完好，而孙卫红却杳如黄鹤，一去不返。这一来，知青们才感到知青楼失去的不仅是只金丝猴，而是他们当中一位至亲至爱的成员。

孙卫红一回归山林，刘福田一时找不到吴希声的岔子，只好把这笔账暂且记在心里，留待日后慢慢来算。于是，枫树坪的日子又像静静的枫溪，依旧悄无声息地汩汩流逝。

027

这天吃过夜饭，吴希声又到夜校去教书。

吴希声能当上夜校教师，也是春山爷慧眼识珠，知人善任。春山爷见希声肩不能挑，手不能提，倒是有一肚子墨水，就叫他当了大队会计兼夜校教师。这一来，希声少晒日头少淋雨，教教书，算算账，同样能挣些工分过日子。对这份在当时的枫树坪惟一带有脑力劳动性质的工作，希声就特别用心，兢兢业业。

枫树坪夜校设在村东头的金谷寺。金谷寺就是土地庙，可闽西客家人不叫土地庙，而叫金谷寺，显得更有色彩更有文化。闽西地区是继毛泽东领导的湖南秋收暴动之后又一个最早揭竿起义的红色苏区，在上个世纪的二三十年代，菩萨神庙一概都在扫荡之列。枫树坪的金谷寺能奇迹般保留下来，也许图它有个大地盘，好用来开大会和办夜校。

吴希声每晚去教夜校都得顺道邀上王秀秀。打个比方，希声是教授，秀秀是助教。不是吴希声爱摆架子，他必须有一名助教，因为他的上海官话与当地的客家方言暂时还很难沟通。秀秀上过三年初中，吴希声却是老三届的高材生，两人就成了最佳的黄金搭档。但是，希声每次去邀秀秀，心里都咚咚地敲着小鼓。因为秀秀鳏居多年的阿爸对他总是铁青着脸，说话也不冷不热，好像欠他二百大洋。

希声过了石板拱桥，又走过咿呀吟唱的水车和咚咚敲打的水碓，就望见那座再熟悉不过的青瓦土墙小院了。刚冲过凉更过衣的秀秀，早已站在院门前等候。希声看见秀秀尚未梳拢的长发，在凉风中优雅地飞飘起来，像一面黑色的旗帜，心跳不由有些莫名其妙地加快了。

这时站在风中的秀秀，根本就不用眼瞧，光凭她的第六感觉，就能知道那个白白净净的知青哥快到跟前。秀秀立即用欢快的声音朝院子里喊了一嗓子：

"阿爸，我上夜校去了啊！"

堂屋里没有灯光。生性节俭的茂财叔家里没有主妇，暗晡夜又不做针线活，认为点灯是一种浪费。他是绝不轻易耗油点灯的。

黑暗中静了片刻，响起一个不咸不淡却相当洪亮的声音："早点回来呀，院门我是不会上闩的。"

在路上，吴希声跟秀秀逗趣道："嘿，你阿爸真有意思，好像怕我把你拐去卖了呢。"

秀秀莞尔一笑："我阿爸就我一个女儿，心疼我呗！"

希声便缄口无言。秀秀的话平平常常，但那口气在得意中很有几分撒娇的成分，希声感觉出他们父女间亲情的温馨，不由有些羡慕和感慨。自己的父亲长期关在清队学习班里，天各一方，承欢尽孝，都只能是一种奢侈的幻想。

希声和秀秀进了金谷寺，被一盏白晃晃的汽灯照花了眼，就眯起眼睛在教室里扫了一下，看见教室里坐着二十多个学员。老支书春山爷也来了。春山爷怕夜校撑不下去，便带头垂范，夜夜不落。其他都是些十几岁的细妹子、小郎哥，闹"文革"把他们上小学的机会都耽误了，巴望上夜校识几个字，能读书看报。吴

秀秀尚未梳拢的长发，在凉风中优雅地飞飘起来，像一面黑色的旗帜。

希声有些扫兴，问道："咦，人怎么来得这样少？后生哥呢，一个都不来上学，都到哪去了？"

学员们笑而不答。吴希声又一再追问，有个小郎哥才嘻嘻笑着暴露了一桩秘密。他说，他们都去"大众影院"了！

细妹子们哄地一声大笑起来，都露出小黄牙，笑成一朵朵金针花。

吴希声大惑不解："大众影院，枫树坪哪有大众影院？"

细妹子、小郎哥们笑得更加厉害，七仰八翻，扭做一团。更奇怪的是秀秀也跟着掩嘴而笑。春山爷威严地咳嗽一声："莫乱讲，莫乱讲！村里有嘛咯大众影院？"又对吴希声说，"吴老师，莫等人了，农村开会上学都到不齐的，教书吧！开讲吧！"

春山爷讲究尊师之道，一进夜校，不叫吴希声的名字，也不叫他小吴，而是十分尊敬地叫他吴老师。客家土楼的大门上和堂屋里，常常悬挂"地瘦栽松柏，家贫子读书""祖遗良训久，家传诗风长"这一类对联。乡里人"敬惜字纸"成风，看到地下扔着一张报纸，也有敬畏之心，要捡到纸炉里焚化。所以，村民们对肚里有墨水的知青哥自是十分敬重。这种孔孟遗风，跟那个年代贬抑知识的宣传，似乎是格格不入暗暗较劲的。

吴希声开始上课。他曾用拼音的方法教学员识字。可是二十六个声母和韵母学员不易接受，他放弃了，改用一种自己发明的图形识字法。他在黑板上画了个太阳——⊙，说这叫"日"字；再画一片半月——☽，说这叫"月"字；"日"字加"月"字呢？一片光明，当然是个"明"字。以此类推，他画了"田"、"水"、"鸟"、"手"、"犁"等字的图形，学员们很快学会这些由象形文字演化而来的汉字。

"吴老师，你真行！"春山爷竖起大拇指直夸吴希声。

上完识字课，吴希声给学员们拉琴为乐。开初，他拉过西方的小夜曲和圆舞曲，学员们听不懂，说像小寡妇哭坟，咿咿呜呜，都不爱听。后来，吴希声就拉《红头绳》《妇女的冤仇深》。那时彩色电影《白毛女》和《红色娘子军》的插曲非常走红，有线广播的话匣子里天天播放。吴希声拉这些歌曲，学员们听得如痴如醉，都说他跟做电影的人一样厉害。细妹子、小郎哥们弄不明白，那个葫芦形的木匣子里怎能发出那么动听那么优美的声音。春山爷是村里惟一闯过世界见多识广的老人，就以绝对权威的口吻解释说：

"能不好听？人家的胡琴才两根线，吴老师的胡琴有四根线。"

吴希声笑笑，不作分辩。他知道有许多事跟山里人是很难说清楚的。

九点来钟，夜校放学了。出了金谷寺，学员们揿着手电，打起火把，山路上一时间亮起星星点点的火光，像突然撒下一串珍珠，给黑魆魆的山梁戴上一条闪光的珠链。

希声和秀秀总是结伴而行，或一前一后，或肩挨着肩，走在凉风习习的小路上。在有意或无意间，秀秀的肩膀偶尔碰碰希声的臂膀，希声全身一麻，有触电的感觉，倏地一下跳开了。他不是恪守"男女授受不亲"之道，只觉得他们虽然已经很是要好，却还没有好到那个份上。可是，当希声与秀秀拉开了距离，他又怕冷落了人家，就悄悄地向秀秀靠拢，而且主动找些话说。

希声忽然记起小郎哥说的"大众影院"，和细妹子们神秘的笑声，很是纳闷，就问秀秀枫树坪哪来的"大众影院"？

秀秀乞乞轻笑，问你是真的不知道，还是装傻呀？希声说，我真的不知道。秀秀举手往西一指，说村西头的苦竹院，你总该知道吧？希声依然摸不着头脑，说苦竹院是苦竹院，跟大众影院有什么相干？秀秀抿嘴微笑着问，那小院里住着个蔡桂花，很年轻，很漂亮，你总认识吧？

哦，她呀？希声淡淡地说，那婆娘子我见过，她有什么漂亮。秀秀的口气就有几分调侃了，反正枫树坪的男人们都说她漂亮。你敢说她不漂亮？她在幽幽的月光下扬起自己好看的小脸蛋，瞧，比我总要漂亮一点吧！希声看看秀秀，回答得十分认真，说蔡桂花哪能跟你比呀，你是天生的漂亮，蔡桂花只是爱打扮，总是花里胡哨的。

秀秀听了这话心里十分受用，却还一个劲地跟希声逗乐子。秀秀说，哼，你敢说人家不漂亮，一到暗晡夜，有多少后生哥爱往苦竹院跑呀！谁来上你的破夜校？希声大惑不解，他们老往苦竹院跑干什么？秀秀心想这个吴希声也真够书呆了，年轻男人去找个风流婆娘，还要问个干什么吗？她又忍不住吃吃地笑，说我也不知人家去苦竹院做嘛咯，你自己去看看吧！

秀秀的笑声神秘莫测，激起希声的更大的好奇心。再说，刘福田已经给他敲过警钟，说夜校再那样稀稀拉拉的，就不让他当老师了。吴希声便拿定主意，真该去"大众影院"明察暗访一番。

分手的时候，秀秀又乞乞地笑，仿佛要等着看希声的好戏似的。而书呆子气十足的吴希声，却做梦也没想到，那座趴在山窝窝里的苦竹院，正像个神秘兮兮的女巫，瞪着一双鬼里鬼气的眼睛窥伺着他呢。

苦竹院在枫树坪最西头。据说，解放前是村子里那户华侨地主金屋藏娇的"行宫"。解放后闲置久了，由他的旁系宗亲居住。住户是一对小夫妻。男人叫陈大牛，婆娘子叫蔡桂花。这里背靠青山，面对枫溪，前不傍邻，后不着店，竟有几分仙境般的幽美和清静。

院门虚掩着，吴希声看到院墙内果然有几丛苦竹，在月光下婆婆弄影，沙沙细语，便忽发奇想，要不是一个穷字压死人，这等去处还是蛮有诗意的。再侧耳细听，堂屋里似乎有唧唧喳喳的说话声，很是热闹。吴希声心里一下亮堂了：学员们果真说得不错，年轻人都来这里聊耍呢，还有鬼去上夜校？可是，这么个农家院落，又有啥子好玩的？吴希声勾起食指，彬彬有礼地轻轻敲门。一会儿，听见里头响起脚步声，随即传来一声像京剧花旦出场的叫板，尖脆，高亢，又拖得长长的：

"来啦——嘛人呀——"

大门咿呀一声打开，一股蛤蜊油的浊香扑面而来。吴希声一惊，倒退三步，看见一只粉嫩的胳膊高高擎起一盏小油灯，灯下的蔡桂花短发梳得油光发亮，黑眉描得如一勾新月，白白的圆脸也好像扑过粉，在月光下泛着青光。在平日里，这个婆娘子吴希声也曾瞄过几眼，却没有夜晚见到的这般妖艳，浑身透着迷人的狐气。吴希声觉得有点头晕，慌乱地叫了声：陈大嫂……蔡桂花更正说，叫我桂花！吴希声只好改口叫桂花。蔡桂花甜甜地应道，哎，叫我做嘛咯？吴希声说我是夜校的老师。蔡桂花说，知晓咯，你是夜校的老师，是知青楼的小吴，谁个不知，哪个不晓呀！暗晡夜有得空了，到屋下聊耍呀！稀客稀客，快进来！快快进来！说着就去牵吴希声的手。吴希声坚持要站在门外说话，蔡桂花有点生气，说我屋下又没藏着豺狼虎豹，会吃了你呀！来来来，聊下子，聊下子！

吴希声还在犹豫，一只手已经被蔡桂花攥住，夹在她肉嘟嘟的胳肢窝下，像个解除了武装的俘虏，被个士兵押解着，死拉硬拽地拖进屋里去。吴希声看见小院里几间房子都相当破旧了，却被主人收拾得很干净，土墙糊上旧报纸，桌椅板凳擦得黄澄澄的，地面上见不到鸡屎鸭屎，这么清爽的农家小院在枫树坪还很少见。进了二门，又看见堂屋里两张牌桌上的扑克战正杀得难解难分，没有谁顾得上招呼吴希声。两个站着看牌的后生哥倒是来了精神，异口同声跟他打招呼，连说稀客、稀客！

正三缺一哩，有你小吴就凑齐了！说着都移步往里屋走去，要到蔡桂花房间另辟战场，再开一局。

吴希声又被蔡桂花拖着搡着，到了二进的厢房。吴希声一手撑着门框，怎么也不肯逾雷池一步。吴希声说，不不不，我们就站在这里说说话。但他还是探头往房里瞄了一眼，看见红漆的大凉床上，挂着白纱帐，铺着青草席，花被、线毯、竹枕头，这一切在当时的枫树坪都是奢侈得不可多见的。吴希声想，这该是蔡桂花的卧房了。

蔡桂花在吴希声脖子上吹着热气说，进啊，愣着做嘛咯？别看房里没桌子，客满的时候，常常上床甩扑克的。蔡桂花说话时，两个后生哥已经上了床，盘腿坐着，一个劲朝吴希声招手：来呀！来呀！你会拱猪，还是会争上游？都蛮有意思的！吴希声吓得额上沁出细细的汗珠来，抵着门框坚持着，不，不，这些我都不会。蔡桂花说，不会就学么，我教你。吴希声说，蔡桂花，我来找你，是有要紧话要说的。蔡桂花就把狐媚的目光泼向吴希声，噢？有嘛要紧话？说吧，我听着！吴希声有些犹豫，心想有些话当着许多人说不方便，就声明他是专门来找蔡桂花的，希望蔡桂花到院子里去谈谈。蔡桂花心想这小鬼头真是还嫩了点，还忸忸怩怩呢，便爽快地答应了。她又拉上吴希声的手，来到竹影婆婆的小院里。

这里没有灯光，月儿又恰恰躲进如棉如絮的云层里，在一片朦胧中，吴希声看见蔡桂花隆起一对大奶子向自己压过来，随即前胸如遭电击，有些麻酥酥的了。只听蔡桂花嗲声嗲气地呓语着：有嘛要紧话？说呀！想阿姐了，嗯，不碍事的，屋里那两个毛头后生哥，我哼哼一声就叫他们滚蛋！吴希声节节败退，不知所措。吴希声说，不、不、不！我不是来聊嫐的……

蔡桂花嘻嘻轻笑，还害臊哩，头回生，二回熟，三回像吃蜜糖甜到肚，你天天都想来的。

蔡桂花的甜言蜜语，伴着廉价的蛤蜊油香，熏得吴希声几乎晕了过去，就连声叫道，哎哎哎，不不不，不是这档子事，不是这档子事……

蔡桂花生气了，脸色由晴转阴，嗓音由温变冷。蔡桂花说，咦，你暗晡夜来找我，不是这档子事是嘛鬼事？找我穷开心，逗乐子，啊？说呀，老娘的工夫金贵着呢！

吴希声好不容易镇定了些，说："我来请陈大哥和你去上夜校。"

“上夜校做嘛事？”

“识字学文化呀！”

“我们是种田佬，识字学文化有嘛用？能当衣穿，当饭吃，还是能长高长胖长得如花似玉清水好看起来呢？”

吴希声有些招架不住，期期艾艾说：“蔡桂花啊，话可不能这么说，识了字，有了文化，对种田过日子总会有好处的。”

蔡桂花薄薄的嘴唇就那么优雅地撇一撇：“哎唷哟，要是这么说，你们城里的学生哥，书读几箩筐，字识几火车，文化自然是比山里人高的，你们还要来枫树坪接受贫下中农再教育，你说说，这是嘛咯道理？”

吴希声好像碰到一位武林高手，使尽九牛二虎之力出了一招，人家只要动动手指头，就轻而易举把他掸回去。最后，吴希声几乎是在央求蔡桂花：“阿嫂！你和陈大哥要是实在不愿去上学，我说……能不能……把牌桌收起呢？”

蔡桂花凤眼圆睁：“凭嘛咯？我家摆两张牌桌，是碍着你们行路呢，还是噎着你们吃饭？”

吴希声哭丧着脸央求道：“你这苦竹院夜夜有人玩耍，鬼去上夜校呀！”

“哈，笑话！”蔡桂花得意一笑，“我可没有捆人的手，绑人的脚，哪个不去上夜校，跟我有嘛咯相干？”

吴希声更加低声下气了：“阿嫂，刘主任说了，夜校办不好，枫树坪脱不了文盲帽子，我们大家都有责任的。”

“哈哈哈！”蔡桂花突然一阵狂笑，“你不要拿刘主任来吓唬人，再大的官我也见过的。他刘福田看得不顺眼，叫他亲自找我聊聊呀！”

吴希声彻底缴械了。他开始抽身后退，三十六计走为上，恋战决不会有出路的。可是蔡桂花死死攘住他，乞乞地轻笑着：“怎样？这就想走！你个毛头崽子，怕是奶水也没有吃够吧，阿嫂给你滋补滋补怎么样？”说着，伸手去勾吴希声的脑壳。吴希声因为要保护手中的小提琴，不能用力反抗，尊贵的头颅居然被蔡桂花扳了下来。蔡桂花同时踮起脚，用软绵绵肉嘟嘟的胸脯去蹭吴希声的脸。吴希声热血奔涌，浑身战栗，本能地缩头，下蹲，总算金蝉脱壳，飞快夺门而出，逃之夭夭。

走出一望之遥，吴希声摸了摸怦怦剧跳的胸口，还好，还好，心还跳着，气还喘着，总算没有吓死过去。可是惊魂甫定，一阵娇声浪笑又紧追上来：

"哈哈，别走呀！别走呀！山乡没有戏，嬲① 嬲没关系！小吴，有空就来坐坐啊！"

吴希声又吓了一跳，撒开大步在田间小路上飞跑起来。

036

---

① 嬲，闽西客家方言，读 nǐao 去声，男女在一起嬉耍游乐的意思。

第三章　偷尝禁果

孙卫红脖子上的铁链被吴希声剪断之后，只留下个闪闪发亮的白铁项圈，忽然觉得一身轻松。这贱坏上锁拖链惯了，现在身无羁绊，摇摇晃晃，趔趔趄趄，走路好像要飘起来。但它很快适应了。树林中有太多的果子向它频频招手，有太多的鲜花叫它眼花缭乱。它兴奋得不能自已，慢步变成快步，快步变成小跑，小跑变成跳跃，跳跃变成飞奔，一会儿，便钻进一片古木撑天的莽莽丛林。

天完全黑了，孙卫红觉得林子里很不安静。它听见远远近近响起各种声音，有老蛇滑过树叶沙沙爬行，有狐狸穿过草窝悄悄潜行，还有猎豹追逐山獐在林子里刮起风暴一样哗哗的响声。孙卫红非常害怕，蹿上一棵松树，爬到高高的树杈上，蜷缩起身子，想打个盹儿。开初，它睡不着。这些年来，它在吴希声的宠爱中养尊处优，歇息的地方有个专门为它建造的猴舍。猴舍里有个篾箩，篾箩里铺着禾草，像有钱人睡的席梦思，要多舒服有多舒服！如今它躺在松树杈上，硬邦邦的，硌得腰痛背痛屁股痛。再说，林子里山风凌厉，飒飒飒的，吹得它身上没有了热气，瑟缩成一团。一直熬到半夜，它才浑浑沌沌合上了眼。

清晨，一阵虫嘶鸟啼把孙卫红吵醒。太阳光从树梢头筛下来，一缕一缕，一圈一圈，金光闪烁，晃得孙卫红睁不开眼。它听见百灵在枝头唱歌，斑鸠隔着山头和鸣；它看见山鸡在林子里散步，松鼠在松树上跳舞。很久很久以前的记忆全复活了，它一下子回到童年的摇篮。孙卫红忽然记起这山，这树，这山林里的百花野果，原来都是属于猴儿国的。这里就是它的故乡花果山呀！这个花果山是不是亿万年前孙悟空的发家圣地，无可稽考。但是这里确有奇峰怪石，老树古藤，流泉飞瀑，奇花异草，比起孙悟空的仙乡故里不会差到哪里去。假设孙悟空后来还了俗成了家，那么，有考据癖的学者们，考证出这里成群结队的金丝猴是孙大圣的第多少代多少代孙，说不定能写一部鸿篇巨著呢。

孙卫红这里看看，那里瞅瞅，觉得一路山景是那么熟悉。它刚满周岁，就是从这里被心肠歹毒的猎人逮走的啊！它走着走着，忽然遇见一只小公猴。我的天，真是猴儿国的美男子呀！它身材高大，四肢矫健，那两道灼灼有神的目光竟黏在孙卫红的身上了。毫无疑问，这只小公猴正为孙卫红的天姿国色所倾倒。这花果山至少有几百只金丝猴，它还从未见过哪个猴小姐猴娘们比得上孙卫红这般俏模俏样的。小公猴走了过来，唧唧叫着，用猴语问候，孙卫红也唧唧叫着，用猴语呼应。一会儿，它们就成了好朋友。小公猴领着孙卫红往深山密林走去，给它采好吃的野果，请它欣赏最美的风光。填饱了肚子，它们在草地上晒太阳，这个帮那个梳理头毛，那个帮这个捉拿虱子，亲亲热热，卿卿我我，像一对热恋中的情人。

然而，好景不长，花果山的老猴王突然来到它们跟前。老猴王身材魁梧，一对火眼金睛寒光逼人，一蹦一跳，浑身皮毛像金色的波浪一样闪光。一头蓬松的头毛，密匝匝毛氄氄的，像当代帅哥的披肩长发。嘿，这猴中之王，要多帅有多帅！要多酷有多酷！它所到之处，老猴小猴公猴母猴们立马屏声敛息，惶然侍立。我们的老祖宗有言："普天之下，莫非王土；率土之滨，莫非王臣。"与我们老祖宗有亲缘关系的猿猴家族，更是如此。这方圆百里花果山，都是老猴王的领土；率土之猴，都是老猴王的子民；

满山的猴娘们，都是老猴王的嫔妃。据史籍记载，中国历代帝皇都有三宫六院、粉黛三千；据当今报载，利比亚总统妻妾、情人和小蜜，也数不胜数。老猴王与他们相比，毫不逊色。其性欲之旺盛，占有母猴之众多，前无古猴，后无来者。

这时候，老猴王迈着王者的步伐，蹒跚走来，猛一抬头，发现了孙卫红。我的妈呀，这是哪儿来的小妞儿？它身材苗条，毛色鲜丽，一对金色的双眼皮猴眼，滴溜溜地转个不停，叫老猴王顿时丢了三魂和七魄。老猴王威严地咳嗽一声，摇晃着庞大的身躯，向孙卫红走去。孙卫红立时有点害怕，拼命往小公猴怀里钻。老猴王又威严地唧了一声，那意思是叫小公猴快快滚开。按照花果山猴儿国的法律，年轻的公猴这时必须向老猴王跪拜认罪，然后识相地溜之大吉。但是孙卫红长得实在太俊，让小公猴一见钟情，哪里舍得下这俏娘们呀？它竟色令智昏，傻乎乎地站着不肯挪步。老猴王生气了，发怒了，虎视眈眈，龇牙咧嘴，小公猴不予理会；老猴王大吼一声，小公猴仍不肯动弹。老猴王平生头一次遇到下属的挑战，怒不可遏，一下子扑了上去。要在往日，小公猴早就逃之夭夭。但是今天孙卫红孙小姐给它莫大鼓舞。它想，我已经长得武高武大，又学会了十八般武艺，难道还一直逆来顺受任你老家伙欺负不成？小公猴就抖擞精神，摆开了迎战的架势。但是，它面对的老猴王是个庞然大物，二猴相争，就像轻量级拳击手迎战拳王泰森，显然不在一个等级上。小公猴蹦蹦跳跳，左躲右闪，虽然灵活，但它有些怯阵，体能和心理都处于劣势。交手才两三个回合，肩上和背上挨了两爪子。老猴王粗大的双掌有十枚尖利如刃的指甲，把小公猴身上撕得皮开肉绽，鲜血淋漓。小公猴再也不敢恋战，带着一阵唧唧惨叫，一溜烟逃出了花果山。

这场猴战来似霹雳，去如闪电，眨眼工夫就结束了。花果山上的金丝猴，无论攀在树枝上的，趴在草窝里的，蹲在悬崖上的，全都呆若木鸡，悚然慑服，谁也不敢发出一点声音。初上花果山的孙卫红更是魂不附体，龟缩在一个浅浅的树洞里，红腚儿翘得

039

老高，长尾巴簌簌颤抖，像摇曳于风中的一束狗尾巴草。

大获全胜的老猴王迈着王者的步伐，向孙卫红踱了过去。它伸出一只前爪，攥住孙卫红漂亮的长尾巴，轻轻把它从树洞里拽出来。然后，在它丰腴的红屁股蛋上嗅了嗅，亲了亲，前肢一抬，跨了上去。我的妈呀，老猴王的身子实在太沉，孙卫红一下子被压垮了。老猴王只好用两只前肢支撑着地面，把浑身毂觫的孙卫红压在身下，掏出金箍棒一样的家伙，从容不迫地挺进孙卫红的身体。忽然，满山遍野的金丝猴都听见惊天动地一声欢叫，随即，窥见鲜血哗啦啦流了一地。顿时，天上地下，飞禽走兽，都为老猴王行使初夜权的狂放之举，感到震惊，感到兴奋，却肃穆得连大气也不敢喘。

完事之后，老猴王摇晃着狗熊似的身躯，迈着王者的步伐，懒洋洋地走开了。

此后，老猴王又多次强暴了孙卫红。开初，孙卫红极不情愿，后来半推半就，再后来，它就有求必应甚至频送秋波大献殷勤了。孙卫红发现，宠妃的地位可是同胞姐妹们梦寐以求的。现在，哪株树上的果子最鲜美，孙卫红就爬上哪株树上去大吃一顿；哪个草窝里最舒服，孙卫红就钻进哪个草窝里睡大觉。这种殊遇的取得，几乎是轻而易举的。它只需冲着老猴王撅起性感的臀部，它在花果山上就可以通行无阻，为所欲为。其他雌猴雄猴老猴幼猴们虽然气恼无比，时时向孙卫红投射妒火焚烧的目光，那又何济于事？孙卫红是花果山的大美人，是猴儿国的猴皇后，它朝小猴哥们瞪瞪眼，龇龇牙，谁敢不敛声屏息缩头夹尾退避三舍呀？

然而，孙卫红毕竟在枫树坪生活了三年，那是刻骨铭心、魂牵梦萦的岁月。在猴儿国闲来无事的时候，在花果山穷极无聊的时候，孙卫红会常常想起枫树坪，想起吴希声。而且还为它的主人演出许多轰轰烈烈的故事，甚至献出宝贵的生命，那都是后话了。

　　这天夜晚，上海知青队几个哥们坐在晒谷坪上乘凉，吴希声讲起他在苦竹院的历险记，害得张亮和蓝雪梅笑得前仰后翻，差点憋过气去。张亮大声嚷嚷："吴希声呀吴希声，你真傻，你真熊！这是送到嘴边的仙桃呢，你也不尝一口！"雪梅也抿嘴微笑道："我不信，我不信，你是假装正经，你还能坐怀不乱？"

　　"真的，有半点假话，我就不是人！"吴希声也乐了，自我解嘲道，"蔡桂花人倒长得不坏，我是怕她身上的蛤蜊油，一闻到她一身蛤蜊油的香气，我就头晕，逃都来不及！"

　　其实，吴希声不必赌咒申辩，人家都相信他守身如玉。他心比天高，整天看书练琴想当小提琴家，跟如花似玉的王秀秀还若即若离呢，能瞧上她蔡桂花？

　　张亮说："希声呀希声，我们来枫树坪也好些年了，可你连村西头有个'大众影院'都不知道，也太呀呀乌了！"

　　吴希声说："你是地保，上通天，下通地，中间管空气，当然无事不知，无事不晓，你跟我说说，这个'大众影院'到底是怎么回事？"

　　张亮就津津有味地讲起"大众影院"的故事。

　　蔡桂花原是城关镇一家豆腐坊的闺女，很有几分姿色。可是，她随大流跟着人家造反打派仗的时候，被个烂崽开了苞，生过一个怀了七个月的死婴，闹得满城风雨，爹妈怕她嫁不出去，托人说媒下嫁给枫树坪的陈大牛。陈大牛是个种田好手，劳力特棒，还会一手箍桶绝活，农闲时东村转罢逛西村，很能挣些活水钱。所以早些年，日子过得蛮红火，把蔡桂花像观音菩萨一样供着，吃香喝辣，油头粉面，从来没下过水田。可是天有不测风云，人有旦夕祸福。某日，陈大牛去枫溪炸鱼，盘腿坐在溪坝上装炸药，不慎把雷管弄响了，不但炸伤一条腿，还炸烂两个卵泡，从此成了个废人，人家都叫他拐子牛。像宫里的太监，拐子牛人长胖了，脸上没一丝皱纹，下巴没一根胡须，说话变成鸭公声，沙沙沙，不男不女的。一个大男人就变得没精少气，窝囊委琐，既干不了

041

田里活，更干不了床上活。蔡桂花闹离婚，陈大牛死活不肯；再说，蔡桂花名声不好，也不易找到合适人家。但是，那个在"文革"中闯荡过一阵子的蔡桂花，可不是一盏省油的灯。她常常倚门而立，就地取材，用那双雌狐一样迷人的眼睛，和富有诱惑力的微笑，勾引来好些后生哥解渴充饥。有一回，被陈大牛逮个正着，把奸夫淫妇堵在房间里，挥舞着一把菜刀直嚷嚷，非来个白刀子进红刀子出，他决不姓陈。蔡桂花一不慌，二不乱，先把野男人从后窗子放走，再傈地一下打开房门，抖颤着两个大奶子狠狠叱责陈大牛："啊哈，想抓老娘的奸？想砍老娘的头？来呀，来呀，你有种就快快来呀！"蔡桂花把白脖子伸得长长的，吓得拐子牛节节败退。"拐子牛呀拐子牛，你连两个卵泡都没有了，想'牛'也'牛'不起来呀，哼，还想叫老娘守一辈子活寡？日昼里做梦去吧！呸！"蔡桂花又捶胸拍肚，满地打滚，嚎啕大哭。拐子牛放下菜刀，一屁股坐在门槛上，摸摸裤裆，空空如也，不禁涕泪俱下，痛哭失声。从此，蔡桂花获得绝对的自由。她几乎来者不拒，价钱不计。这个给盒蛤蜊油，那个送几根玉米棒，这个给一篮子鸡蛋鸭蛋，那个送一条毛巾头帕，都能到苦竹院喝茶、聊天、甩扑克，甚至上床演一出"帐中戏"。慢慢地，就有人在背地里把苦竹院叫做"大众影院"。

张亮讲得有声有色，吴希声听得一愣一愣，傻乎乎问道："蔡桂花这样伤风败俗，公社头头也不管管？"

张亮说："管什么呀，管？拐子牛三代老贫农，蔡桂花也是城市贫民无产者，了不起是个生活作风问题。再说，上面来了干部，也爱到苦竹院去歇歇脚，聊聊天，散散心。谁会管这档子事？"

"嘿，这不是有伤风化吗？"

"吴希声，你真个书呆子，伤什么风化？"张亮说，"穷乡僻寨，在男女情事上比城市开放多了。你想想，蔡桂花最后对你说了一句什么话？"

"她最后说了句什么话?"吴希声拍拍自己的脑壳,一点也想不起来。

"你真健忘呀!"张亮说,"你再想想,蔡桂花在你后头追着搡着喊什么?那简直是明目张胆地做广告!"

"哦,我想起来了。"吴希声似乎为那两句粗俗的话感到脸红,声音就低了下来,"嘿,蔡桂花说:'山乡没有戏,嬲嬲没关系。'"

张亮说:"对了,这两句话可不是蔡桂花的发明,听说,是一个县里来的大干部说的。春山爷看不惯蔡桂花那一套,去向县里来蹲点的干部汇报,那位干部一听直笑,还说,这事你别管,山乡没有戏,嬲嬲没关系!这话传到拐子牛和蔡桂花耳里,像是得了上方宝剑,就常常拿来做广告了!"

"哦!原来是这样啊!"吴希声意味深长地轻嘘一口气,这才知道世界之大,无奇不有。

张亮又说:"这事也不能全怪人家蔡桂花。这山沟沟里,听不到歌声,看不到电影,男男女女聚在一起,七荤八素地说说话,也好打发这漫漫长夜呀!"

张亮讲故事的时候,蓝雪梅一直静静地听着,像听上海评弹那么有趣。见张亮愈说愈离谱,就气狠狠地瞪了他一眼。"张亮,你真行! 莫不是你也去过'大众影院'?"

"是啊,我还真想去'大众影院'看一场'电影'。"张亮并不生气,嬉皮笑脸地回看雪梅,"可是,有你这位队长盯着管着,我敢吗?"

雪梅听出张亮话中的弦外之音,脸上热辣辣地涨红了,就有点坐不住。好在月光暗淡,希声看不出什么秘密。雪梅懒懒地站起身来说:"不跟你们胡扯八道了,睡吧睡吧,明天一大早还要出工呢!"

吴希声有迟睡早起的习惯。无论早晚,他都要练一会儿琴。

早上练琴不怕吵着谁，他放开胆子拉；夜里练琴他不敢放肆，得把门窗关得严严实实的。巴掌大的小房间，堆着箩筐、雨笠、蓑衣、木箱和农具等等乱七八糟的东西，琴声反弹回来就变了味。希声知道，他与其说是拉琴，不如说是记谱，练练指法弓法而已。

吴希声的音乐天赋是与生俱来的。他的手掌特别宽大，手指特别修长，指头与指肚的肌肉特别柔软，指间的距离能分得很开，那只不可多得的左手的五个指头，指尖的宽度、厚度与神经末梢的灵敏度，都为他追随莫扎特和贝多芬们提供了极好的天赋。这可不是吴希声的自我感觉自我吹嘘，而是他父亲在他年仅八岁时，要他拜白俄女小提琴家丽达诺娃小姐为师，丽达诺娃认真听他拉了一支莫扎特的《D大调小步舞曲》之后，又像手相大师那样非常仔细地察看过他的手掌与手指，才欣喜若狂地这样告诉他父亲的。吴希声跟丽达诺娃学了五年小提琴，琴艺大进，参加上海青少年小提琴大赛，一鸣惊人，夺得桂冠。此后，他决心当一名小提琴演奏家。可是，"文革"一声惊雷粉碎了他的美梦。吴希声却不死心，来枫树坪插队，仍放不下他的小提琴，更不忍糟蹋自己父母赐予的得天独厚的手指。碰到什么重活粗活，他能躲则躲，能混就混，十分担心那双极有乐感的手变得粗砺、麻木和不可救药。不管干什么农活，一得空闲，他总爱在扁担和锄把上悄悄地移动左手的五指，有节奏地上下动弹，练习揉弦、扣弦，默记一支又一支小提琴名曲。有的社员就断定吴希声的手指准有毛病，要不，怎么老抽风呢？只有老支书春山爷特别看重吴希声的手指。他听了吴希声拉过几回琴，断定这知青哥是个不可多得的吹鼓手（春山爷还没学会音乐家、艺术家这些高雅的词汇，他知道旧社会乡间凡是靠吹拉弹唱吃饭的人，都叫吹鼓手），便派他个夜校教师和大队会计的差事，让他少做些农活，多挣些工分，其实也是一种爱惜和照顾。

吴希声永远不会忘记，那位白俄小提琴家丽达诺娃在教授小提琴的时候，除了夸奖他手指细长、乐感极佳等等得天独厚的条件，还特别告诫他要刻苦。她叫吴希声抚摸她细长的手指。吴希声万万没有想到，像拉斐尔油画里的圣母一样美丽的丽达诺娃，左手五指的指尖上都有坚硬的老茧，右手食指、中指的第二关节与虎口上的皮肉，也特别坚硬。丽达诺娃又让他抚摸她富态圆润的下颏。他有点害羞，迟疑着不敢伸出手去。丽达诺娃抓起他的手说，没关系的，你还是个孩子。老师的下巴像白瓷一样闪光，吴希声不由眯起眼，伸出小手轻轻抚摸，又惊异地发现，老师经常夹紧琴托的左下颏的肌肉，也是结实而坚硬。丽达诺娃用亲身的经验告诉他：一切演奏家之所以能成为演奏家，没有别的秘诀，只能终生信奉一句话：刻苦，刻苦，再刻苦！

　　丽达诺娃是父亲乐团的首席小提琴手。小希声去听音乐会，常常看见谢幕的时候，丽达诺娃都和父亲站在一起，接受观众热烈的掌声和灿烂的鲜花。这位杰出的小提琴手不仅是他恩深泽厚的老师，而且是他鲜活的榜样指路的灯。

　　但是，今晚吴希声老想着已经放归山林的孙卫红，老挂念还关在清队学习班的老父亲，心里很乱，记忆迟钝，手指也不听使唤。他想拉一拉勃拉姆斯的《匈牙利舞曲第5》，只能断断续续记起一些乐句，整支曲子乃至一个乐段却记不完整了。他兴味索然，干脆收起小提琴，上床安歇。

　　吴希声在床上辗转反侧，翻着烧饼。忽然，他听到隔壁房间有些响动。知青楼是那种土木结构的老土楼，房间与房间之间隔着一层薄薄的杉木板，年代久远了，裂开一条条缝隙，虽然糊上旧报纸，却完全防范不了隔墙有耳。此时夜阑人静，希声的听觉出奇的敏锐，他听清了张亮房间传来床板吱吱嘎嘎的响声，听到了拉风箱似的粗重的喘息。开头他还以为是张亮得了热病，差点儿要张口喊他，可是再竖耳一听，又听到一个女人轻轻的呻吟，便恍然大悟，明白发生了什么事。吴希声扯过一件棉毛衫，捂紧了双耳，心里一阵阵地火烧火燎，狂躁不已地想道：嘿，嘿，好家伙，你们终于睡到一起去了！

张亮和雪梅的秘密被希声发现这是第一次，而他们上床至少已有十来回。对希声来说，这事早在意料之中，并不大惊小怪。刚来枫树坪，上海知青队共有十人，那时有十双眼睛互相盯着，出事的概率比较少。再说，也没到熬不下去的年龄。插队那年，雪梅十八，是大姐姐；张亮十七，居中；希声才十六，是小弟弟。后来陆续走了七人，留下雪梅、张亮和希声，他们脑子管得严，裤带扎得紧，也算平安无事。可是，慢慢地，他们都长成大姑娘和壮小伙子，体内的荷尔蒙与雌性激素势不可挡地剧增猛涨，脑子里能不生出些色彩缤纷的思绪？住在同一座楼的厦门知青、福州知青，有好几对儿早就搬到一间房里过起小日子了。雪梅与张亮、希声，长期在一口锅里吃饭，在一层楼里生活，雪梅不仅是队长，而且在洗刷缝补等等方面充当主妇的角色，难免幻想将来肯定会成为他们当中一个的女人。雪梅在暗地里掂量了又掂量，思忖了又思忖：希声虽然才貌双全，可是年纪太小，又早被秀秀看上；张亮虽然也小一岁，可老成得多，就成了别无选择的选择。开头，雪梅也不能不有些阶级偏见，觉得他们俩不是门当户对的。但是在一起生活的时间久了，雪梅发现张亮这人仗义、慷慨、乐于助人、干活又肯卖死力气，还决心要做资产阶级的逆子贰臣，很有几分可爱的，把他装进心里已经有好长日子了。不过，雪梅一再告诫自己：饿了，到农民自留地里掰个苞谷吃，不算偷；馋了，到生产队瓜田里摘个甜瓜吃，不算窃。偷这窃那都可以，就是万万不可偷情，不可偷吃伊甸园里的禁果。一旦上帝动怒，叫你生个孩子，把户口落在枫树坪，这辈子就别想再回大上海！

但是，人算不如天算。上帝偏偏给雪梅与张亮一个在伊甸园中单独相处的机会。一个月前，吴希声他哥吴希文来信，说关在学习班受审查的父亲病得厉害，希声就告假回上海探了一趟亲。这一来，上海知青队的三角关系缺了一角，失去平衡。过去，张亮和吴希声都把雪梅当成知青部落的酋长，当成临时家庭的大姐

梅看见张亮一只粗壮的胳膊搭在被头
，感到有股阳刚之气扑面而来……

和户主，在她的主持下，小日子过得有条不紊又有章可循。一旦少了吴希声一双眼睛，另外的一男一女顿时都有了失重的感觉。希声刚走那天，张亮和雪梅忽然觉得生分起来。吃饭时，相互不敢看对方的脸。可是真怪，愈不敢看就愈想看。目光偶尔相碰，像触电一样，又飞快移开，心跳加快了，脸也飞红了。两人都忐忑不安，担心着有什么大事就要发生。

张亮对雪梅的感情比较复杂。除了喜欢，依赖，感激，还怀有一种莫名其妙的崇拜。人家是"红五类"，人家是共产党员，人家是知青队的大红人，人家讲起革命道理来总是一套一套的……这么多年来，虽然住在一个屋檐下，吃在一口铁锅里，可人家总是一板正经，中规中矩，连一个亲昵的眼神都十分吝啬！他张亮敢轻举妄动吗？但是，进进出出，张亮常常偷觑雪梅漂亮的脸蛋，鼓鼓的胸脯；还有，一个妙龄女子身上特有的体香，也常常在他的鼻尖下挥之不去。如此这般，一到夜晚，张亮心里就不能不波翻浪涌，想入非非。

希声告假回上海后，张亮开始躲着雪梅。躲她最好的办法，就是出工，就是干活。可是，希声走后的第三天，又偏偏下起小雨，张亮没活可干，无处去玩，只好懒床不起。到了吃午饭时光，张亮还赖在床上呼呼大睡。雪梅悄悄推开张亮的房门，走到床头，轻抚张亮的额头，惊叫一声，咦，还不起来！你病了？张亮把头撇向一边，我哪有病？好端端的。雪梅看见张亮一只粗壮的胳膊搭在被头外，感到有股阳刚之气扑面而来，心里就有了异样的感觉。她伸出手指去捣鼓张亮的胳肢窝，笑骂道，懒虫，懒虫，没病就起来吃饭，不准你当懒虫！

张亮虽然捂紧了被子，却似乎接收到一个确切的信号，不由咯咯大笑起来。一个成熟男人的笑声，像春雷在田野上滚动，很有感染力和震撼力，叫雪梅的心跳怦怦地加快了。雪梅想快快离开，但是那房里仿佛有一种看不见的魔力，又把她紧紧地吸引住。雪梅在床沿坐下，隔着一层被子拍打着张亮的屁股。嘿，怎么搞的么，等会儿饭菜凉了，我又得给你热一次！张亮听出来，雪梅的语气都变了，像是从嗓子眼里硬挤出来，有点发沙，有点撒娇，是那种前所未见的怪怪的声音。张亮不禁心旌飘摇，嘴上却嘟嘟囔囔，走吧走吧，我要睡觉！雪梅笑道，我偏不走，我偏不走！你这条懒虫！

雪梅开始在张亮的床头席下搜搜捡捡。这是她的老习惯，三天两头要给张亮洗一次衣服。从小衣来伸手饭来张口的张亮，是从来不会换洗衣服鞋袜的。一会儿，雪梅就有了意外的收获。她在床头掏出一条脏短裤。一种类似鱼腥味的气息，呛得雪梅连忙捂紧鼻子，一边吃吃轻笑，一边说张亮你真有出息，这么大个人还尿床！

张亮就臊成个红虾脸，拉上被子蒙上头，一边在被子里用脚蹬雪梅：哎呀呀，你烦不烦？走，走，你快走开！

雪梅坐在床头偏不走，极为认真地研究张亮的脏裤子。她吸溜吸溜鼻子，发觉脏裤子的气息与尿骚味还是大有区别的。那条白短裤也变成了黄褐色，又黏结成团，雪梅小心翼翼撕扯开，终于看到了洁白的精液与奇妙的图案。霎时间，她像挨了一闷棍，脑壳嗡嗡地响，脸上泼血般红，却明知故问，哎呀，这是什么呀？脏死了，臭死了！……

张亮就从被窝里探出头来，一脸鬼笑。张亮说，你想知道这是什么吗？我来教教你！

张亮猛地一下把雪梅扳倒，揽过来，使劲拖进暖烘烘的被窝里。雪梅一点也没有反抗，而且顺水推舟，随波逐浪。从来没有亲吻过异性的她，像饿坏了的婴儿似的，一寻到张亮发烫的嘴，便发狠地吸吮起来；那渴望被开垦的处女地，像期待着春耕的秧田，对于犁耙的猖狂耕耘，回报着流水哗哗的欢笑。

青春的激情爆发于眨眼之间，既是早有期盼，又是突如其来，各自慌乱地探寻着对方的秘密，又给对方带来巨大的震撼和快感。

待春潮遽退之后，张亮看着雪梅竟有些不好意思了，便咬着雪梅的耳垂子说，放心！我是个男子汉，敢作敢当，我会一辈子对你负责的。

雪梅早就喜泪婆娑，抽抽泣泣了。雪梅说，我、我这辈子……就指望你了！

张亮和雪梅偷尝禁果，正是暮春三月。枯黄了一冬的田畈开始返青，寂寞了一冬的枫树林有了蝉鸣，闲了一冬的牛牿显出特别充沛的活力。就在这万物生长、野猫叫春的季节，张亮和雪梅有了第一次，就有第二次、第三次，一发而不可收拾。待希声探亲假满从上海回来，他们仿佛刚从一场美梦中惊醒，就惋惜光阴如水，飞快逝去，那伊甸园里的好果子还没尝个够哩！

张亮干了一天重活，有点儿累，雪梅不断亲他揉他，也不见他疯狂起来，就问，怎么？你困了？张亮懒懒地说，在烂泥田里干了一整天活，能不困！雪梅乞乞地笑，我一天省下一个鸡蛋，都让你补到哪去了？张亮慵懒依旧，你说得倒轻松，床上的活，女人以逸待劳，男人可辛苦多了！雪梅就伸出个食指，直捣张亮的胳肢窝，你坏！你坏！懒坏！懒坏！干啥事体都偷懒，我就辛苦一回给你看。

雪梅上了张亮的身，开始波浪式的腰肢运动。在掌握运动的节奏上，雪梅比张亮要有控制力。浪了会儿她就静止了。张亮床头有只红旗牌半导体收音机，雪梅拿过来"啪"地一声打开开关。收音机沙啦沙啦响着，雪梅专心一意地旋着调频的按钮寻找新闻频道，竟忘了继续动作。

刚被欲火撩起的张亮老大的不高兴，肚皮一挺，把雪梅掀翻下来。

雪梅吃了一惊，怎么啦？你！

张亮说，真受不了，你这个政治动物！

什么什么？你骂我政治动物？

雪梅气得进出泪水来。她在"文革"中因为盲目忠诚，步步紧跟，如今常常痛悔莫及；而张亮这话正是戳中痛处，能不叫她生气吗？雪梅掀了被子，急慌慌地要穿衣下床。张亮又一把抱住她，赔笑脸，说好话，别走别走，我给你赔不是还不行？蓝雪梅还哭，张亮抓起雪梅的手，直朝自己脸上刮耳光，说我真该死，真该死，让你赏三十个大烧饼吧！

雪梅还愣哭愣哭。张亮就说我给你讲个故事，包你一听就乐！雪梅不哭了，却依然赌气，鬼！气都被你气死了，我才不会乐呢！

张亮不管三七二十一，一把把雪梅揽过来，紧紧地搂在怀里开始讲故事。他说，我爸的丝绸商行有个女职员，从十七八岁做到三十几岁，还是行里的一个收银员，地位收入都是很低的。"文革"开始，她紧跟聂元梓、蒯大富，是上海工商业界最早贴大字报起来造反的女职工，受到王洪文、张春桥的赏识，一下子就提到市里去当个小头目。可是她当官不久，就和她丈夫闹离婚。张亮问雪梅，你猜猜看，他们闹离婚的原因是什么？

雪梅想也没想就回答，这还用猜，八成是女的地位变了，看不起男的呗！

错了！

那个女的有了外遇。

更是大错特错。据说那个女人对于爱情可是忠贞不二的。你再猜猜看，到底是啥子原因？

雪梅想了一会儿，说自己还真是猜不中。

张亮咬着雪梅的耳朵说，瞧，你的脑筋不灵光吧！告诉你，是那男的受不了他老婆。他老婆造了反，升了官，尝到政治的甜头，政治那东西就跟一日三餐必不可少了。她吃饭要看报，睡觉必定听中央电台广播，就连跟丈夫做爱，也是毫无表情毫无激情，心不在焉心猿意马的，像挺尸一样躺着，任男的在上头忙活，她自己却专心专意看报纸，你说你说，这样的女人谁受得了哟？

雪梅咯咯大笑起来。笑毕，又用拳头捶打张亮，你坏，你坏！你指桑骂槐，你讽刺我。

张亮也笑了，我哪敢讽刺你，讲个笑话逗你乐一乐。

唉！雪梅在张亮的臂弯里叹了口气，我也不是特别爱听广播，我是想听听上头对知青工作有什么新精神。

张亮说，还能有什么新精神？人家有靠山有门路的，早就回上海当了回城派；留下我们没靠山没门路的，乖乖地留下当扎根派吧！雪梅有些困倦了，就说睡吧，睡吧，别再七想八想了！

对于前面的出路，雪梅同样一片茫然。希声和张亮回不了上海，是因为他们的父亲都关在"牛棚"里，他们是低人一等的"狗崽子"；雪梅虽然是纯而又纯的"红五类"，可是在上海海港当搬运工的爹妈，又哪有本钱和本事去为女儿敲开幸福之门？在孤独冷清的山村之夜，她爱依偎于张亮宽大温暖的胸脯，不仅仅是肉体对肉体的吸引，同时也是心灵对心灵的寄托。一个单身女子流落荒僻的山村，需要一个值得依赖的男人，就像一只漂泊的孤舟，需要一个避风的港湾。

第二天午饭后，雪梅发现柴房里的柴禾烧光了，就叫两个男生上山去砍樵。砍樵这活说轻不轻，说重不重，但是动刀动斧的，叫你掌上打一串血泡，长几个老茧，那是在所难免的。吴希声珍惜他那双天生用来拉小提琴的手，一有粗重的活计，一般都要拉上张亮。可是张亮这个赖坯，放下碗筷，抹抹嘴巴，早不见影了。希声皱眉一想，立时猜到张亮去了哪里。

知青楼前的枫溪之畔，有好几座像宝塔一样高高的禾草垛，冬天避风，夏天阴凉，是知青哥们偷懒歇憩的好去处。希声来到枫溪之畔，看见张亮果然在禾草垛下呼呼大睡。希声使劲推搡张亮，张亮照睡不误。希声在左边推，张亮侧身朝右睡；希声到右边推，张亮又侧身朝左睡。扯起呼噜像伏天的惊雷，震得禾草垛上的禾草簌簌直抖。希声乐了，捡了一棵草茎儿，在张亮鼻尖下拨拉着，竟也弄不醒张亮。他急了，便把草茎儿插进张亮的大鼻孔里，又轻轻地左旋右转，张亮一连打了几个惊天动地的喷嚏，这才迷迷怔怔醒过来，揉着双眼嘟囔道："去去去！你干啥嘛？"

希声忍住笑道："好家伙，你敢躲在这里偷懒睡觉！快，雪梅叫你去砍樵。"

"别碰我！"张亮一下又放倒了，舒舒服服地躺着。"唉，锄了半天地，快累死了！我要再躺一会儿。"

"柴房里没有一根柴了，叫雪梅怎么做夜饭？"

"那就饿一餐吧！"张亮还是懒洋洋的，不肯动弹。

希声老半天叫不动张亮，不由噗哧一下笑了："哈，一百多斤的汉子，怎么一下就瘫了，像头放了血的死猪！你老实交待，这是何缘故？"

"什么什么？啊！你要我交代什么？"张亮身上有根敏感的神经被拔拉了一下，歪过脸来，警惕地审视着吴希声。

"哈哈！"希声笑得更加意味深长了，"昨天夜里，你们折腾了一宿，把你累坏了吧！"

张亮霍地坐起，眼睛都瞪圆了："咦，你，你，小孩子家家的，知道什么呀？"

希声笑道："你们也不注意一点影响，闹地震一样，想叫全楼知青都晓得吗？想让刘福田来抓你们的不正之风吗？啊，你！"

张亮血冲脑门，满脸通红，低头不语，只撩起眼皮偷觑希声那笑盈盈的瘦脸。幸好，吴希声的脸色平和如故，丝毫没有责备的意思。张亮也就不至于太难为情，又放倒在禾草垛上，点了支喇叭烟，狠吸两口，长叹一声道："唉，迟早的事，迟早的事，逃也逃不了的。"

"我早看出来了，你和雪梅蛮适合的。"

"是吗？"

"我除了祝福你们，还有个要求。"

"噢？你说！"

"雪梅是个好人，天下难找的好姑娘，你小子可不能逢场作戏，要一辈子爱她，一辈子疼她！"

"我会的。"

"唉，人家一个响当当的产业工人的女儿，在学校里红了半边天，却不嫌弃我们俩，让我们参加她的知青队。"

"那是。"

"这些年来，她给我们烧水做饭，洗洗刷刷，缝缝补补，真不容易呀！"

"嗯，那是，那是！"

"你小子要是欺负了雪梅，我就饶不了你！"

张亮看着瘦不拉叽的吴希声，别说一个，来三个五个，也不在话下呀，他居然牛皮烘烘地说大话，就深知这六七年的风风雨雨，把他们联结在一起的情谊，已是坚如磐石刻骨铭心的了。他便大声响气地向吴希声保证："你放心，我疼她爱她还嫌不够呢，哪会欺负她！"

希声在张亮宽大的肩膀上狠击一掌："行，这才算一条男子汉！"

两人说着说着，眼睛都有点潮湿，嗓门都有点哽咽。沉默一会儿，张亮又把承诺加以具体化，说他这辈子如果有条件要娶个女人，那就是蓝雪梅了。不过，他们不会在枫树坪结婚。他们一定要争取回上海，他要让雪梅体体面面地当新娘！他重重地回了希声一拳，"你小子等着吧，我一定请你喝喜酒！"

"我就盼着这一天！"希声双眼放光，一腔真诚，把一只胳膊搭在张亮的肩膀上，无比深情而向往地说道，"到时候，我就给你们当个证婚人吧！"

两人歇够了，也谈够了，这才提起柴刀、扛上钎担上山去砍樵。

又过了些天，吴希声却突然向雪梅和张亮提出"分家"。起因不光是发现他们在一起睡觉，更主要的，是他在无意中看到伙房后头的垃圾篓子里的鸡蛋壳，却好久吃不到一粒鸡蛋。上海知青队多年来实行乌托邦式的"共产"原则，即使只剩下雪梅、张亮和希声三人，也是在一口锅灶里开伙吃饭。张亮个大饭量大，可他挣的工分也多；希声体弱吃得少，他的工分收入也少。雪梅的劳力和消耗都属中等。也就是说，他们的劳与酬，大体扯平。在某件小事上，谁吃点亏，谁占点便宜，那也无关紧要，因为多年同窗，特别是"文革"中结成的友谊，足够把他们之间的不快大事化小、小事化了了。吴希声甚至觉得，在枫树坪的日子虽然苦一点，但他与张亮、雪梅三人姐弟哥们式的情谊，一辈子都值得回味。就说养鸡吃蛋吧，好当家雪梅姐饲养着一窝老母鸡，竞相下蛋，好长日子，他们每人每天都能吃到一粒鸡蛋。前些日子，四只老母鸡被黄鼠狼叼走三只，雪梅伤心不已，叫张亮在鸡橱边装机关设暗器，不杀黄鼠狼誓不罢休。可是狡猾的黄鼠狼并不上钩，雪梅也不敢多买几只母鸡来养。一只老母鸡下蛋就供不应求。雪梅把一粒鸡蛋打成蛋花花，煮成一锅汤，大家一视同仁都能沾点蛋腥味。可是现在，希声已经许久只见蛋壳却吃不到鸡蛋，原本就不大牢靠的"共产"原则，不能不在希声心里索然坍塌。他想，中国许多大家族中的同胞手足，原来都相亲相爱，一旦娶了老婆，随即有枕边风、私房钱，没有不祸起萧墙，吵着闹着要分家的。雪梅和张亮虽然还没打结婚证，已经不避人耳目、卿卿我我地睡在一起了。按照人之常情，他们该有小两口的小日子，张亮一天独享一粒荷包蛋，也在情理之中，我吴希声掺和进去算个什么事？

　　这天希声下工回家又迟了点，他洗好脚，挂好锄，走进伙房见张亮和雪梅已经吃过饭，桌上留着一锅红薯饭，一碗苋菜汤，一碟萝卜干，就是不见荤腥，当然更没有煎蛋炖蛋或鸡蛋汤。

　　雪梅撩起围裙搓着手，尚未开口已是满脸歉意："真对不起！那只老母鸡又抱窝了，老不下蛋。希声，你将就着对付一餐吧！"

　　"没事，没事，能填饱肚子就好哩！"希声不动声色，端起碗筷吃饭。其实，他进屋前，特意查看过搁在伙房后头的垃圾篓子，里头分明有个新鲜的鸡蛋壳，希声就心里不快，闷声不响地扒下两碗红薯饭。

雪梅忙着洗碗抹桌，张亮坐在灶头吸喇叭烟，烟屁股上的火光一闪一闪。吴希声发现，雪梅和张亮偶尔交换个目光，他们的眼神里有一种小夫妻的暧昧。希声觉得心里堵得慌，有点窒息感，作了两次深呼吸，才鼓足勇气开了口："雪梅，张亮，你们都在这，我想说个事。"

希声的语气异常平静。也许正是平静得异常，雪梅和张亮都感到事态严重，四只耳朵嗖地支楞起来。怪了，他们的小弟弟、才二十出头的吴希声，还从来没有用过这种平静的语气和严肃的表情说话的。

"你说，你说，希声！"雪梅在饭桌边坐了下来，朝张亮招了招手，"哎，你也过来吧！"

张亮也在桌边坐下："嘿，到底有啥事体？快说快说！"

到了关键时刻，希声又心里犯难。他咽了口口水说："唉，也没啥大事，没啥大事，不说了！不说了！"

雪梅却是一脸的关切："是不是你爸他又病了？"

希声支支吾吾："不，还好，还好。"

张亮急了，嗓门提高八度："哦，我知道了：刘福田那小子又欺负你？"

"没，没。"吴希声连连摇头，"这阵子他倒没有找我的麻烦。"

雪梅抿嘴一笑："我猜八成是跟秀秀闹别扭了！"

"没，没，没！"希声还是一个劲摇头。

"哎，到底是啥事体？"张亮霍地站起，一拍桌子吼起来，"你快快说呀！我就见不得你窝窝囊囊的！"

希声一下子被逼到悬崖上，退路是没有的，他咬咬牙，终于说出憋了多少天的一句话："雪梅，张亮，我，我，我想跟你们分、分伙吃饭！"

"什么？什么？"雪梅和张亮都不相信自己的耳朵，疑疑惑惑地盯着吴希声。

吴希声重复一遍，雪梅和张亮都听清了，马上都有些尴尬，交换一个会心的眼神，又佯作若无其事的样子，匆匆撇开脸。毫无疑问，事情的起因决不会仅仅是他们在一起困觉，他们同时都想到了鸡蛋的分配不公。可是，吴希声没有挑明，他们也只好装聋作哑。沉默一会儿，雪梅绕了个圈子问希声，你是不是嫌我没当好这个家？你吃不饱，吃不好？吃得不自由？希声一一予以否认。雪梅就瞪圆了眼睛，追问变成质问："这就怪了！你为什么要闹分家？希声，你知道吗，这意味着什么？"

希声有点茫然："不就是自己做饭自己吃么，这能意味着什么？"

"这就意味着我们上海知青队要彻底散伙了！"雪梅眼里泪花闪闪了，一针见血地指出，"六年前，我们从上海来这里插队，一共是十个人，先先后后走了七个，留下我们三个，你还要分伙吃饭，上海知青队还存在不存在？"

"事情没这样严重吧。"希声嘴上这样说，心里却有些认同雪梅的看法了，就神情沮丧地埋下头，好像自己真成了破坏上海知青队的罪魁祸首。

在雪梅看来，这事几乎关系知青队的生死存亡，便动了感情，又沉着脸启发道："希声，你不会忘记吧，我们下来的时候，可是宣过誓的呀！"

吴希声想起来了，1969年春天，上海知青队成立的时候，他们十个特别要好的同学，挤在雪梅家那间阴暗的小客厅里，举起拳头，在毛主席像下庄严宣誓。雪梅用清脆的女高音念一句，九个童音未褪的中学生齐声跟一句：

> "扎根农村，战天斗地！
> 互相关心，互相帮助！
> 有福同享，有难同当！……"

十个稚嫩的声音憋在白粉斑驳的土墙挤压中，像春雷一样滚来滚去，让他们耳膜震颤心头剧跳。后来,希声曾经琢磨过，这些口号和原则，有的来自当时舆论的灌输，有的似乎是受"桃园结义"和"梁山聚义"的影响。有一阵子，他奉为圭臬，身体力行，把自己家里寄来的一点钱和粮票都交给队里打平伙。但是不久，他就觉得这种活法像小孩子过家家，偶尔玩玩可以，时间长了就太不实际。五六个年头过去了，十个同学走了七个，蓝雪梅说，再不能一个一个走了，要走一起走，要留一起留，有糖同甜，有盐同咸，谁如果自顾自，就是王八蛋! 现在，雪梅和张亮俩睡到一个暖被窝里去了，他吴希声只能看到蛋壳却闻不到蛋腥味。他们信奉的"共产"原则还有多少实质内容呢？

然而，吴希声不能把自己的想法和盘托出。如果那样，也叫姐们哥们太难堪太伤心了。憋了半天，他急中生智，终于想出一条冠冕堂皇的理由。他说他这次回上海看望父亲，见父亲胃病严重，食堂的大锅饭吃不下，哥哥希文常常给父亲买些饼干、蛋糕，可他哥每月定量的粮票也只有二十八斤，做弟弟的他想尽量省下点粮票往家里寄。往后，他打算晴天吃干的，雨天喝稀的，干活吃三餐，挂锄吃两顿，如此这般，他就不能不自己开伙吃饭。

希声的表情和语气都十分沉重，雪梅和张亮相信这是他的一片孝心，便都劝说希声完全没有必要这样苦了自己，粮票不够么，我们会给你凑的。三张嘴巴都少扒两口饭，总比你一个人勒紧裤带强吧! 吴希声支支吾吾，敬谢不敏，雪梅和张亮交换个眼色，也就点头同意了。他们心里都有点虚，如今他们是同床共枕的一对儿，哪能死拉硬拽着吴希声一块过日子？

次日收工回家后，张亮把吴希声拉到饭桌前。桌上添了好几样荤菜：腌菜炖红烧肉、小鱼干炒笋干、泥鳅干煮芋头、鸡蛋炒蒜苗，还温了一壶客家米酒。虽然都是些土里叭唧的小菜，但在"文革"末期的枫树坪，也算得上相当丰盛的一桌便宴。

　　吴希声大为惊异："咳，你们从哪里发了一笔洋财，敢这样铺张浪费！"

　　张亮笑笑："我们马上要分家了，总得在一起吃一顿'最后的晚餐'吧！"

　　"咄！看你这嘴有多臭啊！"雪梅骂过张亮，又朝希声解释道，"我们搭伙吃饭这么多年，我盘点盘点，还有点伙食尾子，就随便添几个小菜，大家乐他一乐吧！"

　　三人围桌而坐，雪梅不断给希声夹菜，张亮不断给希声斟酒。桌上的气氛可是空前未有的，希声惴惴然地问道："咦，这是怎么了？还把我当客人吗？"

　　雪梅神色凝重地说："你是什么客人呀？我们三个还是一个上海知青队，分伙不分家。希声，往后这桌上有啥好吃的，给你添一副碗筷就是了！"

　　"对对对！"张亮学着《红灯记》里李奶奶和李铁梅的台词说，"我们仨，拆了墙是一家，不拆墙还是一家！希声，往后你小子有什么难处就找我，我张亮要是敢皱一皱眉头，呸，我就是个王八蛋！"

　　张亮这话无意中骂到雪梅头上，雪梅就抡起筷子敲张亮的脑壳："说你嘴臭，你还臭上加臭，真是狗嘴吐不出象牙！"

　　张亮也立时悟出那话不雅，臊得满脸通红。好在希声是个谦谦君子，从来不愿揭人之短，只一味赞叹雪梅做菜的手艺，把他们的尴尬掩饰过去。张亮又借机跟希声干了好几杯酒，两人都有些微醺了，额上汗津津的，眼里醉蒙蒙的。希声暗暗有些自责：是不是自己太小肚鸡肠了？看看人家雪梅和张亮，还是自己心贴心的哥们姐们呀！这么一想，他就心里有愧，如坐针毡，霍地站起连连摆手说："哎哟，醉了！醉了！你们慢慢吃吧，我先回房歇着去了！"

　　张亮失言胡诌的"最后的晚餐"，就这样草草地收场。可是，他们仨真正的悲剧这才开了个头呢。

第四章 天浴

　　战败了的小公猴瞅了孙卫红好几眼，终于恋恋不舍地掉头走了。它在闽西崇山峻岭转来转去，忽然，远远望见一片仙桃林，便箭似奔了过去。仙桃林藏于深山峡谷中。这里长满了松、杉、槠、枫等等参天大树，其间，还爬满了藤梨。藤梨是枫树坪人的俗称，学名叫猕猴桃。它是一种藤本植物，花小叶圆，胳膊儿粗的主杆既能独立支撑，更喜攀缘乔木，蹿上两三层楼高的树梢。但它毕竟是弱小民族，隐蔽于大树之间很不起眼。独具火眼金睛的小公猴，站在很远的地方就望见林子里生着些稀奇古怪的果子，便闯了进来。它攀上枝头，摘粒藤梨尝了口，又酸又甜，鲜美无比，不由心中大喜，接二连三往嘴里扔，吃得肚子快撑破了。

　　这时候，林子里忽然响起一片唧唧喳喳声。小公猴定睛一看，藤梨树下已经站满一大群短尾猴。这些猴哥面孔陌生，浑身灰不溜秋的，显然属于另一个猴儿国。小公猴头一个反应是：逃！可是，大树下已经密密麻麻站满了猴哥，想逃也逃不脱。接着小公猴下了狠心：战！但对方猴多势众，战也是凶多吉少。小公猴在一株鹿角桴上蹦来跳去，龇牙咧嘴，虚张声势，同时在敌阵中寻找薄弱环节。突然，它看见一个庞然大物，显然是仙桃林的一方霸主，步履蹒跚地向树下走来。老猴王眉毛花白，老态龙钟，举肢投爪都不大灵便。小公猴心想，擒贼先擒王，只要扳倒这个老家伙，其他猴兵猴将猴崽猴孙就不难对付。老猴王一摇三晃地蹭到花斑栲下，冲小公猴瞪眼龇牙，唧唧恫吓，发出进攻的信号。小公猴不动声色，从树冠上一级一级往下蹦。树林里一片临战前的寂静。小公猴蹦下一级，林子里的空气紧张一分，战斗眼看就要打响。小公猴下到最低的一根树枝，运足气，弓起腰，突然来了个猛虎扑食，不偏不倚落在老猴王身上，一家伙把它扑倒。小公猴不让对手有喘息的工夫，拳打脚踢，牙咬爪抓，霎时间把老猴王打得趴在地下。

小公猴没有对老猴王采取极端政策，而是网开一面，只把它降为平民，让它与其他猴哥们一样，自食其力，自得其乐。当然，老猴王的所有妻妾嫔妃情妇小蜜，一概归胜利者所有，这也是猴子世界自古至今天经地义的惯例。

小公猴一战取胜，乾坤已定，轻而易举地当上了仙桃林的新猴王。由于这小公猴年轻，帅气，那一身金灿灿的猴毛叫灰扑扑的短尾猴们相形见绌，举国上下都称它做美猴王。

061

吴希声自立门户，分爨吃饭，头一个高兴的是王秀秀。

自从秀秀成了夜校教师吴希声的助手，他们几乎天天都有见面的机会。秀秀喜欢希声颀长的身材，白皙的脸庞，更喜欢他文质彬彬气质，沉静好学的性格。希声跟别人说话常常带个"请"字："秀秀，请帮我拿一下粉笔好吗？""秀秀，请你通知这两位学员来上学，行吗？""秀秀，请教一下，你们这里怎么只种水稻、烤烟不种棉花？""秀秀，请问一声，你们客家人为什么把刚结婚的年轻妇女也叫成婆娘子？又是'婆'，又是'娘'，不把年轻媳妇叫老了？"……嘿，真有意思，他说话轻轻的，绵绵的，带上海腔调的普通话特别柔软，好听，像林子里的鸟语。

但是，秀秀只把美好的愿望埋在心底，在吴希声面前还是相当矜持而稳重的。人家是上海人，人家是高中生，人家一肚子文化，人家小提琴拉得多好听，人家身边还有个俏模俏样的蓝雪梅，唉，你一个山里的客家妹子，一个没拿到毕业证书的回乡初中生，想上九天摘星星攀月亮怎么的？

万幸万幸，如今，蓝雪梅这道屏障拆除了，除了我王秀秀，吴希声在枫树坪还能看上谁？热切的希望像朝霞像彩虹从秀秀胸中升起，她现在看山看水都是春光明媚一派葱茏。

吴希声单独过日子，自然有许多困难和不便，秀秀就有理由跟他更加亲近了。才短短几天，秀秀给希声的小日子带来巨大的变化。原来乱得像鸡窝一样的房间，秀秀帮着拾掇拾掇，变得洁净清爽了；那些悬鹑百结的脏衣服脏被褥，经秀秀一番洗洗刷刷，缝缝补补，全都干净了，耐穿了，而且散发着胰子的香味和太阳光的气息。开头希声总是客客气气，不好意思，但他经不起秀秀柔情蜜意的进攻，舒舒服服地当了俘虏。现在希声单过另吃，比起三人搭伙的饭食好了许多。秀秀三天两日送来一篮白芋，两把青菜，几粒鸡蛋，一刀腊肉，希声自己吃不完，还转送些给雪梅和张亮。叫他们俩又羡慕又嫉妒，就说吴希声呀吴希声，你现在简直阔得像个地主老财了，当心被我们贫下中农打翻在地，再踩上一只脚呀！

但是，吴希声是那种循规蹈矩的书呆子，和秀秀黏黏糊糊许多日子了，还一直坚守着一条楚河汉界，未曾有过肌肤之亲。吴希声细细想来，他与秀秀关系发生实质性的变化，完全归根于一起突发性事件——唉，真该死！他在无意中看见了秀秀雪白赤裸的胴体。天呀，那真像一团白雾，像一道白光，一下伙把他击得头晕脑涨。

那天吃过夜饭，希声像往常一样拎着手电筒去金谷寺夜校教书。也像往常一样，他要邀秀秀一道走。一是顺路，二是走在路上的十多分钟，他可以跟秀秀商量一下教学上的事情。当然，有时也聊聊天，讲讲笑话，总之，两个年轻男女结伴而行本身就是一大快事。但关键的关键，是那天希声去的时间不适合。后来他万分懊恼，怎么早不去，迟不去，而偏偏是那样一个要命的时刻！

在手电的光圈下，吴希声看见一个脱得一丝不挂的姑娘，正站在屋檐下冲凉……

那晚天气好得叫人直想歌唱。但是希声没唱，只在心里哼曲子。这是他的老习惯。为了不会疏远那些超级音乐大师，只要一有空闲，希声总要默记大师们的名曲。是哼莫扎特还是哼贝多芬，是哼柴可夫斯基还是哼施特劳斯，希声记不清了，反正他是咿咿呀呀哼着什么曲子往前走的。就这么走过古老的石板拱桥，走过终日吟唱的水车，走进秀秀的土墙小院。小院里月色朦胧，一片静谧，希声心想，这时秀秀和茂财叔准在吃夜饭吧，就拐了个弯，朝西头伙房走去。西头有一条十几二十步长的敞廊，月光被屋檐和高墙挡住了，黑古隆冬的，吴希声不得不摁亮手电，晃晃悠悠往前走。这时他的脑子里肯定仍然充满了莫扎特或贝多芬，要不然，他至少能听到前头有人撩起热水洗澡的声音，能听到水花落地滚珠溅玉的声音。可是，一心沉醉在乐曲中的小提琴手，什么也没听见，什么也没察觉，就那么打着手电径直朝前走。忽然，希声听到前头有人"啊"的一声惊叫，接着，在手电明晃晃的光圈下，他看见一个脱得一丝不挂的姑娘，正站在屋檐下冲凉。这个姑娘自然就是王秀秀！不，应该说，希声什么也没看清，只觉得前头有团白雾，光芒四射，刺痛了他的眼睛。刷地一下，他脑子一片空白，摁手电筒的大拇指也僵硬着，竟不知道灭了手电，也不晓得移开手电的光圈，直到秀秀她爸茂财叔如狼似虎地吼了一嗓子：

"呔！你这个烂仔！敢到这里来耍流氓？"

吴希声猛然惊醒，魂飞魄散，灭了手电，掉头就走，用急如骤雨的脚步敲打着村街小路，冲出村子，转眼就逃得没影儿了。

这是吴希声破天荒头一次旷课，没有尽到夜校教师的职责。希声迷迷糊糊、昏昏沉沉，也不知怎么的走到村后的小山坡下。这里有块大青石，他失魂落魄地坐下。开头，他什么也不会想，眼前老是有一团白光，晃晃悠悠，闪闪烁烁……好久好久，他的脑子能转动了，能想事了，就痛骂自己是鬼迷心窍；是流氓混蛋！你是怎么搞的么，偷看人家细妹子洗澡，真是跳到黄河也洗不清了啊!

其实，吴希声把事情看得过于严重了。在闽西客家农村偶尔看到女人洗澡，真算不上有伤风化。离枫树坪不远的新泉镇有一条温泉溪，一年四季，一到日落时分，男女老少都光着身子在溪里泡澡游泳。不过，有一条不见文字的乡规民约，男人在下游，女人在上游，中间有一条百余步的隔离带，那是谁也不敢逾越的鸿沟。而男人们从溪边走过，远远地，向水气氤氲中的朵朵白莲投去一瞥，也无伤大雅。1929年冬天，毛泽东、朱德率领红四军入闽，移师新泉的时候，战士们见到热气腾腾清澈诱人的温泉，都扑通扑通下河洗澡。在河里沐浴的客家妇女见到生人，便卷衣而逃。毛泽东与朱德、陈毅商议一番，把在井冈山建军时制订的《三大纪律六项注意》增加两条——即"洗澡避女人"和"大便找厕所"——改成后来著名的红军歌曲《三大纪律八项注意》。一个"避"字，乃君子之风，与原来的乡规民约一脉相承，男男女女在不同河段裸身而浴，是相安无事的。在上个世纪中叶，闽西的许多乡镇，如长汀的河田、连城的新泉、永定的城关，都还保留着闻名遐迩的露天汤池。一到暮色降临，有些好奇的外乡人登上不远的山坡或古城墙，仍能隐约望见无拘无束不着泳装的细妹子婆娘子在水雾轻烟中戏水嬉戏，洗身浣发。那是人间少有的天浴，与梅里美名著《卡尔曼》中描写的西班牙小镇科尔多瓦郊外小河上的美女入浴图相比，毫不逊色。时至今日，在闽西偏远的山村，夜晚在自家屋檐下裸身沐浴，依然是盛行不衰的客家习俗。吴希声偶尔看见秀秀冲凉，又何须大惊小怪?

但是，吴希声却是吓呆了，在大青石上坐了许久，不知该如何面对秀秀。忽然，他闻到一种耐人寻味的气息，像八月桂花香气袭人。不知什么时候，刚刚出浴的秀秀已经坐在他的身边。希声不敢抬头，秀秀既没晾干又没梳拢的长发，不断被晚风撩起，拂到他的脸上、身上。希声这才猛然惊醒，轻轻地动弹了一下。

秀秀笑了，轻声问道："咦，你傻不愣登坐在这里做嘛咯?"

希声仿佛想起他的失职，慢慢站起身来，"哎哟，我该到夜校去上课了。"

"坐下，坐下！"秀秀把希声拽下来，"还等你到夜校上课？人早散了！"

希声使劲捶自己的脑壳："咳，该死！该死！我真该死！"

"没关系，没关系，我说今暗晡夜吴老师生病，大家也就散了。"秀秀挺轻松地解释着，悄悄向希声靠拢了些。

"不，不，我不是说这个！唉，该死！我真该死！我刚才……我不是故意的……"希声痛心疾首，语无伦次。

"看你，看你，说嘛咯呀？我一点也听不懂。"调皮的王秀秀装傻，虎着脸，想逗一逗这个书呆子。

"真的，我起誓，我刚才……真的，不是有意的……我只顾走路，你家屋檐下又照不到月光……真是对不起，我道歉，我道歉！"希声更加诚惶诚恐，无地自容。

"看就看了呗，谁要你道歉啦？"秀秀终于忍俊不禁，咯咯大笑。活泼的笑声像跟前的枫溪，有细碎的浪花在溪滩上撒欢跳跃。

希声如遇大赦，痴痴地瞅着秀秀："你不怪我了？"

"不过，你也该知道，细妹子的身子很金贵，不是嘛人想看都能看的。"秀秀的脸色一下阴下来，语气也陡地十分严肃了。

"那是，那是！"希声立时又诚惶诚恐，万分懊丧地敲打头脑壳，"我真该死！真该死！"

秀秀又冷冷地补充："谁看了么，谁就要负责！"

希声偷觑秀秀的脸色，远非"严肃"二字所能形容，简直像法官一样声色俱厉了。就小心翼翼地试探着，"那，那，我该怎么负责？我、我，咳！"

秀秀绷紧鲜嫩的脸蛋："怎么负责？我要你赔！"

吴希声吓了一跳，急得快要哭了："赔？怎么赔呀？"

秀秀虎着脸，伸过一根食指，把希声尖尖的下巴托起来。"书呆子呀书呆子，怎么赔？你自己想想，该怎么赔吧？"说着，又忍不住笑了。

秀秀一口细牙在月下白光闪闪，好看的脸蛋送到了吴希声的鼻子尖下。吴希声觉得一轮明月从海上升起，八月桂花满山飘香，就怦然心动，豁然开窍，猛地一下把秀秀揽在怀抱里。

这是吴希声第一次亲吻一个姑娘。这个吻很长很长，是一炷香还是两炷香，是半小时还是一小时，难以计算。吴希声当时没有戴手表，即使戴了，也顾不上看。那种焦渴与热烈，缠绵与疯狂，芳香与甜蜜，让吴希声想起一个比喻：骄阳似火的三伏酷暑，在大漠荒山长途跋涉的旅人，突然碰上一口清澈的甘泉，一头栽将下去，喝呀喝呀，就不知有个够，恨不得一口气喝干一口井。

有如神话传说那样，深锁月宫的嫦娥是位心胸偏狭的寡妇，她窥见希声和秀秀搂搂抱抱卿卿我我，就心里有气，只顾板起脸来匆匆赶路，一会儿就上了中天，钻进一片铅灰色的云层。四野骤然暗了许多，沉醉在幸福中的一对小情人，却未曾发觉时光的飞逝。直至夜雾打湿他们的头发，打湿他们的衣衫，被寒风一吹，一连打了几个嚏喷，他们才相视一笑，都说该回村了。

希声把秀秀送到家门口，看见院门紧闭，心想这下可糟了，秀秀怎么进屋呢？希声在月光下做了个手势，示意要扶秀秀翻墙而入。秀秀轻声笑了，一口细牙在黑暗中闪着白光："哥，你走吧，我能进的。"

在山里妹子看来，一吻定乾坤。既然你亲了我，吻了我，我就是你的人了。秀秀开始理直气壮亲亲昵昵地叫希声做"哥"了。这样一叫，秀秀心头甜蜜蜜的，暖乎乎的，还会把院门紧闭当回事？

希声看见秀秀轻轻一推，咿呀一声，院门径自开了，原来茂财叔并没有上门闩。院里头传来一个威严的声音：

"秀，你到哪里聊耍去了？"

希声心想：糟了，茂财叔还没睡呢。

"到娟娟姐家坐了会儿。"这是秀秀的声音，平静又自然，竟听不出一点慌乱。

娟娟是春山爷的女儿，跟秀秀亲如姐妹。希声想，秀秀真会急中生智，该能让她阿爸放心的。谁知茂财叔又大声响气吼叫道："娟娟家？在娟娟家能聊耍到这个时辰？我再打个盹，公鸡就要报晓了！"

"你不信，明天去问娟娟吧。"秀秀很沉着，边说边往屋里走去。

"我就晓得，你又去找那个上海佬！"茂财叔的声音气狠狠的，吴希声似乎能看见他吹胡子瞪眼的样子，"你个死妹子，我可告你说，你敢再去找那个上海佬，我就打断你的腿！"

希声心里格登一下，就有满肚子委屈。他不明白茂财叔为什么在背地里赏他个大不敬的雅号。在客家方言里，"佬"倒不是个绝对的贬词。"种田佬"、"做木佬"、"泥水佬"、"打铁佬"等等，这里的"佬"字都有尊之为师傅的意思，但是，茂财叔绝不会称自己做"上海师傅"的。那么这个"佬"字，就不能不深含某种轻蔑与侮辱了。

希声被旷野的夜风吹得抖抖索索，连忙躲到一棵乌桕树后头。他听见院墙里响过踢达踢达的趿鞋声，响过咿呀的关门声，尔后，一切都静下来。显然，茂财叔也进屋了。吴希声的心还怦怦跳着，从树后闪出来，脚步匆匆地回到知青楼。

次日清晨，秀秀本想跟阿爸怄气，可是看见阿爸眼里爬满血丝，眼角堆满目屎，心先软了。她默默地做好饭，盛了一大碗，搁在饭桌上说："阿爸，吃饭吧！"

茂财叔端起饭碗，又放下了，两行目汁叭嗒叭嗒掉在大米饭里。

秀秀一惊非小："阿爸，看你……这是怎么啦？快吃饭吧！"

茂财叔揩了揩目汁，哀哀地说："我不吃，你不给阿爸讲个清楚，你阿爸我一粒饭也咽不下咯！"

秀秀神情黯然地望着阿爸："你要我讲嘛咯？"

"你不要再跟那个上海佬好了，行不行？"

"为嘛咯？"

"你们就是好到天上去，也不能在月光娘娘那里讨到好果子吃的。"

"为嘛咯？"

"人家是上海人，我们是山里人，能好到一起去？"

"该走的都走了，没走的都是扎根派，他们不会走的。"

"笑话，笑话！你以为没走的都是扎根派？哼，凡是走不了的，不是没门没路的，就是屁股下有屎的呀！"

"阿爸，我找的是吴希声，又不是吴希声他爸。"

"哎哟哟，傻妹子呀傻妹子！这年头，崽子和阿爸哪能分得开？你看看农村四类分子的崽，谁个能抬头走路，站起做人的？哪个敢大声说话，粗声出气的？"

"希声他爸又不是四类分子。"

"阿爸常听广播常看报，这个比你更清楚。城里不叫四类，叫九类，除了地、富、反、坏，还有右派、走资派、反动权威、叛徒、工贼，加起来就是九类。"

"希声他爸是音乐家，是地下党的老党员，莫说九类，十类、十五类也算不上他。"

"秀，你又不懂事了！凡是这个家，那个家，都够能耐的，城里人称他们做'反动权威'；凡是党员又加上个地下，八成坐过牢，弄不好就成了叛徒、特务、内奸和工贼，要不，他能在'牛棚'里一关就是七八年？"

显然，茂财叔为了女儿的婚事，已经深思熟虑许久了。秀秀说不赢阿爸，心里非常憋气，就挂起免战牌："别说了，别说了，阿爸，吃饭，吃饭！"

茂财叔挑起两粒米饭在舌尖上舔了舔，全然不知其味，两滴

069

目汁又滚落在饭碗里，继续唠唠叨叨："秀，你这回一定要听阿爸一句话。阿爸吃的盐比你吃的米多，阿爸过的桥比你走的路多。咳，阿爸嘛咯都不怕，就是怕戴帽子。土改那会儿划成分，听说要把阿爸往富农那路货上靠，阿爸一病三个月，差点一命呜呼见阎王。后来还算万幸，只给我划了个富裕中农。可是富裕中农也不好当呀！我王茂财是枫树坪没人可比的作田好手，才锄把子高，就跟着你阿公在田土里讨生活，起早摸黑，省吃苦做，挣下三亩七分洋田，好，我就成了'富裕'了。一沾上这'富'字的边，跟富农、地主也差不了多少呀！从合作化到公社化，从大跃进到'文化大革命'，我做梦都怕人家再往你阿爸身上加斤加两，哪一天不是夹紧尾巴做人？好啊，好啊，现如今有安生日子了，你不好好过，偏要去找个狗崽子，将来生的崽子、孙子也是狗崽子，秀呀，秀，你阿爸这辈子还有嘛咯指望哟！到了阴间，跟你阿妈怎么交待哟！"

秀秀才三岁，母亲就撒手西归了。父爱几乎成了她亲情的全部。是阿爸尿一把屎一把把她拉扯大的。饿了，阿爸给她喂饭，冷了，阿爸搂在怀里取暖。天生勤劳的阿爸还有一双巧手，不仅犁耙耧种样样精通，还会给女娃子补衣服，梳辫子。秀秀记得，阿爸给她洗脚洗澡伺候到十一岁，直到娟娟姐偷偷躲在门外笑她，直到她下身见了红，知道男女之别，懂得害臊怕羞，她才从阿爸的羽翼之下挣脱出来成为独立飞翔的小鸟。这会儿，阿爸一直目汁汪汪，一直絮絮叨叨，秀秀就心软了，心碎了，随口给阿爸扯了个谎："阿爸，别说了，别说了，我听你的还不行吗？"

"好，好！"茂财叔脸上有了凄楚的笑容，可仍信心不足，瞅着女儿追问道，"秀，你不会哄我吧？"

"不会的，阿爸，吃饭吧，吃饭吧！"秀秀虽然回答得有气无力，茂财叔也算心里有了点底，这才慢吞吞地动筷子扒饭。

希声和秀秀幽会之后，心烦意乱，在床上躺了一夜又大半个白天，直到下午也不见起来吃饭。雪梅和张亮到他床前嘘寒问暖，把他拽起来吃饭。

希声走进伙房，看见张亮和雪梅吃的都是红薯饭，腌菜干，而摆在自己面前的却是一碗白米饭，一碗鸡蛋花。希声心里暖暖的，酸酸的，不好意思端筷子。

雪梅说："你病了，这是病号饭。"

希声说："把你们的蛋吃光了，你们吃什么呀？"

雪梅和张亮都愣了一下。希声后悔这句话不该说。只能见到蛋壳却吃不到鸡蛋这桩小事，在他们心中投下不灭的阴影，一提起来，就叫人尴尬。

"你放心，我前天又到圩场买了三只小鸡婆，鸡冠已经红红的，很快就会下蛋。"雪梅故意把话说得很轻松，饭桌上的气氛稍稍活跃起来。

张亮也连忙打哈哈："吃吧，吃吧，我们不是宣过誓，有难同当，有福同享么，有蛋自然也是要同吃的。"

希声见雪梅和张亮都说得情真意切，便不再拘礼了。吃过饭，雪梅又特别叮嘱希声，说我们三个是分伙不分家的，这些天你身体不舒服，不要自己做饭，我往锅里多抓一把米，就有你吃的。

希声连声称谢。张亮卷了支喇叭烟吸着说："希声，看你闷声不响的，又不像有病，莫不是有什么心事吧？"希声说就是头有点痛，也没什么心事。张亮说："没心事？你昨天半夜准是做梦了，我在隔壁房间听到你大叫大喊。"

希声想起昨夜的确做了个可怕的梦：茂财叔手拿一根柴棍，追撵着落荒而逃的秀秀，还像疯子一样狂叫着："我要敲断你的腿！我要敲断你的腿！"希声奔了上去，把茂财叔死死抱住……

希声有些尴尬，脸红红地问张亮："我喊叫什么了？"

张亮说："你大喊大叫：不能打人！不能打人！嘿，谁打谁了？你喊得好凶呀，做了个什么梦？"

希声支吾一下，信口胡诌，说他做梦到公社赴圩，看见圩场上有两个人打架，他去劝架，就乱叫乱嚷起来了。

"咳！"张亮长叹一声说，"他妈的，待在这山沟沟里真憋气，连做梦也做不出什么好梦。"

希声吃过早饭，又回到房里待着。他不想出工。既浑身无力，又忧心忡忡，更不敢面对秀秀。回想起昨天夜里与秀秀在月下幽会，相拥热吻，自然是甜蜜的，销魂的。但是甜蜜与销魂之后，接踵而来的却是后怕和后悔了。父亲还在学习班接着审查，狗崽子一个，咳，吴希声呀吴希声，你哪有条件爱人家秀秀？退一万步说吧，就算秀秀一门心思要跟你好，就算两人喜结良缘，往后的日子怎么过？自己的前途在哪里？毫无疑问，结了婚，就得生儿育女，就得扛一辈子锄头，就得永远扎根农村，自己受到丽达诺娃激赏的十个手指头就得变粗变僵变硬变得惨不忍睹，变成不是自己指头的指头。已经练了十多年小提琴的基本功就将付之东流，当小提琴家的理想就将成为一枕黄粱美梦！……想起这些，吴希声吓出一身冷汗，不由从墙上取下那把法国名牌小提琴。

啊，小提琴，只有你，我的心爱之物，才是与我朝夕相处、永不分离的伴侣呀！

这把小提琴是法国维约姆琴行制作的珍品。1946年，第二次世界大战结束不久，吴希声的恩师丽达诺娃到巴黎去演出，花了一周的演出收入，约二千五百法郎，买下这把名牌小提琴。它的面板是用松软的云杉制作的，琴头、琴项、背板和侧板都是坚硬的枫木。该凹的凹，该凸的凸，弧线曲线都是那样柔和而流畅，再髹以橙红的亮漆，装上乌黑的边饰，简直是个身姿婀娜的少女啊！

1966年苦夏的一个星期天，才十三岁的吴希声坐了三站有轨电车，又转五站公共汽车，匆匆忙忙赶到老师所住的小别墅学琴，看见丽达诺娃已经神色焦灼地站在门前等候。吴希声甚是抱歉，说："老师，对不起！我迟到了！"

丽达诺娃苦笑一下："是啊，现在真有点兵临城下的感觉，但是，我们还得上完这《最后一课》。"

当时，吴希声来不及弄明白老师话中的深意，他是事后回忆，才猜测老师那时也许已经看到交响乐团贴出一些大字报，提到领导网罗牛鬼蛇神等等"罪状"，预感她在中国没有立足之地了。老师的比喻真是耐人寻味。她把中国的造反派比做兵临城下的普鲁士军队，自己则以都德笔下恪尽职守的法语教师自况，她眼中的吴希声呢，自然是都德笔下那个不谙世事而且贪玩迟到的小学生了。吴希声早就读过收入初中课本的《最后一课》，当时语文老师声情并茂的朗诵，感动得全班学生热泪盈眶。现在，这样的特殊时刻，提琴老师提起法国作家都德的传世名篇，小希声心里一动，又差点儿伤心掉泪。

丽达诺娃拧一把热毛巾给小希声擦汗，又叫他喝了一杯凉开水，再次强调说："孩子，来，我们必须上完这'最后一课'。"

小希声永远不能忘记这"最后一课"。

已经四十多岁的丽达诺娃那天特意穿上一件紫罗兰色的曳地长裙，绰约风姿有如孔雀开屏；闪闪发光的白金项链系在洁白丰腴的脖子上，显得仪态端庄，雍容华贵。她最后教授的乐曲是莫扎特的《圣母颂》。她的示范几乎与正式演出一样庄重。左手握着提琴，右手拎着琴弓，双臂交叉胸前，肃穆而立，目光凝视远方。小希声想，那里是不是有老师虚拟的黑压压的万名观众呢？静息片刻，老师才把琴和弓提了起来。一串沉稳、朴实而深沉的旋律，从小提琴的共鸣箱缓缓流出，小希声就看见身穿白色长袍、带着慈祥微笑的圣母，驾祥云，乘轻风，衣带翩翩地缓缓走来，穿透窗帘的阳光随即洒满了琴室。老师的指法和弓法，一向都娴熟自如，高超绝伦，但是那天老师把揉指、跳弓、弹弓等技巧都收了起来，因而没有华彩的音符，没有起伏的波澜，她极力表现作曲家的原意，演奏是一种和平、博爱、庄严的抒情，充满了纯净、圣洁、高昂的宗教情感。即使在那样一个充满血腥气息的年代，小希声也清晰地听到圣母充满爱心的祝福在城市上空飞翔。

忽然，弄堂外的大街上，隐约传来游行队伍的脚步声和呼口号的狂叫声。小希声暗想造反派们又在揪斗"走资派"和"牛鬼蛇神"了，便分了心，惊骇的目光从窗口飘了出去。丽达诺娃的琴声戛然而止。她轻声提醒道："孩子，请注意！我们还是专心上完这'最后一课'吧！"

小希声脸红了一下，把目光收了回来。怪了，当丽达诺娃手上的琴弓继续徐徐运行，他再也听不到大街上传来的阵阵喧嚣，整个身心都沉浸在有如雪原一般白净、空茫、圣洁的乐曲中。直至全曲奏完，犹觉余音绕梁，不绝于耳。

丽达诺娃说："孩子，请你记住这支曲子吧，遇到什么困难的时候，你会变得有力量的。贝多芬说，'谁能了解我的音乐，谁便能超越常人无以摆脱的苦难。'坚守高尚的音乐，你在苦难中就会坚强一些。"

老师把琴身和弓弦擦拭一遍，然后收进一只皮革琴匣里，郑重其事地交给小希声："孩子，这个给你！"

小希声受宠若惊，不敢伸手去接受这份珍贵无比的礼物。

丽达诺娃说："老师不久要离开上海，这是留给你作永远的纪念的。"

吴希声记得，他接过这把维约姆牌小提琴时，热泪夺眶而出，誓言夺腔而出："老师，我一定听您的话，好好练琴。"

第二天，丽达诺娃老师忽然消失。就像水从地面蒸发，无影无踪。造反派一次又一次到吴希声家里抄家。

门上、柱上和墙壁上，贴满了标语和大字报。父亲是交响乐团头一批揪出来的"反动权威"和"走资派"，现在又被指控为"苏修特务"。而丽达诺娃呢，则是苏联克格勃特意埋在上海艺术界的"情报员"，是父亲的顶头上司。他们的名字上都用红笔打上大大的×。随后，上门抄家的造反派络绎不绝，希声记不起一共有多少回，只知道书橱里装满的古今中外的文学名著，唱片柜里码起有一人多高的密纹唱片，被洗劫一空。恩师馈赠的珍贵礼物——法国名牌小提琴，希声有备无患，及时转移到蓝雪梅家里，才免遭劫难。

1969年春天，吴希声把这把小提琴严严实实裹在被褥里，像携带一件秘密武器，偷偷带到了枫树坪。但是，那时他除了深夜起来偷偷抚摸这件法国制琴大师维约姆的杰作，决不敢公开练琴。直至一年之后，芭蕾舞剧《白毛女》和《红色娘子军》的彩色电影在闽西山区放映，吴希声从大喇叭传出的乐曲中，听到了睽违已久的小提琴的音乐之声，才知道这件一度曾被贬为"资产阶级垃圾"的西洋乐器，已经完全解禁。吴希声这才敢重操旧业，把亲爱的小情人——小提琴——请将出来，一天要练好几支曲子。

现在，吴希声怀里抱着这把法国名牌小提琴，想起恩师的厚望，想起父亲的期待，想起自己的梦想，就深悔昨夜亲吻秀秀是犯了一个多么轻率的错误。

075

秀秀两天没见希声，真有"一日不见，如隔三秋"之感。下午，她和几个女社员在田里耘田的时候，悄悄向雪梅打听。雪梅故作惊讶地反问道："啊，希声已经在床上躺了两天，你还不知道？"秀秀说："是吗？我说呢，这两天无论是在田里还是在夜校，我都看不到他的影子。"

女人对女人的秘密总是异常敏锐。雪梅发现，自吴希声分伙吃饭以后，秀秀来知青楼走动得更加殷勤了。一谈起希声，秀秀眼里往往流露出一种特有的温情。雪梅没有醋意，反而窃喜，因为秀秀跟希声好上，自己与张亮住到一块儿就不会太显眼，太孤立。不仅为了希声，同时为了自己和张亮，她也一心一意地想成全这桩美事。

雪梅鼓动秀秀："你该去看看人家呀，这两天希声就没好好吃过饭。"

"哦？"秀秀掩饰着自己的惊慌，只顾埋头耘田，"你这个当队长的，也该给人家弄点好吃的呀！"

雪梅叹了口气："咳，我们上海知青在这里没家没业，一不养猪，二不饲鸭，能有什么好吃的？"

秀秀的目光立时就阴了下来，愁容满面了，手上的田耙似有千斤重。雪梅心里暗想，行了，这个消息传递过去，省得给希声做晚饭了。

果然，炊烟四起的傍晚，坐在楼前乘凉的张亮，远远望见秀秀脚步匆匆向知青楼走来了。她挽着一只沉甸甸的小竹篮，上身是白地细花的短衫，下身是青布直筒裤子，鞋子呢，是青布面白布底的那种，一根乌黑的大辫子搭在背后，走起路来左甩右晃的。夕照之下，她像舞台上追光灯笼罩下的一个女角，娉婷婀娜，光彩照人。

张亮兴冲冲地迎上去，挡住去路逗趣道："哟，秀秀，来慰劳我们吧，有什么好吃的？"

"没，没。没嘛咯好吃的！"秀秀边说边躲闪。

张亮就盯住秀秀手中的竹篮。竹篮里盛满了刚刚采摘下的菜瓜、青豆和茄子，想必是送给希声的，张亮却故意装出一脸的感动。"太谢谢你了，秀秀同志，你这个运输大队长，给我们送来这么多时鲜蔬菜。我们新四军能不在枫树坪再坚持八年抗战吗？"

秀秀随手递给张亮两条菜瓜，几条茄子，一副慷慨大方的派头："给，尝尝鲜吧！"

张亮嘎巴一下咬了口青瓜，又香又脆，爽口极了，却仍旧死乞白赖地不肯放过秀秀。"咦，你是打发叫化子吧！几根菜瓜、茄子就想过关？竹篮底下还有什么好吃的，让我瞧瞧！"

秀秀就左躲右闪，差点把眼泪急出来。

幸好雪梅闻声赶到，及时给秀秀解围。"张亮，你捣什么乱呀？希声两天没有好好吃饭了，秀秀是专门来慰问希声的。"

"不行！"张亮大声响气嚷嚷着，"这树是爷栽，这路是爷开，谁要从这过，留下买路钱！"

秀秀连声告饶："张亮、雪梅，你们两位要是肯赏脸，改天请到我屋下去坐坐，要杀鸡，要宰鸭，动动嘴巴皮的事么！就等着二位大驾光临呀！"

"好，秀秀，你这顿饭，我就先记下了！"张亮这才让开道。

秀秀推开房门，看见希声正抱着他心爱的小提琴发愣，也不知怎么的，眼里还目汁汪汪的，便吃了一惊："你这是怎么了？哪里不舒服？还真病得不轻呢！"

希声先是一愣，继而连忙掩饰道："我好端端的，谁说我病了？"

"咦！你没病？"秀秀伸手抚摸希声的额头，眼里充满了疑惑，"一个人躲在房间里出目汁，这是怎么了？"

秀秀的手指从希声额头滑过的时候，希声感到那发自少女内心的温柔，通过皮肤上的触觉，像电流一样流遍了全身。与此同时，希声也发觉秀秀做惯了农活的手有些粗糙。正是这粗糙让吴希声悚然一惊。他想，如果自己也像秀秀一样多做几年农活，自己这双有特别天赋的手也将变得粗糙不堪，还怎么拉琴？怎么做小提琴演奏家？他就告诉秀秀，自己是个音乐家的儿子，自幼爱好音乐，五岁开始学习小提琴，八岁拜名家为师，和小提琴朝夕相处十多年了。可是现在，他不能好好练琴，更不能上舞台把美妙的琴声献给观众，他就禁不住伤心落泪了。

"是吗？"秀秀实在不能理解一个抱着小提琴哭泣的书呆子，悠悠地抚慰道，"这也会叫你伤心呀？你想拉琴，天天拉好了，谁拦你了？"

"我拉琴给谁听？"

"还怕没人听？夜校里有人听，我也特爱听，我会天天来听你拉琴的。"

希声觉得秀秀好看的脸蛋有些陌生。我拼命学琴练琴，难道仅仅拉给枫树坪人听？难道光让你秀秀欣赏？身与身近在咫尺，心与心却远隔千里。他一时竟不知说什么好了。而秀秀却是天真

077

烂漫，满腔痴情，兴兴冲冲说："吃饭吧，吃饭吧，看我给你带来嘛咯好吃的？"

秀秀像个魔术师，先从竹篮上层捡出许多菜瓜和茄子，再在中层捡出许多青豆和芋子，最后揭开一块花头帕，希声就看见竹篮最下层埋着一只矮腰沙锅。秀秀把沙锅盖掀开，锅里油花荡漾，热气腾腾，顿时满室飘香了。希声抽了抽鼻子，惊喜叫道："嗬！你，你，你这是干啥哩？"

秀秀得意地笑笑："我宰了一只老鸡嬷。"

"嘿！你家里又不是开养鸡场。"

"这只老鸡嬷只吃食，不下蛋。我早就恨死它！"秀秀说得咬牙切齿，似乎不宰了这只老母鸡就难解心头之恨。

"我不吃，我不吃！"希声拼命抗争着，"我又不是得了什么大病，我凭什么要吃鸡呀？"

"你敢！你敢？"秀秀的语气已经有点蛮霸了。她觉得自从被吴希声亲吻之后，她就有权利用这种蛮霸的口气跟自己最亲的人说话了。"吃，快吃！阿哥，这阵子，你白天要出工，夜里要教夜校，多辛苦呀，我要给你补补身子！"

希声心头暖烘烘的，鼻腔酸溜溜的，深感有个漂亮女子用这般口吻跟自己说话，真是人生难得的受用。不过一夜之间，他们的关系已经有了质的变化。那个在自己跟前总有点自卑羞涩的秀秀，眼神里突然洋溢着足够的自信和勇敢了。他觉得眼前这个俏妹子真是不可抗拒；更何况，那一锅油珠荡漾奇香盈屋的清炖鸡，也实在太吊人胃口了。知青楼里的哥们姐们，不是饿瘪了，馋坏了，肚子里生锈了，不得已去当一两回鼓上蚤时迁，偷了社员的鸡鸭煨了吃，哪年哪月沾过一滴鸡油尝过一块鸡肉啊？而吴希声又是个胆小怕事的正人君子，这种小偷小摸的勾当他是从来不敢掺和的。

大指挥家的儿子吴希声，自幼生活优渥，烧鸡、烤鸡、炸鸡、扒鸡、清炖鸡，自然吃过不少。但是，真正品出鸡的滋味这是头一回。刚才还和秀秀生气呢，却已经悄悄咽了好几口口水；待拿起筷子，便满口生津；把鲜嫩的鸡肉送进嘴时，两颊的颧骨剧烈错动，牙齿与舌头都忙活起来；再喝一口鸡汤，更是精神大振，给全身每一块肌肉每一根神经都注入无穷的活力。一会儿，吴希声就吃得印堂发亮，汗流如注。

秀秀问道："好吃吗？"

希声正在认真对付一只肥墩墩的鸡腿，口齿不清地回答道："好吃！嘿，真好吃！"

"这是正宗的河田鸡。有上百年历史了，皮黄肉黄爪子黄，连鸡汤都是黄澄澄的。"

秀秀坐在一旁，瞅着希声大嚼其鸡肉，目光里浸透了比鸡汤更浓更香的滋味。那是一种幸福感和成就感。千百年来，祖祖辈辈，蜗居于山沟沟里的客家妹子，生生世世图个什么呀？还不是做梦都想找个好男人？秀秀已经按照既定方针把眼前这个可爱的人儿攥在手里揽在怀里嵌在心里了，她有权利像疼孩子一样疼他爱他呵护他。像许多中国传统女性一样，秀秀把心疼一个值得心疼的男人作为自己的伟大天职。

一小锅清炖鸡霎时被希声歼灭干净。虽然齿颊留香，饱嗝连声，常年干瘪瘪的小肚子也有点儿向外挺起，但希声仍意犹未尽，认认真真检查每一块啃过的鸡骨头，看看有没有漏网的残渣余肉。然后，希声揩着油光水亮的嘴巴说，"秀，快把我撑死了！哈，谢谢，谢谢！"

"谢嘛咯谢？"秀秀朝希声调皮地皱皱鼻子，"谁和谁呀！"

是啊，谁和谁呢？吴希声一下子惊醒了。他是个诚实的书呆子，决不会拿虚情假意去换取珍贵的爱情。希声想，他迟早是要跟秀秀说真话的，迟说不如早说，长痛不如短痛，脸色便陡地严肃起来："秀，我得跟你说个事。"

"说啊，我听着。"秀秀把一根细长的辫子扯到胸前，脸蛋偏向一边，静静地瞅着吴希声，摆出个细妹子聆听大人讲故事的聚精会神的样子，"快说！说一万个事也行。"

"这、这，叫我怎么说？咳，不说了，不说了！"要正里八经说事的时候，希声又不知怎么开口了。

"阿哥，快快说呀，我听着呢！"秀秀目不转睛地盯着希声。她真喜欢这样近距离地打量这个来自大上海的书呆子，千遍万遍也看不够。

希声抓耳挠腮，胸口剧跳，低头沉默着。

秀秀佯装生气了，声音与口吻都充满了嗔怪："看你看你，在夜校教书，头头是道，伶牙俐齿，跟我说个事就这样难？说，说，再不说把我急死了！"

希声憋了半天终于开了口："秀，我说，我说，我说了你可不要见怪呀！"

"我不见怪。我嘛咯时候见怪过你呀？你说你说！你放心说！"秀秀收起笑容，仿佛预感有什么事儿要发生，小气都不敢喘了。

希声说："秀，我这两天没出工，关在房里就是想一件事——我觉得，我跟你，不合适！"

"怎么不合适？"秀秀吃了一惊，脸色阴了下来，"嫌我文化太低？"

"怎么会呢？我自己也才勉勉强强地念过两年高中。"

"嫌我长得不漂亮？"

"更不对了，你是全村，不，甚至是全公社、全县最漂亮的姑娘。"

秀秀觉得这话并非廉价恭维。她对自己的貌压群芳信心十足。走在公社的坪场上，行在县城的大街上，她王秀秀虽然脑后不长眼睛，但她随时都能感到身后牵扯着许多后生哥的目光。这是她屡试不爽的经验。她只顾专心专意赶路的时候，往往冷不丁地掉过头，像突然惊乱了一池游鱼，把身后许多倾慕、惊诧乃至贪婪的目光，吓得别别乱跳。现在她想来想去，希声的顾忌只剩下惟一的可能了，就恍然大悟说："哦，我知道了，阿哥，你不想在农村安家，你想回上海？"

这话戳到希声的心窝，但是，他目前尚无勇气正视这个问题，答话只能闪烁其词。"我自己不想待在农村也没用呀，我们家现在这个样子，哪有机会招工招干？"

"这就奇怪了。"秀秀一脸的惊愕和不解，"这也不是，那也不是，你说，你跟我不合适，到底为了哪般？"

希声支吾半天，终于把心里话掏出来。"我父亲是'反动权威'，至今还在学习班里受审查，你秀秀如果跟了我，那是要倒霉八辈子的。"

"就是为了这个呀！"秀秀顿时松了一口气。这个问题阿爸常常唠叨，秀秀在心里掂量千百遍了。"没事，没事！你爸是你爸，你是你，怕嘛咯？"

"可我，你看，咳，人家都叫我……"

"叫你嘛咯？哈，还不是叫你吴希声，叫你吴老师？"

"你是真不知道，还是假不知道？人家都叫我，叫我……"

"叫你嘛咯？说呀！"

081

"好听一点，叫'可以教育好的子女'，难听一点，就叫我'狗崽子'。"

"这有嘛咯了不起！"秀秀忍不住咯咯大笑，仿佛摇响一串银铃。"好人就是好人，坏人就是坏人，人家叫你两声'狗崽子'，你就能变成狗崽子了？不可能！放心，一百二十个放心！哥，我决不嫌弃你！"

秀秀已经收拾好沙锅和碗筷，放进竹篮里，再盖上那块花布帕，突然探过头来在吴希声前额上啄了一下，又耳语般说，"哥哎，人家要你当狗崽子，我甘心跟你一块儿当狗崽子。日后，嘿嘿，日后，傻瓜瓜呀，日后，我……我……还要给你生一大窝狗崽子哩！"

秀秀挽起小竹篮，像一阵风奔出了知青楼。

希声正在愁肠百结的时候，张亮趿着木屐踱进房间，像猫一样吸溜着鼻子，嗅着清炖鸡留下的清香美味，然后眯起眼来直逼吴希声："哈，你小子真有福气啊，也不给你哥你姐剩点鸡头、鸡爪、鸡屁股什么的?"

"去去去!"希声愁眉苦脸，极不耐烦，"人家心里苦死了，你还来幸灾乐祸!"

"嚯，幸灾乐祸? 你有什么灾? 你哪来的祸? 人家秀秀有模有样，全公社最漂亮的姑娘，还有初中文化，天天把你侍候得像王公贵族，你还老大的不高兴? 你有病啊!"

"去去去! 我跟你说不清楚。你让我静一会儿行不行?"吴希声把张亮一直搡到房门外，砰地一声关上门，上了闩。

希声左思右想，又是一宿没睡好觉，直到天色麻麻亮，实在困得不行，才迷迷糊糊合上眼。可是，他还没进入梦乡，却听到窗外传来轻轻的唧唧声。这是什么玩意儿叫? 刚听一声两声，希声以为是溪滩上的蟋蟀唱歌，也不去理它。然而这唧唧声却叫得极有耐性，一直叫，一直叫，叫得吴希声心烦，只好拼命睁开眼。嘿，那窗台上蹲着个毛茸茸的活物，可不是孙卫红吗? 瞧它那滴溜溜的眼睛，金黄，贼亮，细密的眼睫毛扑扇扑扇颤着。这家伙让吴希声朝思暮想，就是把它烧成灰也认得呀。

吴希声一个鲤鱼打挺下了床，打开木条格子窗，孙卫红嗖地一下蹦进来。

屈指算来，吴希声把孙卫红放归山林已有小半年了。嘿，这小娘们长高了，长胖了，毛色更加鲜亮。可见大自然才是猴哥的故乡，那里的水光山色、野果杂粮，把它养育得多么鲜亮! 吴希声抱着孙卫红又抚又亲，孙卫红瞅着吴希声又笑又叫。久别重逢，让主仆俩惊喜莫名。

唧唧唧! 唧唧唧!

吴希声能听懂简单的猴语。孙卫红是向他问候: 你这一向生活得好吗?

嘿，我能好得了吗？父亲还关在学习班，天天叫我牵肠挂肚；在枫树坪又有刘福田盯着，时不时叫我提心吊胆；更要命的，是秀秀把我缠得死去活来，爱又不能爱，舍又舍不下，叫我不知怎么好。

唧唧唧！唧唧唧！孙卫红用粗糙的手抚摸主人的脸颊，是啊，你瘦多了！

孙卫红真是个多情的猴婆娘。自从回到花果山又成了猴皇后，小日子虽然逍遥自在，但它怎么也忘不了吴希声的救命之恩，养育之情。吃着野果鲜桃的时候，腻在老猴王怀里撒娇寻欢的时候，跟猴哥们在山野里追逐戏耍的时候，孙卫红都会突然想起在枫树坪的日子，常常目光呆滞，傻不愣登，像突然丢了魂儿似的。孙卫红终于耐不住这种牵肠挂肚的思念，悄悄溜下山，登门来看望老主人。

瞅着孙卫红金光灼灼的火眼金睛，吴希声忽然想起这绝顶聪明的家伙，曾是知青楼大名鼎鼎的巫婆。"文革"后期，知青们前途渺茫，心情郁闷，盛行看手相算命，抓扑克牌问卜，孙卫红把这些看在眼里，记在心里，很快成为神通广大的预言家。往日，知青们遇到难以决断的糟心事，常常向孙卫红问卜求解，而且十问九准。吴希声便忽发奇想：我跟秀秀的事，何不请孙卫红来作个决断？

吴希声把孙卫红抱在怀里，轻声问道：小骚包蛋，你能给我卜一卦吗？说着，又指指天，指指地，指指自己的心窝，再指指孙卫红的扁鼻子。

唧唧唧！——孙卫红不住点头。它听懂了，或者说，它从吴希声一连串的肢体动作，猜到了主人话里的意思。

吴希声从笔记本上撕下两张白纸，一张写上个大大的"爱"字，另一张写上个大大的"不"字。然后，他把两张纸揉成两个小纸团，再后，他撮起两个小纸团，双掌合十，对着窗外的苍天拜了三拜，掌中的小纸团自然也摇晃了三下。虔诚有加地完成这

083

些礼仪之后，他郑重其事地吩咐孙卫红：小骚包蛋，我的命运就交给你了！

孙卫红蹦上小书桌，久久地盯着那两个小纸团。它仿佛知道，它现在要做的，是与两个年轻人生死攸关的大事，脸色陡地凝重起来，定定的目光随即罩上一层如烟似雾的巫气。稍顷，孙卫红伸出一只前爪，拨拉一下这个小纸团，又拨拉一下那个小纸团，反反复复，犹豫再三，整整捣鼓了十来分钟，让吴希声心里的小鼓也咚咚咚地敲了十来分钟，它才毅然决然地抓起一个小纸团，递给吴希声。

吴希声双手抖抖索索的，打开那个小纸团，上面写着个大大的"不"字，而且附加一个惊叹号。那大大的"！"就像一颗随时可能爆炸的大炸弹，把吴希声吓得脸白如纸，满头满脸冒出豆大的汗珠。

我的天！我难道真的要跟秀秀说"不"吗？

唧！唧！孙卫红点了点头。

有没有别的两全的办法？

唧！唧！孙卫红使劲摇了摇头。

我的天！吴希声仰天长叹，泪雨倾盆。

这时候，伙房里传来张亮大嗓门的喊声："吴希声，吴希声！公社的刘主任来看咱们，你快下来吧！"

希声悚然一惊。这家伙早不来晚不来，怎么偏偏这会儿来？孙卫红下山难道被他看见了？刘福田还想把它逮去一刀宰了下酒吃吗？吴希声连忙抱起孙卫红，亲了亲，拍了拍，朝窗外的方向挥了挥手。聪明的孙卫红立马就明白该跟主人告别了，腾地一下上了窗台，再腾地一下蹦出窗外。吴希声听到田畈上响过一阵沙沙声，眨眼间，他的小情人小媳妇就跑得无踪无影。

吴希声这才两级一跳三步一蹾地下了楼，走进大厅一瞧，却没见到刘福田，就问张亮："咦，刘主任呢？"张亮说："什么狗屁主任？我是蒙你哩！雪梅早把饭做好了，左叫你不应，右叫你不理，一说刘福田来了，你就吓得屁滚尿流！"雪梅也咯咯大笑，说希声怕刘福田就像小老鼠怕猫。吴希声这才知道上当受骗，遭人戏弄，害他不敢跟孙卫红多呆一会儿，就十分生气，猛扑过去要捶张亮。张亮来了个金蝉脱壳，哈哈大笑着跳开了。

第五章　山盟海誓

　　小公猴在仙桃林当上美猴王，统治着一大群短尾猴，自然也是妻妾成群，惟我独尊。但是，爱，是不能忘记的。半年前，美猴王在花果山与孙卫红一见钟情，却被老猴王坏了好事，它从此常常在梦中见到孙卫红。那个在枫树坪知青楼长大的小娘们，不仅漂亮，而且有教养，说话嗲声嗲气，目光含情脉脉，那红彤彤的屁股蛋子，特鲜亮，特性感，真叫美猴王过目难忘。再则，美猴王也放不下花果山的花花世界。因此，它一天也没忘记要报仇雪恨，要打败花果山的老猴王。

　　美猴王相信，这个目标一定能达到。它比老猴王年轻十来岁。年轻就是本钱，年轻就是优势。它美滋滋地想：只要熬到老猴王老得没牙，迈不开步，再向它发起致命的一击，花果山就是我的天下，孙卫红自然就是我的猴皇后。

　　于是，美猴王卧薪尝胆，秣马厉兵，天天操练猴兵猴将，就盼着时机成熟进攻花果山。

　　刘福田到枫溪公社任职后，除了在公社处理日常工作，有一多半时间在枫树坪蹲点。他无家无业，大都在贫下中农家吃派饭。一天三角钱，一斤粮票，吃好吃坏，吃干吃稀，全由房东安排。以往，刘福田常常惺惺作态，交待老乡给他做派饭不要吃细粮，不准打酒，更不准搞大鱼大肉，免得害他犯错误。但是，闽西客家都有好客的传统，即使穷得卖衣当裤，也得弄点荤腥小菜款待客人。刘福田下一回乡，身上就要长一挂膘，脸上就要抹一层油。但是，刘福田这回来枫树坪蹲点，不知是在哪儿撞着了鬼，他到谁家吃派饭，桌上总是千篇一律的豇豆干、萝卜干，再加一碗酸菜汤。这还不算，房东们在饭桌上还免不了要诉苦哭穷，说领导好大喜功，把枫树坪的产量定得太高，头头脑脑们升了官，却害社员们饿肚子。刘福田吃派饭，寡淡无味，还要听社员们说三道四，常常饿得饥肠辘辘，在枫树坪几乎再撑不下去了。他当然不知道，这些都是老支书杨春山给他特别预备的一道菜。

这天，刘福田要到拐子陈大牛家吃派饭。春山爷虽然也给拐子牛交代过：为了监督干部"四共同"，千万别打酒割肉。但是蔡桂花可不听春山爷那一套。头天接到做派饭的通知，她叫拐子牛一早就到枫溪钓了几条鱼，又宰了一只鸭，打了一壶酒，七荤八素，做了一饭桌菜，让刘福田眼睛都瞪圆了，坚辞不肯入席。

"不行，不行！这哪里是吃派饭？哪里是'四共同'？你们把我当稀客，当贵宾哪！"

"刘主任，您说对了，今天我就是要把您当稀客，当贵宾。"蔡桂花应声从伙房闪了出来。这女子腰间扎着青花围裙，袖子挽得高高的，胸脯鼓得挺挺的；在灶头火烤油熏过小半天的脸庞，像泼了胭脂；脑后绾个田螺发髻，像矗起一座墨黑的山峰；更抢眼更厉害的是那一双丹凤眼，扑扇扑扇的，直逼刘福田。

"噢？这位是陈大嫂吧！难道你们要我犯错误？"

刘福田又暗自吃了一惊。刚才那一惊是看到满桌好菜；现在这一惊是看到面如桃花的蔡桂花。在枫树坪，刘福田还没发现一个像蔡桂花这样衣着时髦、光鲜娇艳的婆娘子。当然，秀秀是个例外，她还是个黄花妹子。

"对，我就要你舒舒服服地犯一次错误！"蔡桂花把刘福田弄得晕头转向，这才反问道，"刘主任，我来问你，你原来是不是县委的干部？"

刘福田只当过县委机关通讯员，蔡桂花却有意把他说成县委干部，刘福田心里特别受用，含含糊糊地点头："嗯，嗯。"

"这就对了。我原来是城关人，是五年前嫁到枫树坪的。"

"哦，你家住哪里？"

"刘主任您可记得，县政府对过有一家豆腐店？"

"记得，记得，我还常常去那家豆腐店买豆腐哩！"其实刘福田当通讯员的时候都是吃食堂，但常常帮县委书记家做些杂务，包括买豆腐。"咦，你叫嘛咯名字？还真有点面熟啊！"

蔡桂花抿嘴一笑道："我就是那家豆腐店的女儿。我父亲姓蔡，我叫蔡桂花。"

"哦，记起来了！记起来了！那时候你好像没有这般高，也没有这般……这般漂亮！"

"哈哈，还漂亮？都熬成老太婆了！"

"哪里，哪里，你怎么会嫁到这里来？"他乡遇故知，刘福田不胜惊喜，色迷迷的目光像热水一样直泼蔡桂花脸上。

"哎，命呀，命啊！"蔡桂花欷歔长叹，不愿往下说。

"哦……"刘福田看看站在一旁的拐子牛，就想蔡桂花可是把一朵鲜花插到了牛屎上，其中必有难言之隐，不敢多问了。

"这会可以入席了吧，刘主任！"蔡桂花是个乖觉绝顶的女人，不想让不快的气氛蔓延开来，立即拉转话头，"人说，远亲不如近邻。刘主任，前些年，我们在一条街上住过。如今，又在这山沟沟里相逢，你说，刘主任，你算不算稀客？"

"算！算！我认你这个老街坊了。可你也不该宰鸡杀鸭的呀！"刘福田大咧咧地在大位上落了座。

吃过几道菜，喝过两盅酒，刘福田深感宾至如归。蔡桂花又用热辣辣的目光瞟着刘福田："刘主任，你兴许不知道，我还是你手下一名造反战士哩。"

"哦？"刘福田愈发惊诧，"你也是'八'派？"

"当然是！不过，我只是个小兵。你是'八二八'派的总司令，你不会认识我这个小兵拉子。"

"那是，那是。"刘福田笑了，三分抱歉，七分得意，"我当'八'派总司令的时候，全县的'八'派战士至少有十万之众，我，我真的好像没有见过你。咦，你……你是属于哪个分部的？"

"我是'饮服司'（"县饮食服务行业造反司令部"的简称）的。我们是少数派，被'阿保'们压得抬不起头。刘主任，记得吗，（19）67年2月16日那天，'八'派在县体育场静坐，那时你已经是'八'派的总司令，你站在检阅台上指挥我们唱歌……"蔡桂花戴上"造反"红臂章的时候，才十七八岁，也没明确的想法，只觉得游行、唱语录歌，以及开会批斗"走资派"，挺好玩挺刺激挺过瘾的，就稀里糊涂掺和进去。至今一想起那段时光还激情澎湃，很是留恋。

089

"嗯，好像有这么一回事！"刘福田也陷入深深的回忆，脸上有一副追思往事的表情。

"你领着我们呼口号，你领着我们唱歌：'抬头望见北斗星，心中想念毛泽东，想念毛泽东……'几千上万张喉咙，唱得整个汀江县都能听见呀！"蔡桂花兴奋不已，脸上愈发红彤彤的油光贼亮。

"哎呀呀，这么说，我们还真是在一条战壕里并肩战斗过的战友啊！"刘福田站了起来，热情洋溢地跟蔡桂花握手。

蔡桂花的小手雪白柔软，热热乎乎，刘福田心里就有麻酥酥的感觉。本来已是爱不释手，可是看见拐子牛虎视眈眈地坐在一旁，他连忙把手松开。

握过手的蔡桂花愈发激动，泪花闪闪地说道："你看看，刘主任，你算不算我们的稀客？是不是我们的贵宾？"

刘福田点头不迭："是，是，我真高兴，今天能在这里碰上老战友！"

蔡桂花不断地夹菜敬酒，刘福田又抚今追昔，感慨万千，直至半醉，才起身告辞。

在苦竹院吃过一顿美餐，刘福田就不要春山爷给他派饭了。他只要下来蹲点，便一头扎到苦竹院，到拐子牛家喝茶蹭饭。这家除了有酒有肉，还有个秀色可餐、谈话投机的蔡桂花，叫刘福田胃口大开。一来二往，刘福田跟蔡桂花就成了好朋友。他甚至把既定目标王秀秀暂时放在一边了。那个丑妹子一心盯上吴希声，尽管自己又献殷勤又许愿，总像拿热乎乎的腮帮去贴人家的冷屁股。

春山爷曾多次提醒刘福田，老往苦竹院跑群众影响不好。刘福田反问道，有嘛不好？春山爷支支吾吾，咳，这个，这个……刘福田说，人家陈大牛，三代老贫农，还是个残疾人、"五保户"，我多关心点不应该？有些话春山爷真不好意思开口，话就说得黏牙倒齿的，我、我、我是讲那个蔡桂花……刘福田双眼一瞪：蔡桂花怎么啦？手工业工人的女儿，响当当的"红五类"，革命的依靠对象啊。春山爷又吞吞吐吐地提到群众反映，说那个苦竹院是"大众影院"……

"屁话！"刘福田气狠狠地骂了一句粗话。他崇拜得五体投地的旗手江青在雷霆震怒时也爱用这个极其不雅的词汇。"我知道，人家家里不过客人多一点，爱热闹一点，就有人在背后指指戳戳，大惊小怪！杨春山，你不能再这样老糊涂了，以后有谁敢污蔑革命群众，不能听之任之，要严肃批评，坚决制止！"

春山爷说不过刘福田，也乐得免去派饭的麻烦，就任刘福田三天两日乐颠颠地往"大众影院"跑了。

刘福田是离枫树坪不远的刘家村人。不满周岁，他爹娘在田里插秧，突遇暴雨，一家伙被雷电劈死在田坝上。年过古稀的爷爷抱着嗷嗷待哺的小孙子，一筹莫展。说来也巧，刘福田的亲婶子还在襁褓中的小崽子前个月刚刚夭逝。那婆娘眼角的泪水没有擦干，两窟奶水依然汹涌如泉，就把孤儿刘福田一把抱了过去，掏出个胀鼓鼓的大奶子往他小嘴里塞。自从吸了阿婶第一口奶，刘福田就过继给阿叔阿婶做儿子。阿叔是个三拳头砸不出个屁来的憨古佬，阿婶却是个奸刁枭恶的烂婆娘。她自己没再屙下个亲崽之前，还能把刘福田当个人看；待刘福田长到六七岁，阿婶再屙出个崽子来，刘福田立马就成了她的小奴隶。她亲崽吃白米饭，刘福田吃红薯汤；她亲崽穿得体体面面风风光光，刘福田身上补丁叠补丁；她亲崽睡棉被暖床，刘福田总是在柴禾间的稻草窝里过夜。在外人跟前，阿婶叫他"阿田，阿田！"十分亲昵，甜得流蜜；家门一关，却常常动用家法，把刘福田抽得青一道紫一道的。这种极不公平的待遇，连阿叔都看不下去了，时不时偷点米粄红薯给刘福田充饥。可是一被阿婶发现，就是一顿恶狠狠地喝斥："羊食草，狼食肉，牛牯耕田到死饥辘辘。自古到今都是这个理！我们家凭嘛咯要添个小饭桶？啊？你总爱充好人！当善士！好人善士有哪样好当的？老话说了，人善被人欺，马善被人骑。你把那小崽子当老祖宗老佛爷供吧！总有一天要爬到你头上屙尿屙屎哟！"……

阿婶是乡间的语言大师，那些带有强人逻辑的俚语民谚，张嘴就来，既让刘福田一辈子受用无穷，又让他一辈子受害匪浅。

在阿婶的打骂声中，刘福田一直熬到十三岁，才有了上学的机会。也不是阿婶突发善心，而是阿婶的亲崽到了上学年龄。从枫树坪到邻村一所完小去上学，要爬十多里山路，阿婶要给亲崽找个伴儿，这才叫刘福田也去做了个老童生。刘福田很看重这个来之不易的上学机会，把小阿弟侍候得像个公子哥儿：上坡背着，过桥扶着，下雨打伞，天热打扇。首要任务是当好跟班书童，顺带着读点书识几个字。刘福田就是在这所小学跟王秀秀同了几年学。秀秀至今还能记得，这个显然要比一般同学大上五六岁的老童生，还算天资聪敏，又特别用心，学习成绩蛮不错的。可是，刘福田才上到五年级，他的小阿弟敢于独自走那十多里山路了，阿婶立马叫他辍了学，要他在家挑水、砍樵、拾粪、栽菜、种地、倒马桶，当个小长工使唤。公社书记看着于心不忍，便把刘福田收到公社当一名小通讯员。

"文革"前一年，县委书记下来蹲点，长住枫溪公社。公社书记把照料县领导生活起居的一切杂务交给了刘福田。刘福田聪明伶俐，手脚勤快，把县委书记照顾得比住高级宾馆还要舒泰。比如，书记经常下队参加干部会、社员会，早晨自然起得晚一点，刘福田不仅把洗脸的热水打好了，连刷牙的口杯也贮满了不冷不热的温水，牙膏也挤好了，不长不短的一溜儿，沾在牙刷上，牙刷呢，又一字儿横在口杯上。如此这般，县委书记起床后自然省事多了。书记洗漱的时刻，刘福田就到书记的卧室倒尿盆、叠被子、扫地、抹桌子，顺带着把书记的臭袜子、短裤头和脏鞋子，也洗刷干净。再比如，书记喜欢喝两口老酒，可是那个年代农村贫穷落后，公社小街上没有酒店，干部下乡得跟贫下中农"四共同"（同吃、同住、同劳动与共同参加阶级斗争），到哪去过酒瘾？机灵鬼刘福田就到社员家弄来几斤水酒，又进山抓蝈蝈，下田摸黄鳝，保证书记夜里独斟自酌美美地吃一顿夜宵。

当时的公社干部都当面嘲笑刘福田，说你这小子的服务精神也太差了，让书记上茅房带手纸擦屁股多不方便，你狗嘴里的舌头白白长了？啊！你该用狗舌头去舔呀！左一下，右一下，上一下，下一下，县委书记保证舒服透顶，将来准会赏你个芝麻官。

刘福田不气不恼。在悍妇阿婶竹鞭子下长大的刘福田，从小学会见客上菜、看人行事、两面三刀、见风使舵。他看多了干部们在县委书记面前毕恭毕敬点头哈腰的情景，巴望抱住这棵大树自有遮阴乘凉的日子。果然，县委书记对刘福田有了极好的印象，不久就把他招到县委机关当通讯员。县委书记获得救孤养孤的好名声，都说他阶级感情深似大海，就愈发看重刘福田。每逢下乡、出差，都要带在身边，一心要把他锤炼成个无产阶级革命事业接班人。

可是不久，"文化大革命"爆发了。汀江县山高地僻，县直机关的大字报既稀稀拉拉又羞羞答答。就有人动员刘福田起来造反。刘福田于心不忍，再怎么说，县委书记也是他的大恩人哪。后来，刘福田去省城、北京串联了一个月。说透了，串联就是学习，就是培训，就是武装头脑。刘福田亲眼看到过去那些"高贵"的大干部是怎样被打翻在地再踩上一只脚，亲眼看到那些"卑贱"的小人物是怎样站起来扬眉吐气威风凛凛。刘福田还看到听到许多材料，都说伟大领袖是怎样被架空了，各地和各级党政机关又都"睡"着形形色色的"赫鲁晓夫"。这还了得？这可是关系江山变不变色，工人农民要不要吃二遍苦受二茬罪的大事呀！呼呼啦啦一下子，全国上下亿万人民都中了邪，着了魔，一个个像入了邪教的邪教徒，疯疯癫癫地开会呀，游行呀，辩论呀，红臂章红领章红宝书红旗子红海洋，大标语大字报大批判大串联大发动，连大街广场的水泥地上都用大扫把刷上各级"走资派"的名字，打上大大的×号，革命形势真是一片大好啊！他刘福田也就像喝醉了酒，吃错了药，开始晕晕乎乎又疯疯癫癫。一返回汀江县，刘福田很快成为声名赫赫的造反者。

造反的理由和材料都是现成的：他刘福田给县委书记当通讯员的时候，亲眼看见县委书记过的日子跟旧社会的地主老财差不多。早晨起床要人家倒尿壶，打洗脸水，挤牙膏；半夜要喝一顿小酒，寒冬腊月还强迫人家去摸虾捉鳖；更加腐败透顶的，是他刘福田有好几回看见县委书记半夜三更摸到公社妇女主任房间去困觉……真是是可忍孰不可忍！

这是一发重磅炮弹，其巨大威力比炮轰金门的迫击炮厉害多了，一家伙把县委书记轰得晕头转向，不久就倒了台。

由于造反有功，刘福田很快提拔到枫溪公社当领导。然而，由小小的通讯员到管辖一方的公社主任，这个角色转换的跨度实在太大太太突然。刘福田开口闭口说要为无产阶级掌好权，可他从没见过现成的掌权者的榜样。不管有意还是无意，不管自觉还是盲目，他的灵魂深处只有两个活生生的教师爷：一个是他那奸刁枭恶的悍妇阿婶，另一个是被他打倒的县委书记。他们老是躲在连刘福田也发现不了的暗角里，给刘福田指指点点，言传身教。

刘福田走路、说话、举手、投足，无不模仿县委书记那种大干部的作派。那位操山西口音的南下干部，还有一大爱好就是迷恋女色。他家有糟糠发妻，据说当年打日本鬼子的时候，一起当过支前模范，就是老点，土点，有一双裹过又放大了的尖尖小脚。书记就不喜欢住家，老爱往他蹲点的枫溪公社跑。上上下下都说他作风踏实，深入群众。只有侍候他生活起居的通讯员刘福田知道，老书记喜欢深入的是公社妇女主任的裤裆。半夜三更，刘福田多次像个贼似的蹲在壁脚下，窥视两个赤条条的男女演出"帐中戏"。那女人的尖声怪叫，烧得刘福田浑身着火，肉枪走火，第一次尝到子弹出膛畅快淋漓一泻千里的滋味。那简直是终生难忘的记忆。一想起老书记和年轻的女主任，刘福田就更加想念王秀秀。没想到那匹没上过嚼子的小母驴，竟敢朝他摆架子、尥蹶子，这就更加叫他气得牙根痒痒，恨得欲火烧心。

有一天，刘福田在蔡桂花家吃派饭，两个造反派老战友有一句没一句地闲聊着。蔡桂花问刘福田，你长年东奔西走不想家吗？刘福田长叹一声回道，想嘛咯家？我整天抓革命促生产，连婆娘子也顾不上找呀。蔡桂花说，婆娘子顾不上找，总会看上哪个女人吧！春水荡漾的目光就泼过来，大胆挑逗的意味再明显不过了。刘福田不由心动一下，裤裆里的家伙都不老实了。可是，刘福田立即想起春山爷曾经提醒过，苦竹院是个"大众影院"，他怕坏了自己的名声，硬是把持住。随后又幽幽地说，看上的人自然是有的，可是人家看不上我，还不是白搭！蔡桂花心中大喜，以为这是刘福田的积极回应，继续用挑逗的目光咬住刘福田，看上谁了？跟老妹说，老妹给你做大媒。

刘福田就把看上王秀秀又碰了软钉子的事说了说。话语间，对王秀秀的爱慕之情毫不掩饰。

蔡桂花一下就泄了气。可是，人家是公社主任，她蔡桂花也不敢过分放肆，只好顺水推舟，说刘主任，你放心，放心！尽管放心！老妹我来给你做大媒。

刘福田便心花怒放，说桂花呀桂花，这个大媒你要能做成了，我会重重酬谢你！

蔡桂花心里虽然打翻了醋坛子，脸上却笑出花朵儿，还干脆利落地打了一张保票：哈，小事一桩，包在我身上了。刘主任呀，你就等着当新郎倌吧！

喜鹊是农民福星高照的预言家，茂财叔对它一向深怀敬意。一大早，他看见一只花喜鹊落在自家的院墙上喳喳直叫，就预感到将有好事临门。打发秀秀下田之后，茂财叔留在自家门前伺弄菜园子。

茂财叔家的菜园子是从溪岸边一片抛荒地上开垦出来的。枫溪之畔那一长溜荒滩，长年堆满垃圾，长满杂草，藏蛇卧蝎，散发着猪屎狗粪的臭气。村里男女老少走过来瞧见，走过去瞧见，谁也不会想到它是一块有用之地，更不会想到能变废为宝。只有茂财叔慧眼识珠，带着女儿秀秀花了农闲中的半个多月工夫，把小山似的垃圾清除了，把乱草杂树铲平了，把碎砖乱石搬走了，硬是开出个能摊下十多领谷席的菜园子。地角地尾种上几棵桃李柑橘，再围起一圈半人来高的竹篱笆，把贪吃的牛羊牲畜拒之园外。园里有十多畦菜畦，色彩缤纷，品类齐全。爬上最高一层毛竹架的，是叶肥个大的葫芦瓜；挑在密密麻麻的细竹竿上的，是一挂一挂长豇豆、四季豆。有两畦地种上芥菜和小白菜，绿绿葱葱，像遍地翡翠流光溢彩。有一畦地种葱、育蒜、埋姜、播韭菜。秀秀烧只鱼，煲个汤，要添什么香料佐料，手到摘来，先把锅烧红了都来得及。瓜果菜豆自家吃不完，茂财叔父女俩常常挑到圩上去卖，换回些煤油、化肥和时新的花布、好看的毛线。这哪是一般农家的菜园子？它是四季飘香的花园，是农家过日子的聚宝盆！难怪，村里有些人看了要眼红眼馋流口水了。

茂财叔在菜园子里忙活的时候，蔡桂花一手挽只花包袱，另一只手像打桨划船那样前后划拉着，扭搭扭搭走了来。到了篱门口，蔡桂花打起眼罩，挡住阳光，朝菜园子里一瞄，尖起嗓门放声喊道：

"茂财叔，茂财叔，你在哪里呀？"

"哎！"茂财叔应了声，从绿油油的瓜棚菜地中探出花白的脑壳，看见是苦竹院的蔡桂花，声音骤然降到冰点。"我正忙着哪！"

蔡桂花恭维道："啧啧，茂财叔，你这哪是种菜，比女人绣花描朵还精细呀，看看看，这个菜园子被你伺弄得多漂亮！"

茂财叔说："我们作田人，没有别的本事，只能在泥土里讨营生啊。"

这话有点弦外之音了。茂财叔对苦竹院的秘密略有所闻，对蔡桂花的营生甚是不齿。聪明的蔡桂花当然品得出个中滋味，但她并不计较，依然满面春风说话如歌："茂财叔，能不能耽搁你一袋烟工夫，就一小会儿，我想跟你老人家说个事。"

"有嘛事？就在地头说吧，你看，我忙，我腾不开手。"茂财叔专心一意捉菜虫子，目珠子像掉在菜叶上，头也不愿抬一抬。

蔡桂花有点不高兴了，脸色沉下来，嗓门也提高了："茂财叔，这事不好在地头上说。这是刘主任托付的要紧事。"

茂财叔一辈子都怕官。一听到什么书记、主任，心里都会打哆嗦。他连忙放下手头的农活，目眈眈地看着蔡桂花："刘主任，哪个刘主任？"

蔡桂花一板一眼说："就是来我们村蹲点的公社主任刘福田同志呀！"

茂财叔心里又格登一下，有点紧张了，三步并作两步奔到菜园子的篱门口："刘主任做嘛找我？有嘛事？啊！"

蔡桂花鬼里鬼气地笑笑："喜事，喜事，茂财叔，还是到你屋下说吧！"

茂财叔心里七上八下地敲小鼓，这年头能有喜事找上我王茂财？巴望天上掉大饼吧！茂财叔把客人让进屋，又是搬凳又是沏茶，又是送水又是递扇，蔡桂花觉得茂财叔客气得有些过分了，一迭连声说："茂财叔，别忙别忙，我们还是说事吧！"

蔡桂花解开花布包袱，掏出一包贴着一张菱形红纸的白糖，郑重其事地放在桌子上："茂财叔，这两斤白糖，是刘主任专门托人到县城买来送喜礼的。"

茂财叔一头雾水："送喜礼？送嘛喜礼？"

蔡桂花一拍巴掌一个响："咳，咳，就是来你家提亲哩！"

茂财叔还弄不清蔡桂花葫芦里卖的是嘛药，疑疑惑惑地问道："就是不晓得，刘主任要为他家嘛人说亲？"

蔡桂花说："还有谁？就是刘主任他自己呗。"

"啊！是刘主任？……这、这……"茂财叔使劲地搓着双手，仔细地打量蔡桂花脸上有些夸张的表情。他几乎就要骂出口了，我跟你蔡桂花前世无冤，今生无仇，你蔡桂花也不该这样来作戏我呀！

乖巧的蔡桂花立马看出茂财叔眼中的惊讶与疑惑，连忙解释道："刘主任今年二十七八了，他忙呀，一年到头的革命工作，忙得他连找婆娘子的时间也耽搁了。你家秀秀也二十出头了吧，男的大是大了点，俗话说，'男大三，抱金砖；男大五，能致富。'男大过女，更晓得疼爱婆娘子咯！"

"不，不，不！"茂财叔简直不敢相信自己的耳朵，连声婉谢。"我们扛锄头过日子的小家小户，哪里高攀得上刘主任！"

蔡桂花说："茂财叔，你也不要拘礼了。谁个不知，哪个不晓，秀秀是四乡八里一枝花！况且，秀秀和刘主任还是小学同学，我看是再般配不过的。你自己琢磨琢磨吧，满意，还是不满意？我就等你一句话！"

"满意，满意，一百个满意！"茂财叔大喜过望，话说得很满，就怕过了这个村没那个店。

"茂财叔，有你满意，这桩大喜事就成功一半了！另一半呢，还要看秀秀妹子的态度。"停了停，蔡桂花用轻描淡写的口吻提起小事一桩，"听说秀秀跟一个上海知青哥来往蛮多的，你的大妹子该不会被人拐跑了吧？"

"不可能！不可能！你一百个放心！我们家秀秀又不是木头脑壳，会找那些没根没底的上海佬！"

"茂财叔，你还是要多多开导秀秀。你看，刘主任年纪轻轻的，已经是公社领导了，听说在地区和省里都挂了号呢，日后的前程呀，搭汽车、乘火车也赶不上的。"

茂财叔连连点头称是。一个地位卑微的富裕中农，能够攀上公社领导，真是前世修来的福呀。向来说话小心谨慎的茂财叔竟大包大揽的了。他说秀秀是个听话的孩子，他能保证秀秀对这门亲事也一百个满意。但是，茂财叔坚决不收刘主任的喜礼。"哎呀呀，这礼太重了，太重了！我一个小社员，哪里担当得起？大妹子，你莫折我的阳寿呀！"茂财叔一而再再而三要退回那两斤白糖。

蔡桂花当然不答应。蔡桂花说："不行，不行！这两斤白糖是刘主任专门托人到县里拿了批条买来送你老人家的，你要叫我拿回去，不是要刷刘主任的面子吗？"

这番话有好几个的关键词："两斤"、"县里"和"批条"，蔡桂花咬字清楚，重音突出，茂财叔一下就听出其中不同凡响的意义。那个年代，城市人口什么都凭票供应，每人每月只能领到二两糖票，农村人口又低人一等，除了出高价在黑市购买，终年也见不到一粒白糖。细妹子小郎哥实在嘴馋了，挖几节芦苇根在嘴里嚼嚼，尝到一丁半点甜味，也算一种享受。嘿，今天刘主任送来两斤白糖，是多么可观的数字？要一个城市人口整整一年的定量供应哩！不是特有能耐的角色能拿"批条"买来这么多白糖？这不仅仅是一份厚礼，而且也是一种地位和权力的象征。

蔡桂花把话说得那么恳切，不，是说得那么严重，他茂财叔哪敢违抗？他诚惶诚恐地收下喜礼，又到菜园子里采了许多苋菜和油菜，豇豆和青豆，装满一只青皮竹篮，硬是塞到蔡桂花手上。

"不行，不行！太多了，太多了！"蔡桂花连声拒绝，挽在手上的竹篮却不想放下，而且移步往院门外走去。

"有嘛咯多呀？"茂财叔说，"烂便宜的东西，大妹子，你只要吃得爽口，往后随时随刻自己到菜园子里摘吧！"

一会儿工夫，茂财叔与蔡桂花之间的距离就拉近了，亲热得像两个老朋友。

傍晚，秀秀收工回家，刚脱下笠帽，挂好田耙，听阿爸说起刘福田托蔡桂花来提亲，虽然不觉意外，还是吃惊不小，便乌着脸叫阿爸赶快把喜礼给人家退回去。

"秀，人家刘主任哪点配不上你？"茂财叔不由大怒，盯住秀秀左瞅瞅，右瞧瞧，好像要从女儿脸上找出哪一根神经出了毛病。

"配得上配不上我不管，我就是不喜欢他！"正在洗脸的秀秀把一盆脏水泼出三丈远，好像要把心中的不快也泼出去。

"秀，你太傲了，你太狂了！"茂财叔不可思议地摇着花白的脑壳，"人家刘主任是托了大媒人送了两斤喜糖来说亲的，你敢刷人家面子，你是金枝玉叶？你是仙女下凡？秀，你也二十出头了，你还挑嘛咯哟？你总不能一辈子待在家里做老妹子吧？"

秀秀小嘴一撇老高，话就说得斩钉截铁："我就爱在家做老妹子。做老妹子也不嫁他刘福田。"

秀秀和刘福田在小学好歹同学五年，虽然说不上有多好，但也说不上有多坏。刘福田来枫树坪蹲点后，曾经想册封秀秀当团支书，又许愿让她做脱产干部，秀秀就发现此人心术不正；再后来，刘福田老是找吴希声的岔子，像训孙子一样训人，这无疑是挟嫌报复、仗势欺人。秀秀就愈加反感。

茂财叔自然摸不透秀秀的心思，只知把一切祸根归结于吴希声，就气汹汹地追问道："秀，莫不是你和那个上海佬，还在拉拉扯扯？"

"阿爸，算给你猜对了！"一丝冷笑从秀秀脸上闪过，对于父母之命，媒妁之言的轻蔑，已经明白无误地挂在她翘微微的嘴角上，一句更具挑衅性的气话又蹦了出来，"我就要和吴希声好，怎么样？"

"我的小祖宗，你真是鬼迷心窍了？啊，看我怎么抽死你！"茂财叔气得不行，从灶头柴禾堆里抽出一支竹梢子，咬牙切齿地扬起来。

秀秀并不躲闪，昂起脸来，恭候着阿爸手上的刑鞭。茂财叔哪里舍得抽女儿哟，竹梢子成了舞台上虚张声势的道具，高高举起又轻轻放下，他带着哭声哀嚎着："死妹子呀死妹子，你真真要把阿爸气死咯！"

秀秀也气得不行，饭也不吃就出了家门。她跨出门槛时，猛地一回头，又大声响气说："我就是要跟吴希声好，我这就去找吴希声！"

这可不是气话。在茂财叔听来，简直是爱情的宣言，抗婚的战书，就把哭声吓回嗓子眼里去，用那根竹梢子狠抽地面，痛不欲生："天呀！天呀！我是造了嘛孽哟！我还活着做嘛咯？"

这事太让茂财叔伤心了！刘福田别的条件且不说，光那一顶"公社主任"的乌纱帽，就千金难买。他王茂财一个富裕中农，虽然不算"四类"，可在农村也是人不敬狗不理的另类，够孤立够晦气的，能找到刘福田这样的乘龙快婿，简直是一棵能遮风挡雨的大树。女儿却是这样不通人情，不晓世事，真要把人活活气死呀！

秀秀没有去找吴希声，而是去找娟娟。娟娟是党支书春山爷的养女，秀秀最要好的姐妹。娟娟只比秀秀大一岁，个子却比秀秀矮小敦实。两人自幼一起聊耍，一起做活，一起读书上学。爱穿一样的衫裤，背一样的书包，梳一样的辫子，扎一样的头绳，两人亲得就像一个人和她的影子。

其实，秀秀这会要去找娟娟姐，目的还是找春山爷。

春山爷一家正在吃夜饭。娟娟连忙从碗橱里拿出一副碗筷，招呼秀秀吃饭。男人成了好朋友烟酒不分家，秀秀和娟娟则好到吃饭穿衣也不分彼此。

秀秀推说吃过了，不肯上桌。春山爷看出秀秀的脸色有些不对，就问她是有事吧。秀秀支支吾吾不肯说。娟娟猜到可能是有她男人阿强在场，不便说话，就冲阿强使了个眼色："喂，我说你能不能快点扒饭呀，灶头没盐了，你快去代销店称两斤盐巴。"阿强三下两下就扒光碗里的饭，提腿出门去了。秀秀看在眼里，感慨万千。人家春山爷还是娟娟的干爹呢，却支持娟娟自由恋爱，找了个多听话多温顺的好男人。想起自己势利眼的阿爸，还没开口，目汁早在眼里打转转了。

娟娟一味地安慰道："秀，莫急，莫急，有话慢慢讲，啊！"

秀秀扯起衣襟抹了抹泪，吞吞吐吐地把刘福田托蔡桂花来家提亲的事说了一遍。

"这不是大好事么！"春山爷当然知道秀秀心里早有人了，却故意跟秀秀逗乐子，"我早就等着喝你的喜酒咯……"

"阿爸耶！"娟娟就撒起娇来，砍断父亲的话头，不让他开这种不合时宜的玩笑，"你又不是不晓得，人家秀秀早就跟吴希声好，怎么能让那个刘福田横插一杠子？"

"哦！"春山爷佯装恍然大悟的样子，"我猜到了，秀，你呢，心里想的是吴希声；你阿爸呢，却要你嫁给刘主任，叫你两边为难了，对不对？"

秀秀点了点头。

"这有何难呀？"春山爷说，"我们汀江县是老苏区，从民国十八年闹暴动那时起，就提倡恋爱自由、婚姻自主了，他王茂财还能搞包办婚姻！"

"可是，可是……"秀秀脸庞红红地说，"可是，我阿爸死活要我嫁给刘福田。"

"嘿，王茂财这个死脑壳！"春山爷说，"牛不喝水还不能强摁头哩，何况婚姻大事！秀，你放心，我帮你说服你阿爸。"

"还有，还有……"秀秀好像还有什么话不好意思开口。

"还有嘛事？"坐在一旁的娟娟替秀秀着急，"快说快说，让我阿爸帮你拿主意吧！"

"这个，那个……"秀秀还是难以启齿。

娟娟就抢过话头快嘴快语："秀，还这个那个嘛呀！我替你说了吧——阿爸，那个吴希声啊，真是个没用的书呆子，又黏黏糊糊，又推三托四。他们的事呀，至今还没个准头。秀，你呢，一颗心就像在水井里吊水的水桶，嘀嘀笃笃，七上八下，对不对？"

秀秀含泪点头。

"哦！"春山爷脸色凝重起来，"秀，他吴希声还敢看不上你？"秀秀是枫树坪第一出众的俊妹子，也是村里的骄傲。作为大队党支书，春山爷容不得有人小瞧他的社员。

秀秀连忙摇头，"那倒不是。他、他说……他说他配不上我。"

春山爷就大惑不解："这是嘛意思？"

秀秀说："吴希声他呀，家庭包袱背得可重了！他说他父亲还关在学习班受审查，是'反动权威'，怕会连累了我。"

"咳！"春山爷恍然大悟，长叹一声，"原来是这样。"

秀秀心里一团乱麻，又忧心忡忡地请教春山爷，问这"反动权威"算不算四类分子？

春山爷想了想说："不算，不算，在大城市里，一不耕田，二不种地，哪来的地主、富农和四类分子？"

秀秀进一步讨教："可是我阿爸说，'反动权威'就是不算四类，也算九类，反正好不到哪里去的，春山爷，对吗？"

春山爷默神良久，摇头叹息道："唉，我们斗四类分子已经斗了二十年，怎么愈斗愈多了？四类斗不够，变五类；五类还斗不够，现在变九类。这样斗来斗去还有个完吗？秀，你们年纪轻，不知道我们老苏区可是有过血的教训，那可真叫惨哪！民国二十一年，我们闽西苏区搞了一年'肃社党'①，自己人斗自己人，自己人杀自己人，冤死了好几千哪！"

春山爷突然把话刹住。秀秀心里不由热浪滚滚。秀秀自幼听老辈子人说过"肃社党"，模模糊糊地知道那是一桩大冤案。但是，自从"文革"以来，人们已经不大敢提起这桩鲜血淋漓的历史事件。春山爷虽然没有把话说透，秀秀已经找到要找的答案：希声和希声他爸，眼下遭人白眼，受人欺负，说不定也是一桩类似"肃社党"的大冤案呢。

秀秀心里就有了底，她对吴希声除了爱，又有了更多的揪心之疼。她想，在这个多灾多难的世界上，由自己来终身陪伴一个苦命的书呆子，也许是上苍着意的安排吧？我怎能畏缩后退呢？

103

吴希声得知秀秀不顾她阿爸阻拦，把刘福田送的两斤白糖退还给蔡桂花，硬是让一门体面风光的婚事黄了，又是感动又是害怕。感动的是秀秀一片痴情，害怕的是刘福田会迁怒于己。事实上，近日来在几次知青会和社员会上，刘福田的讲话中已经频频提到"可教育好的子女"、"出身不好的知青"这类词汇，指桑骂槐地批评他们没有和反动家庭划清界限，没有脱胎换骨。像唐僧念紧箍咒，念得吴希声脑壳痛得要裂开。唉，跟秀秀继续好下去

---

① "肃社党"是"肃清社会民主党"运动的简称。1930年9月党的六届三中全会以后，邓发作为中央代表到闽西苏区推行王明"左"倾路线，发动了一场不应该发动的肃反运动，使数以千计忠于革命的同志无辜遇难。闽西"肃社党"运动是严重的臆测和逼供信的产物，教训极其惨烈而深刻。1931年7月，闽西党的领导人郭滴人、张鼎丞同志到瑞金向中央苏区作了汇报，在毛泽东、周恩来同志的直接干预下，滥捕滥杀才被彻底遏制。事实证明，所谓社会民主党，在闽西苏区根本不存在，纯属子虚乌有。——摘自《中共福建地方史·新民主主义革命时期》（中共福建省委党史研究室著，中央文献出版社1993年版）

吧，前途渺茫，不知会招来什么灾难；跟秀秀分手吧，和秀秀已经好到那个份上，他真下不了狠心。有许多日子，吴希声就处在进退两难的痛苦中。

恰在这时，县革委会宣传组下了个通知：县里要成立文艺宣传队，凡是年龄在十六岁至二十八岁又具有文艺专长的下乡知青和返乡知青，都可报名参加面试。对吴希声来说，这真是绝处逢生的好消息。他想，凭自己一把得心应手的小提琴，考上县文宣队是满有把握的。若能如愿以偿，一是练琴的时间有了保证，二是能逃离刘福田的魔影，第三，也是最为重要的，他从此远离秀秀，慢慢地少联系，少牵挂，最后也许就能剪断他们之间的感情。总之，这是个摆脱困境的极好机会。但是，这事又让希声犹豫许久，主要还是放不下秀秀。一个爱了很久很深的姑娘，就像长在心坎的一块肉，开在心头的一朵花，哪能说分手就分手啊！

最终帮助吴希声痛下决心的还是老朋友孙卫红。前些天，孙卫红突然出现在他跟前，鬼鬼祟祟神神叨叨地帮他求了签，问了卜。孙卫红给他抓的那个小纸团，至今还藏在抽屉里。他一次又一次拈出来，看了又看。纸上清清楚楚写着一个"不"字，而且还有个炸弹一样吓人的"！"希声心想这是天意，不可违拗，还是快快远走高飞吧！

那个年代，个人就像漂在大海上的一根草，任凭风吹浪打，自己不能掌握自己的命运，有些荒诞迷信的巫术便悄悄地盛行于民间。吴希声也不能例外，他相信半巫半仙的孙卫红远远超过他自己。

吴希声果然悄悄走了。他既怕刘福田刁难，又怕秀秀拖后腿，不敢声张，只向老支书春山爷报告一声，便起个绝早，带上干粮，赶赴县城去应考。

秀秀从雪梅嘴里得知这个消息，已是当日半下午了。这无疑是个晴天霹雳，叫秀秀又惊又恼：你吴希声也太不讲情义了吧，这么大的大事，也不跟我打个招呼，心里还有没有我王秀秀？再说，文宣队就你吴希声能考，我不能考？我的山歌唱得四乡八里都出了名呢！秀秀是个很有主见很要强的山妹子，没多加思索，早早收了工，回家冲了凉，换上一身干净衣服，挽起个小包袱，急匆匆直奔县城而去。

　　从枫树坪到汀江县城八十多里，全是那种"雨天烂泥浆，晴天牛屎坑"的山间土路，走走拖拉机勉强做得，跑汽车是没人敢开敢坐的。秀秀撒开脚丫子，不紧不慢地走着，不知何时才能到达目的地。可秀秀没有犹豫，没有动摇，热恋中的女子是不知道犹豫动摇的。何况闽西老苏区闹革命有光荣传统，闹自由恋爱也有光荣传统。四十多年前，汀江县成立苏维埃政权的年代，从封建束缚中解脱出来闹自由恋爱的青年男女，举不胜举。有一回，枫树坪乡苏维埃为年轻人举办集体婚礼，有幸获准参加的就有十六对！村上有个十八岁的等郎妹，暗地里与一名红军战士谈上恋爱。白狗子进行第三次大围剿时，主力红军撤往红都瑞金。这个等郎妹就在新婚之夜，把比她小了五岁的小男人灌得烂醉如泥，捆绑在床柱子上。然后，她逃出虎口，单身夜奔。她翻山越岭，涉水渡河，历尽千辛万苦寻到瑞金，把中央苏区首长都感动了，不仅批准她参了军，还批准她跟心上人结了婚。如今的汀江县革命纪念馆的大展厅里，还悬挂着那位等郎妹出身的红军女兵的放大照片。她头戴红军帽，身着红军服，脚穿布草鞋，扎着皮带，打着绑腿，背上插一把系着红缨穗子的大砍刀，双手牵着缰绳，骑在一匹鬃毛扬起的高头大马上。那个威风呀，让子孙后代的参观者，没有不在她跟前停步行注目礼的。

　　天很快暗下来。好在天上有星星，有月亮，洒了一路灰蒙蒙的光。秀秀并不害怕。她怕嘛咯？想起那个等郎妹出身的红军女兵，想起那个上海书生吴希声，她心里燃起一团火。愈走愈有劲。秀秀恨不能一步跨到县城，找到希声问个明白，她才能放下这颗油煎火燎的心。

次日清晨，秀秀终于见到那座矗立在汀江之滨的高高的古城墙了。秀秀来到汀江边，掬了几捧凉冰冰的江水，漱了口，洗了脸，有几滴水珠儿还挂在腮帮子上，也顾不得擦干，她就急匆匆往城里赶。前些年，县里举办文艺会演，秀秀作为枫溪公社的文娱骨干，曾来县城见过大世面。她还记得，县文宣队设在一座古老的文庙里。至圣先师孔子和亚圣孟子，以及七十二贤人都不见踪影了，空荡荡的大成宝殿成了临时排演厅。

秀秀走到大殿外，怯怯地在雕花木窗下站着。她听到里头传出咿咿呀呀的声音，心想，糟了，希声也许已经录用为公家的人了。但她不敢贸然往里走，就踮起脚尖往里瞅。排演厅里有百来个细妹子和后生哥，整整齐齐坐在一排排长条凳上。秀秀终于在人群中找到了吴希声。他坐在后排的边边上，头低低的，脸色凝重，像是想嘛心事。秀秀赶紧闪到另一个窗下站着，正对希声身背后，希声就不能看到自己了。秀秀又发现最前排的几张椅子上，坐着两三个中年男女，其中有个戴黑边眼镜的半老夫子，好像是他们的头头。他一会儿叫谁谁的名字，谁谁就跳上正中一个不高的台子，唱支歌，跳个舞，哼一段样板戏，或者表演拉胡琴、吹笛子。秀秀很快看明白，考试正在进行哩。有几个信心不足，唱得太差或是跳得太糟的，表演一半就脸红红地跳下台。秀秀暗自庆幸，希声好歹没有鼓动自己也来应考。光会唱几支山歌算个嘛？嘿，来这里丢人现眼吧！就是希声也不一定十拿九稳，他除了拉琴也没嘛咯大本事。这么想着，秀秀心里平静多了。

但是，一会儿，秀秀又忐忑不安了。她发现应考者中有几个女知青长得活泼水灵，歌也唱得好，舞也跳得棒。那个水平呀，只有画报上、电影上见过。秀秀就担心希声要是进了文宣队，还不被这些俊妹子勾了魂去？秀秀有些心猿意马了，突然听见"眼镜"叫了声"吴希声!"秀秀忽地把眼瞪大了，看见希声稳步向台子走去。挺潇洒地一提腿，一猫腰，一跃上了台。

希声左手握着提琴，右手拎着琴弓，交叉地搭在小腹上，静静地站了片刻，微微一抬头，一起手，小提琴牢牢地夹在左下巴和左肩之间，然后右肘抬起，成曲尺形，弓与琴成为一个大钝角，停在半空中。这个姿势大约保持了两三秒钟，秀秀才听到轻柔而有几分惆怅的旋律，水珠四溅般从琴弦流出，渐渐地湿润了整个大厅。霎时，唧唧喳喳的说话声、走动声、喝茶声都消失了。乐曲在大殿上空飞翔，像只鸽子带着鸽哨在空中盘旋。秀秀觉得人们的呼吸也憋住了，排演厅里除了琴声，再没有别的声音。秀秀在夜校里听希声拉琴不知有多少次，但是，从没有今天这么好听。秀秀听到泉水从悬崖叮咚跌落，听到鸟儿在林子里婉转歌唱，听到花开，听到草长，听到雨声，听到雷鸣，听到春天的萌动，听到冬天的颤栗……琴声有时把秀秀带到清晨的溪埠头，她在清粼粼的溪水里洗脚浣衣；琴声有时又把秀秀带到月光朗照的田野，她和希声在追撵一只奔突的野兔。希声手中的小提琴是多么听话多么奇妙的玩意儿呀！啧啧，他那双手是多么灵巧活泼！特别是左手的五个手指，像蝴蝶在花间翻飞，如鱼儿在水中畅游。秀秀就想起希声那双手可是从来也不肯闲着，砍樵的时候，希声捡起一枝树枝，他会当作琴弓在肩膀上比比画画；在田头歇息的时候，希声抚着锄把，他左手的五指抽筋似的不住动弹。她听希声说过，"台上三分钟，台下十年功"，演员演戏是这样，琴手拉琴更是这样。难怪希声的琴声能征服排演厅里上百号考生与考官。

一个多么了不起又捉摸不透的书呆子呀！盯着吴希声，听着他的琴声，秀秀双眼被泪花儿打湿了，视线有如雾中看花一样朦朦胧胧。

琴声戛然而止。秀秀仿佛从梦中突然醒来，听见排演厅里响起掌声如雷，看见"眼镜"站了起来，握着希声的双手一个劲地抖动。希声呢，不笑，不说话，脸上毫无表情，只有两行热泪夺眶而出，像珍珠一样缓缓洒落。

面试之后，人们慢慢散去了，吴希声仿佛还沉醉在刚才的演奏中，带着些许惆怅，慢慢地踱出文庙。突然，他看见秀秀从大石狮子后头闪了出来。

希声吃了一惊，问道："秀，你怎么来了？"

秀秀冷冷地回道："我怎么就不能来？"

希声还想说什么，秀秀不搭理，只管掉头往前走，希声不声不响地跟在她后头。一会儿，他们来到汀江岸边，在一块花岗岩上并排坐下。希声知道秀秀生气了，又讪笑着问道：

"嘿嘿，怎么来得这样快？坐拖拉机？"

秀秀说："坐嘛咯骨头！我是开动我的两轮自行车，走了一个透夜呢！"

希声看看秀秀脚上的布鞋沾满了红土，更加心疼了："啊！你摸黑赶了八十里山路，一点也不害怕？"

"我怕嘛咯，怕？"希声看见秀秀双眉一扬，竟有一副睥睨一切的气概，"除了你变心，豺狼我不怕，虎豹我不怕，死也不会怕！"

希声感动不已，同时双脚也隐隐作痛。昨天白天，他徒步进城，一双脚板上打起一串串大血泡。秀秀是个女子，漏夜赶了八十里山路，那是个怎样的惊人之举……

希声嗫嚅着说："我，我……我怎么会变心呢？你真是！"

"我来问你，"秀秀愠怒未息，脸上还是阴阴的，"你为何不辞而别？"

"我没有离开枫树坪呀，怎能算不辞而别？"

"你报考文宣队，怎么不跟我说一声？"

这个问题早在希声意料之中，答案张口就来了："秀，这事我当然要跟你商量的，而且也去找过你，可我在你家院门前转了好几圈，就是不敢进去。"

"我家有狗会咬你？"

"我怕你阿爸。"

"我阿爸会吃了你呀？"秀秀的语气还是气呼呼的，而脸上却再也绷不住，竟绽出一丝笑容。

"你阿爸要肯吃了我，我倒乐意，反正我这样窝窝囊囊的，也早活腻了!"希声也乐了，回答变成调侃，"就不知道，你阿爸会把我烩了吃呢，还是红烧了吃?"

秀秀噗哧一下笑了，在希声肩上亲切地拍了一下："你就会胡说八道!"

秀秀知道，她阿爸死命反对她跟希声好，像防贼一样防着希声，反而觉得有些对不起人家了。就拉过希声一双白皙细嫩、手指特别细长的手，左看看，右瞧瞧，说，"哥，你这双手真厉害呀，拉出的曲子有多好听! 嘿，把上百个来应考的人都镇住了!"

希声说："不是我的手厉害，是练的。我五岁就学小提琴，直到今天，练了十多年了。"

秀秀把头靠在希声瘦削的肩膀上，轻轻地说："哥，我现在想好了，你要是考上文宣队，我不敢留你了。你这份天才是不该埋没的。枫溪水浅啊，养不住你这条龙的，咳，我也没这个命……"一向活泼坚强的秀秀忽然变得很伤感，目汁叭嗒叭嗒掉下来。

希声有些惊慌失措，一时不知说什么好。一江秋水泛起一圈接一圈的涟漪，两个年轻人单薄的衣衫里灌满了风，竟有点不胜仲秋的寒意了，便情不自禁地挨紧了些。希声一手揽紧秀秀浑圆的双肩，一手给她抹去脸上的泪水，耳语般说道："秀，好好的嘛，你这是怎么啦?"

秀秀不理希声的茬，自顾自地说下去："不过，哥，你要是走了也不能忘记我，你还是我哥。"

希声也是心里沉沉的，宽慰道："我能不能考得上，还没个准呢，怎么说起这些话?"

沉默一会儿，秀秀一脸庄重地提议道："哥，我们就在这里起个誓吧!"

希声惊异不解："起誓，起什么誓?"

"哥，你考上了，我给你自由，任你远走高飞，你就是我亲哥。"

"万一我考不上走不了呢？"

"万一你考不上走不了，你就要安心留下来，爱我一辈子，你就是我的人！"

多么纯真可爱的姑娘啊，既懂事明理，又一往情深，他吴希声有什么理由拒绝呢？音乐虽然是他的至爱，小提琴虽然是他终生的伴侣，可秀秀也是活在心头一个可亲可爱的人儿呀！希腊神话中有一位集美神与爱神于一身的阿芙罗狄忒，我为何不能鱼与熊掌兼而得之？希声拉着秀秀的手，毫不含糊地说："秀，我就是走得了，离开了枫树坪，我也是你的人，我会一辈子爱你的！"

"哥，你这话我爱听！"秀秀望着灰蒙蒙的田野，脸上挂满了灰蒙蒙的忧伤，"可是你一进了文宣队，就是公家的人了，有多少漂亮姑娘围着你团团转呢，你还能记得起我？"

夕阳染红了一江秋水，热浪一波接一波在吴希声胸中汹涌。孙卫红占过的一个凶卦，他早抛到九霄云外，只一味地做着阿芙罗狄忒的美梦，拢着秀秀的双肩安慰道："别说进县文宣队，就是进了上海交响乐团，我也不会忘了你的。秀，我要把你接到城里去，我要用我的小提琴养活你，我要让你上学，上不了学，我就自己教你学文化。我要……"

"不！哥！"这时的秀秀倒是十分理智，十分冷静，制止了希声。"你说得比你拉的曲子还好听，不过，我不敢信！山里妹子讲究实打实。我还是那话：哥，你如果考上了文宣队，你就算我哥，我给你自由，任你远走高飞；万一你考不上，你就要安心留下来，你就是我的人，你要一辈子爱我！哥，我们起誓吧！"

夕阳西坠，汀江的水色慢慢暗淡了。希声心里却依然一片明丽，不假思索说："好，我们起誓！"

希声激情澎湃地拉了一曲《梁祝》，代替他忠贞不渝的誓言。《梁祝》是支中国式的小夜曲，在六十年代初的中国乐坛曾风

希声激情澎湃地拉了一曲《梁祝》，代替他发自肺腑的誓言。

靡一时。它时而欢快活泼，时而情意绵绵，时而如泣如诉，时而悲怆激越。在碧水彤云之间飞扬，在萧瑟秋风之中回旋。秀秀的心完全融进一曲天老地荒、刻骨铭心的爱情绝唱之中，感动得满脸悲戚，梨花带雨。

第六章　苦楮林中

孙卫红去看过一次大恩人吴希声，像是小媳妇回过一趟娘家，待在花果山舒坦安心多了。

这天，老猴王吃饱了，喝足了，又跟猴皇后孙卫红卿卿我我一番，就有些犯困，躺在草地上小憩。孙卫红也在老猴王身边躺下，有时用尖嘴柔舌舔舔老猴王的红屁股蛋，有时用前爪子梳理老猴王身上的老毛，有时帮老猴王挠痒痒，捉虱子，百般殷勤，把老家伙伺候得浑身舒泰，酣然睡去。老猴王是猴儿国的万乘之尊，主宰着整个花果山世界。它脸上的喜怒哀乐，决定花果山的阴晴冷暖。它打个嚏喷，花果山电闪雷鸣。它一安歇，花果山安谧祥和。看到老猴王、猴皇后睡下了，公猴雌猴老猴小猴猴崽猴孙们也随之昏昏欲睡，在草地上交错纵横地躺成一大片。这个捋捋那个的尾巴，那个挠挠这个的背脊；这个朝那个唧唧嘻笑，那个朝这个大抛媚眼。猴哥们都投入到集体的梳理活动之中，其乐融融，像个幸福温馨的大家庭。

这时候，有一支猴儿兵悄悄向花果山进犯。其首领就是花果山的叛徒、长得又酷又帅的小公猴。我们前面说过，这只小公猴在仙桃林登上猴王宝座之后，冬练三九，夏练三伏，终于操练出一支精锐勇猛的猴子兵，今天向觊觎已久的花果山发起百里偷袭。

仙桃林的短尾猴们蹦蹦跳跳地来到花果山下，美猴王立即下令：不准喧哗，不准响动，一百多只猴哥像一片无形无声的影子，贼溜溜地向花果山腹地挺进。当美猴王看见花果山的猴兵猴将们躺在草地上睡午觉，老猴王更是鼾声大作，睡成一头死猪，以为自己逮着个千载难逢的好机会，高兴得一颗心儿快要跳出胸口。可是，就在它要发起总攻的千钧一发之际，趴在一棵老枫树上的一只金丝猴突然发出一声尖厉的嘶叫：

"唧、唧、唧——"

咳，美猴王作为一国之君还真嫩了点。它怎么忘了花果山的猴儿国即使在举国酣睡的时候，也是有一名特别警醒的猴子兵放哨的。说时迟那时快，花果山的金丝猴们刷地一下都从草地上蹦起，奋勇抗击来犯之敌。老猴王像子弹一样射出去，直取宿敌美猴王。

这是一场兵力悬殊的恶战，没有几个回合，仙桃林的猴兵猴将们溃不成军，落荒而逃。有几个逃得慢的当了俘虏，在对方的拳脚相加狠牙利爪之下颤抖成一片片风中的枯叶。猿猴群落之间的战争，跟我们古老祖先部落之间的战争也有相似之处，那是兵对兵、将对将的较量。美猴王与老猴王过了几招，立即发现自己对老猴王老朽衰迈的估计显然是过于心急了。老家伙还力大无比，拳脚也十分了得，刷地一爪子捅过来，美猴王只觉得屁股蛋上被炭火灼了一下，立马撕开一道口子，喷涌的鲜血把山野的小草都染红了。幸好美猴王四肢矫健，跑得飞快，身躯庞大而臃肿的老猴王赶不上它的速度，只能虚张声势狂怒咆哮，眼巴巴地看着它的叛将逆臣落荒逃去。

唧！唧！唧！——我们胜利了！

唧！唧！唧！——我们胜利了！

老猴小猴公猴母猴们在草地上翻跟斗，在树梢头荡秋千，胜利的欢呼直冲霄汉，震撼山岳。

刘福田托蔡桂花到茂财叔家求亲，遭到王秀秀拒绝，丢尽了面子，气得好些天虚火攻心，牙根红肿，痛得整天嘶啦嘶啦的像吃冰淇淋。他思来想去，就怪到吴希声头上。她王秀秀要不是迷上了这个上海知青哥，还能瞧不起我刘主任吗？刘福田便盘算着如何整一整吴希声。但是，吴希声在队里干活也好，在夜校教书也好，总是兢兢业业，小心谨慎，一时也找不到他的岔子。现在好了，吴希声竟敢背着公社去县里报考文宣队。这不是自己撞到他的枪口上？

"听说你去县里报考文宣队了？"刘福田坐在一张太师椅上，眼睛不看吴希声，只顾埋头卷喇叭烟，说话的口气不咸不淡的。

"嗯。"站在办公桌另一头的吴希声点了点头。

那张太师椅原是从一户地主老财家没收来的红木家具，宽大出奇，古色古香，虽然好看，可是靠背和扶手都没有一点弧度，三面都是硬邦邦直统统的直角，坐起来极不舒服。春山爷忌讳自己一坐上去就像个地主老财，一直没派上用场，扔在屋旮旯里积满了灰尘。没想到刘福田一来蹲点就看上了这件年代久远的老古董，叫通讯员洗洗擦擦，成了他独享的宝座。吴希声偷觑一眼刘福田，觉得坐在那宝座上的家伙的确高人一等，在心理上先矮了一大截，惶惶然地连忙把目光收了回来。

刘福田把烟卷好了，划了根火柴点上，美滋滋地吸了口："哼，这么大的事，怎么也不跟组织上说一声？"

吴希声说："我跟大队党支部报告过，春山爷给我开了介绍信。"

"哼，你有嘴报告杨春山，就没嘴跟我说一声？"刘福田的手指头敲得桌子笃笃响，像个大首长装腔作势地强调说，"我是公社主任，又在枫树坪蹲点，你也不跟我打个招呼，是不是目无组织？"

"这、这……"一顶大帽子压得吴希声不敢抬头，话也说不清楚了。不知怎的，他见到刘福田就像小鬼见阎王，心里发怵。

"嘿嘿，也不拉泡尿照照自己，癞蛤蟆想吃天鹅肉！"刘福田

115

冷笑一声，利刃般的目光直刺吴希声。

希声摸不着头脑。他暗自琢磨，这话是讥笑他自不量力去报考县文宣队呢，还是指责他跟秀秀谈恋爱？或者，两层意思兼而有之？

刘福田又阴阳怪气说："吴希声呀吴希声，我可警告你，还是老老实实的好，你想跟姓'共'的斗，不会有你的好果子吃！"

吴希声觉得这话更加费解：刘福田明明姓"刘"，怎么自称姓"共"？难道他能代表共产党？他就是共产党？

看着吴希声像惊吓的小羊羔样瑟缩着，刘福田开心极了。那一瞬间，他想起小时候，他的那奸刁枭恶的悍妇阿婶，也是这样虐待他，作弄他，用竹梢鞭子把他抽得浑身鲜血淋淋的，还一味地咯咯狞笑。当了公社主任的刘福田现在不能用竹梢鞭子抽人，可他那阴毒的目光在吴希声身上扫来扫去，刻毒的话语一句句从嘴里蹦出，更是伤人不见血。

"三天内，你给我写份检查来。"刘福田觉得眼前的对手太不够分量，没必要多费口舌，说完几句笑里藏刀的双关语，就朝吴希声挥挥手，"你可以走了，我没工夫跟你磨牙！"

这次短短的谈话，叫吴希声几天几夜缓不过神来。他有一种不祥的预感：报考县文宣队大概不会有希望了。果然，吴希声左等右等，一直等了十多天，总等不到县里的通知。而枫溪公社一起去县里参加面试的，一个厦门知青，一个福州知青，几天前就打起铺盖卷住进县文宣队。吴希声等得无奈，只好悄悄去了一趟县城。他在文庙长廊尽头的一角，在一间小房间里（其实那不是房间，只是用几张旧景片围起来的一角小空间）见到了那个在此蜗居的戴眼镜的主考官。

"眼镜"支支吾吾，说他只管面试，录取的事无权过问。你去问县宣传组吧。吴希声一副要哭的样子，苦苦哀求着，老师，我的面试成绩如何，你总可以给我透点消息吧？"眼镜"说，这次面试不打分数。吴希声说，我来县城两趟，从枫树坪到县城单程是八十里，两个来回，得走三百多里路呢，老师，老师，你谈谈对我演奏的印象，给我指点指点，总可以吧？"眼镜"看见泪珠儿在吴希声眼里打转转，心里也很难过，犹豫半天，才拍拍吴希声的肩膀说，小伙子，实话告诉你，我原来是省歌舞团乐队的指挥，做音乐工作二十多年了，我还没有见过像你这样棒的小提琴手。真的，你的演奏简直好极了，无可挑剔！无可挑剔！……"眼镜"说完这些话，马上又有些后悔失言，连忙捏着嗓门补充了一句，不过，这只是我的个人意见，不算数的，不算数的！吴希声却大惑不解、满腹委屈，眼泪汪汪地问道，老师，那文宣队为什么不肯录取我？"眼镜"于心不忍，又轻轻地拍拍吴希声的肩膀，听说是政审没通过。唉，小伙子，这事你千万别说是我说的呀！这年头，政治第一，政治第一！……

吴希声已经记不起是怎样离开"眼镜"老师的。但他永远不能忘记，走出文庙大门，踯躅于一条窄窄的小巷，他昏昏沉沉，竟分不清东西南北。突然咚地一声，撞在一根电线杆上，脑门鼓起个毛栗子般的大包，当时竟一点也不觉得痛。

对吴希声来说，这真是当头一棒！它不仅意味着将无限期留在枫树坪"接受再教育"，还彻底扼杀了他对音乐的热爱和当小提琴家的美梦。如果说，肉体是人的生命的一半，精神是人的生命的另一半，只有肉体与精神完美的结合，生命才是真正的生命，有价值的生命，那么，在精神支柱完全垮了之后，吴希声的生命只剩下一个没有意义的躯壳了。

吴希声回到知青楼，关上门，从墙上取下那把法国维约姆牌小提琴，忍了许久的眼泪如两柱飞流直下的瀑布，哗啦啦挂满了忧伤的脸。他把小提琴高高扬起，想一家伙砸个粉碎完事。忽然，他听见小提琴奏出《圣母颂》的旋律，同时响起恩师丽达诺娃语重心长的声音：

"记住这支曲子吧，遇到什么困难的时候，你会变得有力量的。贝多芬说，'谁能了解我的音乐，谁便能超越常人无以摆脱的苦难。'孩子，坚守高尚的音乐，你在苦难中就会坚强一些。"

吴希声硬是把泪水止住，心情稍稍平静了些。他想，贝多芬真是了不起的大英雄！他从二十五岁起就患了耳疾，几年之后完全失聪，这对全靠听觉寻找创作灵感的作曲家来说，是多么沉重的打击！然而，贝多芬此后的创作仍如汹涌的喷泉，《英雄》、《命运》、《田园》……一部又一部交响曲与协奏曲，都是无与伦比的杰作。自己能用贝多芬的音乐来"超越常人难以摆脱的苦难"吗？吴希声的回答是否定的。自己尽管耳聪目明，年纪轻轻，却比聋子贝多芬和瞎子华彦钧更加不幸！因为，他现在被扔在一个黑洞洞的地窖里，看不见一丝光线，听不到一点声音，他心如死水，还能与神圣的音乐结缘吗？

也不知怎的，吴希声竟莫名其妙地埋怨起"眼镜"老师。唉，老师呀老师，你还不如把我的演奏贬得一钱不值呢，你干嘛要说我的演奏无可挑剔？你干嘛要向我透露"政审没有通过"？不幸对于吴希声来说，原先只是懵懵懂懂的。他以为他们这一代年轻人都是与音乐无缘的，现在，他被孤零零地从一大群不幸者中剔除出来，就显得尤为孤独和更加不幸！

由政审不能通过，吴希声自然而然地想起了自己的父亲。现在，他不能不对自己的父亲有几分埋怨几分憎恨了。父亲呀父亲，你莫非真的是个叛徒、特务？你莫非真的是个反动学术权威？你可把你的儿子害苦了呀！但是，当吴希声把自己慈祥而威严的父亲细细地想了一遍，他心中的怨忿却慢慢打消了。

从稍稍懂事的年龄起，吴希声所看到的父亲就是了不起的英雄。吴希声家里有个不大不小的琴房，父亲在钢琴跟前坐下，或是一拿起小提琴、大提琴、中提琴、萨克斯管，无论什么乐器，他都能奏出美妙的乐曲。最叫希声永世难忘的，是听父亲执棒指挥的大型音乐会。这一天，父亲长着络腮胡的双颊必定刮得泛起青光，穿上黑色笔挺的燕尾服，像指挥千军万马的将军，从容不迫地登上指挥台。他炯炯有神的目光环视一下整个乐队，然后轻轻举起那根灼灼闪光的银质指挥棒。霎时，一百多人的交响乐队寂然无声。父亲的指挥娴熟流畅、激情澎湃。小希声首先惊异的是父亲那个硕大神奇的头颅，怎能记下各种长达一个多小时的交响曲总谱。该快的快，该慢的慢，连一记小鼓，一声小号，都毫不含糊地给以关照、暗示。他知道，父亲那个交响乐团的弦乐、管乐和打击乐的演奏员们，比如恩师丽达诺娃，都是些技艺超群的人物，但是在父亲的指挥棒下，一个个都心领神会，配合默契。这都因为父亲指挥细腻、到位和绝对的权威。父亲不仅仅靠指挥棒指挥。他有时会收起握在右手的银质指挥棒，只用一只左手，愤怒时挥舞铁拳，抒情时用一根食指作蜻蜓点水状。父亲忧郁或含笑的目光，脸上放松或绷紧的肌肉，上扬或下垂的眉毛，也无时不在传递指挥的信息。小希声甚至发现，父亲蓄起一头披肩长发，也不是为了显示一个音乐家的风度，这在指挥乐队的时候自有用场：当乐曲静如流水，微波不兴，父亲的长发也按兵不动，柔顺垂肩；当乐曲掀起狂风暴雨，炸响震天惊雷，父亲的长发便像黑色的火焰在风中飘扬。这支训练有素的交响乐队在父亲的指挥下，把巴赫、莫扎特、贝多芬、柴可夫斯基等等大师的传世之作，化作春水在溪涧流淌；化作鲜花撒向听众心灵的田野。每次演奏完毕，全场有如凝固似的沉浸在一片肃穆之中，然后才突然爆发出暴风雨般的掌声。父亲这才缓缓地转过身来，脸带谦恭而庄重的微笑，面向森林一样站起来的观众，一次又一次鞠躬致谢。而后，他怀里便拥满了鲜花，也拥满了成功的喜悦……

像老师丽达诺娃所说的，父亲就是个"心里有高尚音乐"的人，我吴希声的"政审"怎会不能通过？父亲难道真是个坏人？这个问题搅得吴希声头疼欲裂。蓦地，他又想起"文革"初期曾经听说过，父亲在三十代和江青共过事，心里陡地一惊，隐隐约约感到父亲的问题和那个叫蓝苹的女人也许不无关系，要不，父亲关在清队学习班里怎会遥遥无期？

吴希声在斗室里转来转去，像只关在笼中的小兔，怎么也找

119

不到出路，惊慌了，恐惧了，浑身觳觫，大汗淋漓。啊，总算理出个头绪了：你以为你是谁？还想跳出枫树坪？还想子承父业？还想当小提琴家？还想怀抱鲜花获得崇高的荣耀？你做梦去吧，吴希声！

吴希声轻轻抚摸着小提琴。从旋首、琴颈、共鸣箱，一直抚摸到底角板和尾钮，像抚摸心爱的情人，引起心灵阵阵颤栗，一串串热泪洒在小提琴的面板上。然后，他又把小提琴擦拭干净，小心翼翼地收进琴匣，再悬挂在小床对面的墙壁上。吴希声已经死了拉琴的心，不会再拉琴了。让心爱的小提琴和高尚的音乐，永远深藏在心底吧！

啊，永别了，我的音乐！

王秀秀得知吴希声被县文宣队拒之门外，立即去知青楼安慰他，同时掩饰不住心头的喜悦。王秀秀说，文宣队有嘛了不起？不收就不收呗，我该去买一串鞭炮放一放！

希声有点生气，咦，你怎么幸灾乐祸？

秀秀说，哥，我们在汀江边起过誓的：你要是考得上，你就算我哥，我任你远走高飞；你要是考不上，你就是我的人，你要一辈子爱我。你难道忘记了？

秀秀把一条嫩生生的胳膊那么优雅地一搂，满脸忧伤的吴希声就栽在她的怀里。

秀秀又咬住希声的耳垂子说，哥，你现在终于成了我的人了，我能不高兴吗？

秀秀的天真烂漫叫希声怦然心动。这是个多么可爱的姑娘！但是，他的耳畔立时响起刘福田凶巴巴的训斥："你癞蛤蟆想吃天鹅肉！""你敢跟姓'共'的斗！"……自己已经万念俱灰了，哪能再把秀秀拖下万丈深渊？吴希声不由长叹一声道：唉，傻妹子呀傻妹子！哥走不了，也不一定能跟你在一起啊！

接下来，吴希声又提起他的家庭，他的父亲，说他连政审都通不过，哪能成家立业？哪能连累别人？秀秀又是一番安慰，反正都是那些车轱辘话。

希声真是急了，又说到他肩不能挑，手不能提，挣的工分连自己也养不活，哪有能力娶妻生子？

然而铁了心的王秀秀，简直刀枪不入，根本就不把希声的话往心里去。王秀秀大包大揽说，哥，你不会干活还有我呀！我挣的工分多，我来养活你。我还会养鸡、养鸭、养鹅，让你一日三餐吃得饱饱的。啧啧，哥，看你多瘦呀！

秀秀伸出手去，抚摸希声瘦瘦的脸颊，抚摸他光洁的前额，抚摸他风扇一般的耳轮。秀秀知道希声心里太苦了。她指望她的抚摸像春风，能抚平希声身上的无形的伤痕；像春雨，能滋润希声心头龟裂的土地。秀秀吹气如兰耳语流蜜：哥，你放心好了，我会把你养得壮壮实实的，就是有了小崽子细娃子，我也能一人撑起这个家。哥，旁人的风言风语我可不在乎，你永远是我心尖尖上最痛最嫩最宝贵的一块肉。谁敢欺负你，我会跟他拼命的。哥，真的，我决不让你受一丁半点委屈！

听了这话，吴希声反而更加委屈了。唉，难道我活着就是为了让人"养得壮壮实实的"吗？我的小提琴呢？莫扎特呢？贝多芬呢？难道真的让它们从我的生命中彻底消失吗？秀啊秀，从孩提时代就培养起来的兴趣和抱负，我要怎么跟你诉说呢？方才刚刚下定决心要告别音乐，可是，真的要跟音乐分手，又是那样的难舍难分。再则，就算你秀秀一双结实的胳膊再有劲，赤手空拳的能撑起一个家吗？希声知道，客家农村女子，只有青春少女与老太婆之分，这之间漫长的中年岁月几乎不存在。一个青葱水嫩的山妹子结了婚，生了崽，除了下田耕作，还要承担起家头窖尾、灶头锅尾、田头地尾、针头线尾等等一大堆家务杂活，再漂亮的少妇也会很快超越中年而变成个老阿婆。希声眼睛一眨，恍惚看见青春焕发的秀秀一下子就变苍老了。难道自己今生今世的婚姻归宿就是这样的吗？我一个大男人，能让个弱女子舒舒服服地供

121

养一辈子吗？

但是，秀秀一点也揣摸不透希声的心事。她以为希声的伤心，仅仅因为名落孙山。秀秀在希身上游走的双手，更加积极而热烈了。秀秀觉得体内春潮汹涌春水荡漾，心头热血燃烧像旭日一轮喷薄欲出。她两腮泛红了，呼吸急促了，目光迷醉了，像发热病似的呻吟着，恨不得立即献身于苦命的人儿。希声一颗年轻的心是多么孤凄阴冷呀，需要一颗女人的心去拥抱去暖和。

吴希声慢慢进入状态。他顺势把一头乱发的脑壳搁在秀秀的肩膀上，期待着一种母性的抚慰。秀秀就捧住他的脸，从额头、眉尖、脸颊，一路地亲吻下去，像翻开封面，翻开扉页，翻开目录，翻开正文，一页又一页，细细地阅读一本新奇有趣的书。

秀秀的吻是甜蜜，狂热，夺人心魄的，吴希声不能不报以热烈的回应。秀秀得到鼓舞，舌尖在希声嘴里深入浅出，游龙走蛇，那饱满的胸脯又压在希声身上磨磨蹭蹭，更把希声心里的火焰撩了起来，一双手也不老实了，在秀秀身上来回抚摸着。但是，希声脑子里又突然现出刘福田那张凶恶的脸，继而又想起孙卫红给他卜的凶险一卦。希声的手便戛然而止，并且用力推开了秀秀，像从噩梦中惊醒一般，喃喃地呓语着，秀，秀，别，别，哥，哥，哥不能……哥不能害了你呀……

秀秀像勇敢的士兵，决不让柔情似水的进攻半途而废。她开始帮希声解衣扣，扯裤带，一双迷醉的眼睛燃烧着激情的火焰。忽然，一阵登楼的脚步声，蹭蹭蹭的，由低而高，由远而近，是来得那么不合时宜。

秀秀悚然一惊，猛地坐起，扯平衣角，理清乱发，脸红红头低低地开门走了。

接着来看望吴希声的，是枫树坪的党支书春山爷。

乡亲们知道希声报考县文宣队落了榜，也像秀秀一样，虽然有些不平，有些同情，但更多的倒是在心里暗暗高兴。乡亲们不是跟他过不去，而是因为枫树坪离不开吴希声。村里夜校教书识字离不开他，写写画画出墙报刷标语离不开他，年年夏收秋收搞"瞒产私分"要算几千上万笔细账，更离不开大队会计吴希声。春山爷就是带着枫树坪老老少少的重托来看望吴希声的。

老人拍着吴希声瘦削的肩膀安慰道："小吴，莫难过！不让走就不走吧！你放心，枫树坪人不会亏待你的，只要我们有口饭吃，就决不会叫你饿肚子。"

老人对希声想当音乐家的美梦同样无法理解。在山里人看来，天下最大的事无过于吃饭穿衣，娶妻生子。靠一把小提琴咿咿呀呀地锯木头，能叫田里长出粮食来吗？

"嗯，我不难过。"吴希声勉强地答应着。

"秀秀来看你了？"春山爷刚才在楼道上见到秀秀像只逃脱的野兔，一想起来就禁不住发笑。

"嗯。"吴希声点了点头。

"小吴，你不要心气太高了啊，跟秀秀的事就定了吧！"春山爷劝说道，"秀秀是个好妹子，有多少后生哥想追还沾不上边呢！"

吴希声说："你看我现在这个样子，心气高得起来吗？我、我是怕连累秀秀啊！"

希声一向都背着沉重的家庭包袱，秀秀早在春山爷面前说过的。春山爷知道错怪人家了，便语重心长地劝慰说："什么连累不连累的？不管你家里情况怎样，也不管刘福田怎么刁难你，你小吴是块金子还是块烂铁，乡亲们心里都有一杆秤。想七想八做嘛咯，尽管心宽气壮地过日子吧！"

这话真是三伏的风，旱天的雨，吴希声又滋润又熨帖，感动得不知说什么好了。

春山爷又说："至于这婚姻大事，当然也不能说办就办。你嘛时候想好了，嘛时吱一声。布置新房，操办喜酒，都包在我身上了。你只管轻轻松松地当你的新郎倌。"

一个一辈子抡锄头的种田佬，竟是如此有人情味，叫吴希声泫然欲泪了，就支支吾吾说："春山爷，谢谢！谢谢！这阵子我心里很乱，你容我再想想好吧！"

春山爷不再多话，默默地站起，从怀里掏出五粒红皮鸡蛋，放在希声的书桌上，然后匆匆下楼去了。希声摸摸那些红皮鸡蛋，粉嫩嫩的，暖乎乎的，还沾着母鸡们身上的血丝，还带着春山爷身上的体温。希声就感到脚下这片浸透了革命先烈热血的土地，与生他养他的故土一样，有着非同一般的温馨和恩情。

春山爷刚离开知青楼，希声又听到楼梯上响起拐棍戳地的笃笃声，知道是瞎目婆张八嬷来了，连忙下楼去迎接。

在枫树坪，跟瞎目婆联系最多最贴心的知青哥，要数吴希声。他们的交往，是从希声向老阿婆采集山歌开始的。枫树坪是个山歌之乡，张八嬷是个山歌婆子。张八嬷从做妹娃子起就爱唱山歌，被白狗子挖去双目后，失去视力，听觉就特灵，记性就特好，肚里装下的山歌，正如一支山歌所唱："我唱山歌你来和，唱得日头爬上坡；唱得月亮升起来，肚里还有千万箩。"希声对音乐特别热爱，一到枫树坪就迷上客家山歌。他常常向张八嬷请教和采集。张八嬷真称得上汀江县的山歌皇后，《长工歌》《船工歌》《哭嫁歌》《送郎歌》……从古到今，由天至地，无所不知；号子山歌、正板山歌、快板山歌、叠板山歌和四句八节山歌等等，无所不能。满头堆霜、满脸皱纹的老人，就那么静静地坐着，失去眸子的眼皮耷拉下来，面对永恒的黑暗，一支山歌接着一支山歌唱，从清晨唱到傍晚，从傍晚唱到深夜，从不打个盹儿。吴希声不仅记下了那些带着泥土芳香的歌词，而且用五线谱整理出种种山歌的调式。聆听这些山歌，吴希声有如阅读客家的编年史，浏览客家的风情画，他满满当当地记下了两大笔记本。瞎目婆活了一大把年纪了，还从来没碰上个外乡年轻人如此痴迷地欣赏她的山歌，自然把吴希声视为难得的知音，这一老一少，就成了不是骨肉胜

春山爷从怀里掏出五粒红皮鸡蛋，放在希声的书桌上。

似骨肉的祖孙亲人。

然而，吴希声有时暗自纳闷：按说，老苏区闹革命闹了几十年，阶级阵线特别分明，阶级斗争那根弦也绷得特别紧，张八嬷是个老革命加军烈属，怎么会对自己这样的"狗崽子"特别地看重？张八嬷没说，吴希声也不便多问。

吴希声蹭蹭蹭地下了楼，搀扶着张八嬷慢慢往上走，一边埋怨道："唉，阿婆，你怎么一个人摸来了？有事叫人唤我一声就行啊！"

张八嬷有个孙子在新疆当个小军官，常常来封信，寄点钱，读信回信的任务都由吴希声包了。这会儿，吴希声以为老阿婆又有这类动嘴动笔头的事了。

"也没嘛要紧事，就是想来看看你！"瞎目婆张八嬷自然什么也看不见，吴希声就紧挨老阿婆坐下，让老阿婆拉他的手，摸他的脸。

张八嬷一双手像风干了的老树根，带着土灰色，手背青筋暴突，手掌结满老茧。这双枯瘦的老手在吴希声脸上抚摸的时候，像锉刀锉过一样，吴希声的细皮嫩肉有一种刺痛感。然而，他同时觉得心头有一脉温泉潺潺流过。

张八嬷又说道："孩子，阿婆听说有人给你下绊脚石，不准你进县文宣队，阿婆怕你心里难过，就想来跟你拉拉呱，讲讲古。"

吴希声轻声回道："阿婆，没什么，我不难过。"

"嘿，孩子，你瞒不过阿婆。阿婆知道，你有心事！"张八嬷虽然看不见对方的表情，却听出吴希声的心跳失去了节律，语气就有一种亲娘疼崽一般的温情。

吴希声不敢吱声，再吱声他就要失声哭泣了。

张八嬷从吴希声加剧了的出气声，听出他的心事可大了，就冷不丁地问道："小哥子，阿婆听说你进不了文宣队，是因为家庭出了事：你阿爸蹲了学习班？唉，你爸是你爸，你是你，桥归桥，路归路，爷娘欠债还能让崽还？通天下都没这个理咯！"

多少年来，吴希声都是听到人家教导他要如何跟家庭划清界限，如何揭发父亲的"罪行"，头一回听到张八嬷这番话，既觉得入情入理，又感到石破天惊，一时间不知怎么回答的好。

张八嬷拉着吴希声的手，冷不丁问道："细哥子，你知道我的老公是怎么死的吗？"

瞎目婆张八嬷是汀江县有名的革命烈属和接头户。每年"七一"、"八一"和"十一"，不是学生娃子到她家里敬献大红花，就是把她老人家请到学校做报告，讲革命故事。在吴希声看来，瞎目婆头上的光环，像彩虹样五彩斑斓，她的老公是怎么死的，还能成个问题吗？吴希声想也没想就回答道："那还用说呀？阿婆，你是革命烈属，阿公当然是光荣牺牲的。"

"不！"张八嬷做了个十分果断的手势，"我老公不是光荣牺牲的，是冤死的，他被自己的同志砍了头。"

"啊！"吴希声张大的嘴巴半天合不拢了，一迭连声追问道，"什么？什么？阿婆，你、你、你没有说胡话吧？"

"没有！"张八嬷饱经风霜的皱纹脸，像大理石雕像一样冷峻而庄严，"你阿婆又老又瞎，却半点也不糊涂，经过的风风雨雨，我心里都有一本账哩！孩子，你大概也听说过闽西早年间闹过'肃社党'吧，阿婆今天就要跟你说说'肃社党'是怎么回事——"

张八嬷苍老的声音把吴希声带到遥远的年代。民国十九年春天，朱毛红军下了井冈山，从赣南进军闽西，一下子解放了汀、杭、龙、永十多个县，开辟了一大片红色苏区，农民分了田，工人有工做，日子过得真红火。可是到了民国二十一年夏天，也不知从哪刮来一阵风，闹起嘛咯"肃社党"运动。肃来肃去，杀来杀去，自己人整自己人，自己人杀自己人，好像大家都疯了！那时候，瞎目婆的老公是区苏维埃主席，不愿跟风，不肯整自己的同志和下属，跟上级派来的肃反特派员拍了桌子顶了牛。特派员立马把张八嬷的老公打成"社党"分子，硬是拉去砍了头。

"咳！"张八嬷长叹一声说，"那些狗养的不是人呐，连尸首也不准我去收拾呀！……"她的脸色坚冷如铁，眼皮耷拉的眼睛竟不见一滴泪水。但是，张八嬷的眼睛如果能够突然睁开，就能看到吴希声早已满脸惊惶，泪如雨下。

张八嬷接着说："孩子，这事你从没听说过吧！你可以去问一问老辈子人。那一年，闽西苏区真是天下大乱呀，从红军战士、赤卫队员，到红军首长卢肇西①，冤死好几千人啊！人家老公在前方杀敌牺牲了，那是革命烈属，全家光荣；我的老公被自己人砍了头，我就成了'社党分子'的臭婆娘，成了'反革命家属'。不准我开会，不准我支前，不准我出村，人人见了我像看到一堆臭狗屎！嘿，那时候，我差点没用一根麻绳把自己吊死哩！这样暗无天日的日子我熬了一年多，毛委员一声号令传下令来，才叫这该死的'肃社党'运动刹了车，我这才活过来，大家也都活过来，闽西苏区才能红旗不倒，坚持斗争到解放呀！"

吴希声完全吓傻了，老半天说不出一句话。真是难以置信呀，这片像圣殿一样圣洁的红土地，怎么也出现过如此骇人听闻的大悲剧？大名鼎鼎的革命烈属张八嬷，还蒙受过这样的千古奇冤。这话如果不是出自张八嬷之口，他吴希声肯定怀疑是哪个别有用心的家伙无中生有造谣污蔑。

"孩子，你明白了吗，阿婆为嘛咯要给你抖落这些陈谷子烂芝麻？"瞎目婆伸过手来，轻轻拍着吴希声的肩膀，把话说得更加意味深长了。

吴希声含泪点头："阿婆，我明白了！"

"孩子，明白就好！明白就好！咬紧牙根挺住吧！"瞎目婆把

---

① 据《文史精华》2004年第2期刘晓农《闽西苏区的旷世冤案"肃社党"》一文记载，1931年2月至9月，发生在闽西苏区的"肃社党"大冤案，能够统计到的有姓有名的受害者、牺牲者，计有6352人。卢肇西同志，永定人，为张鼎丞同志领导的金沙暴动的主要组织者之一，时任红12军102团政委，在"肃社党"运动中被诬陷而枪决，后平反昭雪，是闽西著名的革命烈士。

藤条拐杖在地板上戳得笃笃响，"三十年河东，三十年河西。那些乌龟王八蛋的日子长不了。我瞎目婆瞎了，老了，你们还年轻哪，总能看到那一天!"

吴希声顿时悟到，瞎目婆张八嬷为什么跟他这般贴心亲热了。老阿婆双眼虽然瞎了，心里却亮堂着呢。她，还有许多闽西苏区的老人，压根就不把他吴希声的父亲和许多关在"学习班"的人当"牛鬼蛇神"，压根就把"文革"看成又一次"肃社党"运动。吴希声紧握着瞎目婆一双老树根一样枯瘦的手，把目光投向高远晴朗的天空，无限向往地期盼着老烈属的预言。

"嗯，阿婆!"吴希声说，"我们就等着这一天!"

枫树坪知青队的知青们，对吴希声的考试落榜就看得严重多了。他们知道，县文宣队对吴希声关上的大门，不仅仅是凡夫俗子的谋生之门，而且是一个艺术天才通向艺术殿堂的命运之门。兔死狐悲，物伤其类。吴希声尚且如此，身无长技的知青们谁还能走出枫树坪?

雪梅和张亮在背地里商量，不能往吴希声的伤疤上撒盐了。为了给他压压惊，解解闷，他们把垂头丧气的吴希声叫到一起来吃夜饭。上海滩大丝绸商的小少爷张亮，从小锦衣玉食惯了，前些天家里又寄来些钱，正好派上用场。张亮到圩场割了两斤肉，买了一只鸡，抓了两尾鱼，称了一斤田螺，还打了一壶米酒，雪梅在伙房忙活一个下午，就把这个晚餐置办得五彩缤纷，相当丰盛。

三杯落肚，酒力上头，张亮大大咧咧地劝慰吴希声："想开吧，阿弟! 时呀，命呀，像我们这样的人，活该是个倒霉蛋! 你逞什么能? 争什么强? 当什么音乐家? 算毬去吧，你! 哎，向、向老哥我学习，今朝有酒今朝醉，明日无酒喝白水……来，来，干杯! 干杯! ……"

张亮醉得舌头不听使唤了，话就说得黏牙倒齿的。吴希声听他把李白的名句加以篡改，倒也恰到好处，差点儿喷饭。

"去去去，张亮，你别发酒疯了！"雪梅不让张亮说下去，但她的开导也不高明，"希声，我们都是下来接受再教育的，家庭出身好不好还不是一个样……"

"雪梅，你就爱当教师爷！"张亮又抢过话头说，"你和我们能一样吗？印度电影《流浪者》中那个混蛋法官怎么说的？'法官的儿子还是法官，贼的儿子还是贼。'我们中国也认这个歪理。"

"不对！"雪梅说，"我爹我妈虽然都是响当当的产业工人呢，我不一样在这山沟沟里修理地球？"

"去你的吧！"张亮说，"你做梦都想回上海，唱什么高调？"

"咳，你你你……你有完没完呀？"雪梅生气了，用火辣辣的目光制止张亮，又回头劝说吴希声，"你别听他胡说八道。人么，总得实际点，千千万万知青都在农村扛锄头呢，我们再待几年又怎么样？就说拉琴吧，县文宣队用得上你的小提琴？整天都是锣鼓响，语录歌，叮叮咚咚，嚘嚘呛呛，别把你的手指拉僵了，别把你的天分糟蹋了！"

雪梅最后几句话倒说得通情达理，吴希声就点了点头："那也是，那也是。"

张亮这回也妇唱夫随随声附和了。张亮说："对，对，雪梅这么说还像个人话！希声，别、别苦了自己！就在农村找个对象吧！王秀秀是个多好的姑娘！"

雪梅说："对对，希声，秀秀已经跟你好了许久，你们到底是怎么回事？老是要好不好的，这可不是个事呀！"

希声抱着脑壳唉声叹气："咳，这事真叫我头疼死了！"

"到底有什么好头痛的？"雪梅关切地瞅着吴希声，"傍晚，我在溪埠头宰鱼洗菜，又碰见秀秀了。秀秀跟我谈起你，又是叹气又是抹泪的。咳，你们男人真是不知女人的心思呀！她王秀秀，在外头有刘福田死追蛮缠；在家里有老父亲唠唠叨叨；你吴希声可好，又是这样扯牛皮糖，不好不散，久拖不决，不叫秀秀为难死了？"

"是啊，是啊！"张亮有些义愤填膺了，用红彤彤的醉眼盯着吴希声，"你这混小子，真不该这样欺负人！"

吴希声万分委屈，连连叹气："唉，唉，我哪敢欺负人！我哪有资格欺负人？我、我是怕配不上人家。"

雪梅说："什么配得上配不上的？在这山沟沟里，大家都靠一双手吃饭，也没什么前程好奔了。只要两情相悦，谁管得了谁呢！"

吴希声听出来了，雪梅是在现身说法。她蓝雪梅是产业工人的女儿，张亮是大资本家的公子，两人合到一块过上小日子，不也是两小无猜甜甜蜜蜜幸福美满的吗？

雪梅和张亮轮番轰炸，好话歹话说了好几箩，吴希声有点开窍了。再想想瞎目婆那番语重心长的叮嘱，心里也有了底气，便霍地一下站起，一锤定音："好啊，谢谢你们的美意，割了禾收了秋，我就和秀秀结婚！"

雪梅和张亮同时举起酒杯，为希声和秀秀祝福："干杯！祝你和秀秀白头到老，生活幸福！干杯！"

祝词虽然是些传统老话，了无新意，但是哥们姐们的一腔真情却让吴希声打心里感动，两滴晶莹的泪花，就洒落在波光荡漾的琥珀色的米酒里。

可是，就在这个节骨眼上，吴希声的哥哥吴希文来了一封信，说父亲的问题又升级了。信上说，前些天希文去"学习班"探望父亲，专案组怎么也不让见面。后来，里头有个好心的干部悄悄向希文透露，父亲已经移送上海提篮桥监狱，显然成了重要的政治犯。听说潘汉年、王莹等等大人物都曾关在那里。……吴希声脑袋轰地一响，只觉天旋地转，一家伙放倒在小床上。待他稍稍清醒些，把哥哥的来信细细推敲了好几遍，就掂量出这个凶讯有多么可怕。

这些年来，父亲因为三十年代跟"三点水"①在上海共过事，他们家始终如乌云盖顶，提心吊胆，没有一天敢松口气。春天，希声回上海看望父亲，哥哥忽然告诉他：王莹死了！王莹是个著名电影演员，曾经来他们家做过客。这个噩耗自然叫希声大吃一惊，就问是怎么死的。哥哥说，王莹三十年代跟"三点水"争演过《赛金花》，"三点水"记恨至今，叫公安局把她关进了提篮桥监狱，不久就被活活整死了，连遗体在哪里，亲人们也找不到。……

现在，江青、蓝苹、"三点水"、旗手、女皇，这些正名、艺名、浑名和封号，在吴希声脑中搅和着，旋转着，那个戴副眼镜、双颊下坠的老女人，忽然变成个蛤蟆精，吓得吴希声浑身毂觫，从脚底板到脑门心一阵阵直冒凉气。吴希声十分担心，从"牛棚"到监狱，几乎是父亲无法逃脱的命运。王莹仅仅因为跟"三点水"争演过一个角色，就不明不白地丢了性命；父亲呢，可能是极少数知道江青那些风流韵事的老文化人之一，那个女皇又岂能轻易放过他？

唉，夜是多么黑啊！吴希声的心飘了起来，飞向遥远的远方。上海提篮桥监狱在哪里？大墙很高吗？拉着电网吗？关押父亲的号房很小很暗吧？透过小小的铁窗能望见天空的一角吗？父亲有没有像关在重庆渣滓洞中的江姐、许云峰那样戴上脚镣手铐？牢饭如何？吃稀的还是干的？胃病严重的父亲能够下咽吗？他们每天有没有放风的时间？……吴希声脑子里尽是这些乱七八糟的悬想。

昨天，雪梅和张亮一番苦口婆心的劝说，为吴希声鼓起爱的勇气，燃起爱的火焰，现在当头浇下一桶冷水，熄灭殆尽。嘿，孙卫红你这个巫婆算的命，卜的卦，真是灵验极了！秀秀呀秀秀，

---

① "文革"中，人们慑于江青淫威，虽有不满，不敢直呼其名，在背地里以"三点水"代称之。

我并非不想爱你，而是不能爱你。天意如此，命该如此，我只能跟你说"不"了！

这一宿，吴希声又是通宵未眠。

一片晨光洒进来，小屋里有了些许亮色。吴希声支起身，软塌塌地倚在小床上。忽然，他看见小窗上有一张八卦图般的蜘蛛网。也不知是什么时候，一只红眼蜻蜓撞在上面，被银丝般的蛛网黏牢了，任它怎么挣扎，也逃不出罗网。一会儿，小蜻蜓就气息奄奄，一动不动。吴希声担心，这会儿一定有只凶恶的大蜘蛛，躲在阴暗的角落，觊觎着这只可怜的小蜻蜓。也许只需一袋烟工夫，这只可恶的大蜘蛛就会慢慢爬出来，从容不迫地享用一顿佳肴美餐。吴希声心里像被小刀剜了一下，甚是不安了，便匆匆下床，用一枚竹片在空中划了个十字。那只织成八卦图案的漂亮的蛛网，顿时支离破碎，荡然无存。那只陷入罗网的小蜻蜓掉在窗台上，扇了扇翅膀，仍然无力起飞。吴希声把它撮起，用细竹片轻轻地剥离黏在它身上的蛛丝。然后，把蜻蜓托在掌心，吹了口气，那只得救的小昆虫终于扇动翅膀，在空中画了个圆圈，轻盈无声地飞走了。

吴希声仰望静静的群山，仰望高远的蓝天，心中一片空茫。

秀秀不知希声葫芦里装的什么药，还是不断来找希声。她给希声送些可口的菜蔬，给他洗洗刷刷，缝缝补补。两个年轻人单独在一起，依然免不了搂搂抱抱，卿卿我我。秀秀积极、主动、带有进攻性；希声消极、退缩，步步为营。秀秀免不了委屈、恼怒，使点小性子，斥责希声看不起山里人。希声就申辩叫屈，一再说明自己不能害她，不敢害她。但是，关于自己父亲已经关进监狱，却只字不提。吴希声不仅不敢对秀秀说，也不敢在雪梅、张亮面前透露半点消息。因为希声担心这事一传开，自己受到的歧视，跟农村"四类分子"的子女也就不差分毫了。他在枫树坪这么多年了，亲眼看见"黑五类"子弟过的那日子，比战战兢兢

133

地躲在地洞里的土拨鼠还要辛酸。

希声和秀秀就这样耗着，像闽西苏区当年打游击的拉锯战，进进退退，磕磕绊绊，旷日持久，弄得两人都精疲力竭，心力交瘁，几乎陷入毫无希望又无力自拔的绝境。

但是不久，发生一起意外事故，王秀秀差点儿就要达到自己的目的，把躲躲闪闪的吴希声紧紧地攥在手心里。

那是深秋的一个午后，秀秀吃过午饭，收拾好碗筷，把一只大木盆推下涨满秋水的枫溪。然后，她坐在木盆上，以掌当桨，顺水漂去。那时的枫溪是毫无污染的处女溪。水清如镜，游鱼可数。溪沿边汀藻生气蓬勃，水底下水草葳蕤逶迤。秀秀在水中划盆，跟水中的游鱼一样快活。一会儿，秀秀的木盆便漂到下游水流平缓的百尺潭。百尺潭里长着密密麻麻的红萍，酷似铺开一匹又一匹缀着鲜花的锦缎。这种繁殖力极强的水生植物，是农家饲养牲畜的好饲料。秀秀家养着两头猪崽，常常要划着大木盆到溪里捞红萍。问题是，秀秀以往捞红萍从不耽误出工，在清晨或傍晚，抓住别人吸烟喝茶的一点时间，坐着木盆漂到百尺潭转一圈，她家的牲畜就饿不着。但那天秀秀早不下溪，晚不下溪，偏偏在午后下溪，此事秀秀不说，不仅是留在希声心中的疑团，而且成了枫树坪千年难解之谜。

真是奇怪了，这天秀秀的大木盆漂到百尺潭，却不忙着捞红萍，而是像陀螺一样在水面上打转转，同时放出鹞子般的目光，朝林子里东张西望。突然，木盆失去平衡，秀秀身子一歪，栽落水中。秀秀在深潭里一沉一浮地挣扎着，两只手紧紧抓住木盆的边沿，大声呼救着：

"救命呀！快来人呀！救命呀！快来人呀！"

这时正在溪边林子里看书的吴希声，飞箭似奔了出来，连衣服也顾不得脱，纵身跃下深潭，把秀秀救上岸来。两人浑身湿透，裤裆里兜满了水，口袋里装满了水，哗哗直淌，地下湿了一摊。吴希声惊魂未定，气喘吁吁，却更担心是不是吓坏了秀秀，连声问道："秀，你没事吧？摔伤哪里没有？"

"没事，没事，哎呀，吓死我了！"秀秀娇喘无力地坐在溪岸上。

希声看秀秀并未伤着碰着，也就放心了。但是，两人都浑身湿淋淋的，叫他手足无措。秀秀犹豫片刻，叫希声把她扶起，然后，自顾自地大步往林中走去。希声连忙跟在后头，他想这也不失为一个权宜之计。自己是个大男人，赤膊光膀无伤大雅，可人家秀秀是个年轻妹子，像只落汤鸡晾在溪岸上，成何体统？离溪岸不远，有棵高大挺拔的鹿角栲。希声搀着秀秀向前走去。他想，到了那棵栲树下，就能避开人们的视线，再作下一步的打算吧。可是，秀秀到了栲树下却不肯停步，她继续踉踉跄跄地往林子深处闯。一会儿，他们走进一片密不透风的苦槠林。

吴希声很快发现他们已经置身于一个与世隔绝的世外桃源：林子最外边是密匝匝的芭茅丛，里层是挤挨挨的灌木林，中心腹地是些高大的苦槠树。林子里真静啊，除了凉风戏弄枯叶，没有别的声音；除了鸟儿在树梢探头探脑，没有别的生灵的目光。

秀秀把四周的环境打量一下，似乎很满意，如释重负地在草地上坐下来。

"啊，冷死了，冷死了！"秀秀脸色苍白，牙根咬得笃笃地响，唇边却绽开一丝神秘的微笑。

这时已是仲秋时节，林子里有些寒意袭人了，在这里呆久了真受不了。"这可怎么办？这可怎么办？"希声一时没有主意，站在一旁直搓手，片刻，果然从手心搓出个好主意，"秀，你先在这里呆着，我回村去给你拿衣服，怎么样？"

秀秀就白了希声一眼："你想把我一个人扔在这里喂狼呀？"

"大白天的，哪来的狼？"

"我阿爸问你凭什么替我拿衣服呢，你怎么说？"

"这……"

"我阿爸非把你一扁担揍死不可！"

秀秀故意加重的语气，果然把希声吓了一跳。他想起去年夏天有个晚上，他无意中看见秀秀在屋檐下冲凉，茂财叔对他大声吼叫的情景，还心有余悸呢。

秀秀看见希声的窘态，十分开心，咯咯笑道："走呀，怎么还不走？"

希声走也不是，留也不是，就傻不愣登地看着秀秀。秀秀上衣的扣子散开了两粒，露出一片雪白的胸脯，还挂着几滴水珠，映衬得像玉器一样晶莹剔透。希声心里热了一下，连忙掉过头去。他想这么傻傻地看着真是有失体统，觉得林子里忽然闷热起来。

"哎呀，冷死了，冷死了！我们先把衣服晾晾干再说吧！"秀秀打破沉寂，自言自语地嘀咕着。

希声以为秀秀不过说说罢了，也不答话。一会儿，却听到水珠哗哗洒在草地上的声音，他慢慢转过身来，看见秀秀已经把上衣下裤脱个精光，抓在手上使劲地绞着拧着。希声的脑子嗡地一下涨得有巴斗大。这是他在无意中看见秀秀冲澡之后，又一次见到一个青春少女的胴体，那是多么诱人的尤物呀！过去他看到秀秀的脸庞，是山里妹子微黑透红血气燃烧的那种，其实，秀秀为衫裤终年遮蔽不见阳光的躯体，是洁白如玉、晶莹耀眼的；她高耸的胸脯，像两朵洁白的莲苞；坚挺的蜂腰，没有一丝赘肉，光滑得像一张青皮嫩竹制作的弓。由此往下，他不敢注目，又连忙掉转头。遭到致命的一击，希声热血上涌，浑身冒汗，半天说不出话。秀秀把希声轻轻一拽，希声便趁势倒下。接下来发生的事情，可不是清醒的意识所能控制的。像火山喷发，像飞瀑跌落，就有了一场摧枯拉朽、惊天动地的搏击。

但是，当两团山火相接，两道雷电相碰，吴希声又忽然想起"政审没通过"，想起父亲关在提篮桥监狱，想起刘福田凶恶的嘴脸，想起孙卫红跟他说的"不"字和那个像手榴弹一样可怕的"！"……吴希声沉醉的意识猛地惊醒，全身的热情陡然消退。他一点劲儿也没有了，软绵绵地从秀秀身上跌落，嘴里喃喃自语道：

"秀，对不起！我不能！对不起！我不能！……"

秀秀开初不知发生什么事，愣了好一会儿，才猛地蹦起身，对准吴希声那张难看的毫无生气的瘦脸，狠狠捆了一记耳光：

"窝囊废！"

吴希声苍白的脸上立即现出五条指痕，眼前金星狂舞，只见秀秀飞快穿好衫裤，像只疯了的母鹿奔出苦楮林去。

第七章　瞒天过海

吴希声捂着热辣辣的脸颊，愣了许久，才感到浑身冰凉，原来他还光着身子。他连忙披上衣，穿好裤，在风中簌簌地颤抖着。秀秀走了，可她的骂声一直在林子里回荡。"窝囊废！"——这三个字像把匕首，把吴希声的自尊心戳得鲜血淋漓，百孔千疮。

吴希声不敢回村。他不知今后该如何面对秀秀。他晕晕乎乎地在林子里转悠。一会儿，他迷路了，怎么也走不出密密麻麻的混交林。突然，他听到树梢头洒落"唧唧唧"的叫声。他抬头一看，只见两道金灼灼的光芒直射下来，嘿，一只金丝猴蹲在头顶的树杈上正瞅着自己哩。

我的天！这不是孙卫红吗？孙卫红！你怎么会呆在这里？吴希声大喜过望，拼命朝孙卫红招手，小骚包蛋！快下来！快下来！

孙卫红轻盈一跃，稳稳当当落在吴希声的肩膀上。

你又想我了？

唧唧唧！——吴希声听懂了，孙卫红说，我天天都在想你啊！

你怎么知道我在这里？

唧唧唧！唧唧唧！——这回孙卫红要表达的意思太复杂，吴希声一点也听不懂。

孙卫红那一连串猴语是说，上次我回枫树坪，是特意去看你；这次见面，是上苍安排的巧遇。一个月前，孙卫红怀孕了。第一

个反应是变得更贪吃，更嗜酸。像猕猴桃、毛栗子等糖分太多的
野果子都不爱吃了，专门寻找山楂、草莓等酸不叽叽的野果吃。
胃口大增，一张尖嘴巴唧巴唧整天不停不歇。第二个反应是对老
猴王明显地疏远了。老猴王对她咂嘴、尖叫，对她频频发出求爱
的信号，她都不理不睬。有时候，老猴王按捺不住欲火中烧，猴
急猴急地要上它的身子，孙卫红竟敢冷不丁地掉转头来给老猴王
一爪子。老猴王并不生气，知道又要当猴爹了，就喜不叽叽的，
迈着王者的步伐，又去宠幸别的猴婆娘。这一来，孙卫红乐得清
闲，整天价满山乱跑，到处寻食。这天孙卫红跑着跑着，忽然闻
到一股它所熟悉的气味，那正是它的大恩人身上发出的特有的信
息。孙卫红便飞奔而来，果然在这里见到了吴希声。

　　吴希声抱着孙卫红又抚又揉好不亲热，比见到久别重逢的老
友还高兴。然而，他也不无遗憾，因为他们不能进行语言交流。
孙卫红要是能说人话听人话那有多好呀！他吴希声有满肚子委屈
要一股脑儿向它倾诉。他还要对孙卫红说，小骚包蛋，你上回给
我算的命卜的卦真是准极了，灵极了！我跟秀秀真是今生无缘。
方才她捆了我一个大耳光，还骂我"窝囊废"，我只能跟她说
"不"了！我们的好事是彻底完蛋了！……

　　孙卫红不愧为聪明绝顶的灵长类动物，它从吴希声苍白清瘦
的脸庞，忧郁哀伤的目光，一下子猜到他的日子过得极不如意。
孙卫红便加倍热情地亲他舔他抚摸他，给了吴希声亲人般的安慰
和温暖。

　　一会儿，日头落山，林子里更暗了。吴希声不由得有些紧张：
如果留在这深山老林过夜，说不定要给豺狼虎豹当了点心呢。回
村吧，已经辨不清方向。孙卫红立时看出主人的担心，便牵着吴
希声的手，在密林里穿来钻去，东拐西转，很快找到一条下山的
羊肠小路。大约一袋烟工夫，就把吴希声领到了村后的苦槠林。

　　唧唧唧！唧唧唧！——吴希声听懂了，孙卫红跟他依依惜别
哩。

139

吴希声多想把昔日的"小情人"带回知青楼呀！但是，他更担心刘福田会宰了它下酒吃，就愣在林子里，走了不忍，呆着也不安。

唧唧唧！唧唧唧！——吴希声猜到了，孙卫红又说，你回吧，你回吧，我会常常来看望你的。

吴希声便咬咬牙，狠狠心，跟孙卫红挥手告别。

王秀秀在沉沉暮色掩护下走出苦槠林，摸回家，换上干净衣服，关在房里悄悄流泪。

她真是后悔死了！我是昏了头怎么的？突然捆了吴希声一耳光，又骂他"窝囊废"，这是多么伤人的心呀！唉，他吴希声背着沉重的家庭包袱，刘福田又时时跟他过不去，日子已经够惨够艰难了，应该给他更多的温情和体贴才对呀，怎么能怪他？秀秀恨不得立马扑到希声怀里，让他骂个痛快，打个舒服，赎回罪过，消除裂痕，把他们的感情修复如初。但是，希声总是躲着她。两人在村街上相遇，希声把头一撇，如同路人擦肩而过；在田里干活，秀秀在上丘田，希声就跑到下丘田，根本找不到说话的机会。秀秀想，也罢！看你躲吧，躲吧，躲得过初一，还躲得过十五？明天又是夜校上课的日子，你还离得开我这个助手？

这天，秀秀好容易熬到日头落山，早早吃过夜饭，冲了凉，换上一身漂亮衣服，坐在院门前的石墩上，让晚风晾干一头乌亮的长发。其实，她真实的目的是等吴希声。好些年了，吴希声教夜校从来都是与王秀秀结伴同行。那条高高低低弯弯曲曲的黄土小路上，记下他们多少亲密的细语？嵌着他们多少青春的足迹？

一望之遥，溪埠头水碓里的碓头踢踢踏踏响着，古老的水车咿咿呀呀唱着。秀秀左等右等，觉得时光走得比古老的水车更加慢慢腾腾。一炷香过去了，两炷香过去了，秀秀才发现前方有个人影打着手电缓缓走来。秀秀无须细看，一下就认出那人是吴希声！秀秀的心跳突然加快，呼吸骤然停止，她以为希声就要像往常一样，晃晃悠悠走过桥来，扬起手来在空中打个响指——那是希声呼唤她的信号。然后，秀秀便兴冲冲地迎上去，两人先是一前一后，接着便手牵手地，向设在金谷寺的夜校走去，就像两只在夜间出行的形影不离的小鹿。

可是，今晚吴希声过了石桥根本就不停步，连瞅也不朝秀秀这边瞅。吴希声过了桥头，立马趿上一条田埂小路，自顾自地朝远处的金谷寺走去了。秀秀心里一急，也来不及多想，连忙起身追赶。一阵小跑，她撵上了吴希声。

"咦，今晚怎么不邀我一道上学？"秀秀本想把声音放得柔和些，可是一开口，还是有些火药味。

"秀秀同志，今后你不要帮我当翻译了，我自己教得了夜校。"吴希声继续赶路，头也不回。

"你说嘛咯？啊，你给我站住！"秀秀简直不敢相信自己的耳朵，好家伙，竟客客气气称我做"同志"了。

吴希声站住了，眼睛望着深邃而冷漠的夜空。

"你真的不要我当翻译了？"秀秀惊异地盯着吴希声，想从他的脸上找到答案。

吴希声的脸庞与秋夜的天空同样冷漠。"我想，我不敢再劳你的大驾了。"

"噢，吴希声，你真长本事了啊！就算你能听懂乡亲们的客家土话，可你说的上海普通话，乡亲们能听得懂吗？怕都是鸭子听雷吧！"秀秀心里凉透了，憋在嗓子眼里的声音十分凄惶。

"我已经多少能讲一点客话了。乡亲们听不懂普通话，我就用客话教书。"

"嘻，你会讲客话了？你讲两句我听听。"秀秀在黑暗中勉强笑了一下，分明带有寻求谅解的意味。

"这就不用你操心了，我一定能学会的。"希声的脸还是绷得紧紧的，声音也像从高空洒落的夜雾一样浸透了寒意。

秀秀知道谈话不能继续，爱情更不能继续，她咬紧嘴巴皮，

141

强忍满眶泪水，回头默默地走了。

其实，一向细心的秀秀这回可是少有的粗心了。吴希声并未真的生气。他心地善良，宽宏大量，又深深爱着秀秀，哪会把秀秀一时发脾气使性子放在心里？何况自己也有错呀！那天从苦槠林归来之后，希声反反复复想了一个透夜，就下了决心：他要是真心爱秀秀，只有远离秀秀。若即若离好些年了，爱又不敢爱，分又分不开，准要误人青春。希声正苦于找不到一个摆脱的借口呢，好，现在终于给他逮住个好机会。当秀秀啪踏啪踏撵上来，主动示好求和的时候，吴希声就憋足劲儿绷紧了脸，话也说得硬邦邦的，而他辛酸痛苦的心里呢，正在悄悄地痛哭流血呢！

真是逼上梁山了，吴希声从那天起开始用客话给学员教课。往事不堪回首，他常常感慨万千。客家土话，许多年来都是联系希声和秀秀的纽带，现在，却突然成了促进他们分手的催化剂。没有秀秀当翻译，吴希声可得用心学习客家话了。开头，他免不了说得结结巴巴，词不达意，常常弄得学员们莫名其妙，哄堂大笑。但是没过多久，希声就把客话说得流畅、自然而纯正了，简直就像说上海话，成了他第二故乡的第二母语。由于学习客话，吴希声慢慢地对客家有了更多的了解。说来真是惭愧。早先，希声还以为客家是个少数民族，现在，他从客家人用客话讲述的故事中，才明白客家是古老的汉族祖先的一个分支。从秦汉以降，两千多年来，历经天灾人祸战乱兵燹，中原汉人有过几次大迁徙，逃难的灾民，流放的贵族，戍边的士兵，跋涉千里，辗转南下，在闽粤赣边地的三十多个山区县落地生根，与当地的原住民闽畲、山越等兄弟民族，从纷争角逐，到交融共处，慢慢繁衍成一支人口众多的民系，这便是遍布东南各省的客家。客家方言显然带有南北交融的特点，既有北方话的阳刚之气，又有南方话的阴柔之美。有许多词语仍保留着古汉语的古音古意，如"吃"说"食"，"走"说"行"，"睡"说"眠"，"穿衣"说"着衫"，"砍柴"说"砍樵"，"割稻"说"割禾"，"插秧"说"莳田"，"店名"

叫"字号"，"老板"叫"头家"，"店员"叫"相公"，"经纪"叫"中人"等等等等，文绉绉的，软绵绵的，更像活在千百年前唐诗宋词中的炎黄子孙。

吴希声学会了客家方言，跟乡亲们相处得更加亲密无间。不仅工作方便，同时还能疗救心灵的创伤。他又利用一切闲暇发奋读书，古代的，外国的，能借到的名著都读，把时间填得满满的，秀秀那一声辱骂和一记耳光在他心头留下的重压，便渐渐减轻乃至最终消失。

前些时候，刘福田托蔡桂花去王茂财家提亲，碰了一鼻子灰，心里好不恼火，成天都在寻思给秀秀一点颜色看看。正好，这时全国掀起"反击右倾翻案风"，报纸连篇累牍鼓动打"土围子"，广播天天叫唤要消灭"还乡团"。刘福田顿时来了精神，再次兴兴冲冲下到枫树坪，亲自召开大队干部会，发动社员割"资本主义尾巴"——简称为"割'尾'运动"。但是，刘福田讲完开会的主题，干部们只顾低头卷喇叭烟，吞云吐雾，没人吭声。大队部的横梁上挂着一盏汽灯，炽白的光，照亮偌大的厅堂；汽灯的喷气嘴嗞哩嗞哩直冒白气。会议在紧张中一片谧静，在谧静中又潜伏着紧张。

怎么的？都哑了？坐在古色古香的太师椅上的刘福田轻轻敲着桌子，大家说话呀，我们枫树坪哪个"资本主义尾巴"最大，最长？大队党支书春山爷拉长一张老脸说，我们村饭都吃不饱，年年向国家要返销粮，有嘛咯"资本主义尾巴？"刘福田就批评杨春山，糊涂呀糊涂，枫树坪难道是家家吃不饱？家家要返销粮？就没哪家富得流油的？春山爷说，你想说谁，就直说吧！指鸡骂狗的，我们山里人听不懂。

刘福田偏偏不直说，他爱启发干部们的路线觉悟。还用直说吗？你们再想想看，谁家仓实榥满？谁家鸡鸭成群？谁家霸占了集体的土地？

这简直是秃子头上的虱子，枫树坪日子过得好点的也就那么一户。大家异口同声说出个名字：王茂财！

嘿，群众的眼睛是雪亮的么。刘福田挺满意地笑了

笑，他举出许多事实认定王茂财是"资本主义尾巴"。一、他是富裕中农。二、他家养了一大窝鸡鸭。鸡蛋鸭蛋自家吃不完，还挑到圩场去卖，赚了大把大把票子。三、他家除了队里分的自留地，还擅自开了五分荒地，霸占了集体的土地。菜也吃不完，又挑到圩场去卖，一年要赚多少钱？……

春山爷死不开窍，仍为王茂财充当辩护士。他说，王茂财那个菜园子么，也说不上是霸占集体的土地，那么块烂溪滩荒草地，荒在那里只能长苍蝇养蚊子。再说，他家里多养几只鸡鸭，多种几畦蔬菜，这也算"资本主义尾巴"？这资本主义也太不值钱了吧？

刘福田虽然对春山爷非常不满，可人家是老红军、老革命，他不敢训斥，还是耐着性子摆事实讲道理：春山同志，请问你，王茂财家养了那么多鸡鸭，种了那么多蔬菜，要不要花劳力？要不要吃粮食？要不要耗肥料？春山爷说，不花劳力，不施肥料，地上能长出菜来？他王茂财是神仙呀！刘福田说，这就对了！我可是作过调查研究的。刘福田扳着手指头算了一笔账：一户农家一年要给队里交十五担人屎人尿肥，他王茂财可好，一年只交八担；人家一年要给队里交十担牲畜肥，他王茂财可好，一年只交五担。枫树坪两百多家农户，如果都像王茂财一样，一年少交十多担肥，全大队一年就要少了两千多担肥。一担肥就算增产十斤谷子吧，全大队一年就要减产两万多斤呀？"大河有水小河满，大河没水小河干"，王茂财跟集体争肥料，争劳力，争土地，还不是挖集体经济的墙脚？大家都说说，王茂财算不算"资本主义尾巴?"

大家七嘴八舌乱起哄：算！算！他王茂财不算"资本主义尾巴"，我们枫树坪就没有"尾巴"了！

春山爷心里虽然拐不过弯来，可是经不住刘福田能说会道，大道理一套一套，脑壳也有些迷糊了。村里要搞"割'尾'运动"，就这么定了下来。

现场会就摆在王茂财家门前那块开荒地的地头上。也分不清哪些是来开会的，哪些是来看热闹的，反正人来了不少，在田间小路上、溪坝上和石板桥头站着，蹲着，坐着。刘福田拍拍王茂财的肩膀说："王茂财，今天在你家地头开个现场会呀！"茂财叔受宠若惊，嘿嘿笑着。王茂财还以为人家是来参观他家的菜园子，要现场取经哩。茂财叔是个作田好手，无论莳田犁田、耙田耖田，过去他都在村里露过脸，给年轻人传过经送过宝。茂财叔兴兴头头的，叫秀秀给干部们搬板凳，筛茶水，就等着刘福田刘主任把他叫到高坝上去发言。可是，直到大会开始，也没有人过来跟他打招呼。茂财叔看见刘福田登上高高的溪坝，拿着一张报纸大声朗读起来。对报上说的那些大道理，茂财叔似懂非懂，只有"割资本主义尾巴"，"宁要社会主义的草，不要资本主义的苗"这几句话，他听得十分明白，心里一惊，便慢慢地蹲下来，双手捧住一张苦瓜脸，恨不能地下裂开一条缝，他好一家伙钻下去。

刘福田读过报，讲过话，接着是地头大批判。开头没人说话，刘福田就一个劲给人家努嘴巴使眼色，这才有几个社员开了口。有个社员说，茂财叔私心太重，在队里干活，小半天要跑五六回茅坑。另一个社员则不同意，他说，茂财叔从来"肥水不流外人田"。一泡尿一泡屎他也金贵如命，舍不得屙在外头，憋啊憋啊，两三里路也要憋回家，硬是要屙在自家的茅坑里……

这些发言也说不上大批判，而是挖苦、出气和冷嘲热讽。大家都听出来了，发言者过去跟茂财叔有过小小的过节，伤了两家的和气，正好逮住这个机会泄泄私愤。会就开得稀稀拉拉，嘻嘻哈哈，没有一点严肃性。但是，茂财叔从来没见过这种场面，吓得脸都灰了，大串大串汗珠子啪嗒啪嗒砸在田塍上。

吴希声、蓝雪梅和张亮等知青也来到现场看热闹。吴希声躲在人群后面，似乎很怕被秀秀看见。自从前几天挨了秀秀一耳光，他就一直躲着秀秀。但是秀秀家遭此劫难，他还是十分挂心。希声的目光悄悄跟踪秀秀。他看见秀秀开头还满场地跑，热情地给乡亲们端茶送水，一会儿，她就傻了，蔫了，也像她阿爸一样，在地头蹲下来，脸上红一阵白一阵。最后，希声看见秀秀掩面而泣，躲进屋里再也不敢出来了。

张亮傻乎乎看着，听着，心里一直犯嘀咕：茂财叔种点瓜果菜蔬也算得上资本主义？那么，我父亲开的那家丝绸商行，店面一大排，大厦二十层，汽车十多辆，伙计上百人，那该算是什么滔天大罪呀！

张亮愈看愈害怕，虚汗直淌，身上的抖抖索索传到雪梅手里，蓝雪梅就问张亮你怎么啦？张亮说，他妈的，我头晕！雪梅扯扯张亮的胳膊，又叫上希声，悄悄退出会场，蹲在一棵乌桕树下冷眼旁观。

一会儿，又有几个社员没耐性开会，下了田坝，站在远处吸烟，聊天，批判会开始阵脚大乱。刘福田站在溪坝上大声嚷嚷："大家不要乱动，谁再发言？啊！谁再发言？上来发一次言，大队补贴十个工分！"

"我要发言！"一个社员大声喊了一嗓子。

刘福田放眼一瞅，正是他最要好的关系户拐子陈大牛。刘福田自从跟蔡桂花搭上"造反派"的老关系，一来枫树坪就到她家吃派饭，跟拐子牛也厮混熟了。刘福田昨晚专门到苦竹院串了一趟门，往拐子牛耳里灌了两铳硝，在他心头点了一把火，这个像太监蔫不啦唧的家伙竟有了胆量。这会儿，刘福田看见拐子牛拖着一条瘸腿从人群中挤出来，心里踏实多了。他对拐子牛招招手："陈大牛同志，上来发言，上来发言！"

拐子牛搭着刘福田的手，登上溪坝，在一块高高的石墩上站稳，亮开鸭公嗓子说："社员同志们，这个大会开得太好了，太好了！刘主任的报告，一句句都说到我们贫下中农心坎里去啦！嘿，这一大片溪滩地，原来摞在这溪坝上，长满了茅茅草、狗尾草、黄姜柴，也算是我们枫树坪的一景呀！自从王茂财开了荒，种了菜，我们就怎么看怎么不顺眼。为嘛事看着不顺眼？这些菜呀瓜呀豆呀，对大家伙没有一丁半点好处么，只能让他王茂财赚票子咯。看看，富了一人，穷了全村，这不是资本主义是嘛哟？报纸上的话说得多好呀！'宁要社会主义的苗，不要资本主义的草。'……"

有些人听出拐子牛把报上的话说颠倒了，哄地一声笑起来。

刘福田连忙纠正道："不对！不对！是'宁要社会主义的草，不要资本主义的苗。'"

会场上又是一阵哄笑，混乱的局面一发不可收拾。

刘福田大声吆喝道："不要笑！不准笑！谁再笑，就扣谁的工分！谁再捣乱，还要扣他的口粮！"

会场上稍稍安静了些。但是拐子牛发觉自己说错了话，也无心再讲下去，就呼口号般大声叫喊："对，对！宁要社会主义的草！不要资本主义的苗！王茂财这园子里的菜，就是资本主义的草，不，不对！就是资本主义的苗，我们就要坚决把它铲光拔掉！"

拐子牛过去做过箍桶匠，走村串户，很见过些世面，讲话很有鼓动性。刘福田带头给他鼓掌。有些人看着茂财叔开荒地里瓜豆累累、青菜油绿，早就嘴馋眼红，也跟着大喊大叫："对，铲除它！拔掉它！"

地头批判会很快推向高潮。刘福田把手一挥，一些二赖子、小泼皮立马闯进茂财叔花团锦簇的菜园子，摘瓜的摘瓜，割菜的割菜，连香葱、大蒜、生姜、韭菜也一扫而光，片叶不留。

茂财叔眼看着满园子瓜果菜蔬，转眼间只剩一片残枝败叶，一堆黑土污泥，气郁胸闷，虚火攻心，哇啦哇啦吐了几口鲜血，一病不起。

147

秀秀请来赤脚医生，给阿爸号了号脉，瞧了瞧舌苔，医生说茂财叔犯了心头痛。这种诊断不无道理。人的五脏六腑包裹在皮囊内，摸不着，看不见，凡是心焦肺郁、肾虚肝肿、胃胀脾疼，那个年代没有科学仪器检查，山里人一律称之为心头痛。茂财叔哼哼唧唧，不置可否，赤脚医生以为自己的诊断确切无误，上山采来些青草，挖来些树根，放在小石臼里捣成汁，捶成渣。这些神秘兮兮的操作，既是严防祖传秘方天机泄露，又增加了中草药的权威性和神秘性。秀秀对那碗黑得像墨汁一样的药汤，就抱有极大的希望。

"阿爸，起来喝药吧！"秀秀已经万分焦急地催了阿爸好几遍。

茂财叔挣扎着坐起来，喝了口药汤，又全吐了，满屋子散发着青草苦艾的气味。

秀秀站在床前直埋怨："阿爸，你看你！你看你！"

"咳，秀！"面色焦黄的茂财叔摇头叹息，"药医不死病，死病无药医。阿爸这病吃药没用的！"

"阿爸，医生说，这是他家的祖传秘方，一吃包好的，快快喝了吧！"

"没用的，没用的。阿爸这病没药可医。阿爸活到五十六了，你阿妈三十七岁就走了，你阿爸比阿妈多活了十九岁，你阿爸该知足了！"

茂财叔静静地躺着，死活不肯喝药。他知道自己一没受寒，二没中暑，三没有犯肺痨。他真正的病根在心窝窝里。那天地头大批判会开过后，他像被打中七寸的大蟒，彻头彻尾彻里彻外地瘫做一团烂泥。一个堂堂正正的作田好手，一个活了五十六岁的老人，被人指名道姓地说三道四，被人在大庭广众讥笑奚落，他王茂财还有脸面做人吗？还有那个瓜果累累的菜园子，是王茂财家的聚宝盆呀！现在果树砍了，瓜菜毁了，许多年来起早摸黑洒在菜园子里的心血，换来一顶臭气烘烘的"资本主义尾巴"的大帽子，这年头还有我王茂财的活路吗？

阿爸难言的心病，秀秀自然也是晓得的。阿爸自尊、好强，又胆小如鼠，树叶掉下来都怕砸破脑壳，怎经得起地头一场大批判？自从那天挨了批，阿爸吓丢了魂，饭不思，茶不饮，院门不敢出，柴门不敢迈，一天总有好几次，站在窗口呆望那个被抢劫一空的菜园子，然后长吁短叹，捶胸顿足；再然后就砰地一声放倒在床上，像死去一般。这样折腾了三天三夜，咳，就是个好端端的彪形大汉，没病也得蜕去几重皮呀！

放在桌头的药汤慢慢凉了，秀秀心里也阵阵发冷；药汤苦艾的气息消散了，秀秀心头的苦涩却更加浓烈。她垂泪而侍，不觉之间，深秋的寒气悄悄袭来，黑魆魆的夜色便充满了这祸从天降的农家小院。

这时大队通讯员来到秀秀家，通知说，刘主任有要紧事要找王秀秀，请她务必快快去一趟。秀秀脸板板地回道："我忙，我要照顾阿爸，没得空闲！"

谁知病恹恹的茂财叔却特别耳尖，硬撑起半边身子哀哀地央求道："秀，你要吓死我不成？刘主任叫你去，你敢不去？啊！"接着，咳嗽连声，好像又要呕血。

秀秀拗不过阿爸，只好跟着小通讯员去大队部。

秀秀没有料到，刘福田这次召见，真是热情得有些过分了。他不像跟别人谈话那样，总爱坐在那张古色古香、居高临下的太师椅上。不，刘主任绝对是把秀秀当做老同学来款待的。光从座位排列就能看出平起平坐的礼遇：两张竹制沙发中间搁着一张毛竹茶几，茶几上，两杯刚沏好的香茶清香四溢，一盘柑橘红彤彤的，一碟炒葵花子香喷喷的，都是供不会抽烟的女人闲聊助兴的果品。一见秀秀进屋，刘福田快步迎来，老远伸出热情的手："秀秀，坐，请坐！请坐！"

秀秀把手搭在背后，不肯作出应有的回应，冷冷地说："刘主任，我没得空闲，你有话快说吧！"

"嘿嘿！嘿嘿！"刘福田满脸挂着讨好的讪笑，"坐，坐，你总得先坐下才好说话呀，你看你看，竹竿一样戳着，怎么说话？"

秀秀勉强坐下。只用半边屁股挨着竹沙发，好像随时准备起身逃跑。

刘福田说："秀秀，对不起！我知道，因为前些天的批判会，你还在生我的气。"

秀秀正襟危坐，一脸寒霜："我一个平头百姓，敢吗？"

"其实，秀秀，你们当社员的，也就在巴掌大的田地里过日子，哪里知道我们当干部的难处。"

"哼，你有难处？"

"你也不听广播不看报，全国都在反击右倾翻案风，各地都在'割资本主义尾巴'，我们枫树坪不做做样子，交代得过去吗？"

"亏你还说得出口！为了向上级请功，你就拿我阿爸开刀？你这是公报私仇！"

"看看，你真冤死我了！秀秀，我们小学同学五六年，你还不了解我？我跟你有嘛咯仇哟？"

秀秀心里骂道，你还不是嫉恨我不愿跟你好。就用鼻子哼了声："你自己心里明白。"

"秀秀！"刘福田一脸神秘，放低了声音说，"唉，我跟你挑明了说吧，我明里开你阿爸的批判会，暗地里却是要保你阿爸过关哩。"

"你说得真好听！"秀秀撇了撇嘴，满脸的不信任，"哼，我倒想知道你是怎么保我阿爸过关的。"

刘福田掐细了嗓门说："秀秀，你想想，你们家摆在溪滩上那块开荒地，要瓜有瓜，要果有果，要豆有豆，红红绿绿，是多么招人眼目呀！要不是我帮你阿爸处理了，那可是个大祸根呀。"

"怪了，开点荒，种点菜，这是犯了哪家王法？"

"看看，秀秀，你平时太不重视时事学习了吧，像你们家那样侍弄自留地，扩大开荒地，多占劳力多耗肥，叫社员们看了，能不动摇军心？能不影响集体生产？”

刘福田说得振振有词，秀秀竟找不出话来辩驳，就低头不语。

“秀秀，跟你直说了吧，前几天我到县里开会，县革委主任给各公社下达任务：每个公社至少得找五个‘资本主义尾巴’。你们家那个菜园子就摆在村口的溪滩上，上头下来的干部有多少人见过呀！说真的，秀秀，我真为你阿爸捏把汗呢！”说到这里，刘福田稍作停顿，把头伸过来，把满脸的关切递过来，表示跟秀秀真是铁心知己，“老同学，你想想，万一让县里的领导知道了，派个记者下来拍照片，写文章，报纸上一报道，广播上一广播，嘿，你阿爸一准要当全县全省‘资本主义尾巴’的典型哩！”

秀秀陡地一惊，吓出一身冷汗：“这么说，我倒要好好地感谢你？”

“老同学么，感谢不感谢的话就莫说了！”刘福田掰开个橘子，递给秀秀，“来，尝尝鲜吧，是刚从公社圩场上买来的。这玩意儿多年不见了！听说龙岩那边自由市场闹得很厉害，有些小商小贩就去贩了来。”

秀秀把一瓣柑橘放进嘴里，虽然品不出什么滋味，谈话的气氛却立时轻松起来。刘福田又东拉西扯一会儿，不露声色地把话题转到预定的轨道上，他漫不经心地问道：“秀秀，听说你和那个吴希声不来往了？”

秀秀暗吃一惊，却脸无表情：“谁说我不和他来往了？”

刘福田嘻嘻笑道：“你们已经好些天不讲话了，人家还能不晓得？”

秀秀是个好强的姑娘，觉得跟希声谈崩了，挺没面子，不仅不肯承认，还故意要气一气刘福田：“哼，告诉你吧，我和吴希声，闹点小别扭是有的，可不会翻脸不讲话。昨暗晡夜，他到我家看望我阿爸，我们还聊了许久，蛮开心的。”

刘福田心里陡地醋劲上涌，脸就阴了下来，表示万分的惋惜：

"秀秀啊秀秀，我真是闹不明白，我们公社有多少好后生，你怎么偏偏看上吴希声？"

秀秀就想，刘福田呀，你的狐狸尾巴总算露出来了。秀秀不止勃然作色，而是正气凛然了："咦，我看上吴希声也不行？你也管得太宽了吧！"

"看看，你急嘛咯？急嘛咯？你听我慢慢说呀！"刘福田倒是不急不躁，只是脸上有些诡诡秘秘，"我来问你：他吴希声跟你谈恋爱，有没有把家庭背景跟你说清楚？"

秀秀气呼呼说："怎么的，想查祖宗三代是不是？"

"你不说也罢！"刘福田说，"人家关心你哩！"

秀秀看刘福田不穷追不舍，倒是自己不放心了，就期期艾艾说："说就说吧：吴希声他阿爸是上海乐园的首席指挥，'文革'一开始就被打成'反动权威'，至今还关在清队学习班……"秀秀本来还想把希声背着沉重的家庭包袱，和她相处时老是躲躲闪闪，也一并抖落出来的；但她脑子一转，立马又打住了。

"就这些了？"

"难道这些还不够？难道他吴希声家还能出个反革命？"

"哈哈，哈哈！"刘福田幸灾乐祸地开怀大笑，"告诉你吧，吴希声家不止出了反革命，还是大大的反革命——他老爸是个隐藏很深很深的苏修特务，还是个一贯跟江青同志作对的现行政治犯。前些天，他老爸已经关进大牢，不是定个死罪，一辈子也休想重见天日。咦，这些严重之极的政治问题，他吴希声难道没有跟你说起过？"

秀秀大吃一惊，眼都瞪圆了："什么什么？吴希声的阿爸已经关进大牢？"

"看看，看看，这个吴希声！"刘福田也把眼睛瞪圆了，一副十分意外万分惊诧的表情，"吴希声跟你成天厮混在一起，总有好几年了吧，还能把这些情况都瞒着你？"

秀秀仍是一脸狐疑："吴希声早跟我说过，他阿爸是关在学习班受审查，怎么会关在大牢里？你有没有搞错呀！"

"这么重要的事，我能搞错吗？"刘福田的声音突然低下来，神秘兮兮的表情更加夸张了，"跟你说吧，老同学，吴希声老爸的案子大了，是中央文革亲自抓的，上头已经来了红头文件，要我们时时刻刻注意监视吴希声的一言一行哩！"

其实，吴希声父亲进了监狱，刘福田也是前些天才从同公社的一位上海知青那里听来的。什么"红头文件"、"注意监视"，更是刘福田的凭空捏造，又加油添醋。

秀秀已经完全吓蒙了，如果她还存在一点点幻想，那就是吴希声的诚实程度。就声音低低地探问道："哦，如果真有这回事，也许，是不是……吴希声……自己并不知道他父亲进了监狱哩！"

"不可能！不可能！"刘福田的回答十分果断，"吴希声经常跟他哥哥通信，他还能不知道家里的情况？他是心里有鬼呀！"

预期的目的已经达到，继续唠叨就有些多余。刘福田最后郑重其事地提醒："秀秀，这事是绝对的机密，我只告诉你，连对党支书杨春山也没吱一声，你可千万莫对别人说呀！"

"噢，噢！我知道了，我知道了……"

秀秀好像一家伙掉进了冰窖雪洞里，浑身冰凉，脑壳发麻，一边答应着，一边走出大队部。

秀秀没有立即回家。她缘溪而上，在枫溪岸畔找了个僻静去处坐了下来。她一连掬了好几捧凉水，淋了头，洗了脸，再经冷硬凄厉的山风一吹，蜷缩着身子打了两个冷颤，乱哄哄的脑壳才慢慢清醒了些。

秀秀把吴希声过去一切反常的表现都想起来了：难怪呀难怪，他怎么老是那么畏畏缩缩战战兢兢愁眉苦脸忧心忡忡呢？原来他的父亲早进了监狱蹲了大牢！可是，吴希声他干么守口如瓶一字不提？可见此事有多么严重了！秀秀知道，清队学习班和监狱虽然都是关人的，但是前者是群众专政，各地都有，关些日子也许就能恢复自由，当时的专有名词叫"获得解放"；而大牢却是专政

153

机关的专政工具，一关就是几年十几年，遇到有嘛咯政治需要（比如重要会议和重大节日），还常常从牢里提溜一两个罪犯出来枪毙示众。秀秀想到这里，便吓出一身冷汗。此时秀秀还有一种失落感和被愚弄被蒙骗的感觉，伤心犹胜过恐惧。多少年来，秀秀把一颗心都掏给了希声，可是希声却把这天大的事情藏着掖着不肯透露一丁半点消息。咳，吴希声呀吴希声，你也太不够朋友了吧？……

面对哗哗流淌的枫溪，王秀秀痛痛快快地哭了一场。

秀秀回到家里，茂财叔急着盘根刨底，问起刘福田找秀秀为了嘛事。秀秀自然不敢透露吴希声的父亲已经进了监狱，只把刘福田"明批暗保"的辩解跟阿爸学说一遍。茂财叔虽然不尽相信，还是心定了些，魂归了体，那个心痛病便好了许多。

这天傍晚，茂财叔吃过夜饭，跟秀秀打个招呼，拖着病后软塌塌的身子，去村街上溜达。他好些天没出家门了，田畈上的稻禾已经转黄，枫林里的枫叶已经变橙，眨眼间快到秋收季节。但是，茂财叔觉得变得最快的还是人的脸孔。他弄不清是何原因，好些乡亲邻里看到他，都有些生分了，冷落了。有的草草打个招呼，不冷不热的；有的看见装作没看见，掉头就走。茂财叔感叹世态炎凉，被割了一回"尾巴"，难道就成了臭狗屎啦？

其实，这事也不能全怪乡亲们。茂财叔还不知道，这些天，刘福田带着一帮子公社干部，在邻近几个村子查阶级阵线，划漏网富农。到外村走亲戚串门子的枫树坪人，亲眼目睹，又像"文革"初期那样，有不少家庭富裕一点的作田好手，被人家用麻绳捆绑着，当当当地敲着小锣游乡。后头跟着一大帮小郎哥、细妹子看热闹，喊口号，比正月十五闹元宵还火爆。枫树坪虽然暂时还没搞这个运动，许多人已经在唧唧喳喳，指指戳戳，议论王茂财就是个应该补划的对象。难怪人家要躲着他。

惟一不避嫌的，倒是党支书春山爷一家。特别是他的女儿娟娟，自从茂财叔挨了批，犯了病，每天都要过来串串门。娟娟是秀秀的好姐妹，本来就有说不完的知心话，秀秀家里遭了难，她走动得勤一点，也是一种安慰。奇怪的是，娟娟今天傍晚一进屋，就有些神色慌张，问道："秀，你阿爸呢？还在床上躺着？"

秀秀说："不，今天精神好多了，夜饭吃了两大碗，就去村街上溜达溜达。"

娟娟仍不放心，探头往茂财叔的房间瞧了瞧。"你阿爸真的不在家？"

"嗯，真的出门聊耍去了。"秀秀看出娟娟的脸色有些异样，不由紧张起来，"娟娟姐，不会又出嘛事吧？"

娟娟把通向大厅的房门带过来，虚掩上，掐细了嗓子说："事情真是糟透了！这些天刘福田去了好几个大队，发动群众查漏网富农，又闹得鸡飞狗跳，人心惶惶。"

155

"啊？"秀秀吓蒙了，慌失失地问道，"不会查到我们枫树坪来吧？"

娟娟说："暂时还不见动静。可是，村里有些人已经在说七道八，琢磨着拿谁开刀呢。"

秀秀更加惊慌，嗓音颤悠悠的了。"噢，会拿谁开刀？"

"哎，哎……"娟娟迟疑一下说，"秀，你还蒙在鼓里吧，我说了你也莫紧张，我是来报个信，让你有些心理准备：我们村有些乌心烂肺的人，看到你们家道好一点，日子火一点，又在怀疑你阿爸是个漏网富农……"

"啊！"秀秀惊叫一声，脸色大变，"真的？我阿爸……怎么会是漏网富农？"

"这股风也不知从哪刮来的，说茂财叔解放前雇过工，贩过谷，有剥削，是给漏了网的。咳，真是奇里怪了，还有一两个别有用心的，说是我阿爸包庇了你阿爸……"

娟娟的话还没说完，只听得门外"轰隆"一声响，好像倒下一截大树筒。秀秀和娟娟连忙推开门，看见茂财叔已经摔倒在门槛下。他一手扶着门柱，一手撑在地上，没见受什么大伤，神智却迷迷糊糊的，脸无血色，口吐白沫，目珠子白多黑少，直往上翻，那样子真是吓死了人。

秀秀目汁涟涟地一直呼叫："阿爸，阿爸！"

茂财叔不会吱声，像死了过去。秀秀和娟娟手忙脚乱地把茂财叔抬回房里，灌下一碗姜汤，茂财叔脸上才慢慢有了热气。可他不肯上床歇着，坐在地上又是蹬腿，又是拍手，狂笑不止："哈，哈哈！我是富农了，我是富农了！"

娟娟连忙回家叫来了春山爷。春山爷大声吼道，王茂财，你喊嘛咯？你要给自己作宣传？作广告？谁说你是富农？我这个党支书怎么不晓得？

王茂财脑子稍稍清醒了些，指着自己的鼻子问道，春山哥，你说我像个富农吗，啊？我一辈子勤做苦吃，累死累活，盘剥过谁？欺压过谁？我能是个富农？

春山爷说，谁爱胡说八道，让谁烂舌头去，反正组织上没有定你做富农，你尽管放心！

王茂财还是哭丧着脸，说现在村村队队都在查漏网，枫树坪除了查我，还能查谁？

春山爷说，老弟呀老弟，你家的事我知根知底。解放前，你家只有三亩多水田，农忙时请一两个短工是有的，可一忙完自家的活，你也给别人帮工。雇过工就算富农，帮过工就该算雇农了，两下一扯平，半斤对八两，你王茂财最多也只能划个富裕中农。

经春山爷一番解释，茂财叔慢慢平静了些，回到房里去歇息。可是，春山爷和娟娟一走，他的疯病又犯了。跟上回"割资本主义尾巴"得的怪病稍有不同：秀秀叫他吃饭，他就吃饭；秀秀叫他喝水，他就喝水；可是他一直处于极度亢奋的状态，怎么也安静不下来。

天黑尽了，秀秀点上一盏茶油灯，茂财叔便惊乍乍大叫大嚷："不要点灯！不要点灯！有人来抓我了！"秀秀连忙吹灭了灯，屋

他用旧报纸糊了一顶高帽，写上
"漏网富农王茂财"七个大字，然后
一乎地笑了。

里一团漆黑，茂财叔愈加恐惧，一会儿坐起，一会儿躺下，抱头鬼叫鬼哭："啊呀呀，有鬼来抓我了，秀，快，灯点！灯点！快快把灯点起来！"

秀秀陪着流泪，陪着熬夜，通宵达旦，不敢合眼。直至清晨，秀秀稍稍打了个盹。茂财叔蹑手蹑脚溜下床，满屋子转，找来报纸、剪刀、糨糊。秀秀被惊醒了，也懒得去拦他，看着阿爸把报纸剪成好几张梯形的纸片，然后，用一根麻绳量了量脑壳的尺寸，再按尺寸把纸片糊成个上尖下大的圆筒高帽。往头上一戴，嘿，不大不小，正适合，阿爸傻乎乎地笑了。这还不算完呢，他又找来笔墨砚台，在高帽上端端正正写上"漏网富农王茂财"七个大字。然后，他把高帽放在桌上细细端详，认真欣赏，傻里傻气地自言自语：

"嘿嘿，我嘛咯也不怕了，我都准备好了！"

看着阿爸这般模样，秀秀不由痛哭失声，一颗心像被狼狗啃着咬着撕成碎片。细细想来，阿爸这怪病也不是今天才得的，再往前推究，应该是"文革"初期种下的病根。那时正上初三的王秀秀才十五岁，戴上红袖箍跟着红卫兵停课闹革命。她亲眼看见全公社三十多个"四类分子"，双手和脸面涂得黑炭一般，头上戴着高帽，手上敲着小锣（没有小锣就敲破铁锅、破脸盆），被红卫兵们押着在全公社游乡。仅一天工夫，就有三个批斗对象见了阎王。一个是剃了光头的富农婆，路过枫溪桥，一头栽了下去；另两个七十多岁的地主老财，走到半路再也挪不动脚，被造反派七拳八脚当场打死。……红小兵王秀秀那时不谙世事，回家后，还当做新闻趣事跟阿爸绘声绘色地学说一番，阿爸当时就吓白了脸，嘟嘟囔囔地自言自语："天呀，造孽！造孽！真真造孽！"此后，阿爸一听到有人被牵去游乡敲锣，就吓得浑身筛糠，把大门关得严严实实。

秀秀不止想到阿爸，由此及彼，自然想到她自己。作为一个富裕中农的女儿，在学校和公社她都得不到器重，已经有点孤立感和失落感。而她的两个同班同学，一个是地主崽，一个是富农女，在班上的学习成绩都是数一数二的，就是入不了团。回乡之后更惨，开"四类分子"会，阿爸阿姆来不了得由他们顶替；由"四类分子"包干的扫村街、掏茅厕这一类活，阿公阿婆阿爸阿妈干不了，也得由他们代劳。无论多能干多聪明的细妹子后生哥，只要沾上"四类"的边，他们总是像只怕猫怕人怕光怕亮怕声音的小老鼠，嘛咯时候都要拣个边边角角无声无息地待着，躲着，藏着，连大气也不敢出。阿爸要是真补划个漏网富农，自己就成了富农女，那可怎么活哟！继而，秀秀又想起吴希声，他的父亲已经进了大狱，铁板钉钉的反革命，希声这辈子还有抬头望天挺胸走路的日子吗？好在那天在苦槠林里给了他一记大耳光，断了这层关系，要不，黑上加黑，那可是双料的"黑五类"狗崽子了。……

159

秀秀真是苦死了！夜里不断出冷汗，不断做噩梦；白天六神无主，走在村街上总是头低低的，怕有人戳她的脊梁骨：瞧，那不是王秀秀嘛，往日多风光，多体面，如今怎么也成了个狗屎不如的富农女！

蔡桂花好像长着千里眼和顺风耳，对秀秀家里的事竟是了如指掌。这天，她拎了只小竹篮，扭搭扭搭地来看望茂财叔。

秀秀一看是蔡桂花就心里有气，冷冷地问道："哟，是你呀，有嘛事？"

蔡桂花满脸堆笑："你阿爸呢？听说病得不轻呢，我来瞧瞧。"

秀秀眼皮也不肯抬："不敢当，不敢当！我们非亲非故的，怎么敢劳你的大驾？"

秀秀站在柴门边，一手撑住门柱子，摆出拒之千里的架势。蔡桂花不气不恼，把秀秀的嫩胳膊拨拉一下，笑眯眯地进了院门。

蔡桂花说："秀，我们同住一个村，同饮一溪水，不是亲也是邻呀！何况你阿爸跟我很是谈得来的，上回我来你家坐坐，瓜呀，豆呀，你阿爸给我摘了一篮子。如今他生了病，我不该来瞧一瞧！"说着，掀开竹篮上的花头帕，露出十多只红澄澄的鲜鸡蛋，搁在瓜棚下的石桌上。

秀秀一看，心里更有气了。自己家里原本也是鸡鸭成群的，她常常拎着鸡蛋鸭蛋去赴圩。只因刘福田割了阿爸的"资本主义尾巴"，一气之下，她把公鸡母鸡都斩尽杀绝。蔡桂花可好，家里照旧养鸡生蛋，倒是不算资本主义了？殊不知，蔡桂花这一篮子鸡蛋，可都是那些崇拜她的野男人的贡品。

秀秀就和蔡桂花推来搡去，坚决不肯收下那一篮子鸡蛋。

蔡桂花勃然不悦，柳眉立起："咦，你这是怎么啦，俗话说得好：阎罗王也不撵送礼的人。你就这样瞧不起我蔡桂花！"

秀秀一惊，把手收了回来，很有些尴尬了，只好陪着蔡桂花在瓜棚下的石凳上坐下。

眨眼间，蔡桂花又变得一脸的和颜悦色："秀，好妹子，你听我说。我知道你对我们家有气。我们家那个没卵泡的，真是鬼迷心窍了，他凑嘛咯热闹发狗屁的言哟！茂财叔就是勤快一点，能干一点，多开了几分荒地，多种了些蔬菜，这也要挨批判？我那没卵泡的回了家，被我骂了个狗血喷头。好妹子，阿嫂今天也是来赔罪的。你大人不记小人过，不看僧面看佛面吧！"

一席话，把秀秀说得心里熨帖极了。秀秀对蔡桂花不仅不讨厌了，而且颇有好感。那天参加地头大批判现场会的有多少人，能够前来表示负疚和歉意的只有蔡桂花。近日又有人在背地里唧唧咕咕议论要补划阿爸为漏网富农，左邻右舍像躲瘟疫似的躲着，她蔡桂花却来探病送礼，可见骨气非同一般，秀秀就打心眼里感动。霎时间，秀秀脸上云消雾散，两个小酒窝里早盛满了亲热的笑意。

蔡桂花伸出一根兰花指，抚一抚秀秀的脸颊，哀哀的声音真是心疼极了："好妹子吧，你瘦多了。"

秀秀淡淡地说："都是侍候我阿爸累的。"

蔡桂花笑笑："我看也不全是，妹子，我猜你准是有心事。"

秀秀吃了一惊："我能有嘛心事?"

"秀，读书识字，阿嫂不如你妹子。可阿嫂比你痴长几岁，谷子也比你多吃几十箩。"蔡桂花有点神秘地媚笑着，"你的心事瞒不过阿嫂，我能掐会算!"

"鬼! 我不信。"秀秀苦笑一下，却是那种没有底气的声音。

"你不信? 我来猜猜看。"

"你爱猜就猜吧。"

蔡桂花脸上的神情更加诡秘了，瞅瞅屋里，又瞄一瞄院外，断定说话的环境绝对的安全了，才把抹过蛤蜊油浊香熏人的脸蛋凑到秀秀耳边，把嗓门掐得细细的。"好妹子，你想婆家了!"

"呲!"秀秀满脸飞红，眼露愠色，"胡说八道!"

161

"好妹子，莫难为情咯。男大当婚，女大当嫁，天经地义啊! 可是像你这样家底富裕一点的人家，一到挑对象的年龄，都难免为成分发愁咯。秀，报上和广播上常说，出身是不能选择的，前途是能够争取的。我看这话只说对了一半。"

好大的口气! 一个大字不识一箩的婆娘子，还敢挑剔报上广播上说的至理名言? 秀秀双眼瞪圆，洗耳恭听。

"这话对那些出身不好的狗崽子来说，很对，完全对，百分之百的对。你看看，我们公社的地主崽、富农崽，哪个有出头做人的一天? 可四类分子的女儿，挑选的天地就大多了：她们如果再挑个四类、五类、九类狗崽子，那就是乌鸦落在猪身上，黑上加黑，世世代代黑下去，真是一条道黑到底了; 如果找个红五类，以红带黑，黑的也能变成红的。秀，你想想，解放后有多少地主女、富农女和资本家大小姐，嫁给大干部做官太太的? 为嘛咯? 还不是图个靠山，图个前程，图个子子孙孙都能脱胎换骨改变成分!"

蔡桂花好像跟秀秀已经很亲热、很贴己了，并排坐在小院浓荫如盖的瓜棚下，手拉手膝碰膝的，唧唧咕咕，从远到近，从古到今，跟秀秀说了许多选夫择婿的道理，让秀秀大开眼界，这才知道人生在世还有这么一门深奥的学问。

最后，蔡桂花才图穷匕首现，说到她此行的真正目的："秀，阿嫂真是弄不明白，刘主任一直想跟你好，你怎么看不上人家？"

"噢？"秀秀恍然大悟，眼里又是火光闪闪了，"你原来又是来为刘福田说媒的。哼，叫他死了这条心吧！我就是一辈子不嫁人，也不会嫁给刘福田！"

"秀，这又何苦呢？刘主任他完全是为你好。你想想，他刘福田年纪轻轻的，就当上公社的一把手，还是省、地领导都看好的红苗子，莫说找个回乡女知青，就是找个下乡女知青，娶个拿工资吃公粮的女干部、女教师、女演员，也是三个指头撮田螺，十拿九稳的！"

"哼！"秀秀气狠狠地撇一撇嘴，"他刘福田割我阿爸的'尾巴'，还要把我阿爸打成富农，就是我愿嫁他，他也不敢讨我做婆娘子吧？"

"秀，你真真冤枉了刘主任。割'资本主义尾巴'是上头压下来的；查漏网富农是群众闹起来的。这不能怪刘主任咯，刘主任倒是一心一意想保你阿爸的。"

前些天，秀秀听刘福田也说过同样的话，可见他们是一个鼻孔出气的，不由又把警惕性提得高高的。秀秀用鼻子笑笑说："哼，可笑，太可笑！把我阿爸都逼疯了，还说一心一意想保我阿爸？"

"唉，好妹子，你误会了，这正是刘主任的一番苦心：他只有娶了你，才能搭救你阿爸。"

"噢？"秀秀更摸不着头脑了，"我倒要听听，他刘福田怎么搭救我阿爸？"

"刘主任说了，哪天你和他订了亲，结了婚，你就是他的婆娘子，你阿爸就是他的老泰山。有了这层关系，公社又有哪个干部，村里又有哪个社员，还敢说要把你阿爸整成个富农分子！再说，刘主任是个在省、地两级都挂了号的年轻干部，就算群众有点意见，你成了刘主任的婆娘子，公社和县里也得给他留点面子吧？”

“真是这样？”秀秀仍是将信将疑。

“千真万确！千真万确！”蔡桂花又与王秀秀耳鬓厮磨作无比亲热状，“我悄悄告诉你吧，你千万莫告诉别人啦！要不是刘主任暗地里做了许多工作，查漏网富农这把火，早就烧到枫树坪了。”

“噢，真的？”

“这还能有假？你看邻近村子都闹得天翻地覆，只有枫树坪鸦没鹊静，不是刘主任一只大巴掌摁住压住，你阿爸早就提溜去敲锣游乡了。”

真是虚惊一场呀，秀秀揩了揩额角上的一片冷汗，仍是放心不下。“刘主任真有这样好？他为嘛要这样做？”

163

“刘主任喜欢你呀！”蔡桂花笑了。笑得有些夸张，有些艳羡。“真的，秀，刘主任爱你爱到骨髓里去了，你还不领情？好妹子，莫傻了！阿嫂是个过来人。阿嫂像你这般年纪，也是城关镇上一枝花，可惜阴差阳错，嫁给个没卵泡的，唉，这个苦呀，不知何年何月是个头噢！”说着说着，蔡桂花神情黯然，心酸欲泪。

秀秀一颗枯井般的心陡地微波荡漾了，焦黄多时的苦脸也有了红润，期期艾艾说：“阿姐，你容我想一想吧；再说，这终身大事，我也得禀告我阿爸。”

“好，阿姐就等你一句话。”

蔡桂花见秀秀口气柔软了，脸色和善了，料想事情成功了七八分，这笑容满脸地才起身告辞。

自从过了二八年华，给秀秀写情书的后生哥就没断过线；到她家提亲说媒的，差点踏破门槛。但是，秀秀只一心一意看上吴希声。现在，她方寸已乱，心中的天平有了新的倾斜。

　　然而，要秀秀当机立断，拿个主意，还是十分犹豫的。她左思右忖，总觉得心头还悬着块石头卸不下来。这块大石头就是吴希声。自从一月前在树林子里捆了希声一记耳光，秀秀好久不去知青楼走动了。当然，更不会给吴希声当义务保姆，希声也不敢劳驾秀秀给他当夜校的教学助手。两人生活在一个村子里，如同参星与商星，永不碰头了。张亮和蓝雪梅都对他们的分手莫名其妙又深感惋惜，便从中撮合，想让他们重归于好，秀秀和希声都断然回绝。现在，秀秀真要出嫁了，那个斯斯文文的知青哥的影子，又总是在她眼前挥之不去。毕竟刻骨铭心死去活来相好一场啊，总得跟人家透个信吧。秀秀知道刘福田管束知青们是严了一点，在上海知青中尤其没能留下好印象，秀秀觉得更有必要作一番表白。说嫁人就嫁人，人家会在背后嚼舌头，让她王秀秀担个喜新厌旧爱攀高枝的恶名。

　　日落时分，秀秀独自一人去溪埠头洗衫裤。这天她洗得特别认真，洗了一遍又一遍，把那几件本来就很破旧的衣衫差点搓成一团烂泥。秀秀不是突然有了洁癖。秀秀要在这里等吴希声。每日黄昏，希声收了工，总要在这里洗手洗脚。希声常常挨刘福田的剋，近来干活卖力多了，收工总是最晚的一个。

　　秀秀等了一会儿，远远地看见在晚禾夹道的小路上，吴希声的身影出现了。他扛着一把锄头，戴着一顶笠帽，懒洋洋晃悠悠地走过来。秀秀手上停止动作，心跳突然加快。吴希声走近了，走近了，到了水车边，他忽然看见蹲在溪埠头的王秀秀，踌躇一下，刹住脚，转过身，几乎又要在秀秀眼皮底下消失。秀秀连忙撕开嗓子喊了声：

　　"喂！"

　　吴希声站住了，转过身，看了看秀秀，没敢答理。他不相信已经生分许久的王秀秀会在这里叫他。

　　"喂！"秀秀把声音提高了，目珠定定地盯在吴希声身上，"你聋了，没有耳朵？"

"是叫我吗?"吴希声一边怯怯地问,一边慢慢走过来。

"这溪埠头除了你,还有谁?"

"哦? 哦!"吴希声尴尬地笑笑。

秀秀没敢多看希声的脸,他似乎又瘦了许多;却低下头,盯住夕阳把他投在溪畔的颀长的影子,那可是高高挑挑的一株白杨树啊!

秀秀柔声说道:"我是老虎,会吃了你?"

"嘿,嘿,你唤我做嘛咯?"希声踩进深可及膝欢畅活泼的溪水里,用手指特长的双掌,一下一下戽起清水洗脚,洗脸,洗胳膊。他仿佛要证明离开秀秀也活得好好的,这回说的是相当纯正的客家土话。

"咦,你能说我们客家话了?"秀秀惊喜地笑起来。

"当然,要不,我怎么教书? 怎么过日子?"希声又改说普通话。他真不愿用这种方式来刺激秀秀。"快说吧,找我有嘛事?"

165

秀秀觉得希声的声音还是那样柔柔的,软软的,那种吴侬软语的普通话特别中听,能把深藏心头的许多秘密都勾了起来。真是奇里怪了,自从刘福田向秀秀透露过希声的阿爸进了监狱,她怕过愁过伤心过,这时听到希声亲切的声音,见到这个活生生的人,似乎一切都随之化解,不在话下了。

秀秀低着头,用手掌无意识地一下一下撩起清粼粼的溪水,幽幽地说:"当然有事。可我家有事你会管吗?"

"到底怎么啦?"

"我要死了,你会问一声?"

"咳,到底有嘛事?"希声果然急了,话稠起来,"听说茂财叔病了? 没事吧? 这些天,我一直想过去看看,可是,可是……"

秀秀相信希声说的是实话。她阿爸挨批挨斗一病不起,闹得全村沸沸扬扬,希声不会不知道,也不会不操心。可是,他在阿爸眼里一直是个"不受欢迎的人物",敢跨进王家院门一步吗? 秀秀觉得心中有愧的倒是自己了,就哀哀地说:"我阿爸在床上躺了好多天了，不吃不喝，弄得我没点主意。"

希声更加着急了，话也说得黏齿倒牙的。"这、这可怎么好？我、我、我找几个知青哥……把茂财叔抬到县城医院去看看吧！"

秀秀看见希声一脸真诚，心里很是感动。咳，总算没有白疼他一场啊！她又找回两人热恋时的那种感觉，这种谈话要能无边无际继续下去有多好啊！但是秀秀不敢，她怕溪埠头再来个人，想说点要紧话不方便，连忙改成轻松的口气说道："书呆子，别操心了，种田人命贱啊，我阿爸的病好多了。"

"哦，哦！那就好！那就好！"希声暗自纳闷，呆呆地看着秀秀，"那你叫我到底有嘛事？"

"我、我……"秀秀难以启齿。

"有话你就快说吧！"希声时不时望一望通向溪埠头的小路，也怕再来个洗衣洗菜的人，神色很是焦灼不安了。

秀秀终于鼓起勇气，而目光却一直盯着欢快的流水："我，我，我要……找婆家了。"

"噢！哦？你说什么？你说什么？"希声不能相信自己的耳朵。

秀秀一板一眼说："我—要—结—婚—了。"

这事来得太突然。事前希声可没听见任何风声，又傻不愣登地问道："结婚？你跟谁结婚？"

"我阿爸要我嫁给刘福田。"秀秀看见希声的目光有点慌乱，心里暗自有点儿高兴，他到底还是很在意我的呀！可是，情况并不美妙，希声立时停止了洗脸洗锄的动作，准备要上岸走人。秀秀连忙补充道，"不过，我自己还没想好，我想听听你的主意。"

然而，秀秀的补充已经没有任何意义。她看见站在清清溪水中的吴希声，突然脸无血色，目光呆滞，声音轻轻地呓语着："哦，哦，好，好，很好，很好！我恭喜你！恭喜你！……"

吴希声脸上的汗渍还没擦干，胳膊腿上的泥斑还没洗净，就扛起锄头急匆匆地上了溪岸。

秀秀大为惊骇，一迭连声地叫唤："希声，希声！吴希声！

说说你的意见呀，啊！我会听你的……喂，你！你？……你这个
傻瓜，你这个混蛋，快给我站住！……"

　　吴希声啪达啪达地往知青楼飞跑而去。一只人字塑料拖鞋甩
出老远，他也顾不上去捡，就那么光着一只脚丫子跑远了。

　　秀秀怅然若失，望着那个熟悉的顾长的身影，消失在炊烟四
起的苍茫暮色中，消失在古老水车的咿呀吟唱中，不由泪花如雨，
簌簌滚落。

　　吴希声的失态实在太出人意外。秀秀想，他是疼我爱我呢，
还是忌恨我，鄙视我？秀秀心乱如麻，一时还理不出个头绪。但
是，眼前被夕阳染成胭脂色的枫溪，使她想起一个月前，她与希
声在汀江之畔的山盟海誓，现在已经化作一江秋水，滔滔东流而
去，那是肯定无疑的了。……

第八章　家花与野花

孙卫红在苦槠林中见过老主人之后，再回到花果山，便有些失魂落魄。它看到吴希声脸黄肌瘦，眼神呆滞，猜想他这些日子过得不会舒心。那个外来的两脚兽还老是欺负他吗（刘福田凶巴巴地对待吴希声，孙卫红一直记在心里）？和枫树坪最漂亮的山妹子闹别扭了吗（希声跟秀秀常在一起互相梳理的情景，孙卫红也不能忘记）？再加上肚里怀了崽子，它就更慵懒更怪癖了。老猴王来亲它，它远远躲开；猴娘们来邀它，它不理不睬。它成天满山遍野乱跑，找些可口的果子吃。像它的近亲人类一样，它现在是个娇贵福态的猴婆娘，一心一意地想养个又胖又壮的猴崽子。

蔡桂花陪着刘福田来相亲了。

刘福田放下领导干部架子，更没有平常对待富裕中农居高临下的傲慢。好似一阵春风吹来，茂财叔满面愁云不见踪影，浑身病痛一扫而光。他慌慌张张地要上村街割肉打酒，把一双老布鞋也穿反了，左脚的套在右脚，右脚的套在左脚，踢踢踏踏的，差点摔了一跤。蔡桂花一手扶住，咯咯直笑：“茂财叔，别忙，别忙，先坐着说说话吧！”

“阿爸！”刘福田亲亲昵昵叫了声，“吃饭就改天吧，我今天还有公干。”

"哦，对，对！"茂财叔不敢违拗了，"主任，你是一社之主……"

刘福田坚决纠正："阿爸，叫我阿田！"

"是，是，阿田！"茂财叔当即改口，"阿田呀，你忙，你忙，你准定天天都忙。秀，那就快快筛茶！喂，我房间有一罐高山云雾茶哩，快快泡一壶来。"

秀秀偷觑刘福田。他头发刚理过，胡子刚刮过，换上一身半新不旧的青涤卡中山装，模样光鲜多了。最大的变化，是少了那股盛气凌人、装模作样的派头，一副恭谦识礼和蔼可亲的样子。当秀秀把一盅香茶端到他面前，他竟然不敢先喝，恭恭敬敬地端给了丈人老："阿爸，你喝，你先喝！"还没成亲哩，把个丈人老"阿爸阿爸"地叫得跟亲爹似的，秀秀心里就踏实多了。

接着，双方进入婚事实质性的商议。按照茂财叔的意见，婚事总得办得热闹一点。他只有秀秀这颗掌上明珠，办得草率马虎、清汤寡水的，不要说场面上不好看，也对不起秀秀早早归天的阿妈呀！说到这，茂财叔眼睛都红了。

但是，刘福田轻声细语劝说丈人老。刘福田说："阿爸，婚事是一定要从俭从简的，我虽然说不上嘛咯大干部，可也是全县，不，是全地区最有名最年轻的公社主任，一举一动，上有领导关心，组织操心，下面还有社员群众千万只眼睛盯紧哩！"

茂财叔说："那就听众主任，不，不，听、听阿田安排吧！"

刘福田又说："当然，婚事一定要办得风光体面，绝对不能委屈了秀秀，更不能对不起您丈人老。咳，阿爸，前阵子真叫你老人家受屈了！我心里一直过意不去的。婿郎子今天也是来给你请罪的。"

刘福田弯弯腰，给茂财叔作了一揖。这可吓坏了茂财叔，两腿都发软了，差点儿也要陪着跪下来："哎哟哟，这怎么做得？这怎么做得？要把老朽折煞了呀！"

"咦，这算嘛回事？都是一家人了，还客气做嘛咯？"蔡桂花忙着把茂财叔拉扯住，又带批连训地两边劝说刘福田。"看看你，刘主任，大喜的日子，说那些陈谷子烂芝麻做嘛咯？你们都听我一句话，过去这一壶就算过去了，打今天起，谁也不准再提了！"

刘福田掏出二十张崭新的"工农兵"，拍在饭桌上，又和颜悦色说："这点儿钱，给秀秀剪布做几套新衣服吧！余下的再给阿爸买点补品吃。我呢，是个粗人，买不来东西的，都请秀秀去办吧！"

"这，这怎么做得？怎么做得？……"茂财叔又感动得说不出话。

那二十张呱呱响的票子摊成一张扇面，摆在桌子上，光芒四射，很有震撼力和威慑力。二十张"工农兵"就是两百块人民币呀，在当时好买三十多担干谷了。在一个工分只值三五分钱的枫树坪，够一个强劳力累死累活干两三年哪！秀秀望着那些挨肩并排列队的"工农兵"，也不禁眼睛一亮。秀秀不是见钱眼开的妹子，但也不能免俗。"文革"时期的闽西老区虽说提倡婚事从简，然而彩礼是绝对不能马虎的。彩礼多寡，不仅衡量男方的身份和地位，同时还是女方身价和脸面的标志。不仅是属于新娘个人的一份物质财富，而且是可供在女伴之中一辈子谈论的一份精神享受。相比之下，一天只能挣五六个工分的上海书生吴希声，小白脸虽然漂亮、可爱，却是相当的模糊了，遥远了。

当王秀秀托着红漆茶盘，不断来回筛茶，围桌而坐的翁婿双方，经过一场简短的亲切交谈，这门婚事便顺顺当当敲定了。茂财叔虽然觉得对方性急了点，要是按照老辈子规矩，还得请人算算八字合不合，命相配不配，然后还有送彩纳礼、相亲订婚、置办嫁妆等等一整套繁文缛节。但立时又想到"文革"把这一切都打个稀里哗啦了，便没敢说个"不"字。

关于婚期问题，刘福田强调自己公务繁忙，重任在肩，目下田里晚稻正在扬花孕穗，大忙未至，"十一月九，喝喝酒，十二月九，忙秋收。"当下正是农闲时光，办喜事最适合。秀秀从刘福田的眼睛里，已经看到一只馋猫见到泥鳅时那种急不可待的眼神，再说，为了救治阿爸古怪的心病，为了尽快获得一种安全感，也就不持异议。

把蔡桂花和刘福田送走后，茂财叔随手关上院门，连连摇头叹息："咳，秀啊，秀啊……"说着就摇头晃脑，呵呵傻笑。

秀秀莫名其妙："阿爸，你又怎么啦？哪里不舒服？"

茂财叔一边摇手，一边仍是欲罢不能地一个劲傻笑："嘿嘿，嗨嗨！不说了，不说了！"

秀秀以为阿爸的疯病又犯了，紧张兮兮地研究着阿爸的眼神。茂财叔的眼睛一片明朗，跟前阵子白多黑少的死鱼眼大不一样，秀秀心里更加纳闷。"阿爸，你是怎么啦？这阵子老是神神癫癫的！"

茂财叔好不容易止住笑，一边擦着喜泪一边说："不是阿爸神神癫癫，秀，是你长个木头脑壳哟！"

秀秀瞪大了眼睛："我？我怎么是个木头脑壳？"

"秀，你想想，蔡桂花头一回来说亲，你就痛痛快快地答应，有多好呀！我也不会被人家割了'尾巴'，也不会吓得死去活来，咳，咳，真真可惜了那个聚宝盆样的菜园子呀！"

秀秀也乞乞笑了，但那个笑声饱含着酸甜苦辣。秀秀说："阿爸！你不要高兴太早，是福还是祸，我心中还没个数。"

"但愿是福不是祸，是祸也躲不过。秀，豁出去吧！"茂财叔倒是信心十足。两只干枯的泪眼不流泪了，眼角的皱纹被刚才一泡喜泪洗刷得湿润溜光。他又神秘兮兮地说起一桩埋在心里许久的秘密。

前些日子，茂财叔进山挖冬笋，远远地，望见秀秀阿妈的坟头上升两股青烟。那两股青烟下青上白，下淡上浓，直溜溜地蹿起，比千年古松还高哩！茂财叔看呆了，吓傻了，连忙跪倒在地，给秀秀阿妈磕了三个响头。真是奇里怪了，那两炷青烟在坟头上空飘呀，飘呀，整整有一袋烟工夫，才慢慢散去。随即，茂财叔闻到满山木槿飘香。

"秀，这些日子，阿爸一直想，一直想，这个兆头能应了我们家嘛事？这么多年了，我们家真是倒运透了，你阿爸我尽是挨批挨斗，连打个响屁也会炸破裤子，能有嘛好事轮得到我王茂财？我就一直不敢跟你说起这个事。哈，秀，现在好了，大吉大利，大吉大利，这个好兆头应验了，你阿妈在地下显灵了。秀，你看着吧，我们王茂财家要时来运转啰！"

秀秀可不迷信，心里七上八下的，觉得自己像一头被人牵到圩场去卖的牲口，能不能找到个好主顾，只好听天由命了。

刘福田和王秀秀婚礼的确称得上"革命化"的婚礼——事实上，那个年代社员兜里没钱，仓里缺粮，市面上又买不到东西，你不想"革命化"也得"革命化"——他们一没抬花轿，二没放鞭炮，三没办喜酒。由娟娟和蔡桂花等姐妹邻居相帮，在秀秀家布置一间洞房，门板上贴张大红"囍"字剪纸，院门上再贴副对联："喜今朝结成革命侣，祝来日共戴英雄花"，横批是"喜结良缘"，王茂财家的土屋小院就一派喜气洋洋。一身新满脸喜气的新郎倌刘福田，早早站在院门口，接待前来祝贺和看热闹的乡亲们，见着男人就敬烟，见着女人和小郎哥就分糖。新娘子秀秀在厅堂静静坐着，阿婶阿嫂和姐妹们时不时过来说句悄悄话，递个暧昧的眼色，代替着传统婚礼上的喜礼和祝福。秀秀非但不觉寒碜，心里还有些宽慰了。她想，这是枫树坪所有女人的必由之路，我王秀秀又哪能例外呢？

洞房门一关，刘福田急慌慌地把秀秀揽在怀里，凑过嘴筒子就要亲吻。秀秀使劲一推，挣脱了，脸色乌乌地站在床前。

"咦，怎么了？洞房都入了，亲一亲嘴还忸忸怩怩？"刘福田色迷迷地盯着秀秀。

新娘子本来就是枫溪公社一枝花，今晚又稍事打扮，新衣新裤新鞋子，脸上薄施脂粉，两条乌黑油亮的大辫子，直溜溜地搭在肩背上，那可人的俊模样，跟那一年惟一的一部彩色电影《春苗》中的女主角李秀明也不相上下。能不把刘福田撩得猴急猴急的？他再次扑上去，再次被王秀秀挡住。

"嘿，你搞的嘛咯名堂？"刘福田气得两眼淫光四溅了。

秀秀脸色冷峻地说："我有话跟你说。说明白了，再上床。"

"噢，还要约法三章？"

"嗯，差不多。"

"你说吧，莫说三章，十章也行。"

"一，你不能再割我阿爸的'资本主义尾巴'了。"

刘福田笑笑："行。你阿爸就是我阿爸，我哪敢割老泰山的尾巴！"

"二，我阿爸解放前只有三亩半山垄田，累死累活才能勉强养家糊口，你不能把我阿爸划成漏网富农。"

刘福田又笑着点头："放心，放心！不管今后有嘛咯运动，只要有我刘福田，没人敢动你阿爸一根毫毛。"

"三、你对知青们再不能凶巴巴的。特别是对吴希声，人家人瘦体弱，干不了重活，不要老是跟人家过不去。"

"哎呀呀！"刘福田尖声怪叫起来，"莫非你和那个吴希声还黏黏糊糊、藕断丝连？"

"没有的事。你别胡说八道！"

"那你为嘛还心疼他？"

"你是个公社领导，也算读过几年书的，要学得斯文一点。你对人老是凶巴巴的，我做你的婆娘子也没得面子。"

"行，行！我保证，这三条我都能做到。现在……"刘福田又急不可耐了，动手撕扯秀秀的衣服。

秀秀视死如归，从容不迫，自己脱鞋脱袜解衣服，上了床，闭上眼，直挺挺躺着，像铺开一片缀满鲜花的可怜可悲的芳草地，任刘福田这头公牛奋蹄甩尾恣意践踏。

173

事毕，刘福田端着煤油灯在床上照来照去。他看不出嘛咯究竟，用手摸摸，席子上有一大摊黏黏稠稠的东西，却分辨不出是嘛咯玩意儿，便后悔事前忘了在席子上铺一块白毛巾。

"你捣嘛鬼哟？"秀秀很生气。

刘福田嘟囔道："哦，哦，没嘛事，没嘛事，睡吧睡吧！"

秀秀自然知道刘福田心中的鬼，但她不想跟他计较，转过身，脸朝壁，佯装睡去。其实，秀秀哪里睡得着？恍惚间，她听见吴希声还在知青楼拉琴。哦，又是那支小提琴协奏曲《梁祝》。希声第一次给她拉这支曲子，是在汀江之畔他们双双对天盟誓的时候。后来又多次给她拉这支曲子。秀秀每听一次就要哭一次。今夜听了，心里更是塞满乱麻。那悠扬的琴声，在古老水车的伴奏下，似有似无，缠缠绵绵，像秋水轻轻流淌，像女人呜咽哭泣。秀秀不禁心中大恸，咬紧被头，才把撕心裂肺的悲哀咽下肚里去。

174

秀秀很快发现，她与刘福田结婚之后，邻近村子清查漏网富农的闹剧忽然停止了。几个被补划成富农的人也恢复了名誉，枫溪公社一时间显得风平浪静。秀秀细细琢磨，就心里生疑：刘福田是不是用了嘛咯阴谋诡计？

他先在邻近村子闹得鸡飞狗跳，人心惶惶，把阿爸吓得灵魂出窍，疯疯癫癫，而后逼自己就范？嗯，我的妈哟，很可能就是这么回事。

有天夜里，秀秀冷不丁地问刘福田："咦，我们公社查漏网富农，闹得鸡犬不宁的，怎么又不查了？"

刘福田支支吾吾："这个吗，哦，上级叫查就查，上级不叫查就停。咦，你想枫树坪也来查一查，再把你阿爸逼疯不成？"

"哼，我谅你也不会查了吧。"秀秀在黑暗中讥笑道，"我是说，阶级斗争这件家什，在你们手中，真像孙悟空的金箍棒，想怎么舞就怎么舞，想怎么抢就怎么抢，一点规矩都不讲，这到底是嘛回事？"

"咄，婆娘子管那么多做嘛咯？你只管给我做饭生崽吧！睡觉，睡觉！"

刘福田一上床只顾上下忙活，也没悟出秀秀话中的深意，一把把秀秀揽过来，又想耕云播雨。

秀秀前思后想，觉得刘福田搞阶级斗争的学问真是大了：第一步，他托蔡桂花前来说媒提亲，遭到拒绝，就来了第二步——策划地头大批判会，割"资本主义尾巴"，把阿爸吓得大病一场。这一计不成，又有了第三步——他刮人一个耳刮子，马上又给人吃粒水果糖，亲自找我去谈话，又解释，又安抚，还把希声阿爸进监狱的事透露给我，真像念着老同学的情分似的。眼看这还不能达到目的，又有了第四步——立马在邻近大队查漏网富农，声东击西、敲山震虎，硬是把阿爸逼疯了，把自己吓糊涂了……这个阴谋家一计不成接一计，硬是把我王秀秀弄得糊里糊涂傻不愣登鬼迷心窍钻进他精心设下的政治圈套啊！……咳，这一年多的烂事真像一团乱麻，不堪回首！夜深人静的时候，被秀秀这么一理，竟是来有因，去有路，条理分明了。秀秀便吓出一身冷汗，懊悔不迭，又偷偷哭了个透夜。

秀秀眼看着瘦了下去。她痛苦极了，懊悔死了！但是她在阿爸跟前还得强颜欢笑。她怕阿爸再次犯病又成了个疯子。也不敢在娟娟和雪梅跟前透露。娟娟、雪梅原本就极力主张她跟吴希声好。现在吃了后悔药，她怕姐妹们说她是个势利眼。她好几次想跟刘福田翻脸，盘问个水落石出，可是话到嘴边又咽了回去。哎，生米已经煮成熟饭，说也无益，徒增烦恼，弄得不好，还会再次把阿爸逼上绝路，叫希声遭到打击报复。罢罢罢，认命吧！秀秀便揣着满肚子委屈，忍受着这桩毫无感情可言的婚姻。

如果仅此而已，秀秀也就认了。更为不堪忍受的，是结婚之后刘福田很快变了个人。求婚提亲那会儿，刘福田是多么殷勤热情，多么恭谦礼让，叫阿爸都深深为之感动。霎时间，刘福田走路又昂首挺胸，说话又大声响气，一回到家里，既不劈柴，又不挑水，连扫帚倒地也不扶一扶。上了饭桌，秀秀如不盛饭，他就不摸碗；夜里秀秀如不端来热水，他就不洗脚。脸上总是摆出一副居高临下的霸气，仿佛处处都要证明他不仅是一家之主，还是一方诸侯；婆娘子和丈人老，只是他的蚁民。一到夜里，他又特别缠人，像一头发情期的猪公，要了一回又一回。秀秀不胜其烦，冷眼相对，刘福田就把床板捶得邦邦响："咦，莫不是，你还想着那个上海佬？"

秀秀欲哭无泪，只能像具僵尸躺着，任凭刘福田像强奸犯那样强奸蹂躏。

咳，一向自视甚高、被四乡八里姐妹们众星拱月一样崇拜着的王秀秀，当她青葱水嫩的脸蛋被刘福田烟味烘烘的嘴筒子亲吻的时候，当她柔若春水、香如秋菊的躯体一次又一次被刘福田强暴进入的时候，秀秀一边流泪一边想，天啊，这一切，原本都是要献给我心尖尖上人儿吴希声的，如今却被一个强盗抢了去，我活着还有嘛咯意思？还不如一死了之！

然而，就在秀秀悄悄打听到哪里能买到老鼠药，哪里能采到断肠草的时候，她的身体有了异样的感觉。秀秀开始头晕，呕吐，爱吃点杨梅、山楂之类的野果子。秀秀把这个秘密告诉肚子已经高高隆起的好姐妹娟娟。娟娟早怀上了，具备为人师长指点迷津的资格。娟娟毫不含糊说，哈，真快！你也有了。秀秀莫名其妙，我有嘛咯有啊？娟娟说，你有喜了！秀秀吃了一惊，怪娟娟胡说八道。已经有了经验的娟娟笑着盘问道，结婚之前，刘福田先斩后奏了吧？秀秀脸红了，矢口否认。娟娟笑得更开心了，斜睨着秀秀追问道，要不，是、是、是吴希声在你……身上动手动脚了？……一听这话，秀秀脸上好像泼了胭脂，一头栽在娟娟怀直嚷嚷，哎呀呀，你胡说八道嘛咯呀，看我撕烂你的嘴……

夜静时分，秀秀躺在床上左思右想，不得不承认娟娟姐说的话一针见血。秀秀跟刘福田同床还不到一个月，哪能说有就有了呢？她猛地想起两个多月前，在苦楮林里与希声有过匆匆一触，肯定是一箭中的了！秀秀听老婆娘们谈过怀孕的经验："一月无动静，二月爱吃酸，三月懒洋洋，四月肚尖尖，五月大食婆，六月会动弹，七月大肚婆，八月蹦得欢……"哎呀呀，按照现在身子的状况，该有两个多月了。秀秀掐指一算，这肚里的小生命，一准是吴希声的骨肉啊！这一发现，令秀秀先是一惊，继而一喜。惊的是怕被刘福田瞅出破绽，被姐妹们发现秘密，不得安宁，没脸做人。喜的是她怀上希声的亲崽，总算没有空爱苦恋一场。有了这意外的收获，秀秀倍加珍惜自己的苦命，又哪里舍得去死啊？好了，现今我的身体不仅仅属于我自己，它已经一分为二——多了个小崽子；又合二为一——那是自己与希声的血肉结晶！咳，突然抛开吴希声，已经是个不可饶恕的背叛，秀秀一直痛悔莫及，恨死了自己。现在好了，能给希声留下一条命根，也是一种意外的补偿啊！

177

　　秀秀把这个秘密不动声色地藏在心底，而饮食起居，屋里屋外，却是个十足的孕妇了。她有了喜，理直气壮地娇贵起来，慵懒起来。清晨像抱窝的母鸡一样不愿早起，嘴巴却似馋猫一样贪吃。理由都是堂而皇之的：我不是为自己，是为肚里的崽呀！随之她也就有了防御的盾牌。刘福田胆敢往她身上爬，她一脚就把他踹下床，骂道："猪！狗！你还要不要我肚里的崽？"刘福田急得嗷嗷叫："罢罢罢！为了我们的崽，我就当一年和尚！"

　　然而，当和尚又谈何容易！有天夜里，刘福田又被王秀秀推下床，他便站在床前提着裤头嬉皮赖脸说，秀，你换个姿势，我小心一点，不会伤着你肚里的崽的。

　　秀秀勃然大怒，骂刘福田流氓！猪公！野狗！你鸡巴烧得厉害，就去猪栏里×老母猪吧！我又不是畜生，能让你这样糟蹋！刘福田又涎着脸下跪磕头，说我保证不伤你一根毫毛，你怎么就不能照顾照顾？秀秀怒不可遏，倏地一下从枕头下抽出一把剪刀，来吧来吧，你敢动我一指头，咔嚓一下，我就把你剪了去喂狗！

　　刘福田盯着秀秀手中寒光闪闪的剪刀，吓了一跳，三把两把系好裤头，咬牙切齿嘟囔着："他妈的！活受罪！活受罪！王秀秀，你就当尼姑去吧，当寡妇去吧！从今往后，老子就住大队部。"

秀秀乐得安静，由他去了。

刘福田哪里会去大队部？他打着手电筒，像只没头苍蝇在村街上转了三圈，一时不知到哪儿去过夜好。去知青楼吧，那些女知青是很迷人很诱人的，特别是那个上海知青蓝雪梅，细皮白皙皙，目珠水汪汪，奶子胀鼓鼓，屁股翘当当，跟山里妹子相比，自然是白面馒头赛过红米饭啊。可是，这时夜深了，刘福田找不到借口去知青楼，更害怕那个脾性火爆武高武大的张亮，就鬼使神差向村西头的苦竹院走去。

刘福田经常到苦竹院吃派饭，蔡桂花和拐子牛已经成了他亲密无间的关系户。蔡桂花风骚成性，招蜂引蝶，刘福田早领教过。他之所以没敢跨进蔡桂花的房间，一是怕坏了自己的名声，二是他一心想谋秀秀做媳妇。而今夜，刘福田欲火烧心，头晕脑涨，把一切顾忌都抛到九霄云外去了，就像头发情的公牛呼哧呼哧地往村西头跑去。

上个世纪六七十年代的闽西农村，大都家徒四壁，偷无可偷，抢无可抢，再加上山高地僻，民风淳朴，一般都是夜不闭户。蔡桂花为了特殊的目的，更是门户敞开，虚位以待。刘福田到了苦竹院，无须叫门，把柴门轻轻一推，便闪了进去。他像个贼，屏声敛气，蹑手蹑脚，在谧静中潜行。摸进二进房间，听到西厢房响起一声声牛样的呼噜，知道那是拐子牛的卧室。显然，这个没卵泡的已经睡死了，完全可以忽略不计。东厢房住着蔡桂花，里头悄没声息，谅这个骚婆娘也睡下了。刘福田不敢贸然敲门。他摁亮手电，在蔡桂花门前细看一番。幸好，地面上没有一双男人鞋。这说明房里除了那婆娘就没别人了。刘福田听说过苦竹院有个不成文的规矩：蔡桂花门前以鞋为号，有了男人鞋，里头就准

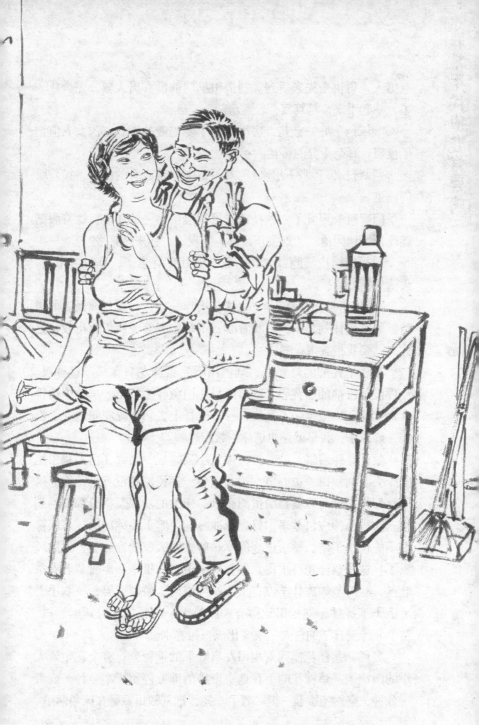

　　刘福田看见蔡桂花只穿一条短裤衩和一件没领没袖的白背心，胸口两只
小白兔呼之欲出……

有男人，得讲个先来后到。刘福田见门前没有男人鞋，完全放心了，举起手来，笃笃笃，轻敲房门。

"谁呀？"好一会儿，房里传出个梦呓般的声音。这女人值惯了夜班，耳朵十分的警觉。

"我呀！你还听不出来？"刘福田强抑着心头的狂喜，捏着嗓门回道。

门咿呀一声开了，蔡桂花看见刘福田，一惊非小，揉着眼睛迷迷怔怔地问道："刘主任，都小半夜了，你来做嘛咯？"

刘福田嬉皮笑脸："我、我老婆肚里有崽了，你是过来人，想请你指教指教。"

"呸！指教你个骨头！"蔡桂花笑啐一口，一双勾魂摄魄的眼睛就紧紧咬住刘福田，"我看哪，不是你老婆要我指教指教，是你自己要我指教指教吧！"

在昏暗迷醉的灯光下，刘福田看见蔡桂花只穿一条短裤衩，一件没领没袖的白背心，胸口两只小白兔呼之欲出，早被撩拨得火烧火燎，衣服也来不及脱，一下子扑上去，亲昵昵叫道："没错，好妹子，我早就是想请你指教指教哩。"

蔡桂花眯着眼，哈着气，像只小猫蜷成一团，任由刘福田抱上床去。刘福田一边办事一边心里想：都说家花没有野花香。这回算领教了！秀秀就是脸蛋漂亮么，床上的功课及格分都拿不到咯。秀秀总像应付差事，目光冰冰冷冷的，脸上冷冰冰的，每回都恨不能快快了结。整个过程像拿热脸去贴人家的冷屁股，太煞风景了！这个蔡桂花可了得，办起事来像打太极拳，柔时节若春蚕吐丝，猛时节如虎扑羊羔；又会妖声浪语，娇嗔鬼笑，一双手上上下下地搓揉，刘福田觉得有一股热乎乎的暖气从肩背上淌过，整个儿像炎日下的雪人，快要化成一摊春水。

突然，蔡桂花摸到刘福田左肩靠下的锁骨处，有个花生米大小的肉疣子。蔡桂花的手在这个奇妙的地方停留了半分钟，或者一分钟，突然把腰肢一挺，双手一托，把刘福田掀翻在床角落里。

刘福田莫名其妙："桂花，你要来嘛咯新花样?"

蔡桂花盯住赤条条的刘福田，眼里凶焰喷射："刘福田，你老实说，(19)67年7月25日暗晡夜，你在哪里?"

刘福田发出一串莫名其妙的干笑："嘿嘿，嘿嘿! 桂花，你疯了吧，怎么会突然问我这么个事?"

"我一点也不疯!"蔡桂花一双丹凤眼瞪得有铜铃大，"你老老实实回答我:(19)67年7月25日暗晡夜，你在哪里?"

刘福田不笑了，表情陡地严肃起来："这事对你很重要?"

"你别管对我重要不重要，你快老实回答我!(19)67年7月25日暗晡夜，你在哪里?"

刘福田有点紧张了，支吾半天不敢开口。看来，(19)67年7月25日这天对蔡桂花是极其重要的，她已经一连说了三遍。刘福田本来想胡诌一番，搪塞了事，继而又想，此路不通。因为(19)67年7月20日至26日，汀江县发生过一起震动全省、惊动中央的大武斗。刘福田作为全县"八"派的总司令，始终坚守在县邮电大厦，这是全县家喻户晓的。刘福田想了一会儿，就故意用一种轻松的口吻回答道："桂花，你是'八'派造反战士，谅你也一定知道，(19)67年7月下旬县里发生大武斗，也就是有名的'七二〇'事件。我是全县'八'派总司令，那些天我当然是坚守在县邮电大厦。可是，桂花，这、这跟你有嘛咯关系?……"

"好，好，你这个大流氓，我终于找到你了!"刘福田还没有讲完，蔡桂花早气得脸孔煞白，拳头雨点般擂了过来。

刘福田一边招架一边喝道："蔡桂花，住手! 住手! 怎么啦? 你疯了? 你疯了!"

蔡桂花不依不饶，食指直戳刘福田的鼻子尖。"你他妈的大流氓，我没疯! 我没疯! 我终于找到了你，我要雪这个耻，报这个仇!"说着，就抡圆了胳膊要刮刘福田的耳光。

"桂花，你别胡闹! 别胡闹!"刘福田死死地攥着蔡桂花的双手，直叫她动弹不了，又低声下气劝说道，"你消消气，慢慢说，只要你能说出个道理来，我确实对不起你，我就任你宰，任你割！"

"好！刘福田，大流氓，你听着！1967年7月25日暗晡夜，你有没有摸到六楼楼顶的走廊上，把一个细妹子按倒在地糟蹋了？"

"啊?！"刘福田大吃一惊，脸也白了，人也傻了，一时不知所措，"这个，这个……"

蔡桂花又尖声喝道："那是'七二〇'事件最后一天的深更半夜，天下着大雨，有个女红卫兵在六楼站岗，你有没有趁她半睡不睡的，硬是把她糟蹋了？"

刘福田脑壳一下炸开，嗡嗡嗡的，枪声炮声叫嚷声敲打得他的耳膜生生的痛。

182

"文革"初期，汀江县两个最大的造反派组织——"八二八"派与"九一五"派，为了夺取本县的最高权力，经过一年多的摩擦、争斗，到了1967年夏天，发展到白热化的程度。此时江青提出"文攻武卫"的口号，煽动起全国性大武斗。经历过土地革命、游击战争和解放战争枪林弹雨考验的闽西老区的父老乡亲，本来对动刀动枪就无所畏惧，驾轻就熟，成千上万人呼啦啦卷到武斗中去。两派群众都拿起大刀、梭镖、猎枪、鸟铳，甚至从民兵手上和县武装部的兵器仓库里夺得一些长短枪与手榴弹。开始，是些小打小闹小摩擦，后来流血了，死人了，双方都杀红了眼，武斗飞快升级，在全县境内大动干戈，死伤无数。两派原是势均力敌的，但自"九"派从一家兵工厂抢到一批枪支弹药，"八"派便节节败退，最后龟缩于汀江县一幢最高的建筑物——有六层之高的邮电大厦。"九派"很快占领附近几座四五层楼房的制高点，不断对准邮电大厦打冷枪。五天五夜，"八"派被撂倒十五名男女。有的当场毙命，有的仅受了皮肉之伤。但伤员因为没有医药，又不能转移，慢慢流干了血而咽气。当时正值炎夏，酷热难当，停在楼道上的尸体臭气熏天，金苍蝇逐臭而至，活着的逃不出，死了的无法处理。一些女红卫兵放声大哭，背着一把卜克枪的刘福田就用更大声更严厉的喝斥把哭声压下去：

"不准哭！不准哭！毛主席教导我们："革命不是请客吃饭，不是做文章，不是绘画绣花……""死人的事是经常发生！"哭，哭，哭有嘛用？不准动摇，不准投降，毛主席、党中央一定会支持我们的！"

作为总司令的刘福田在表面上虽然镇定自若，但是看着堆满楼道的尸体和伤员，他心里还是一阵阵地打颤了。好在邮电大厦矗立在汀江岸边，每到深更半夜，刘福田就叫几个铁杆硬汉推开窗户，把一具具尸体往滔滔江水里扔。开头，扔下的只是死人；后来，又叫几个心腹，把负伤流血却尚未咽气的活人，也悄悄投入汀江。十多具泡得其大无比有如褪毛肥猪一样的的浮尸，顺水而下，漂流百里，惨不忍睹，让沿江民众看着心里发毛。同时，刘福田刘司令又凭借占领邮电大厦的优势，不断给中央文革小组发电报，控告对立派的滔天罪行。当时虽然迟迟没有回音，而这桩别出心裁的哀兵之举，后来果然使他们转危为安。

"八"派终于弹尽粮绝，眼看要被"九"派全歼。困在大楼里的造反者苟延残喘，绝望透顶。坚守到第五天夜里，又下起倾盆大雨，天地间电光闪闪，雷声大作，恶劣的天气给了"八"派一个喘息机会。但是，刘福田没法合眼。因为即使风骤雨狂，夜黑如漆，"九"字派也没有停止打冷枪，架在四周高楼的高音喇叭又哇啦哇啦叫喊："活捉刘福田！摧毁'八二八'！""雨停天明之时，就是刘福田断头归阴之日！"听着听着，刘福田心惊胆战，毛发悚然。前几天，他的几个"战友"就是被对立派掳去抽了筋、剥了皮、挖了心的。唉，末日就在眼前，死亡气息弥漫着整个邮电大厦，刘福田已经看见判官小鬼们躲在阴暗的角落里向他招手了，但是他于心不甘。他才二十出头，山珍海味没尝过，漂亮衣服没穿过，有玻璃窗的小洋房没住过，给县委书记出入代步的四

183

个轮子、屁股冒烟的小汽车也没坐过，再说得难听一点，连女人的屁股蛋子也没摸过啊，怎么就要被人抓去做断头鬼呀？

背着卜克枪的刘福田在六层楼的楼道上踱来踱去，思来想去，蓦地看见楼道旮旯里，一个十分年轻的细妹子，怀里抱着一杆枪，斜倚墙壁睡着了。楼道里灯光昏昏暗暗的，刘福田看不清细妹子的脸孔，不知道她长得漂亮不漂亮，但是，仅仅根据她蓬乱的短发，鼓鼓的胸脯，身上的曲线，刘福田认出她的性别，这就够了。至于是丑是俊，年长年幼，根本无关紧要。因为那一瞬间，刘福田闪电一样想起了几年前，他蹲伏在枫溪公社妇女主任的壁脚下，偷窥老县委书记跟那个胖嘟嘟的年轻婆娘苟且做爱的一幕。刘福田耳畔响起那女人尖利的叫床声，响起县委书记"嘀嘀哟、嘀嘀哟"畅快至极的欢叫声，刘福田已经浑身着火，热血沸腾。他弯下腰，踮起脚，像只猫，轻轻地、轻轻地走近蜷缩在墙旮旯里的细妹子。他把细妹子看得更加清楚了。细妹子脏兮兮的白衬衫敞开一角，里头没有背心和乳罩，雪白的胸脯和深深的乳沟，若隐若现，神秘莫测。刘福田立时傻了眼，丢了魂，呼哧呼哧的，差点儿喘不过气。刘福田迷迷糊糊地想：我来这世上匆匆走一回，再怎么的，也得尝尝女人是个嘛滋味吧？反正守楼的"造反战士"来自四面八方，彼此并不都相识，管他娘的，是个女人就行。刘福田在墙壁上撕下一张大字报，揉成一团，然后猛地一下扑上去，把纸团塞进细妹子嘴里。随后，三把两把撕开她的衣服，扯下她的裤子……

后来，刘福田回想这次生死关头的艳遇，觉得在当时那种特定的情景下，他提防那个细妹子的反抗和喊叫根本没有必要。第一，在恐怖之中熬过了五天五夜，那个细妹子已经疲惫不堪，她哪里还有力气反抗？第二，那个细妹子也许有着跟自己一样的想法，反正天亮就要死了，能够意外地尝一回男人的滋味又何尝不好？所以，她不仅没有反抗，刘福田记得，她只忸怩一会儿，就瘫软了，温顺了，再过一会儿，就主动了，亢奋了，一双温柔的小手，在自己身上摸来摸去。刘福田现在完全想起来了，那个细妹子的手在自己的背脊上停留很久很久，自己背上有一颗该死的肉疣子，那个细妹子——也就是现在的蔡桂花——准是在那个时候刻骨铭心地记牢了。……

那天夜里，刘福田把那女孩子干了之后，飞快离开六层楼，躲进三层楼的指挥部。整个过程，他没有出声，没有讲话，这出在阴阳界上玩的性游戏，根本不可能留下任何把柄。因而，刘福田很满意，很放心，他斜躺在一张破椅子上美美地睡了一觉。突然惊醒时，刘福田发现天亮了，雨小了，心想"九"派的总攻马上就要打响了，就下意识地摸摸挎在腰间的卜克枪，准备拼死几个给自己垫背。但是，这时邮电大厦下开来一辆宣传车，车上的高音喇叭不断播放：

"北京来电，北京来电！中国人民解放军汀江县武装部：汀江县'八二八'是革命造反派组织，你们要坚决支持他们。汀江县'九一五'是保守组织，挑动群众斗群众，偏离斗争大方向，责令你们收缴其一切武器，解散其一切组织……"

刘福田简直不敢相信这喜从天降的救命福音。他从窗口探出头去，听到宣传车上的高音喇叭不断地重播中央文革来电，而且看见有许多对立派的群众开始向解放军举枪投降。刘福田浑身来了劲头，从六层楼跑到一层，又从一层楼奔上六层，大叫大喊："战友们，中央文革支持我们，江青同志支持我们。我们胜利了！我们胜利了！"

接下来，刘福田要整顿扩大"八"派队伍，要参加大联合谈判，要谋划在三结合领导班子里占一把交椅，忙得不亦乐乎，竟把"胜利"前夜糟蹋过一个自己的女"战友"忘得一干二净。

现在，刘福田面对赤条条的蔡桂花，看着她双眼射出母狼一样的凶光，八年前的记忆倏地一下全复活了，旧事历历如在眼前。刘福田跪在床上叩头作揖，连声告饶："桂花，好像有这回事，好像有这回事，我给你赔罪！我请你原谅！"

"赔罪，原谅？你说得多轻松？你说几声赔罪，就能把你的滔天大罪一笔勾销？"

蔡桂花嘤嘤痛哭，控诉刘福田毁了自己一生的幸福。因为遭了那次强暴，她很快怀孕了，想打胎不敢去医院，扎腰带也遮不住丑，挺着个大肚子丢尽了脸，让全城关人戳脊梁骨。蔡桂花说，还熬不到足月，就屙下个死婴，关在家里小半年不敢见人。后来，她就像没人要的一堆烂菜花，任阿爸换了两担大米和五十斤黄豆，嫁到枫树坪来了。跟着个没卵泡的男人守活寡，这个鸟罪嘛咯时候是个头哟？呃呃呃！哇哇哇！……蔡桂花伤心不已，一把鼻涕一把泪，一条枕巾让她擦得水淋淋又脏兮兮的。

刘福田做出懊悔不已、痛心疾首的样子，给蔡桂花抹去泪水，穿上衣服，又说了一箩一车好话，赌咒起誓保证今后要给蔡桂花十倍补偿，百般好处。蔡桂花这才慢慢消了气，重又投怀送抱，两人紧紧地搂在一起，一觉睡到天亮。

拐子陈大牛一大早就起了床，看见蔡桂花门前有一双男人鞋子，心里一喜，不敢去惊动。自刘福田下来蹲点，一个运动接一个运动，今天批这，明天斗那，好久没人敢来苦竹院聊耍了，家里的日子就紧巴起来。嘿，今天运气不赖，好不容易盼到有人给老子送几角钱来打酒吃，真是久旱逢甘雨啊。拐子牛卷了支喇叭烟，坐在小院的树墩上，一边美美地吞云吐雾，一边静静地守株待兔。

日上三竿，蔡桂花的房门咿呀一声打开，刘福田大模大样走了出来。拐子牛一下惊呆了，慢慢站起，嗫嗫地嘟哝道：

"啊！刘、刘主任，怎么……怎么是你？"

刘福田处变不惊，笑容可掬："咦，怎么就不能是我？"

拐子牛满脸谦卑，像太监跟皇上说话："你、你、你，你是我们的主任呀！"

刘福田继续大模大样往外走："奇怪！主任就不吃饭，不喝水？不撒尿，不屙屎？笑话！天大的笑话！"

拐子牛就惊得像头笨牛。

蔡桂花闻声而出，扯扯拐子牛的衣袖，悄声说："没卵泡的，你啰嗦嘛咯哟？呶，刘主任赏了五块钱，快去打两斤酒，割一斤肉。"

"哦！嗬嗬！"拐子牛接过钱，瞅了瞅，认清那确是一个巴掌的面值，咧开满嘴黑牙笑了，冲着远去的刘福田直叫喊："刘主任，你慢慢行！有空，常过来坐坐呀！山里没有戏，嬲嬲没关系！"

第九章　告别伤心地

　　天色微明时，蜷缩着身子躺在小岩洞里的孙卫红，肚子忽然阵阵抽痛，它知道小崽子快要出世了。猴儿国没有产科医院，更别指望老猴王会来照顾。好在孙卫红比起娇贵的现代女性强悍百倍，它早用松枝茅草铺好个舒服的猴窝，这会儿它在窝里躺下坐起，坐起躺下，忍受着产前的阵痛，哼也不哼一声。

　　天大亮了，晨光的碎片，山花的芬芳，被清风吹进岩洞，孙卫红觉得眼前慢慢明亮起来，产前的阵痛更加撕心裂肺了。孙卫红咬紧牙根，一动不动，神态异常安详。像一切就要做母亲的雌性动物一样，此时即使天崩地裂，电闪雷鸣，孙卫红也是稳如泰山，不动声色的。这个世界上，还有什么比孕育一个新生命更神圣更伟大呢！

　　孙卫红肚子里的小崽子动静大了起来，它像个便秘的妇人，把全身的力气都集中在小腹部，轻声呻吟，咬牙切齿，约摸两炷香或三炷香工夫，一个湿漉漉的小猴崽呱呱坠地了。孙卫红把臀部移到早就准备好的鸡血藤上，磨蹭一会儿，又坐了一会儿，撕裂的伤口不痛了，血流如注的阴部也止了血。孙卫红这才有了气力，把小老鼠一样的小崽子抱起来，咬断了脐带，吞食了胎盘，一下一下舔着小崽子身上的羊水，把它收拾得干干净净。小崽子的小眼睛还没睁开呢，就急慌慌地钻进母亲怀里讨食了。孙卫红把早就胀鼓鼓的乳房递了过去。霎时，奶汁如注，小猴崽咕嘟咕嘟的吮吸声，像敲鼓一样在小岩洞里滚动。这是孙卫红有生以来听到的最为动听的音乐。

身个只有人类一半高的金丝猴，幼儿发育的速度却比人类快得多。孙卫红的小猴崽三天就能下地走路，十天就敢出洞戏耍，一个多月，孙卫红就把它扶上枝头，强迫它在低空晃晃悠悠荡秋千。就是这一天，从孙卫红身边走过的老猴王，猛一回头，看见孙卫红身边有个小猴崽，浑身金灿灿的细毛，两个圆溜溜的眼睛，小尾巴在屁股蛋上卷起个小圆圈，真是可爱极了。老猴王一喜，走了过去，吸溜着鼻子在小猴崽身上嗅了嗅。

孙卫红唧唧叫着，用猴语告诉老猴王，这就是你的小崽子呀！

老猴王也唧唧叫着，用同样的猴语自我陶醉地回答，哦，看这小家伙多像我！

老猴王把小猴崽抱在怀里，在草地上翻跟斗，上树杈荡秋千。又采了许多果子给它吃，还搂在怀里美美地睡了一觉。老猴王也不知是第几十次或者第几百次做父亲了，然而，叫它最快活最激动的，是这一次。因为这只小猴崽是老猴王和孙卫红的优化结晶，是花果山上最漂亮的一只金丝猴崽。

蓝雪梅接到她哥一封信，说她妈出了工伤事故。事故不算大，而伤残却是致命的。她妈跟她爸一起在上海港当搬运工，有天扛一袋日本进口尿素，两百多斤重，也不等其他工友帮忙，她独自逞能，颤颤巍巍地从架在大货车上的搭板往下走，有那么三五步就要着地了，她却支撑不住，腿一软，腰一闪，摔了下来。既不见出血，也不见青肿，可她的腰怎么也直不起来了。比雪梅大十来岁还没成家的哥哥，用歪歪扭扭的钢笔字，在从雪梅当年的作文本上撕下的格子纸上写道：

189

　　"……妈已今（经）睡（卧）床半个月，吃、黑（喝）、拉、杀（撒）都不能自里（理）。开初，我和阿爸还指望妈能很快好起来，没想到她这一睡（躺）再也下不了床。我和爸用板车把妈推到医院一检查，拍了个（X光）片子，大夫就说妈的子追（脊椎）神金（经）断了，没治了，成了个费（废）人了。……"

　　雪梅阿哥的字迹歪歪扭扭，缩成一团，一笔一画都传达着揪心的痛苦。雪梅读着读着，眼泪扑簌簌滚落，视线便一片模糊。但是，她哥哥带哭的声音继续从远方传来：

　　"……雪梅，现在阿拉家真是太困难了！妈整天睡（躺）在床上，白天我和阿爸都得去海港上班，妈就没人管了。晚上阿拉回家，得忙着做饭，给妈擦实（屎）换库（裤）子，喂汤喂饭，被六（褥）天天被妈尿湿，来不及换洗，爸只好天天在床上铺三重旧报纸……妹妹，侬快快申请回上海吧，阿拉家眼看要家破人完（亡）了！……"

　　雪梅一阵眩晕，觉得天就要塌下来。人家都把父亲比做天，把母亲比做地。可是雪梅知道她家母亲绝对比父亲更重要。父亲干完活，回到家，除了吃饭睡觉，再跟左邻右舍杀两盘棋，他就没有多少家务好干了。母亲除了做工，还包揽了全部家务，烧菜做饭，洗洗刷刷，缝缝补补，用那双粗大勤劳的手，撑起一个穷困的家。现在怎么办？母亲什么活也不能做了，还要父亲哥哥端屎倒尿。雪梅是家里惟一的女孩子，却发落在远隔千里的枫树坪！

　　张亮和希声知道雪梅家里出了事，也都急坏了，陪着雪梅叹气掉泪。张亮、希声和雪梅住在一条弄堂里，从小认识雪梅母亲。那是一位多么善良、勤快的大妈呀！

"文革"前有一阵子"学雷锋"活动搞得热火朝天，张亮和希声的表现也都很自觉。雪梅妈每回拉着一板车煤球从弄堂里走过的时候，张亮和希声都会立马赶上去，助一臂之力，帮着大妈把那辆沉重的板车推回家。张亮和希声家里受到冲击，父母都进了"牛棚"，雪梅把张亮和希声领回家，总能吃上一顿热饭，睡上一宿好觉，领受那个年代人间少有的温暖。

张亮说："雪梅，你还发愣干啥？把你哥的信递上去，快快申请招工返城呀！"

"这、这……"雪梅觉得这事很难开口。她是上海知青队队长，刚下来的时候，当"扎根派"的口号喊得震天价响。后来看到不少知青招工招干走了，她虽然也想回城，还从未向组织说过要走的话。

希声也说："雪梅，你把信给我，我去找春山爷！"

吴希声是大队会计，跟春山爷的关系非同一般。张亮也觉得这个主意不坏，催着雪梅快把家信交给希声。

雪梅抹着眼泪说："我这一走，我们上海知青队就散伙了。"

张亮横眉立眼道："嘿，都到这个地步了，还顾得了上海知青队？你还相信'扎根农村，战天斗地'那一套？"

雪梅不说话了。事已至此，眼前只有这条路。

吴希声把蓝雪梅的家信交给春山爷，说了说情况，春山爷非常同情，满口答应了。但他说招工的事由公社掌握，大队没有指标，但有权推荐，他会立马向公社报告。

第二天，蓝雪梅这封沾满泪痕的家信，已经摊在刘福田的办公桌上。刘福田心里一动，引起高度重视，嗯，蓝雪梅家这么困难，又是我们的阶级姐妹，当然要关心的。我手头正好有个上海国棉厂的招工指标。但招工招干这类事十分敏感，必要的过场总是要走一走的，公社研究研究就马上办。春山爷很是感动，说刘主任，太谢谢你了，请你千万抓紧吧！唉，雪梅她妈躺在床上半死不活哩！刘福田说，放心，这事我比你更着急！

191

　　第三天，刘福田立即从公社赶回枫树坪，召集全大队知青开会。那个年代，农村七会八会多的是，知青们能躲则躲，能溜则溜，惟有涉及招工招干的会，都是每会必到，到必坐得整整齐齐，支棱起耳朵听得非常认真的。

　　刘福田讲了一通全国形势大好之后，才说到那一个招工名额。接着，交待了选拔程序：个人申请，大队推荐，公社审批，等等。最后，又要求大家发扬风格，去者高兴，留者安心，做工务农都是一样干革命么！

　　散会后，知青们懒懒散散、三三两两地走了，谁都不愿说话，情绪十分沮丧。等啊等啊，等来一个招工名额，摊在二十多人头上，能轮到谁呢？但是，毕竟有了二十几分之一的机会啊，谁心里不会一石激起千层浪！尽管人人都把这种内心的渴望掩饰着，知青楼的气氛还是显得异常沉重而紧张了。

　　从1969年春天下来插队，一晃，快过去八个年头。当年他们在知青楼前栽下的一排枫树苗，如今已长成撑天大树，难怪那些学生哥和学生妹要长成壮小伙大姑娘，而且也该谈婚论嫁、成家立业了，真让远方的父母愁白了头呀！因此，即使是百分之一的机会，知青们都会付出百分之百的努力。

　　一回宿舍，上海知青队三个人就关起门来筹划这件事。

　　张亮问道："希声，春山爷那边你都疏通好了？"

　　希声说："春山爷二话没说，一定会推荐雪梅的。"

　　一向总是以"吃苦在前，享受在后"的标准来要求自己的蓝雪梅，这回好像是占了大家的便宜似的，心里还七上八下地拿不定主意。雪梅说："唉，这怎么好呀？要说困难，你们家也有困难。"

　　张亮不满地盯着雪梅："看你看你，都什么时候了，还婆婆妈妈的！我们忍心跟你抢这个名额吗？"

　　希声也掏心掏肺说："雪梅，你别再谦让了！你妈卧床不起，没有你在身边，日子怎么过？不过张亮，有句话我可得说在前头：

你们俩是一对儿，让雪梅先走，是你们俩都同意的，日后可不要说我拆散你们呀！"

张亮说："你怎么这样啰嗦？走一个算一个，总不能大家都憋死在枫树坪呀！"

"张亮，我在上海等你，一辈子等你！"雪梅心里很难过，说话的声音都发颤了。停了会儿，又把脸转向吴希声，"咳，希声，就是委屈了你！以后你回到上海，我说什么都要给你找个好对象，我有好几个女同学至今还没有主。"

"嘿，回上海，找对象？"希声笑了，笑得比哭还难看，"这辈子我什么都不敢想了！惟一的愿望，是祈求你们活得比我好！"

话说到这个份上，大家都动了感情，六只清澈明净的眼睛里，早就泪水盈盈。

最后，他们又想到一些细节，比如走后门送礼，那是必不可少的。雪梅开头还有些犹豫，说刘福田凶是凶点，人还是正派的，万一碰一鼻子灰，反而把事情弄砸了。张亮就不屑地皱皱鼻子，哼，哼，正派？正派个屌！他就那么三十多块工资，你们没看见他天天抽好烟，那都是"伸手牌"，自己从来不掏腰包。希声也说，如今办个屁大的事，领导都说"研究研究"（烟酒烟酒），没烟没酒，不送点礼，谁会给你研究。雪梅也就同意了，倾其所有，把一点积蓄掏出来，张亮和吴希声也帮衬点钱，买了两条"前门"烟、一瓶"四特"酒，由蓝雪梅拎着去大队部找刘福田。

刘福田正在开会，特意溜出会场见了蓝雪梅。他满脸堆笑，一副特平易近人的表情，问道，找我有事？雪梅头一回为自己的事来麻烦领导，心里有点紧张，口舌都有些不大灵便了，她说刘、刘主任，我是有点事，我、我妈……在一次工伤事故中……摔残废了，这次招工……刘福田立即收起笑容，满脸都是怜恤下情的严肃，满嘴都是阶级情深的好话：哎呀呀，你家真是太不幸了，杨春山都跟我说了，公社对这事是十分重视的。可是，你看，我正在开会，忙着哪！雪梅央求道，我只谈一会儿，就几分钟。刘

193

福田想了想说，这样吧，晚上来找我，行吗？

走后门最怕吃闭门羹。刘福田已经把后门开启一线门缝，蓝雪梅似乎看到了希望的曙光，就说行，刘主任，你说几点？刘福田看了看手表，说，哦，我这会总得开到六点来钟，吃过夜饭，再冲冲凉，就八九点了。这样吧，你八点半来大队部找我。蓝雪梅万分感激，扬了扬手中的小拎包，要塞给刘福田，说刘主任，这点小东西……刘福田双手一推，不让蓝雪梅说下去，我哪能要你的东西？看了你哥的来信，叫我饭都吃不下哩！拿走，拿走，今暗晡夜八点半来找我，我会把招工表给你准备好的。可是坚决不准带东西噢！我刘福田是那种人吗？记住没有？啊！

这两三分钟的交谈，蓝雪梅觉得刘福田始终是一脸真诚、和蔼可亲的，她甚至怀疑以往张亮和希声老在背后嘀咕人家刘福田，是不是小资分子瞧不起工农干部的一种劣根性。

回到知青楼，雪梅把事情的经过说了说，然后就埋怨起张亮："我说刘福田是个正派人吧，本来不想送礼的，你偏要送，偏要送，瞧，叫我多丢面子！"

张亮沉吟片刻说："嗯，你去的真不是时候，大队部那么多人，刘福田怎敢收你的东西？"

希声也不以为然："人家那是惺惺作态，你就当真了？把东西带上，带上，别把事情搞砸了！"

雪梅见张亮、希声如此坚持，也就不跟他们顶牛。吃过饭，冲过凉，看看时间过了八点一刻，雪梅拎上那个装着"前门"烟和"四特"酒的小拎包，准备出门。

张亮突然拦住雪梅："慢！他妈的，这个刘福田，白天不好谈事情，怎么约你晚上去？"

"神经病！你疑神疑鬼干啥？"雪梅把张亮的大手拨拉开，一边走一边说，"人家白天忙，我亲眼看见人家下午正在开会，他哪有空？"

"好吧，我陪你一起去一趟。"张亮紧紧跟在雪梅后头。

雪梅坚决不同意。雪梅说走后门送礼又不是上山打老虎，人去多了更不好。当然，她心里还有一句话没说出口。你张亮是个二愣子，刘福田对你又没好印象，去了准会砸锅。希声也说，放心吧，八点多钟，村街上还是人来人往的，他刘福田敢怎么着。张亮想想也是，就不再阻拦，又絮絮叨叨地叮咛复叮咛，好吧，好吧，快去快回，别跟那狗娘养的胡扯八蛋！

雪梅不理张亮，轻盈而坚定地大步走了。她一手拿着手电筒，一手拎着小拎包。那只拎包是雪梅用彩色尼龙线自己编织的，款式和图案都别致而新颖，装上高级烟和高级酒，像是去走亲戚。雪梅心里有点沉沉的，觉得为一个招工指标付出的代价太大，她真可惜这几十块钱。说实在的，雪梅长这么大了，还从未见过父母花这么一大笔钱去走亲戚。咳，现在却要去巴结一个八竿子也打不到的人。成事与否，还心中没数呢！

张亮和吴希声看着雪梅拎着礼物，走过散发着鸡屎鸭屎和羊粪牛粪气息的村街，走过那水车咿呀的水碓，再上了半月形的石板拱桥，过了溪，一会儿就变成个移动的小黑点，消融在月色朦胧的田野上。

张亮和希声在知青楼前的晒谷坪上坐着，看星星，望月亮，有一句没有一句地闲聊。他们都心照不宣，闲聊不过是想放松一下紧张的心情，雪梅能不能拿到那张招工表，真叫他们牵肠挂肚。在雪梅全家陷入绝境的时候，这个招工指标，简直是救苦救难的福音啊！至于雪梅是否安全，他们却没有太多放在心上。经过六七年磨练，雪梅成了个强劳力，一百多斤一担谷子挑在肩上，能一口气走五六里山路哩，他刘福田还能把个大活人怎么的？

那夜天上少云，月亮摆出一张寡妇脸，疏疏朗朗的星星，像燧石一样寒光闪闪，趴在黑色帷幕下的枫树坪有如睡去一般安静。霜降已过，小北风呼呼有声地在山谷中盘旋，更增添了几分惆怅，几分凄凉。张亮心里闷得慌，叫希声拉一支小提琴曲听听。希声坐着不动，说他自从考文宣队落了榜，已经好久不敢再拉琴了。张亮说你进不了文宣队，也不该把琴艺丢了啊！希声望着天上的星星，仰天一声长叹，拉好了琴又有什么用？愈拉愈叫人伤心！我唱支歌给你听吧。吴希声清清嗓子，轻声地哼了起来：

> 告别了妈妈，
> 再见吧家乡，
> 金色的学生年代已经转入青春的史册，
> 一去不复返。
> 啊，未来的道路多么艰难，
> 曲折又漫长，
> 生活的脚印深陷在偏僻的异乡。……

这支歌的旋律很哀婉，很伤感，也很抒情。听着这支歌，张亮好像看到一个流浪者在大漠荒滩艰难跋涉，茫然四顾，希望和出路都杳如黄鹤，行走仅仅是一种惯性的行走。然而，曲调还是很好听的，词曲作者显然把遍地泛滥的苦难加以美化了。吴希声又把自己备尝过的辛酸糅进这首歌中，唱得非常投入，非常动情，把张亮的眼泪都快唱出来。

"我的妈呀，这首歌真感人，叫什么歌？"

希声说："叫《中国知青歌》，很易学的，哼两遍就会唱。"

希声教了两三遍，张亮果然就学会了，眼里湿润润地说："我看写这支歌的人一定也是个老插，你看，把我们这些倒霉蛋的心情全表达出来了。当然，最后一段歌词也不高明，什么'用我的双手绣红了地球，绣红了宇宙，幸福的明天一定会到来。……'狗屁！十足的狗屁！我们这双手，挣口饭吃还难哩，能绣红地球？能绣红宇宙？"

希声说："许多歌都是唱些空话、大话的，别那么较真。好听就行，来，再哼两遍。"

张亮手中的大砍刀在空中乱挥狂舞："放开我！我豁出去了！……"

张亮学会了这支《中国知青歌》，月亮已经升到中天，至少有十来点钟了，却不见蓝雪梅回来，心里就有些发毛，一家伙把吴希声从草地上拽起来，说："走，看看去！他妈的，这个蓝雪梅是怎么搞的？"

希声也有一种不祥的预感，慢慢吞吞地跟在张亮后头。他们走进大队部院门，看见刘福田房里根本就没有灯光，却听到里头有些响动。张亮本来要径直闯进去的，希声一下子扯住他的膀子，就在墙外的窗下站着，支楞起耳朵捕捉里头的动静。一会儿，就听到房里传来床板的嘎吱声，男人的喘息声，还有女人憋在嗓子眼里的哭泣声。里头到底发生了什么事，就是个十足的大傻瓜也不言自明了。

张亮骂了声"他妈的！"就要往里闯，被吴希声死命攥住了。张亮力气比希声大，很快挣脱，转身跑回知青楼。片刻工夫，他又气呼呼地跑了来，手上提着一把大砍刀——此刀刃长柄短，锋利无比，雪白锃亮，造纸季节可以切纸，收烟季节可以切烟，跟武松、杨志用的朴刀、单刀、鬼头刀大体相似——活脱脱一个凶神恶煞了。

吴希声远远地拦住张亮，喝道："你别乱来！你别乱来！"

"我要宰了那个狗养的！"

吴希声扑了上去，把张亮拦腰死死抱住："别乱来，别乱来！我求你了，张亮！"

张亮气得直跺脚，大砍刀在空中乱挥乱舞："放开我！我豁出去了！我要宰了狗娘养的刘福田！"

"你宰了姓刘的有什么用？弄不好，姓刘的没死，雪梅得先死！"

"放心，放心，我不会杀那个臭婊子。"

"这种事一捅开，你不杀雪梅，雪梅也没脸活呀！"

张亮气狠狠地嚷道："这个贱货！这个贱货！要死要活是她自己找的！"

　　希声说："可你知道，人家的老母亲还躺在病床上，你要害死人家一大家子人！"

　　咣当一声，大砍刀飞出两丈远，躺在草地上徒然闪烁着蓝幽幽的寒光。张亮也浑身瘫软了，从吴希声双臂中滑落，一屁股坐在地上，双手捂着脸，泪水从指缝中渗下来，撕心裂肺地嚎啕着："他妈的！这是什么世道呀！这是什么世道！"

　　"走，快跟我走！"希声死活都要把张亮从大队部门口拽走。他认为给蓝雪梅让开一条路，不仅是行走的路，而且是活命的路；也不仅是蓝雪梅个人活命的路，而且是她全家活命的路。

　　张亮虽然气得肺要炸开，肝要破裂，却也明白吴希声说得很有道理，便跌跌撞撞跟着走了。到了知青楼，张亮不肯进屋，吴希声只好陪他躲在门前一棵老枫树后头等候蓝雪梅。

　　张亮吸完一支喇叭烟，远远望见一个黑影飘过石拱桥，飘过咿呀吟唱的古老的水车，慢慢近了，就看清正是蓝雪梅。她披头散发，丧魂落魄，像个幽灵一样在月下晃晃悠悠。到了知青楼大门口，雪梅停了十来秒钟，惊惶四顾，没看到有什么人在留意她，这才闪进大楼，一头扑进自己的房间，紧紧关上房门。然后，房里就没有一点声息，像一座封死了墓碑的千年古墓。

　　紧跟着进屋的张亮和吴希声，站在黑暗中，屏声敛气地盯着蓝雪梅的房间。过了许久许久，他们的脑神经几乎快要绷断了，仍听不到一点声音，就在黑暗中互相捕捉对方的目光。两个人世未深的学生哥从未经历这样的人生劫难，不知该怎么办好。又过了会儿，张亮终于憋不住了，轻声对希声说："我们是不是叫她开开门？"

　　"你想干什么？"

　　"总得问个究竟呀？"

　　张亮的语气是犹疑不定的，自己也没多大把握。自从前头希声提醒他，这种事情一捅开，简直会要了雪梅的命，张亮对被侮辱被损害者的怨恨就全部化为可怜和同情了。这会儿，张亮最为关心的，是决不能让蓝雪梅再受到任何一点点伤害。那个年代，孤立无援的知青，特别是受了伤害的女知青，像陷入丛林中的一只家兔，听见豺狼虎豹打个喷嚏，也会吓得胆破肝裂丧了命。

希声想了想说："别，别，让她自己待一会吧，我们一定不能让她知道我们已经看见这档子事。"

"嗯，嗯。嗨，嗨！"张亮像累垮了的牛一样连连喘气。

通宵达旦，张亮和希声都不敢沾床板，轮留守夜，时不时就走到雪梅的窗户下，贴着窗纸听听里头的动静。

这个冬夜真冷真黑呀，整个山村，整个世界，遭到这不义的一击，阴沉沉的，静悄悄的，突然昏死了过去。

第二天，蓝雪梅继续卧床不起，不吃也不喝。张亮急坏了，本来想把蓝雪梅痛骂一顿，后来却担惊受怕起来，熬到傍晚，他去敲雪梅的房门，轻轻地，小心翼翼地，叫着"雪梅！雪梅！你总得起来吃点东西吧！"雪梅理也不理。换了吴希声来叫，雪梅照样没有回音。张亮和吴希声都异常紧张，怕雪梅真的一时想不开，往那绝路上走。

直到黄昏，精神快要崩溃的张亮实在受不了煎熬，走到雪梅房间的窗下，用舌尖舔湿了积满灰尘的窗户纸，再用食指捅破个小窟窿，瞪大眼睛往里瞅。房里很暗，但依稀可见雪梅在床上一动不动地躺着，除了眼中的黑眸子微光闪烁，整个人就像断了气。

"这可怎么好？这可怎么好？"张亮回到吴希声的房间，急得在原地打转转，"他妈的，我跟那个姓刘的没完！我得去找他！"

吴希声把张亮按在凳子上。"你找他有屁用？你想逼雪梅走绝路吗？"

张亮说："我去找春山爷！"

希声说："春山爷才是大队支书，这事做得了主吗？再说，这种事哪里说得清？愈描愈黑，你叫雪梅怎么做人？"

张亮不说话了，又找来那把大砍刀，在磨刀石上使劲磨着。

他耸着肩，猫着腰，身子在昏暗的暮色中起起落落，喘息声声好似牛叹气，把深仇大恨都注入霍霍磨刀声中了。吴希声便更加提心吊胆，一会儿，走到雪梅的窗下听听里头的动静；一会儿，又返回来监视着张亮。上海知青队最后剩下三个人，一个被命运击倒了，一个被厄运气疯了，吴希声知道自己的肩膀是如此单薄，他也有责任扛起黑暗的闸门，留给伙伴们一条苟活下去的生路。

这个夜晚没有月亮，没有星星，吴希声觉得整个世界好像被装进一个密不透风的黑铁桶里，人们眼看都要窒息而死。然而，人的忍耐力有时也是不可思议，熬到天色微明，雪梅、张亮和吴希声，居然还都有气无力地活着，没有在黑夜中死去。

抽烟有烟瘾，喝酒有酒瘾，吸毒更有毒瘾。刘福田最大的嗜好是玩女人。他和蔡桂花相好一些日子，又有点厌倦了。因为自己有小辫子抓在蔡桂花手里，她竟敢吆五喝六，颐指气使，叫刘福田有失主任的威严。更何况蔡桂花提供的不是"无偿服务"，即使蔡桂花不伸手，拐子牛要是没钱买酒，就乌着一张脸，比欠他一千八百烂债还难看。刘福田一月工资才三十二块半，够进几回苦竹院？慢慢地，刘福田色迷迷的眼睛开始在知青妹子们身上溜来溜去。

刘福田说不出蓝雪梅与王秀秀、蔡桂花，到底孰优孰劣，谁高谁低。他更看重的是蓝雪梅上海知青的身份。自己过去是个嘛咯人物？山沟沟里一个放牛的小郎哥么，别说抱着个青葱水嫩的上海妹子睡觉，站在马路上多瞅人家两眼也会讨人嫌哩。现今，这个上海小姐乖乖地上了他的床，任他随心所欲地搓来揉去。头一回过于紧张，毛手毛脚的，刚刚进入就匆匆缴械；刘福田于心不甘，继续抱着几乎吓晕过去的蓝雪梅亲吻和抚摸，把情绪调动起来，再次上马出战就从容不迫了。他像品尝一盏清香扑鼻的极品好茶，一小口一小口地啜饮，意味绵长，齿颊留香，恨不能让浸润全身的只可意会不可言传的那种舒泰，延续到无限的遥远。

这样，他在床头上劳作的时间就意外地延长了许多。

事毕，刘福田一边系裤头一边吩咐道："雪梅，招工表我一时还没拿到手，但县人劳组长已经满口答应我。后日暗晡夜，你再来一次吧，我明天一准去县里拿招工表，保证落实到你头上。"

蓝雪梅顾不上吱声，像只虎口余生的小野兔，惶惶然逃出了大队部。

雪梅走后，刘福田点了支烟，坐在黑暗中悠悠吸着，心里忽然有点儿后怕。我的天，我这不是犯了强奸罪吗？蓝雪梅要是去告我一状，我准得丢乌纱帽、坐班房啊！但是，刘福田脑壳里立时现出他的启蒙老师阿婶。那个奸刁枭恶的烂婆娘有句名言："羊食草，狼食肉；老牛耕田到死饥辘辘。"那意思就是说，天下是强人的天下，世界是强人的世界。刘福田的亲身经验也正是如此。小时候，他每次遭到阿婶毒打之后，只有躲在柴房里偷偷哭泣的份，哪敢到外面叫一声冤喊一声屈？而一登上公社主任宝座，枫溪沿岸几十里山里人，哪个敢不对我刘福田低声下气？……这么一想，他就放心了。这类男女间的丑事，就是借给蓝雪梅个老虎胆，量她也是不敢吭一声的。

刘福田完全放心了，在黑暗中得意地笑了笑，心里充满了占有女人享用女人的快活。现在他拥有三个女人：一个是"永久牌"——就是婆娘子王秀秀。她是我拴在裤腰带上的女人，得给我洗衫做饭端茶送水生儿育女传宗接代；一个是"凤凰牌"——固定的相好蔡桂花，那女人狐狸花猫风情万种，床上的功夫超群绝顶，跟她睡一宿三天直不起腰，但刘福田心甘情愿；还有一个是"飞鸽牌"①——上海妹子蓝雪梅。虽是偶尔品尝的山珍海味，却是永生永世不能忘怀。嘿，难怪那个上海小姐儿天天刷牙洗脸冲澡抹雪花膏呢，小嘴里哈出的气息，胳肢窝里散发出的体香，真能叫人长醉不醒飘飘欲仙呀！……像花果山的老猴王一样，就

---

① "永久"、"凤凰"、"飞鸽"是上个世纪六七十年代中国的名牌自行车。

202

一个小小的枫溪公社来说，他刘福田刘主任也是"普天之下，莫非王土；率土之滨，莫非王臣"。他想睡谁就睡谁，想干啥就干啥，有谁奈得我何？

刘福田在黑暗中坐了会儿，觉得肚子有些空落落的。他累了，饿了，床上耕作一个多小时，掏空他身上的全部精力。他便想回家吃点东西。以往，他在蔡桂花床上做完"帐中戏"也都如此。桂花虽然殷勤挽留他，但是要吃要喝他还是习惯去找王秀秀。一个是供他嬲要的，一个是专给他干活的，刘福田把她们的职责分得一清二楚。

秀秀虽然上了床了，却未入睡，斜倚在床柱子上，对着一盏孤灯，给快要出生的小崽子绣肚兜。山村的黄夜寂然无声，刺绣肚兜就成了秀秀跟肚里胎儿的对话：儿呀，你是个妹娃子，还是个小崽子？你像阿妈呢，还是像你阿爸？咳，你那个书呆子阿爸可不会认你了，阿妈注定要孤苦零丁过一辈子。儿呀，儿呀，你快快出来吧，快快长大吧，阿妈就盼着你跟妈做个伴儿说说话哩！……

203

秀秀飞针走线，在一块白洋布上绣一束木槿花。黑褐色的是枝干，翠青青的是绿叶，橙红的星星点点是花骨朵儿，都惟妙惟肖，呼之欲出了。秀秀似乎已经闻到木槿花的清香，轻声哼起一支客家山歌：

> 头回木槿无人知，
> 二回木槿香微微，
> 三回木槿纷纷下，
> 降落一场胭脂雨……

秀秀感到胎儿在肚子里轻轻颤动一下，唱了一半的山歌噎了回去。她轻抚高高挺起的腹部，又是喜孜孜地乐。自从怀了崽，刘福田回公社的日子多了，下来蹲点的日子少了。就是下来，也大都住在大队部。也曾听说刘福田常去"大众影院"鬼混，秀秀和他吵过一架，刘福田死不认账，秀秀也不较真。秀秀一遍一遍在心里骂，你个大流氓，大骗子，爱浪你就浪去吧，要能休了我，真是阿弥陀佛！

肚子里的胎儿又动弹一下。秀秀就担心这小崽子长得风快，如果刘福田精明一点，也许会看出破绽。到那时候，免不了要打个头破血流，你死我活。她王秀秀倒不怕刘福田，就怕刘福田去找吴希声打击报复。秀秀随即又想真是冤了吴希声，至今还不知道自己快要当父亲。嘿，书呆子呀书呆子，你还在怨我恨我从骨子里瞧不起我吗？唉，我当时真是昏了头，怎么会刮你一个大耳光？……

秀秀正满腹心事的时候，刘福田回家来了，一个劲地叫嚷要吃要喝的。刘福田说："我今天在田头跑了一整天，暗晡夜又干部会，饿死了，饿死了，婆娘子，快给我弄点吃的吧！"

"饿死了才好，你还知道有这个家呀？"秀秀坐着不动，手头的针线也不停下来。

"嘻，你敢这样跟我说话？"刘福田一下就上了火，凶巴巴喝道，"我一个公社主任，又要抓革命，又要促生产，忙得我整天团团转，回得家来，你还敢不给我开饭？"

秀秀撇一撇嘴说："哼，开饭，开饭，有人半夜三更回家开饭的吗？"

"我是公社主任，操着千家万户的心，有多少急事要处理，能天天在家守着婆娘子？"刘福田愈说嗓门愈大，手指直戳秀秀的鼻子尖，"看看看，你还是不动弹，想把我饿死了好再去找吴希声吧？"

"放屁！你就会说些流氓烂仔话！"

秀秀凛然不动，依旧坐在床头一针一线绣小肚兜。她对总爱吃五喝六的刘福田已经腻透了，也习惯了，才不吃他这一套。

　　睡在隔壁房间的茂财叔听不下去了，粗门大嗓地责怪女儿不好好侍候老公，有失为妇之道。秀秀觉得真冤。自从刘福田上了家门，她在阿爸心中的地位就一落千丈。人说女婿顶半子，可阿爸把刘福田看成嫡亲亲的儿子还要亲十分。因为有了这样个婿郎子，阿爸觉得做人体面了，风光了，走路腰板挺直了，说话大声响气了，便把刘福田当成老佛爷一样供着。老母鸡下了一粒蛋，要留着婿郎子补身子。田里摸了几只田螺，要给婿郎子做下酒的小菜。刘福田打个喷嚏，担心他是不是伤风感冒。刘福田皱皱眉头，又怕他心里不快活，会扔下这个家。刘福田不是个上门女婿，而是王茂财他爸他爷他的老祖宗！只有秀秀心知肚明，其实这家伙嘛咯都不是，只是他们心甘情愿引狼入室的一只大灰狼！但是，秀秀不敢跟阿爸挑明，她怕阿爸疯病复发。

　　这会儿，秀秀又是两头受气，只好挺着个大肚子去煮点心。一会儿，点心煮好了，满满一海碗粉条，上面卧着两个荷包蛋，秀秀往饭桌上一蹾，也不招呼一声，踅回房间，又重重地闩上房门，独自流泪去了。

　　刘福田并不计较秀秀的态度。一是今夜他心情特别好，二是没时间。刘福田稀里哗啦吃着粉条，心里又美滋滋地想起蓝雪梅：这荷包蛋蛋青裹着蛋黄，白里透红，细腻溜滑，嘿，真他妈的极像上海小姐身上那两颗大奶子啊……刘福田一口气吃下大半，饱了，反胃了，连连打饱嗝。可他还像一只贪婪的公鹅，梗直了脖子，一抻一抻的，死命地往肚里撑。刘福田在心里给自己鼓劲：下定决心，排除万难，补好身子，去争取胜利。刘福田要"争取"的"胜利"就是蓝雪梅。嘿，招工表攥在我手上，还怕你蓝雪梅后日暗晡夜敢不再来伺候你老子。这样想着，刘福田情不自禁地笑出了声。

　　天亮后，蓝雪梅自己挣扎着起来了。张亮偷偷躲在自己的房门后，从门缝里看着雪梅洗了脸，梳好头，接着，淘米，刷锅，生火，熬粥，又炒了一碟小菜。然后，把饭菜都端到饭桌上，盛了三碗饭，摆上三双筷子，坐了下来，却不动筷子。既不叫张亮，也不叫吴希声，就那么目光呆滞地坐着。

张亮轻轻走进吴希声房间，把他叫了起来，说雪梅已经把饭做好了。希声三下两下穿好衣服，走进伙房，看见雪梅脸孔苍白，眼睛红肿，无比憔悴，一下子老了好几岁，心里很是酸疼，就幽幽地没话找话说："雪梅，起得好早呀！"

雪梅端起碗筷，头也不抬，轻声哼了一句："吃饭吧！"

张亮和希声也埋头吃饭。大家都不说话，也不知说什么好，只听得喝粥的嘘哩嘘哩声。三人的眼睛往哪儿看都小心翼翼的；张亮、希声的目光与雪梅的目光偶尔相碰，彼此都连忙移开，像怕烫着了谁。

雪梅很快扒下一碗粥，望着屋顶的椽子十分吃力地说："刘福田……那个狗东西……答应……给我一张招工表，他说昨天……会去县里拿的，谁……谁……去替我要了来？"

张亮连忙说："我去！我去！"

雪梅把脸一沉说："你办不好事的，还是希声去吧！"

希声当即满口答应了。

希声走进大队部时，刘福田刚刚起床，拎着裤头匆匆上茅坑，吴希声只好在下厅堂等候。这当儿，他看见大队部的小通讯员忙着给刘福田打洗脸水，灌刷牙水，挤牙膏。牙膏挤好了，不长不短的一溜儿，卧在牙刷上，牙刷再一字儿横在牙缸上。吴希声听人说过，刘福田早年在公社当通讯员的时候，也是这样侍候公社书记和县委书记的。真想不到啊，刘福田这一手绝活，现今言传身教地传给了下一辈通讯员。只不过，时代让角色发生了转换——侍奉人的人变成了被人侍奉的人，匍匐在地的人变成了高高在上的人。时代的变化往往天翻地覆，但是，最不易变的是我们老祖宗传下来的东西，哪怕是些细枝末节，在人们不经心不留意之处，还生生不息地滋生着，蔓延着，像阴暗潮湿的洼地里的苔藓，既不动声色又极富生命力。

一会儿，进进出出的通讯员把该做的都做好了，刘福田才跨出茅坑，一边迈着罗圈步，一边系裤带。然后，他蹲在天井沿的石板上刷牙洗脸。盥洗已毕，好像忽然发现吴希声蹲在地角头，这才漫不经心地问道：

"咦，吴希声，这么早，找我有嘛事？"

吴希声说："蓝雪梅叫我来拿一张招工表。"

刘福田在那张古色古香的太师椅上坐下，掏出烟盒子，摸出一支"大前门"，在金属烟盒子上把香烟夯夯实，然后"啪"的一下掀着打火机，点着了，吸一口，眼睛瞅着袅袅上升的烟圈，不咸不淡地问道：

"蓝雪梅的事，她自己不会来，怎么叫你来？"

吴希声气恨恨地想，他妈的，刘福田这盒"前门"烟可能就是雪梅送的吧！可他说话的口气仍然是无比谦卑的："刘主任，蓝雪梅病了，两天没起床，没吃饭，只好叫我来拿那张招工表。"

"哦，蓝雪梅病了？那倒是要叫赤脚医生看看的。"刘福田仿佛吃了一惊，随后又镇定自若，鼓起腮帮子把一股白烟吐出来，继续盯着烟圈在空中飘升，消散，连眼角也不愿瞟一瞟吴希声。"不过，蓝雪梅要的招工表，我三工两日可是拿不到。"

吴希声心里一沉，惊慌地问道："刘主任，怎么会呢？蓝雪梅说，刘主任你亲口说过，昨天就去县人劳组拿招工表的。"

"没错，我昨天的确去了一趟县城。"刘福田说，"招工指标也要到手了。蓝雪梅家里有困难，我也非常同情；几年来她一贯表现很好，干部们一致公认。……"

无须再听下文了，吴希声已经知道刘福田葫芦里卖的什么药。就在心里为雪梅抱屈，热血一波一浪直冲脑门。但是他还得耐着性子听下去。

刘福田接着说："昨天公社党委开了一天会，排过来，比过去，这个招工指标怎么也落实不到蓝雪梅头上。我的抽屉里，知青们的申请报告还有一大沓哩，咳咳，我真是爱莫能助了！吴希声，你跟蓝雪梅传达传达吧，叫她不要着急，我一定会把她记在心上的，自己的阶级姐妹么！我不关心谁关心？叫她安心再呆些日子，招工返城，迟早总会解决的。"

吴希声回到知青楼，把这些话跟张亮、雪梅学说了一遍。张亮气得眼里喷火，连声大骂："这狗娘养的，这大流氓！我要宰了他！我要宰了他！"

雪梅哇地一声抱头痛哭，扑进自己的房间，闩上门，又是一整天不肯出来见人。

蓝雪梅直挺挺地躺在床上，脑子里却翻江倒海，把短暂人生的许多事都想起来了。她自幼是个老实木讷的姑娘，学习也平平的，只因为她身上流淌着产业工人的血液，同学们硬是把她推到显眼的位置。开头是战斗队的勤务组长，后来就晋升为红卫兵造反兵团司令什么的。说实在的，造反也好，抄家也好，蓝雪梅都是畏畏缩缩的，被人家骂做铁杆保皇。她惟一谈得上引领潮流、以身垂范的，是带领十名上海知青来最偏僻最艰苦最贫穷最落后的枫树坪插队，决心在广阔天地把自己和同学们锤炼成革命事业的接班人。可惜，曾几何时，同学们走的走，散的散，留下来的连挣口饭吃都难。现在老母亲伤病在床，好不容易盼到有个上海国棉厂来招工的机会，他狗娘养的刘福田竟敢拿在手里当诱饵，真是伤天害理，趁火打劫啊！

蓝雪梅一会儿敲头，一会儿捶胸，对自己的委身失足痛悔不已。细细想来，在那个关键时刻，自己怎么就轻易就范了呢？刘福田给我下了蒙汗药吗？他拿着手枪威逼我了？他用麻绳捆上我的手脚了？没有，没有，刘福田并未使用任何暴力，他喷蛆吐粪地说着下流话："小蓝呀，有嘛咯关系哟，你又不是处女，只要给我来一下下，谁会晓得咯！哎，就来一下下，我明天就去县城给你拿一张招工表，而且是上海国棉一厂的指标……"蓝雪梅觉得那张可爱的招工表，转眼变成一片彩云，彩云又变成一块飞毯，雪梅坐上飞毯，一霎时就回到卧病在床的母亲跟前……随即，雪梅脑子晕乎乎的浑身软绵绵的，一点儿反抗的力气也没有了。……

雪梅又把自己关在房里大半天，觉得这个世界天昏地暗，所有活路全给堵死了，眼前只剩下一条路——死！

活着不易，要死也难。雪梅知道张亮和吴希声把四只眼睛睁得大大的，时时刻刻都盯着她。哪有可能了结自己的小命呀？

万幸万幸，熬到黄昏，风云突变，天色骤暗，楼里楼外喊声四起：要下大雨了，快去收东西啰！

这天晒谷坪上正晒着许多狼萁和松毛柴，要是淋了雨，就起不了火，做不成饭。张亮和吴希声瞅一眼乌云密布的天空，不顾一切地奔向楼外的晒谷坪。

蓝雪梅脸上掠过一丝凄然的惊喜。好！真是天助我也，想死竟有了可乘之机。她连笠帽也忘了戴，带上房门，几个箭步就从后门奔出了知青楼。乌云飞卷着，狂风呼啸着，眨眼之间，豆大的雨点噼哩啪啦砸在田畈上。社员们都忙着收柴草，收菜干，收衣服，蓝雪梅在雨中飞跑，缘溪而上，没有引起谁的注意。

蓝雪梅一口气跑到村东头的百尺潭。她听说这口深潭两竿子都探不到底，该是她的葬身之所。这个世界没有什么好让她留恋不舍了，惟一放心不下的，是生她养她、至今还在受苦受难的父母。雪梅跪下来，脸朝北方——那是千里之外的故乡大上海的方向——拜了三拜，正要纵身一跃，投向深潭，却被一双有力的手紧紧抱住。

在生死关头救下蓝雪梅的，是春山爷的女儿娟娟。

娟娟家里养着一群水鸭嬷。水鸭嬷一不用喂食，二不用看管，天光放栏，任其在溪圳湖泊自由觅食；暗晡夜归栏，鸭群就由头鸭带领着，排成长队摇摇摆摆回家；主人既不用操心也不用出力，只管天天到鸭栏里捡鸭蛋。可是今天傍晚有雷阵雨，前一刻晴空万里，霎时间天昏地暗，贪吃贪玩的水鸭嬷们一时分不清东西南北，急得在田畈上乱蹿乱叫。娟娟穿上蓑衣，扑进雨中，一路"嘎哩哩，嘎哩哩"呼叫，在枫溪边寻找她的鸭群。一只鸭子都没寻到呢，却救下了正要投潭的蓝雪梅。

"咳！雪梅，你这是做嘛呀？你这是做嘛呀？"娟娟把浑身湿透的雪梅抱在怀里，一迭连声地问道。

雪梅求生不得，想死不能，急得在娟娟怀里乱蹦乱跳，挣扎不止，嚎啕大哭。

娟娟劝道："莫哭，莫哭！雪梅，我们先回家吧！"

娟娟脱下蓑衣披在雪梅身上，挽扶着她慢慢往村里走去。一路上，雪梅仍是哭得死去活来，娟娟真怕她再一头扎进白浪滔天的枫溪，简直是架着她走的。

一会儿，风更狂了，雨更大了，天上时不时飞起一条火龙，霹雷在乌蒙蒙的田野上咯啦啦炸响。娟娟和雪梅都听到风雨中传来声嘶力竭的呼喊：

"雪梅！蓝雪梅！——"

"雪梅！蓝雪梅！——"

娟娟说："听，听，雪梅，吴希声、张亮在找你哩！"

雪梅在蓑衣里缩成一团，抖索索地哭着说："不，不！我不想见他们！我不想见他们！你放开我！你放开我！"

娟娟毕竟是山里长大的妹子，力气比雪梅大多了，双手紧紧攥住雪梅，像个牢不可破的铁箍，任雪梅暴跳如雷也挣脱不了。

眨眼间，张亮和希声蹚着一路雨水，到了跟前。他们都怕吓着雪梅，话就说得柔声细气的，劝雪梅跟他们回知青楼。雪梅愣哭愣哭，让蓑衣遮住脸，头也不肯抬。娟娟说，你们先回去吧！雪梅就交给我了，你们一百个放心！张亮和希声交换个眼神，把雪梅拜托给娟娟，十分无奈地冒雨走了。

回到家里，娟娟拣出自己最好的衫裤，叫雪梅洗了身，穿得干干净净暖暖和和的。又冲了一海碗红糖姜茶，叫雪梅喝了下去，雪梅脸上慢慢有了血色。娟娟这才问起雪梅做嘛要走绝路。雪梅流泪饮泣，一句话也不肯吐。

娟娟不敢多问，寸步不离地守护着。直到掌灯时分，春山爷回来了，雪梅像受了欺凌的孩子见到父亲，嘤嘤呵呵，哭得更加悲切。

娟娟把春山爷拽到另一个房间，轻声说，阿爸，雪梅她……春山爷抬手拦住了女儿，莫讲了，我都晓得了！娟娟吃了一惊，哦，你晓得是嘛回事？春山爷在黑暗中重重地叹了口气，唉，张亮和希声对我讲了，刘福田这个大流氓，伤天害理呀，猪狗不如呀！娟娟忽然什么都明白了，气得差点要吐血。原来是这样！原来是这样！阿爸！决不能便宜了这个畜生，去县里告他！春山爷告诉娟娟，他原来也想治一治那个衣冠禽兽。但是，张亮和希声都求他不要声张。他们说这事一闹开，雪梅她就没法活……娟娟就气得咬牙切齿，说那不是便宜了那个衣冠禽兽？春山爷把声音压得低低的，说他刚才去找了刘福田，把那畜生臭骂一顿，他一直告饶呢。呶，我把招工表也要来了！现在要救雪梅和雪梅她妈，头等要紧的，就是快快把雪梅送回上海。

娟娟佩服阿爸想得周到，不再吱声了。

在黑暗中，春山爷用干布擦了擦湿淋淋的手，摸摸索索地从衣兜里夹出一张招工表，宝贵得像救命符一样塞到娟娟手里，叮嘱道，娟，你把这个交给雪梅，千万不能弄丢了啊！我得走了！你就对雪梅说，我今暗晡夜大队部有事，不回家过夜了。

春山爷从墙壁上取下蓑衣笠帽，又要出门。娟娟上前拦住，要他吃了夜饭才走。春山爷说他气都气饱了，也不晓得饿，到大队部煨了两个红薯，骗骗肚子就行。

娟娟明白阿爸的一片苦心：这会儿雪梅羞于见人，阿爸是有意要躲开她，也就不加阻拦了。

春山爷前脚跨出门，后脚又趑回来，低声吩咐娟娟：明天一大早，我会弄一辆拖拉机，让你把雪梅送到县城去。听清了吗？

我一早就在村口等你们，千万不敢误了时辰啊！

电光忽地闪了闪，雷声咔啦啦在田畈上滚动。娟娟看见老父亲在风雨中走得踉踉跄跄。风很狂，雨很大，把阿爸头上的雨笠掀翻了，霎时间，阿爸就被暴风雨淋成个落汤鸡。娟娟心里一酸，也禁不住泪雨倾盆了。

天麻麻亮的时候，娟娟就起来做饭。开头雪梅不肯动筷子，娟娟硬说软劝，好不容易叫雪梅扒下一碗饭。娟娟又煮了六个太平蛋，用一块花头帕包好，要雪梅带在路上吃了化险消灾。

娟娟领着雪梅出门的时候，村街上静悄悄的，除了引起几声犬吠，竟没有惊动什么人。快到村口了，远远地看见老枫树下停着一辆拖拉机。拖拉机旁有一粒火星，一明一灭的。再走近些，看见那颗火星突然从地上升起，在灰蒙蒙的晨雾中传来个苍老的声音：

"娟，都来了吗？"

娟娟应道："阿爸，都来了！"

雪梅心里一热，想起比自己父亲还年长些的春山爷，可能已在霜晨浓雾中蹲了多时。

苍老的声音又在雾中飘来："雪梅，一道道关卡我都托人疏通好了，又交待希声、张亮帮你到公社和县里办招工手续，不会再卡壳的。"

雪梅用哭腔"嗯"了一声。

春山爷又从兜兜里掏出一大把皱巴巴的人民币，轻声说："这里是一点点钱，你带着在路上花销吧！"

雪梅坚决不收。她说她身上还带着点钱，足够买车票的。

春山爷说："那你就带回家里用吧，你妈病在床上，正要花大钱哩！再说，这是你自己的钱：昨暗晡夜，我叫希声敲了一下算盘，你今年一共出了二百一十三个工，挣了一千七百零四个工分，合五十二块一角钱。唉，雪梅，真真对不起啊，我没当好这个家，和尚化缘，叫花子要饭，也会多挣几个铜板呢！"

雪梅抖索抖索接过钱，欷欷歔歔抽起了鼻子。

春山爷又说："雪梅，我就不远送了！娟娟会陪你去县城，送你上火车。一路上，你自己千万要把自己照顾好！"

雪梅嘴巴皮动弹一下，"哇"的一声大哭，把在枝头沉睡的鸟儿吓了一跳，泼剌剌地扇动了几下翅膀。然后，晨雾中的村口又是一片死寂。

春山爷说："莫哭，莫哭！日后得空就回枫树坪看看，乡亲们会惦记着你的。"

雪梅再也把持不住，哭声更加尖锐地炸响，在她抛洒了七个青春年华的山村上空扩散开来。张亮怕这哭声惊动乡亲，连忙一踩油门发动拖拉机，让噗噗响的马达声盖住了雪梅撕心裂肺的痛哭。

213

春山爷轻声催促着："你们快快上路吧，上路吧！又要办事，又要赶路，一天工夫，紧巴巴的啊！"

娟娟把雪梅扶到拖拉机旁，这才看见希声和张亮已经坐在驾驶窗里。希声连忙跳下来，上了后边的拖斗，把车头副手的位子让给雪梅和娟娟。在灰蒙蒙的浓雾中，娟娟只能看见张亮黑着一张脸，像一尊冷面金刚，既听不到他的声音，也看不清他的表情。雪梅显然也有这种感觉，就抖抖索索的，身不由己地向后退缩。但是春山爷和娟娟架起她的胳膊，硬是把她塞进了驾驶窗。

春山爷大声吩咐道："张亮，你小心点开，千万注意安全啊！"

马达突突响起，张亮让拖拉机的怒吼代替自己的回答。霎时间，雪梅万箭穿心，闭上眼睛，不忍再看一看呜咽低泣的枫溪，黯然肃立的枫林和咿呀吟唱的水车，还有那些错错落落的土楼瓦屋。七年前，那个细雨霏霏的春天，他们上海知青队初到枫树坪，也是乘坐一辆带拖斗的拖拉机，同学们豪情满怀地唱着语录歌："下定决心，不怕牺牲，排除万难，去争取胜利……"今天，一个灰蒙蒙的冬天的霜晨，她蓝雪梅却怀着满腔屈辱，强忍满眶泪水，离开这永生永世不堪回首的伤心地——枫树坪。

东方红55型拖拉机的驾驶窗相当窄小，副手位上坐着雪梅和娟娟，就更显侷促拥挤。尽管雪梅老是往娟娟身上靠，可是山路崎岖，拖拉机一颠一簸的，常常把雪梅甩到张亮肩膀上。张亮便像触电一样打个激灵，扶方向盘的手也颤抖一下，拖拉机就莫名其妙地走了个S形，弄得娟娟大惊小怪叫起来。

唉，两个曾经耳鬓厮磨、肌肤相亲的身体，在第三者蛮横而强暴地介入之后，突然都显得非常陌生乃至敌对了。

站在拖斗上的吴希声把车斗上的铁皮盖捶得哐哐响，大声怒吼："哎，哎！张亮，你想找死啊！"

张亮闷声不响，加大马力，但拖拉机装载着太多的屈辱和辛酸，不胜负重，在坎坎洼洼的山间公路上行驶得十分缓慢而吃力。

第十章 秋收风波

一个遍地霜花的清晨，美猴王带着一百多名猴兵猴将，悄无声息地潜入花果山。这支猴家军与一年前刚收编的仙桃林的残兵游勇，不可同日而语。在美猴王统率下，经过一年多精心操练，刻苦磨砺，个个武艺高强，以一当十。那些一向恃强凌弱、独霸一方的家伙，还躺在树杈上、草窝里呼呼大睡呢，就被短尾猴们打个措手不及，唧唧惨叫，满山逃窜。老猴王老迈年高，体衰力弱，被美猴王三拳两爪就打倒了。

美猴王征服花果山后，并不急于召见降兵降将，也不急于建立新的秩序。它竟有失王者风度，像疯了似的，上峰巅，下溪谷，钻石洞，攀悬崖，满山遍野不停地奔跑，奔跑。只有美猴王自己知道，只要没有找到孙卫红，它这次长途奔袭的目的就没有达到。

真是"上穷碧落下黄泉"啊！三天后，美猴王终于在一条奇石林立、峭壁千仞的溪涧边，找到已经奄奄一息的孙卫红。原来孙卫红那天从梦中惊醒的时候，听到杀声四起，看到群猴大战，一下就吓坏了。它倒不是个胆小鬼。问题是它襁褓中有个小猴崽。出于母亲的天性，孙卫红把猴崽子揽在怀里，冲出短尾猴的包围圈，不顾一切地在林子里狂奔起来。在飞越一条一丈多宽的深涧时，它的小崽子忽然一惊，松开抓住母亲胸脯的前肢，坠入深渊，只留下唧的一声惨叫，就音信渺然。孙卫红受了惊吓，没选好落脚点，一只腿摔断了。美猴王认出他的旧情人后，立即把孙卫红驮在背上，飞快回到花果山。好在猴子世界也是有猴医生的。美猴王命令几位见多识广的老猴采来许多草药，又叫几个青壮猴哥抬着孙卫红，找到一处结有蜘蛛网的灌木林，美猴王亲口把草药嚼成药泥团子，敷在孙卫红的伤口上。然后，又轻轻扶着孙卫红的断腿，把张挂于灌木间的蛛丝一圈一圈地缠在伤口上，把草药团包扎得严严实实。猴大夫这一手绝活，比起枫树坪赤脚医生打绷带的技术，决不会差到哪里去。

孙卫红慢慢苏醒了，看见躺在多年不见的小公猴的怀里，许多花果山的老臣旧部都围着小公猴匍匐侍立，终于明白发生了什么事，不禁挥泪大哭：

唧唧唧！唧唧唧！

美猴王以为孙卫红是为被赶下皇位的老猴王伤心，一股无名火突突蹿起，就指着孙卫红的鼻子唧唧骂道——嘿，真是个贱坯，难道你还为那个老不死的哭丧！

一旁有个老母猴怯怯地说——她的猴崽子不见了，她是哭她的小猴崽吧！

孙卫红一听更是伤心了，就挥手蹬脚撒起泼来——唧唧唧！你还我的猴崽子！唧唧唧！你还我的猴崽子！

美猴王一时没了主意，不住地安慰孙卫红——唧唧唧！别闹了！唧唧唧！别闹了！我帮你生个猴崽子还你得啦！

在美猴王的精心照料下，孙卫红的腿伤慢慢好起来。她能行走自如了，能蹦蹦跳跳了；再操练十多天，把固有的绝技都捡了回来，又能在空中荡秋千，在树梢头玩单杠。孙卫红虽然青春已逝，却风韵犹存，依旧浑身金光闪耀，眼里风情万种，仍是花果山最招猴哥们喜欢的猴婆娘，又顺理成章地成为美猴王的第一夫人——花果山理所当然的猴皇后。

立冬过后，连着几个艳阳天，一垄垄梯田里的稻禾熟透了，远看像一片片悬挂在半山间的黄绫金缎，叫作田人心花怒放。春山爷掐指一算，闹"文革"闹了八九年，还没有见过这般喜人的稻禾。春山爷知道，这两年除了风调雨顺，没旱没涝，最大的功劳应当归于邓小平邓大人。小平同志不主张斗来斗去，也不管你姓社姓资，"白猫黑猫，能抓住老鼠就是好猫。"这话真灵啊，枫树坪才休养生息一年多，瞧，就满田铺金，丰收在望了。然而，稻禾长势愈好，春山爷心里愈着急。从抽穗扬花时起，他就开始盘算，讨厌的刘福田常常下来蹲点，有嘛办法能瞒过他的眼睛？要搞"瞒产私分"可就难了。不给社员们预分点粮食，统统拿去完成征购，来年乡亲们拿嘛填饱肚子？春山爷已经多次探过刘福田的口风：刘主任，你老待在这山沟沟里，不腻？刘福田笑笑，腻嘛咯？婆娘子讨了，小崽子也快有了，这田里的稻禾又长得芭茅般壮实，我快活都来不及，怎么会腻啊？春山爷又说，你是公社领导，该管全面，老蹲在枫树坪，人家会说你吃偏食，就是知道守着个婆娘子。刘福田说，我这个主任就爱抓点，抓好一个点，就能带动一大片，全公社也就管好了。人家爱怎么嚼舌头，我怕个屌！春山爷不好再说嘛了，刘福田已经成了金谷寺的五谷神，谁也请不动。春山爷心里就焦急万分，担心着满田稻谷不能变成社员嘴里的粮食。

又过了些天，刘福田忽然自己来找春山爷交待工作。刘福田说他要去地区参加三级扩干会，春山爷问，这会要开多久？刘福田说，少说也得十天半个月吧！你看，枫树坪马上就要开镰割禾了，我不能经常下来照应，很有些放心不下哩。春山爷心中暗喜，脸上却不动声色。他说刘主任，你放心开会去吧！我种了一辈子田，还能叫稻谷烂在田畈里。刘福田皱了皱眉头，有你当家，大收当然不成问题，叫我最放心不下的是分配，你一定要把好关！先国后家，先公后私，我没赶回来之前，一粒谷子也不能往下分！春山爷拍着胸脯保证，行啊，刘主任，再过十天半月，禾镰挂壁，场净仓满，就等你回来喝洗镰酒啊。

刘福田搭上一台运化肥的拖拉机，突突突地，离开了枫树坪。看样子真的奔地区参加会议去了。

春山爷压在心头的一块大石头落了地。他立即召集大队干部商议，说真是老天爷有眼呀，刘福田这尊瘟神走了，这时节暗晡夜有月光，日昼里大太阳，我们突击他三工五日，先把活命粮分到手，社员心里就踏实了。毛主席说，手中有粮，心中不慌。就是这个理呀！各位，你们看行不行？

十多张嘴巴大声响气地嚷嚷着：行！春山爷，你是当家人，我们听你的！

从犁田、耙田、秒田、插秧、耘田、下肥、薅草、溶田、晒田，一直盼到金色的稻浪在秋风中飒飒欢笑，两百来天勤耕苦作，为了嘛哟？那个年头的种田佬，也不敢有太多想法，整天巴望的，就是家有余粮，老有所养，吃饱穿暖，图个肚圆！春山爷跟别的当家人最大的不同，就是把农民这种最根本的生存要求看得至高无上。二十多年来，反右倾他不惧，拔白旗他不怕，更不屑于拿乡亲们的活命粮去换取奖状、红旗和红顶子。尽管上级把春山爷看成老落后、老保守，可枫树坪人人敬他，爱他，把他看成自己的贴心人。私分、预分，虽然偷偷摸摸，神出鬼没，带点地下活动的性质，但那是不得已而为之，深得全村男女老幼的衷心拥护。

会上只有一人心里发怵，从头到尾不哼一声。他就是上海知青吴希声。开完会，大家都散去了，吴希声不肯走，缠住党支书掏了心窝窝里的话：春山爷，这个大队会计我怕干不了啰，求你换个人吧！噢？春山爷吃了一惊，你干得好好的么，做嘛要换人？希声苦着一张脸，说不是我想撂挑子。你知道，刘福田一来枫树坪，一直盯着我，老跟我过不去，瞒产私分的事要是被他发现，我、我、我不死也得蜕一重皮！

春山爷觉得吴希声的担心不是没有道理，但是一时三刻到哪去找个好会计？就宽慰希声说，莫怕，莫怕！刘福田不会知晓的。他去地区开会，十天半月回不来。希声说，如今的刘福田跟前几任公社主任可不一样，哪能瞒得了他？哦！春山爷不以为然地笑了，你是担心秀秀爷儿俩吧，放心，放心！我已经找他们谈过话，封了他爷俩的嘴。王茂财和秀秀都知道这是关系全村乡亲吃饭的大事，自己来年的口粮也得指望这次预分，都满口答应不会给刘福田透露一个字。

"真的？"希声的目光仍是疑疑惑惑的。

春山爷说："不过，他们提出一个条件，就是都不参加割禾。秀秀快要生崽，自然是不便下田的；王茂财就称病在家，大门不出，二门不迈，都睁一眼闭一眼地装糊涂，他刘福田也不能怪罪他们。看看，希声，我把一切都安排好了，你还怕嘛咯哟？"

吴希声抱着个疼痛欲裂的脑壳，仍是半天不说话。自从报考县文宣队因为"政审"通不过，后来父亲又进了上海提篮桥监狱，他的家庭包袱愈背愈沉，整天都在战战兢兢中过日子。而这次就在刘福田鼻子底下搞瞒产私分，万一出个纰漏，脑壳会不会搬家也难说！

"咳，你还怕嘛咯？在农村，瞒产私分，村村队队都偷偷地搞的，就是被人发现了，法不责众，政府又不能拿我们治罪，你怕嘛哟！"

"春山爷，这个大队会计我已经当了六七年了，你就不能再找个人来替我一阵子？"吴希声体量着老支书的为难，口气明显地软下来了。

"小吴呀，枫树坪能敲算盘能拿笔的，就那么几个人，能不能找个人来当会计，你还不清楚？"春山爷继续说服吴希声，"时候不早了，莫再推三托四的。我们又不是抗粮不交，我们只是想留足了口粮之后再去交征购。再说，我们自己分自己种的粮食，一不偷，二非抢，能犯嘛罪？小吴，你再想想，如果任由刘福田去邀功请赏，把队里的粮食都拉走了，来年闹饥荒，饿死人，唉，我们的良心都要放到火砧上去烤哩！"

吴希声心里一阵阵紧缩，五脏六腑真像被火砧烙了一下，吱吱地冒油烟了。他想起来枫树坪插队第二年的五荒六月，知青队断粮了，一连三天揭不开锅，一个个饿得嗷嗷叫，是春山爷给他们送来一担大米，他们才能活了下来。也是那天夜里，春山爷给他讲了许多闹饥荒饿死人的故事，而后把大队会计的重任交给他。这六七年来，吴希声虽然不愿做个"扎根派"，虽然时时刻刻放不下当音乐家的美梦，但是，由于参与了春山爷策划的瞒产私分，全村几百口人能够吃饱饭，乡亲们都把他当亲人看待，他也觉得没有白活。现在，我斤斤计较自己的得失安危，对得起枫树坪的乡亲父老吗？罢罢罢，为了全村乡亲（当然也包括知青们）不挨饿，能吃饱，我就豁出去吧！

"行，春山爷！我听你的。"吴希声终于表了态，说得斩钉截铁，一脸破釜沉舟的悲壮。

那一夜，吴希声躺在床上忽然想起孟子的古训："天将降大任于斯人也，必先苦其心志，劳其筋骨，饿其体肤，空乏其身。"嘿，来枫树坪插队七八年了，苦也苦过，劳也劳过，饿也饿过，又是一无所有的无产者，孟子说的这四种考验——都尝够了，春山爷要我当这个大队会计，就是老天爷降给我的"大任"吧？当然，这个差事离自己的抱负很渺茫很遥远，但总算是在无所事事中能做的一桩好事。希声万分无奈地苦笑了。为了让乡亲们填饱肚子，就是献出这百来斤躯体那也值得呀！

接下来，春山爷和吴希声都忙得不亦乐乎。春山爷督促各小队磨镰箍桶，安排劳力，又一垄田一垄田去看庄稼，敲定哪些谷穗黄透的上上田要尽快收割归仓。当然，他还少不了要一家一户去做过细工作，叫大家嘴上贴封条，私分预分的秘密不能外传，更不能让刘福田知晓。吴希声要帮助各小队记工员结算工分，清点人头，谁是全劳力，谁是半劳力，谁家口粮多少，工分粮多少，交肥粮多少，军烈属的优抚粮多少，五保户的提留粮多少，各小队的种子粮多少；这其中，还要分出晚稻多少，大冬多少，糯谷多少，粳谷多少，籼谷多少……起码有上万个加减乘除。那年月没有计算器，全靠一把乌木小算盘，噼里叭啦的，吴希声赶了三个昼夜，硬是一笔一笔毫厘不差地算得清清楚楚。看见那些连缀在一起的长长的阿拉伯数字，预想到乡亲们来年能吃饱穿暖，吴希声好像阅读一部莫扎特小提琴曲的乐谱，心里说不出有多快活。

一切几乎都是夏天突击抢收的重复：白天艳阳高照，夜里星稀月朗，春山爷带着一批精壮劳力进山割了三个透夜稻子，新谷又晒过几场大日头，即刻可以过秤进仓。社员们喜孜孜地抓一把谷子，放在嘴里一咬。嗑一粒，嘎叭一声脆响，跟嗑瓜子似的，而且散发着日头的气息，那是多么饱满香脆的大冬谷呀！从春忙到夏，从夏熬到冬，眼看就能让孩子们吃上一顿香喷喷的大米饭了，全村像过年过节一样，一片喜气洋洋。

预分之夜，晒谷坪的四个角落，各自树起四竿三人多高的毛竹。毛竹梢头挑起四盏铁丝编扎的灯笼，灯笼里噼里叭啦燃烧着松明火把，火苗子蹿起半天高，把枫树坪照耀得如同白昼，红了半边天空。男女社员挑着箩筐，扛着麻袋，推着独轮车，拉着小板车，兴冲冲地来了，挤满了能铺下几十领谷席的晒谷坪，吵吵嚷嚷的像圩场一样热闹。老烈属瞎目婆张八嬷拄着根藤条拐杖，也颤巍巍地摸来了。

春山爷连忙迎上去："哎呀呀，八嬷，你老人家来做嘛咯？一会儿就把谷子给你送去呀！"

瞎目婆满脸含笑："我不怕你少我一粒谷子，我是来看看热闹！"

春山爷说："你这目珠，能瞅见嘛咯哟？"

"哈哈！"瞎目婆朗声大笑，"听说今年丰收了，让我闻闻谷子香，听听人气旺，心里也高兴呀！"

春山爷搬了一张板凳来，扶着瞎目婆坐下："行，八嬷！人家看热闹，你老就听热闹，来，坐下听，坐下听！你目珠不便，莫乱跑！"

221

瞎目婆坐下了，又问道："春牯子呀，我就是闹不明白：作田佬自己种出的谷子，大白天不好分，做嘛咯要暗晡夜分，跟做贼样的？"

"这个么，这个么？"春山爷想了片刻，才找到能够自圆其说的理由。"哦，八嬷！暗晡夜分好，老老少少都有得空闲，全村都来了，多热闹！"

"哦？哦！是啊，是啊，闹'文革'了，新鲜事就是多啊！"瞎目婆张八嬷似懂非懂，不再刨根究底了，她听见全场静了下来。

在一堆堆金山似的新谷跟前，主持预分的人员已经摆开架势。春山爷负责司秤，他手下有两个后生哥抬着一杆乌黑发亮的花梨木大秤；吴希声负责记账，手上端着算盘和纸笔；张亮负责报数，拿着本厚厚的账簿，拖腔拖调大声念道：某某某全家人口多少，全劳力多少，半劳力多少，全年工分多少，该分干谷多少，预分干谷多少……

根据张亮报出的数字，社员加以核对，再由春山爷过了秤，就挑起谷子高高兴兴回家。吴希声又把预分到户的粮食一笔一笔上了账，同时把手中的小算盘拨拉得达达响，像戏台上的鼓板一样好听，醉人。

今夜月亮婆婆也格外快活，高扬起一张笑眯眯的红脸，俯瞰着人气蒸腾的枫树坪。每回预分，也是一次评比，整个过程充满戏剧性。哪家分的谷子多，说明哪家劳动好，工分多，哪家就喜眉笑脸，招徕许多羡慕的目光；哪家分的谷子少，不是好吃懒做，就是有老弱病痛，婆娘子少不得有些埋怨。春山爷就要趁机说道说道，打打气，鼓鼓劲。

小算盘哗啦啦敲着，小扁担吱扭扭叫着，小郎哥细妹子满场地跑着，让张八嬷、春山爷这些上了年纪的老人，自然而然想起1929年"红旗跃过汀江，直下龙岩上杭。收拾金瓯一片，分田分地真忙"的红火景象。社员们挑回家的不仅仅是金灿灿的谷子，而且是来年不愁饥不愁饿的日子，谁个不心花怒放啊？经历过三年困难的大饥荒，目睹过村村饿死人，山山添新坟的枫树坪种田佬，真是饿怕了！

忽然，闹嚷嚷喜洋洋的晒谷坪静了下来，乡亲们看见公社主任刘福田披着件军大衣，大摇大摆从小路上走过来，一下子都傻了眼。

"刘主任，你，你，你不是去、去地、地区开会了吗？"春山爷惊得舌头转不了弯，话就说得黏牙倒齿的。

刘福田哈哈大笑："你们分谷子分得闹翻了天，我能不回来凑凑热闹吗？"

春山爷赔着笑脸说："嘿嘿，刘主任，你听我讲，家家户户都断炊了，等米下锅哩，各队就先分点活命的粮食……"

"杨春山，你别演戏了！"刘福田刷地一下变了脸，大声喝道，"你以为我还没被你糊弄够吗？你还想蒙谁呀，啊！"

春山爷继续赔着笑脸："刘主任，你消消气，听我讲，听我再讲两句……"

"还有嘛咯好讲？啊！"刘福田抡起手刀一砍，砍断了春山爷的申辩，"人赃俱在，杨春山，你纵有一千张嘴也抵赖不了！现在，各小队快把谷子挑回去，颗粒归仓，少一粒谷子，我找你们算账！为首分粮闹事的，杨春山，吴希声，还有你——张亮，马上到大队部交代问题！"

刘福田身子一抖，披在身上的军大衣抖落下来，搭在手腕子上，然后，转身走了。啪达啪达地，撩起一路尘土，刮起一阵寒风。

一周前，刘福田又在苦竹院蔡桂花床上做过一次"帐中戏"。事毕，刘福田把蔡桂花搂在怀里情意绵绵说，桂花，下一段日子够我忙的，你这里不能常来了。蔡桂花把头埋在刘福田的胸脯上乞乞鬼笑，你忙，你忙嘛咯呀忙？莫不是又盯上哪个知青妹子？刘福田在蔡桂花腮帮子上叭唧亲了一口，有你一个就够我累了，我还有精神头去找知青妹子？我是真忙，眼看就要开镰割禾了，全公社十五个大队，我又要抓点，又要跑面，你说够不够我忙？蔡桂花从刘福田胸口抬起头，一脸的不屑，我看你们这些土地爷，也真可怜！从年头忙到年尾，从鸡叫忙到鬼叫，东跑西颠的，兴兴抖抖的，就盼着能出成绩能升官。刘福田说，算你讲对了，比如这枫树坪，我下来蹲点才一年，田里的谷禾长得多壮实，我看今年一准能增产，我能不高兴！蔡桂花耸耸鼻子哼了声，做梦去吧，增产？

随后，蔡桂花就把枫树坪连年瞒产私分的秘密告诉刘福田。

刘福田一下从床上坐起来，把一双眼睛瞪得像牛卵泡，连连摇头说："鬼话！鬼话！不可能！不可能！枫树坪穷得叮当响，也能搞'瞒产私分'？再说王秀秀是我婆娘子，王茂财是我丈人老，他们从没跟我吐过一个字。"

蔡桂花伸出一根笋尖似的食指，在刘福田的额上戳了一下说："刘福田呀刘福田，我讲你真是个二百五！'瞒产私分'这种事，人人有分，人人受益，何况王秀秀待杨春山那老鬼像亲爷一般，你不过是个外来干部，谁愿跟你透个风啊？"

"可是你……"

"唉！我和你，谁跟谁呀？过去是造反派战友，如今穿一条裤子！"

其实，蔡桂花出卖枫树坪还有更复杂的原因：她和老公拐子牛都是游手好闲的货，一不下田，二不种地，每年分到门下的谷子自然都是最少的；再则，蔡桂花的"大众影院"招蜂引蝶，伤风败俗，春山爷剋过她好几回，蔡桂花早把杨春山恨得满嘴牙痛。

刘福田一把把蔡桂花揽在怀里，心肝！妹子！我的宝贝蛋子！肉麻牙酸地叫个不停嘴。真没想到呀，一个只会演"帐中戏"的风尘女子，竟比结发妻子王秀秀更贴心，更肝胆，令刘福田十分感动，用造反派的话说，她蔡桂花真算得上"一条战壕里的亲密战友"。

　　第二天，刘福田背起包袱，拎着雨伞，搭上一部去县城运化肥的拖拉机。一边大声响气地跟春山爷交待了一些秋收冬种的事项，扯旗放炮地走了。拖拉机突突响着，出了村，上了路，消失在弯弯曲曲的盘山土公路上，那是全村老老少少都亲眼看见的。

　　过了五天，当乡亲们正在吃夜饭的时候，刘福田悄悄潜回枫树坪。他既没回家，也不去大队部，径直拐进村西头的苦竹院。刘福田在蔡桂花面前突然亮出一条橙红色的新疆纯羊毛围巾，——在那个年代，这算得上一件非常珍贵的奢侈品，——让蔡桂花眼睛一亮，满脸开花了。情妹子提供了重要情报，刘福田特意在县城百货商店买了这礼物来犒赏她。然后，又搂着蔡桂花舒舒服服地睡了一觉。待拐子牛把刘福田从温柔之乡唤醒，他迷迷糊糊睁开眼，推开窗，听到村街上人声鼎沸，看见晒谷坪灯火辉煌，这才不慌不忙起床，披上一件军大衣，打着手电筒，朝那如火如荼、欢天喜地的分粮现场走去。

225

　　真是神机妙算，出奇制胜啊，当刘福田出现在朗如白昼的灯光下，全村乡亲好像见到突然从地缝里钻出个活阎王，一个个瞪目结舌，把万分的惊愕、疑惑、不解、失望与恼怒，全都凝固在一片铁一般的沉默中。

　　"好啊！好啊！你们干的好事！你们自己说，该当何罪？"

　　刘福田坐在大队部那张古色古香的太师椅上，前面隔着一张破旧的办公桌，得意忘形地嘲弄着奉命而来的杨春山、吴希声和张亮。

　　"你言重了吧，刘主任！我实在不知道，社员们自己分自己种的粮食，一不偷，二不抢，何罪之有？"春山爷不看刘福田那张臭脸，自己拖过一张凳子坐下了。

　　吴希声和张亮却不敢落座，惴惴然站着，勾头耷脑，低眉顺眼，一脸大难临头的惊惶。

　　"杨春山，你还敢嘴硬？"刘福田一拍桌子，桌上的茶盘茶杯乒乒乓乓跳起"忠"字舞，"我来问你：你们公粮交足了？统购任务完成了？公社提留粮交清了？哈哈，你们真是吃了豹子胆哟，我这个公社书记兼革委会主任就在枫树坪蹲点，我去地区开会前，还再三再四跟你交待：没我发话，不准动一颗粮食。好，你们眼里就是没我这个公社领导，不等我回来就开仓分粮，这是嘛咯道理？"

春山爷在解放前当过"白皮红心"①保长，再刁钻可恶的白狗子、还乡团都对付得了，还怕你刘福田？春山爷掏出竹脑烟管，从烟荷包里捻出一撮烤烟丝，不慌不忙装好，点上，吸了两口，回答道："刘主任，你是饱汉不知饿汉饥呀，我们村十家有八家揭不开锅了，不预分点粮食救救急，闹出人命来谁负责？"

"哈，你还有理了？"刘福田叱问道，"你们是预分一点粮食救急嘛？看这账簿上，哪一家不是挑回十担、八担谷子？"

春山爷说："今年年景好一点，让大家多分一点，天公地道。"

刘福田说："枫树坪仅仅是今年年景好吗？去年，前年，大前年，你们年年都搞瞒产私分，还想蒙我不成？"

"有这档子事？我怎么不晓得？"春山爷继续装傻。但他心里却大吃一惊：糟了，准是有人出卖了枫树坪！告密者会是谁？秀秀？王茂财？还是蔡桂花？春山爷脑子里轳辘辘转着，眼神里泄出一丝慌乱，随后又镇静自若，埋头叭哒叭哒抽烟。

"你真会装蒜呀，杨春山！你一向蔫头蔫脑，迷迷糊糊，三锥子扎不出个屁，装成个十足的糊涂蛋。谁知你比狐狸还精，比泥鳅还滑，搞瞒产私分已经搞了七八年了，历任公社领导都蒙在鼓里，总以为你们枫树坪是全公社最穷的大队。又谁知你一向欺骗

---

① 民主革命时期，闽西苏区，指派一些坚定可靠又能随机应变的共产党员，担任国民党政权的乡长、保长，明里打着国民党的旗号，暗地里给红军游击队送粮、送药、送信。民间称这种保长为"白皮红心"保长。

组织欺骗党！杨春山，你自己说，你该当何罪？"

春山爷埋头吸烟，一声不吭。

刘福田又把狠毒的目光转向两个知青哥："还有你，吴希声！还有你，张亮！好啊，两个狗头军师，竟敢躲在背后煽阴风，点鬼火，造假账，策划瞒产私分，破坏集体经济，公然鼓吹资本主义，简直无法无天！"

刘福田列一条罪状，扣一顶帽子，希声和张亮心里就格登一下，像被人抽了一鞭子。

刘福田哗哗地翻着桌上的账簿，继续嘲弄两个知青哥："看，看，看，这些流水账做得多精，多细，一笔笔钢笔字，写得多漂亮！可惜呀可惜，党培养你们上学读书，学了文化，就是让你们当地下会计，搞瞒产私分，用两面三刀的手段来对付共产党？"

吴希声和张亮不敢吱声，额头上都爬满了豆大的汗珠子。春山爷怕两个知青哥受委屈，冲刘福田大包大揽说："刘主任，搞瞒产私分，没他上海知青的事，都是我杨春山的主张，有天大的事都由我来承当！"

"好啊，杨春山！"刘福田冷笑一声，"你还想充硬汉是不是？告诉你吧，你们瞒产私分，抗粮不交，就是搞反党地下活动，这个责任你承当得起？"

"哈哈，嘛咯反党？"春山爷也冷笑几声，"刘主任，我入党的时候，你娘肚子里还没有你哩！告诉你吧，我活了这一大把年纪，运动经多了，帽子戴多了，我怕嘛咯？你快快把他们放了，要去公社，要上县城，我杨春山奉陪到底！"

刘福田火冒三丈，食指直指春山爷："啊哈，杨春山，你……你……你搞阴谋诡计，还敢这样嚣张？"

"刘主任，莫急，莫急，有理不在声高呀！你听我慢慢地摆事实讲道理。"春山爷又装了袋烟，把左腿架在右腿上，让自己坐得舒服点，"你说我搞阴谋诡计，这阴谋诡计也是你们硬逼出来的。乡亲们一年到头累死累活，还填不饱肚子，你说要不要瞒产私分？

227

这七捐八税，跟国民党一样厉害，农民简直没法活了！……"

刘福田一拍桌子，桌上的茶盘茶杯又乒乒乓乓跳起"忠"字舞："杨春山，你敢讲反动话！"

"这不是反动话，这是大实话。你让我讲完好不好？刘主任，你知道乡亲们怎么说你们这些坑民害民的干部吗？"春山爷不急不躁，扳着手指头，一桩桩一件件地数落着，"我们割一兜禾，要交公粮；割两兜禾，要完成统购粮；割三兜禾，要交公社办公提留款；割四兜禾，要交民兵军训提留款；割五兜禾，要交治安防火提留款；割六兜禾，要交公社办学提留款；割七兜禾，要交公社卫生提留款；割八兜禾，要交全民修路费；割九兜禾，要交全民办电提留款；割十兜禾，要交计划生育提留款……看看看看，社员们没黑没夜地干呀干呀，要割到第十一兜禾，才有自己的份。刘主任，请你想一想，不是你们把社员们逼急了，我们会去搞瞒产私分？"

刘福田被春山爷说得脸上红一阵，白一阵，屁股坐不住了，霍地站起来："杨春山，你这张嘴，黑的也能讲成白的，死的也能讲成活的。我不跟你们啰嗦了，走，你们几个都跟我到公社去，看我怎么治你们的罪！"

春山爷腰杆一挺也站起来。"走就走，要去我跟你去！莫说去公社，上县上省上北京，我奉陪到底！但是，没有吴希声和张亮的事，你不能为难他们！"

刘福田一拍桌子，桌上的茶杯茶盘又乒乒乓乓跳起"忠"字舞。"不行！他们是你的同谋，你想包庇他们，办不到！"

"刘主任，你凶嘛咯凶？"春山爷声音不高，话却很有分量。"我今天把话说在前头了，你来我们枫树坪干了嘛咯好事，你自己心里有数，我们社员心里也有一本账。你要敢把事做绝，把棋走死，等着吧，不会有你的好果子吃！"

刘福田立马听出这话是指他强暴蓝雪梅那档子事，心里就有些慌，却更加恼羞成怒，暴跳如雷："杨春山，好啊，好啊，你

张八嬷把有目无珠的眼睛对准刘福田，整个大队部一下子静下来。

敢对抗上级！我给公社挂个电话，叫武装部派民兵来，马上把你们捆了去！"

刘福田说着就拿起办公桌上的电话。那个年代县乡以下的电话，还是有线手摇式的老爷机。刘福田使劲摇着电话，嗞啦嗞啦的，半天没有摇通，气极败坏，满头汗水。这时候，又有一大伙打着火把的社员涌进大队部，七嘴八舌地吵成一锅粥：

"刘主任，要抓人呀！好，你把我们枫树坪人都抓去！有人管饭，我们更安乐！"

"有理走遍天下，无理寸步难行，怕嘛咯？刘福田，你还想来蛮的！"

"莫说来民兵，来解放军，我们也不怕！"

这时，娟娟扶着张八嬷颤巍巍走了进来。凭一个瞎目婆特别灵敏的听觉和嗅觉，她断定已经站在刘福田跟前，张开没牙的瘪嘴问道："你这位就是公社的刘主任吧？"

全场静了下来。刘福田"嗯"了一声。

张八嬷说："刘主任，你能不能听听我这个瞎目婆讲两句？"

刘福田无可奈何，又"嗯"了一声。他知道这个老婆子当年接济和掩护过红军游击队，认识许多大人物，可不是好惹的，只得耐着性子听她说下去。

"你晓得我这双目珠是怎么瞎的吗？"张八嬷把有目无珠的眼睛对准刘福田，整个大队部一下子静下来。

自打红军长征以后，张八嬷就是闽西游击队的接头户。三年游击战争那时候，这一带村村寨寨驻扎着白狗子、还乡团，把红军游击队团团围困在山上，吃没得吃，穿没得穿，住没得住，硬是想把红军饿死困死。乡亲们就凑了米，省了盐，买了药，装在扦担里，藏在裤裆里，趁上山砍樵耙田做农活，悄悄地送给红军游击队。有一回，张八嬷被白狗子逮住，要她招出游击队的下落。张八嬷不讲，白狗子就把刺刀戳着她的小崽子。那年，张八嬷可怜的小崽子还不满六岁呀，又是独根苗苗！这可怎办哪？白狗子用刺刀逼住张八嬷：你讲不讲？不讲就毙了你的崽！张八嬷说，我一个婆娘子晓得嘛咯游击队？要毙你就毙了我吧！那畜生就砰的一枪，把张八嬷的小崽独苗活活地毙撒了！张八嬷一下晕死过去。白狗子还不肯放过她，拎来一桶水，劈头盖脸浇下来，把张八嬷弄醒了，一把白晃晃的刺刀对准她的脸，比来画去追问道：游击队在哪里？你讲不讲？不讲就挖了你的目珠喂狗吃！张八嬷瞪着眼，闭着嘴，一句话也不讲！白狗子真的噢的一下把刺刀捅过来，硬是剜下张八嬷一双好端端的目珠子……

张八嬷可歌可泣的事迹，曾被一个作家写成革命故事，编入当地中小学的乡土教材，在汀江县家喻户晓，难道还用得着她老人家重说一遍吗？

刘福田嘿嘿干笑道："张八嬷，你老的故事，我读小学就听过哩，还能不知晓？"

"知晓就好，知晓就好！"张八嬷说，"刘主任，打江山那阵子，老百姓是拼着身家性命给红军送粮送药的，如今你们坐江山了，作田人要分点自己种的粮食，犯了哪家王法？你还要叫民兵来捆人？好啊，好啊，要捆人，来来来，头一个先捆我张八嬷！"

张八嬷一番话，说得乡亲们怒火烧心，许多粗的细的男的女的嗓门齐声吼叫："是啊，我们到底犯了哪家王法？你要敢捆人？好，都捆上吧，我们跟你上县城，上省城，上北京！"

正当大队部闹闹嚷嚷吵成一锅粥，只听一个女声尖尖的惊叫压倒了一切：

"哎呀，不好了！秀秀，你是怎么啦？"

全场顿时静下来。

前一会儿，秀秀挺着个大肚子，也跟着三五成群的人流涌进大队部。秀秀看见刘福田——自己的丈夫——这般作威作福，欺压百姓，她又羞又愧又气又恼又惊又吓，脸就白了，头就晕了，颤颤抖抖地站立不住，哧溜一下子，倚着墙角落跌坐在泥地上。娟娟眼疾手快，连忙过去搀扶秀秀。好些个婆娘子细妹子也围了

231

上来，七嘴八舌的，问秀秀摔痛没有？碍不碍事？——都担心秀秀伤了肚里的小崽子。

挤在人群中冷眼旁观的蔡桂花，早为刘福田的尴尬处境捏着一把汗，可又说不上话，帮不上忙，这时灵机一动，惊乍乍地大呼小叫："乡亲们哪，不要吵了，不要闹了，快快救人要紧呀！"

刘福田急慌慌地奔过去搀扶秀秀，同时高声扬言："杨春山，你们几个听着，我先送我婆娘子回家，明天再跟你们算账！"

像一只落水狗爬上块门板，刘福田顺着梯子下了台，一边骂骂咧咧，一边架着秀秀出了大队部。

春山爷怕秀秀有个三长两短，又担心晒谷坪上的谷子淋了露水会发霉，懒得跟刘福田纠缠了，忙着招呼社员们去晒谷坪收谷子。

一走进苦竹院，刘福田就觉得整个世界都静了下来。昨晚那场风波真可怕，差点把他的脑袋瓜炸裂开。这个温馨的小院却是个避风港。左右没有邻舍，前后没有行人，孤零零一座小院，藏在村尾的山弯弯里。院内，几丛苦竹在晨风中轻声细语，一群禾雀子在枝头唧啾歌唱；连拐子牛也被蔡桂花支走了，这会儿就他们"战友"两个，相好一双。刘福田全身的神经都放松了。

"阿田，看看，你脸上青青的，昨暗晡夜都没睡觉吧？"蔡桂花沏了一壶清茶，搁在茶几上。

"唉，气都气死了，还能睡觉！"刘福田懒懒地在椅子坐下，"桂花，你看，这个烂摊子如今怎么收拾好噢？"

"唉，事情是有点头痛了。"蔡桂花也是垂头丧气的，说话的口气很有几分埋怨了，"你一个大主任，办事毛里毛躁的，动不动就想抓人捆人，能吓唬谁哟？"

刘福田想想也是。这步棋实在走得太臭了。唉，从"炮打"县委书记造反起家，到坐上公社主任宝座，他打过多少"派仗"，经历多少风浪，还没栽过跟斗呢，而今却在小小的枫树坪翻了船。

这口气怎么咽得下？

蔡桂花筛了一杯清茶，端到刘福田跟前说："阿田，喝茶，喝茶，你先不用急！办法总是人想的。"

淡淡的清香随着一缕白气，袅袅地飘散开来。刘福田吸着烟，品着茶，默神好一会儿，才理出个头绪，向蔡桂花讨教说："桂花，我面前现在有三条路，你给我参谋参谋，看看走哪一条好？"

蔡桂花说："嗯，我听着。"

"一条路是甩手不管，任他们去'瞒产私分'。反正也不是分我刘福田的粮食。我就睁一眼闭一眼的，好人做到底。管他娘的哟，我一个月有三十二元五角工资，一分也不会少的。"

"这条路我看不好。你甩手不管，在别人看来就是认输，杨春山他们求之不得，当然不会再来惹你，可是，你从此威风扫地，日后你休想再管枫树坪的事，更休想在枫树坪蹲点了。"蔡桂花抛了个媚眼撒了个娇，"这么一来，老妹我长久见不着你，还不叫我想死哟！"

"嗯，有理，有理。"刘福田笑了一下说，"我再说第二条路。这第二条路么，就是跟他们斗。我立马叫公社武装部派几个民兵来，把杨春山、吴希声、张亮捆到公社去法办……"

"不行，不行，这条路更走不通！"刘福田的话还没说完，蔡桂花便使劲摇头否决，"你又不是不晓得，枫树坪人都有一股子犟脾气。牛不喝水还不敢强摁头哩，你又想来蛮动武，小心被老牛捅你一下尖尖角。"

刘福田说："我就不信，我亲自抓住他们瞒产私分，人赃俱在，还治不了他们的罪？"

蔡桂花说："请你不要忘记，枫树坪是个二十多年红旗不倒的基点村，像杨春山、张八嬷这些老家伙，刀枪架在脖子上都不会眨一眨眼，还怕你派来几个民兵崽子？"

"嗯，这话也有道理。我再说说第三条路吧，那就是跟杨春山他们讲和。我找杨春山单独谈谈，双方各退一步。我不治他们的罪，可他们瞒产私分也得有个谱，要交足公粮统购粮，今年上报的产量也要高过往年。"

"好，高！"蔡桂花轻轻拍了拍巴掌，"我看只有讲和才是上策。老话说，退一步海阔天高，进一步逼虎伤人。你不追究杨春山他们的责任了，那老家伙自然不会再来惹你。这么一来，乡亲们能够吃饱饭，枫树坪又增了产，你下来蹲点还出了成绩。上上下下都讨了个好，说不定你还能升官呢！"

刘福田心中大喜，没想到蔡桂花一个妇道人家竟如此有心计，有见识。不过，要他给杨春山作出让步，他心里还是很憋气的。只是他想起他那奸刁枭恶的阿婶有许多名言妙语，什么"要学孔明千般计，莫学咬金三斧头"，"能屈能伸大丈夫，能进能退是高人"……也就豁然开窍，决心去走这第三条路。

第二天，刘福田主动登门拜见春山爷，痛责自己办事鲁莽，目无群众，更对不起他春山爷、张八嬷等等老革命。春山爷甚是纳闷，暗想这个活阎王怎么一夜之间就变成一尊观音菩萨了？但春山爷看到刘福田眼含泪花，语气真诚，就差没有叩头下跪，心也软了，气也消了，就挥挥手说，唉，算了，算了，你心里能装着群众，比嘛咯都强呀！刘福田感谢不尽，又趁机讲了一番如何处理好国家、集体和社员三者利益的大道理。几经讨价还价，双方达成如下协议：

　　一、对于枫树坪的瞒产私分，公社不予追究，刘福田还为自己的鲁莽向春山爷道了歉；

　　二、枫树坪今冬的粮食预分到此为止，余下的粮食首先要保证完成公粮和征购粮；

　　三、统一口径向上报告，1975年枫树坪粮食大丰收，总产量比上年增加二成五。

最后一条对刘福田来说至关重要。刘福田下来蹲点才一年，

234

就把枫树坪戴了二十多年的落后帽子摘了，叫县、地两级领导刮目相看，一连来了几次电话，催促刘福田去地区开会，要他在全专区介绍先进经验。

就在这时候，刘福田家双喜临门：他的婆娘子王秀秀给他生下个又白又胖的小崽子。

十天之后，刘福田在地区开完会，急匆匆往家赶时，一遍又一遍地掐指计算：从他与秀秀洞房花烛之夜算起，满打满算也才八个月零五天，秀秀肚子里的小崽子怎么待得不耐烦，提早一个多月就呱呱坠地了？

回到家，刘福田抱起小崽子左瞧瞧，右瞅瞅。刚出娘肚子的婴儿，脑壳还没有成人的拳头大，小脸蛋红嘟嘟的，目珠皮瞇耷耷的，额头上有几丝抬头纹，像个小老头似的，也看不出个究竟。但是，刘福田仍解不开心头疙瘩，就神经兮兮问道："秀，我记得至少还有个把月吧，这小崽子怎么就急慌慌蹦出来了？"

秀秀心里一惊，脸上却是怒气冲冲，以攻为守反问道："还问我呢？问你自己吧！"

"我怎么啦？"刘福田故作惊讶地叫起来，"结婚前，我可是没碰过你一个指头。"

"呸，谁跟你说这个啦！"秀秀把脸撇向一边，用冷冰冰的背脊对着刘福田，"你也不想想，为了瞒产私分的事，你跟春山爷大吵一场，得罪了全村乡亲，害我当场摔倒。从那天起，我一直担惊受怕，大病一场，你却不顾我的死活，照样去地区开会，一走就是半个多月。唉，要不是我阿爸把我送到公社卫生院去抢救，恐怕你连婆娘子、小崽子都见不到了！"

"哦，这么说是早产了。"刘福田心上的石头这才落了地。他抱着小崽子喜孜孜地跑来跑去，"喔喔喔，我的心肝宝贝蛋，快快长大吧，长大了跟你阿爸一样当主任！"

秀秀脸上没有表情，心里却自说自话：做梦去吧你个活王八！

235

这崽子又不是你的骨肉，总有一天，我要叫崽子去认他亲爸！

刘福田给崽子起名刘文革。秀秀说这个名字不好听，嘛咯土改呀、抗美呀、跃进呀、文革呀，多如牛毛，又土里叭唧。刘福田说，我刘福田转运靠"文革"，白手起家靠"文革"，娶妻在"文革"，得子在"文革"，对"文革"有种特殊感情，给崽子起名"文革"，再恰当不过，再响亮不过，没商量了，就这么定啦！

秀秀也不顶牛。她自己给小崽子起了个小名叫槠槠。只有她自己知道，这个别致的小名，把自己、希声和小崽子三者紧紧穿在一根线上，别有一番含辛茹苦的意味，那是不能为外人行晓的。

刘福田对自己当父亲的真实性，心里一直不踏实。后来，他又试探好几次，既抓不到把柄，又惹得秀秀生气，便不再追问。事实上，刘福田也没有心思来追查了。刘福田很快飞黄腾达，提升到县里去当县革委会副主任，整天上蹿下跳，开会出差，忙得屁颠屁颠的，哪有空闲来弄清小文革是不是他的亲生崽。一个人当上官，往往就像坐上一张魔椅，总想一级一级往上爬，当更大的官，揽更大的权。刘福田哪有工夫去管自己是不是戴了绿帽子？

第十一章 藤树相缠

比起老猴王来，美猴王更加年轻力壮，欲火旺盛，孙卫红就有些不胜其烦。不管美猴王柔情脉脉地梳理，还是强暴般进入，孙卫红都冷若冰霜，敷衍了事。缱绻之情，床笫之欢，不能疗愈孙卫红失去爱崽之痛。伙伴们在草地上玩耍，花样翻新，孙卫红看也不想看；猴崽们采来许多鲜果子，你争我夺，孙卫红头也不肯抬。猴哥们都说，孙卫红是有史以来最不肯合群又孤芳自赏的猴皇后。

每天拂晓——那是小猴崽遭难的时间，孙卫红早早醒来，就开始漫无目的地四处乱跑。跑着跑着，它就到了一个月前出事的深涧。孙卫红站在悬崖上愣了好久，接着缘涧而行，上跳下蹿，攀上每一棵树，蹬上每一块岩石，希望能找回它丢失的猴崽。但一切都徒劳无功，孙卫红就对着蓝天呼叫，对着流水呐喊，直喊得嗓子嘶哑，哭得唇角流血，它才夹着尾巴回到美猴王身边。

孙卫红对成年猴哥不理不睬，对幼猴小猴却特感兴趣。只要见到一只还在吃奶的小猴崽，孙卫红立即金眼一亮，飞奔过去，不管三七二十一，一把掳过来，抱在怀里亲呀，驮在背上耍呀，弄得许多母猴都跟孙卫红翻了脸，常常打得死去活来。慢慢地，正奶着猴崽的母猴们，一见到孙卫红就退避三舍，逃之夭夭。后来，孙卫红想崽子想急了，常常把一截木头或一束干草抱在怀里，

237

就像抱着只小猴崽，一边哼哼唧唧，一边迷迷糊糊睡去。

猴哥们纷纷奔走相告：糟了，糟了，我们的猴皇后疯了！

秀秀一觉醒来，一片暖融融的晨光已经铺展在窗台上。好长日子了，她没有像昨夜那样睡过踏实的好觉。看看睡在身边的小崽子楮楮，小脸蛋被暖被窝烘得红扑扑的，像个熟透了的红苹果。秀秀笑了一下，心头涌起莫名其妙的喜悦。这是怎么啦？这样的好心情秀秀自己都感到有些陌生和惊异。哦，她终于想起来，刘福田不在枫树坪了，他走了。因为下来蹲点，枫树坪增了产，他政绩突出，便提拔了，高升了。昨天下午，县里派来一辆北京吉普，刘福田带着一副踌躇满志趾高气扬的笑容，跨了上去，随后，探出头来向婆娘子、小崽子和丈人老挥手告别，像个大首长那样谆谆嘱咐："回吧，回吧，我到县里去上班了！家里有事，就去大队部给我挂电话。"嘿，这家伙一走，秀秀心头顿时卸下块大磨盘，少了许多压抑和烦恼，全身心都轻松了。

刘福田一走，风和日丽的春天接踵而至。枫溪里春水涨满了，水田里秧苗转绿了，旱地里红花草绽苞了，枫树枝头的叶芽儿冒尖了，连林子里鸟儿的歌声也格外的热烈欢快。枫树坪的男女老少全都松了一口气，该笑的笑，该乐的乐，神聊海吹，全无顾忌。真是奇里怪了，一个人的存在，竟会搞得全村鸡犬不宁；一个人的离去，村里又风平浪静。就像被狂风搅得浊浪滔滔的枫溪，重现琉璃一般的澄碧，只在转瞬之间。

秀秀的心情很快好起来，常常抱着小崽子走家串户，满村街地转悠。那是一种显摆，一种展览，刚做过月子脸色还有些苍白的秀秀，喜欢在人们的夸耀中获得一种母性的幸福。可是这种展览多了，一些细心人就看出点蹊跷来。一个绝密的消息开始在插队知青中不胫而走："嘿，你们去看看呀，秀秀那小崽子可像吴希声了，说不定是他弄出来的私生子。"

这个秘闻很快传到张亮耳里。张亮立马去看了一回小文革。

　　果然，这小崽子像极了吴希声。张亮便有报了一箭之仇的快感。这天吃过夜饭，他踱进希声房间，神秘兮兮地瞅着希声一直笑。

　　吴希声莫名其妙："你神经有病？"

　　张亮笑得更厉害了："嘿嘿，真看不出呀，你小子还蛮有两下的！"

　　吴希声更是纳闷："有话你就说呀！什么三下两下的？"

　　"嘿嘿！"张亮继续鬼笑，"哎，我问你，你到底去看过秀秀的儿子没有？"

　　吴希声懒洋洋地靠在床头上："咄，她生她的儿子，跟我毫无关系，我去看她的儿子干什么？"

　　"你知道秀秀那崽子像谁吗？"

　　"我吃饱了撑的，人家的孩子，我管他像谁？"

　　"好啊，吴希声！"张亮诡谲的目光在希声脸上溜来溜去，"你敢说秀秀的儿子跟你没有关系？"

　　"你知道，我跟秀秀早闹翻了，她的崽子跟我有什么关系？"

　　"可是，闹翻之前呢？"

　　吴希声的声音就软了下来："那也没有任何关系。"

　　张亮穷追不舍："好你个吴希声！你有没有动手动脚？"

　　"没！"

　　"有没有kiss秀秀？"

　　"没！没！"

　　"有没有那个、那个……在一起困觉？"

　　"唉呀呀，你无聊不无聊！"

　　张亮的追问步步逼进，把希声逼到墙旮旯里。张亮发现吴希声既心虚，又脸红，觉得已经得到他所期望的答案，心中大乐，哈哈笑道："吴希声呀吴希声，你不要嘴硬，人家都说秀秀那小崽子一点也不像刘福田，而是像你，像得跟一个模子倒出来一个样！"

　　吴希声愈发窘迫，连脖根也红了："扯淡，扯淡，十足的扯蛋！"

　　吴希声脑子有些迷糊了，目光投向窗外的天空，想起前年深秋的午后，他把落水的秀秀救起之后，在密不透风的苦槠林中，曾经有过一次电光石火的喷发。可是，那仅仅是匆匆一触呀，他就从秀秀身上滚落，被秀秀骂做"窝囊废"，还挨了一记响亮的耳光，那也能播下自己的种子？

　　吴希声既有些犯疑，又有些兴奋，期期艾艾地向张亮讨教："不过，我……和她……在一起的时候，抱一抱，亲一亲，也是有的，那……那……那也会弄出什么事情来吗？"

　　张亮忍不住幸灾乐祸了，狠狠给了吴希声一拳。"行啊，好小子！这事干得好！干得漂亮！你还吞吞吐吐做什么？他妈的刘福田是什么东西！连毛主席派来的女知青他都敢干，你吴希声操了他的婆娘子又有什么关系？……"

　　吴希声脸阴下来，有些不快了："嘿，你怎么这样说话？"

　　"这样说话又怎么样？我高兴呀！希声你真是好样的！你给他刘福田戴上一顶绿帽子，也算解了我心头之恨……"

　　张亮的话还没说完，吴希声也给了他一拳。"闭嘴，你放啥狗屁！"

　　吴希声真的恼了，出手就狠了点，把张亮打了个趔趄。这个书呆子是极少说脏话，更不会动手打人的。他不能容忍张亮对他与秀秀的感情有所亵渎，更不能让张亮拿一个女人作为报复另一个男人的工具，何况这种报复是十足的阿Q遗风。

　　张亮愣了片刻，看吴希声真的动怒了，便困惑不解地问道："咦，你这窝囊废！秀秀原本是你的人，刘福田硬是从你手中抢了去。你不恨刘福田，竟然打我？"

　　吴希声说："我不准你侮辱秀秀，她是无辜的！"

　　"哦，那也是，那也是！"张亮立即认了错，"不过，希声！耳闻为虚，眼见为实。这样吧，我们去亲眼看看秀秀的小崽子，让你心中有个数，怎么样？"

吴希声犹豫着，担心碰上刘福田，对自己对秀秀都不好。张亮却满不在乎："怕个屁哟！那小子升官以后，到县衙门去上班了，很久不回枫树坪，我们不会碰上他的。"

"明天再说吧！睡觉，睡觉！"吴希声脱衣躺下了，往事如潮涌上心头。真的，要不是张亮提起秀秀的新生儿极像自己，吴希声根本不会想到那次酸涩的遭遇会结出什么果子。就那么匆匆一触，没有时间的维度，没有空间的深度，也能算作男女交媾？吴希声记得，他当时除了紧张、恐惧、好奇，几乎没体验到丝毫快意，哪能开花结果呢？已经二十出头的吴希声，对于男女性事和生命的起源，还是懵懵懂懂、不甚了了的。现在，张亮说得那么肯定，那么玄乎，吴希声就不能自已地被一种莫名的激动与好奇攫制住，恨不得立马去看看秀秀的小崽子。嘿，说不定"无心插柳柳成荫"，在不经意中就做了父亲呢？

哈哈，那真是莫名其妙！

241

第二天午后，张亮把希声拽到村街上转悠。这个时候有得空闲，几个到了该做母亲年龄却连对象也不知在哪里的女知青，对秀秀的小崽子总是特感兴趣，要去抱一抱，逗一逗，亲一亲，乐一乐，体会一下幻想中为人之母的滋味。果然，一会儿工夫，一个福州女知青抱着秀秀的小崽子出来聊耍，把许多年轻人吸引到石板桥头。张亮攥着希声凑了过去。

"啧啧，这小崽子果然长得漂亮！"好几个知青啧啧称赞。

张亮问道："咦，秀秀呢？"

一个女知青说道："还在灶头忙着哩！"

"哦！"张亮放心了，一对眼珠子像飞梭似的，在小文革和吴希声的脸上溜来溜去，"你们看，这小崽子像谁？"

吴希声不说话。他已经看呆了。

一个福州女知青笑嘻嘻地打量吴希声："喂，吴希声，你看看，这小崽子像谁？"

吴希声的目光几乎黏在刘文革的小脸蛋上，像解读一个奇妙深奥的谜语，老半天回不过神来。

张亮说："喂，希声，你傻了怎么的？说话呀，像不像你？"

一个厦门女知青说："还用看吗？瞧瞧，这细长的眼睛，这高高的鼻梁，这一对招风大耳朵，啧啧，真是……"

吴希声像一根木头戳在那里，脸上愈发的红，身上愈发的热，心里愈发的慌。他觉得，人们欣赏秀秀的小崽子，其实是在审视他那一段不可告人的隐私。

那小崽子实在太讨人喜欢了，大家就顾不得吴希声的尴尬，厦门女知青继续说："你们还没有留意这孩子的小手呢！"她轻轻托起小文革一只白嫩的小手，像托起一件精美的古典牙雕，供吴希声和张亮欣赏，"瞧，他这小手的五个手指头，多么细长，指间的距离分得多开，啧啧，天生也是拉小提琴的料呢。"

"胡扯八道！"吴希声突然冒了一句。他既兴奋，又羞臊，浑身汗涔涔的，脸上火辣辣的，连头发根也要起火了。霎时间，他满脑子都是一个仙女般的女性胴体发射出的白晃晃的光芒……

"我的妈呀！真是愈看愈像，愈看愈像，简直一个模子倒出来的！"一向粗鲁的张亮竟变得斯文起来，优雅起来，向福州女知青央求道，"喂，能不能，让我……抱抱？"

福州女知青说："行，动作轻点，别毛手毛脚！"

"嚯，多漂亮的小傻瓜蛋！"张亮抱着小文革在老枫树下晃悠了好一会儿，陶醉至极，开心至极，就问吴希声，"喂，你，要不要抱抱你的儿子？"

吴希声受了人类天性的诱惑，已经顾不得张亮的话说得有些过分，默默地从他怀里接过小文革，紧张兮兮地抱着，正是那种"捧在手心怕摔了，含在嘴里怕化了"的怜爱至极的神情。同时吸溜着鼻子，嗅着幼婴身上充满乳香的气息——当然也就闻到了秀秀身上芳香的气息——像喝了一壶美酒，有些陶醉，有些眩晕。天呀，这小崽子难道真是我的儿子？我真的做了父亲？

这时候，秀秀闪出自家院门，一边解围裙，一边擦着手，轻盈地走了过来，满脸挂着做了母亲的幸福微笑。但是，当她看见小崽子抱在希声怀里，一张在月子里养嫩养白了的脸，一下子就红到脖子根。

"咦，这，这……"秀秀嗫嗫嚅嚅地，不知所措。秀秀已经好久不和吴希声说话，在大庭广众之下，自然更不敢先开口叫他。

还是那个福州女知青机灵，急中生智地打圆场："嘿，秀秀，你这小崽子真是人见人爱呀，谁不想抱抱！希声刚打这里路过，也想亲一亲，抱一抱，嗅一嗅奶臭味呢！"

张亮讪笑着附和："对，对，秀秀，你这孩子真漂亮！真可爱！让我们抱抱你不见怪吧？"

"怎么会呢？"秀秀十分尴尬地笑着，"不会的，不会的！就怕小崽子屙屎屙尿，弄脏你们的衣服。"

好几个女知青就嘻嘻哈哈说："那怕什么？小崽子屙屎来金，屙尿来银，说不定能给我们带来什么彩头呢！"

吴希声笑也不是，哭也不是，抱着孩子不妥，交出孩子也不妥，吓得脸上五官挪了位。那个福州女知青连忙把小文革从希声手中抱过来，然后又自然然地交到秀秀怀里，这一幕小喜剧才有惊无险地落了幕。

回到知青楼，张亮又急着追问吴希声："怎么样？那小崽子像不像你？"

吴希声仿佛还沉醉在方才甜蜜的情景中，眼神呆呆的，脸上木木的，根本没听见张亮的问话。

张亮就提高嗓门吼叫："喂，吴希声，你傻了！那小崽子像不像你啊？"

吴希声这才矜持地回道："别乱说了，我看他更像他妈妈。"

"可是，那小手上的手指呢，细长得不成比例呢，除了你，能是谁的种呀？"

吴希声愣了好一会儿，忽然捧住一张脸抽抽泣泣哭起来：

243

"哎呀呀，张亮你这个大混蛋，我心里乱糟糟的，求你别说了好不好？"

张亮吓了一跳，三缄其口，不敢再在吴希声跟前提起秀秀的小崽子。

吴希声抱过秀秀的小崽子之后，几天几夜没睡好觉。他时不时伸出双掌看着，仿佛还能闻到小崽子留在手上的奶香；他又常常从小窗探头朝对岸秀秀的土屋眺望，巴望听到小崽子好听的啼哭声。吴希声脑子里成天乱哄哄的，不停不歇地搅和着个疑团：那个小崽子果真是自己的种吗？这是怎么回事？这怎么可能？

有一天，吴希声到大队赤脚医生那里去闲坐。那个半桶子水医生医术不算高明，案头却有不少医书。吴希声佯装对医学颇感兴趣的样子，这本书翻翻，那本书瞅瞅，终于在一本介绍人类生理常识的书中看到一则小知识：男人与女人做那种事，健康的青年男子一次射出的精液所含的精子，有二亿至五亿之多。这个天文数字把吴希声吓了一跳！他细细回想，他和秀秀那次匆匆一触，虽然没有达到高潮，但是，也不能排除有几个性子特急的精子根本就不听使唤，提前发起攻击，冲进对方腹地，与一个成熟的卵子合二为一，孕育出一个小生命。这种假设如能成立，那个小文革是自己的亲生儿就百分之百的毫无疑问了。

人类的天性真是不可抗拒。自从知道自己确实当了父亲，吴希声就时时刻刻牵挂着那个可爱的孩子。由此，他又牵肠挂肚地惦记秀秀。吴希声敢断定，秀秀跟上刘福田肯定不会幸福。那个当代薛蟠，那匹"得志便猖狂"的"中山狼"，结婚不久，就常常到"大众影院"去厮混，后来又强暴了蓝雪梅，他能如何对待秀秀，可想而知。咳，如果不是自己顾虑重重，优柔寡断，秀秀会从自己身边走开？会上了刘福田的套子？唉，我真是罪莫大焉！

事实上，吴希声这种痛悔之心也不是今天才有的。自从秀秀说要出嫁那一刻起，吴希声就知道他将失去的人儿是多么珍贵。

244

他在心中反复追问自己：你是不是真心爱着秀秀？回答是肯定的。在他们相爱的日子里，屡屡不敢跨越那关键的一步，最主要的原因就是自己坚守着当小提琴家的梦想，同时又背着沉重的家庭包袱。可是，在报考县文宣队落榜之后，吴希声又经历了两轮推荐知青上大学，枫溪公社已有不少幸运儿有了鲲鹏展翅的机会，而他却怎么也走不出枫树坪。纵有凌云志，徒做黄粱梦，吴希声慢慢地心如死水。就有一段时光，吴希声渴望与秀秀结婚生子，像个传统农民那样过普普通通的日子。可是，秀秀早已被刘福田所占有。唉，打此以后，小提琴闲挂起来了，秀秀突然离去了，吴希声的生活中没有音乐，没有色彩，没有女人，没有亲人；衣服脏了没人洗，被褥破了没人缝，房间乱成鸡窝狗窝没人收拾；有个头疼脑热的没人嘘寒问暖，憋着一肚子苦闷没人倾吐……这日子仿佛从灿烂的春晨遽然变为灰色的黄昏。吴希声这才明白，失去秀秀，就等于失去精神的支柱，失去他生活的全部。

245

于是，一向沉静孤独的吴希声，现在是惶惶然不可终日了。他一天要无缘无故往枫溪对岸跑好多趟。有时在石拱桥上闲坐，有时在溪岸边溜达，而真正的目的是想再见一见他的亲儿子。可是，吴希声一直没勇气跨进秀秀家那道一尺来高的门槛。不管是秀秀还是秀秀她阿爸，吴希声现在都怕。他便痴痴地站在门外，偷听小院里头婴儿的啼哭，偷听秀秀亲亲昵昵地叫着孩子的昵称。

怪了，秀秀不叫小崽子做"文革"，而是叫他"珠珠""珠珠"什么的，好像是个女孩子的小名。

吴希声即使只能获得这么一丁半点可怜的信息，也是一种妙不可言的享受，就很满足，很陶醉，去了一次又盼着下一次。有一回，吴希声正像做贼似的向秀秀家东张西望，秀秀抱着小崽子突然从院门里闪了出来。四只久违的眼睛突然对视，倏地发亮了，闪光了，放电了，喷火了，秀秀的嘴巴皮轻轻地翕动着，正要说话呢，吴希声却是一脸尴尬，一脸惊慌，车转身，逃一般跑走了。

然而，回到了知青楼的吴希声，心却留在溪那边。回味起刚才秀秀那火辣辣的眼神，半张开嘴欲言又止的样子，吴希声毫不迟疑地断定，秀秀还是爱着自己的，秀秀肯定有许多话要说。自己算个什么东西？多没出息呀，一撒开脚丫子，跑得比兔子还快。

可是，吴希声依然不敢去找秀秀。刘福田虽然许久不回枫树坪了，万一碰上茂财叔，怎么下得了台？再说，他担心现在的秀秀已经不是从前的秀秀，人家是有夫之妇，有子之母，即使见了面，也不知道该如何开口啊！

吴希声这么左思右想，直到了夜深人静，忽然想起拉琴。自从报考县文宣队"政审"通不过，希声心灰意冷，这一年来极少摸琴。秀秀和刘福田的新婚之夜，他心里痛苦极了，一个人躲在房里拉了《梁祝》；今天，他一想起秀秀怀里的小崽子——自己的亲儿子，又有一种强抑不住的冲动，非常想拉琴，或者说，非常想借用琴声来倾诉心中的郁闷。吴希声打开漆黑的皮革琴匣子，取出那把维约姆牌小提琴，调了调弦，试了试音，右手风摆柳枝一样拉弓推弓，一串华丽的音符便从窗洞飞了出去。他不胜惊异，怎么一拉又是陈钢、何占豪的《梁祝》？

悠悠的琴声被春夜的薰风吹过枫溪，吹进秀秀的房间。怀里奶着小崽的秀秀不由悚然一惊，坐了起来，斜倚在床柱子上。秀秀立即听清，这是希声在拉琴，拉她十分熟悉的《梁祝》。一年前的深秋时节，他们在汀江之畔山盟海誓，希声给她拉过《梁祝》，后来又多次给她拉过《梁祝》。在秀秀跟前，希声心欢气爽时拉《梁祝》，心胸气憋时也拉《梁祝》。《梁祝》的节奏、旋律和每一个音符，几乎都刻在秀秀心头了。秀秀记得，那支曲子的起始乐段是轻柔而舒缓的，在她眼前展开一幅春光明媚、鸟语花香的画面；从梁祝结拜到长亭送别，则缠绵悱恻，断气回肠，道尽了多少少男少女心中的悲情。曲子发展到抗婚，就有雷鸣般的激越，风暴般的呼号；继而乐曲突然从高峰跌落，转入低沉的慢板，那是万般无奈的倾诉和咏叹……现在，秀秀又听到这支久违的乐曲，希声似乎把心制成了琴，把脉制成了弦，用血谱写曲子，拉出的琴声如泣如诉，把她一颗柔柔的心揪紧了。

一会儿，秀秀便满腔热血沸腾，满脸梨花带雨了。

第二天夜深人静，吴希声又拉了《梁祝》。

第三天夜深人静，吴希声再拉了《梁祝》。

到了第四天夜深人静，《梁祝》第一个音符刚飞出吴希声斗室的窗户，驾着沉醉的春风飘到枫溪对岸，秀秀一听就疯了，躺也不是，坐也不是，把睡得又香又沉的小崽子在床上安顿好，利利索索地梳了头，整好衣，像个幽灵飘出院门，飘过咿呀吟唱的水车，飘过石板拱桥，悄没声息地闪进了知青楼。

"啊？你!……"

吴希声的琴声戛然而止。他看见秀秀站在一灯如豆的微光下，不由大吃一惊，按住怦怦剧跳的胸口。

247

秀秀伸手把桌上的油灯捻亮了些，好让希声看见真实的自己，以粉碎他梦境般的感觉。

吴希声就欣喜无比地欢叫着："噢，秀，秀，吓死我了，吓死我了!"

秀秀的从天而降虽然是希声夜夜的期盼，可他还是喜出望外，不敢相信自己的眼睛。

"你天天拉，夜夜拉，想把我拉死不成？"秀秀轻轻地说，是那种无限哀怨的声音。

希声的嘴唇轻颤不止："秀，你叫我想死了! 我只有拉琴，心里才能轻松一点点呀!"

秀秀不再吱声。此时此刻，语言已经无能为力也毫无意义。秀秀圈住希声的脖子，把他一下子扑倒在小床上，吻他，亲他，拧他，抠他，撕他，咬他，疯了似的，恨不能一口吞了他! 直到秀秀感到满嘴含着一股咸涩的血腥味，看见希声脸颊上有几枚鲜红的月牙形的小齿痕，她才住了口。

吴希声不觉皮肉的剧痛，只有心中的狂喜，轻声地欢叫着：

"秀，秀，你这是怎么了？"

秀秀咬牙切齿地盯着吴希声："我恨你恨你恨死了你！"

希声知道这是他的罪有应得，再次把身子投入秀秀的怀抱。"秀，你如果能够解恨，你就咬吧，拧吧！你宰了我吃了我，我也心甘情愿呀！"

但是，秀秀却突然安静下来。她香气轻喘，双腿叉开，两手一摊，在床上摆了个"伟大"的"大"字；随后又双掌抚胸，在床上写了个极其动人的"人"字。希声开始体贴入微地轻抚亲吻，很快把秀秀的满腔怒火平息，把久蓄待发的欲火激活。两个渴望已久的年轻的躯体热烈地拥抱在一起。秀秀觉得，又经历一年磨难的吴希声，人是瘦了点，却一扫以往的萎靡不振，变得生猛而强劲。这是一次真正的灵与肉的搏击，相互缠绕着，撕扯着，索求着，直至大汗淋漓，精疲力竭，像两个刚刚跑完百米赛而快要休克的运动员，瘫在床上张大了嘴直喘粗气。

希声气平了些，冷不丁地问："秀，你把我们的崽子放在哪里了？"

秀秀说："睡了，他睡得可香呢！"

希声又问："你怎么给他起个怪怪的小名——'珠珠'？'珠珠'？像个妹娃子的小名。"

"哪是叫'珠珠'呀，是叫'槠槠'，苦槠的槠。"

"槠槠？怎么叫个这样怪怪的小名？"

"还问我呢？前年秋天，你把我带进苦槠林里……我就有了这个小孽种！唉，我命苦，你命苦，小崽子更是命苦，又是在苦槠林里得来的苦果子，我就叫他做'槠槠'……"秀秀说着说着伤心伤意地掉眼泪。

"都怪我！都怪我！"希声轻轻拍着秀秀的肩膀，又自我陶醉地连连叹息，"哦，真棒！我有儿子了，我做父亲了！"

秀秀却突然从希声怀里挣脱，猛地坐起，一副失魂落魄的样子。

248

"噢，我该走了，小崽子醒来可不得了！"

秀秀飞快穿好衫裤，拢好头发，又像个幽灵一样飘出知青楼，飘过石板拱桥，飘过那座咿呀吟唱的古老的水车，悄没声息地回到溪对岸自己的屋里去。

这次偷欢的成功，对希声和秀秀都是极大的诱惑和鼓舞。往后，希声想秀秀想得不能自已，就在夜深人静时分，站在自己房间的窗口，拉起那支《梁祝》，让悠扬的琴声飘过溪去，直抵秀秀耳畔，钻进心里。每回都不会超出半个小时，秀秀必定翩然而至。这时每分每秒对他们来说都比金子还珍贵。似乎要把失去的一年时光都弥补回来，把输掉的青春都抢夺回来，一相见就开始紧张的肉搏，像火一样热烈，像兽一样疯狂，像水一样缠绵。其间，偶尔提起刘福田，便都心照不宣地带着对于第三者的报复，像在干柴烈火上撒了一把盐，噼叭燃烧的火焰一蹿冲天。

那种幽会，是生命的冒险，是青春的燃烧，是火山的喷发。这一对苦命的年轻人，都珍惜得把小命儿置之度外了。

有时希声一人独坐，就会惊异自己怎么好像变了个人。他现在竟是如此青春焕发，精力充沛。都是因为除去了一切精神枷锁嘛？你看，现在，什么小提琴呀，贝多芬呀，莫扎特呀，鲜花呀，荣耀呀，名呀，利呀……都抛到九霄云外了；什么家庭包袱呀，政审不能通过呀……也全不放在心里。人只有还原为纯粹的人，爱情才能成为纯粹的爱情。

然而，这种想法仍然是天真的乌托邦。往往在一场暴风骤雨过去之后，他们又不得不回到残酷的现实中来。秀秀就说："哥，你带我走吧，在枫树坪再待下去，我真会疯了！"

希声问："我能带你去哪里！"

"天涯海角，你去哪里，我跟到哪里？"

"咳，秀呀！"希声深深叹了口气，"你想得多天真，如今这个年代，吃饭要粮票，穿衣要布票，住客店要公社证明，找工作要组织介绍信，我们连枫树坪也走不出去，就会被人像逮猴哥一样逮回来。"

秀秀无比沮丧，低头不语。

希声为了抚慰秀秀，就亲她吻她，从额头、脸颊、脖子，一直亲到胸脯。秀秀觉得身上麻酥酥又痒丝丝地舒服，就乞乞地笑起来。因为刚做了母亲，秀秀胸前极其夸张地隆起两座雄伟壮美的雪峰，山尖尖上又缀着两粒可爱的紫葡萄，让希声品咂得有滋有味。秀秀笑得更加厉害，说希声没羞没臊，跟自己的亲崽争吃一对奶子。希声受了启发，果然使劲吮了两口，就有一股芬香无比的乳汁注满了嘴。而后，他咕嘟咕嘟吞下肚去。那真是一股香甜无比的甘泉啊！

从此，希声对秀秀就多了一分幼婴对于母亲般的依恋。秀秀也在柔情蜜意中糅进了更多的母爱。

入夏之后，莺飞草长，禾壮花香，枫树林也到了她的青春期，满枝满桠鹅掌形的枫叶绿得遮天蔽日，枫溪两岸到处搭起天然的绿帐篷。就是在青天白日，希声和秀秀收了工，顺道找个幽会的去处，也轻而易举。天苍苍，野茫茫，铺满野花的草地做婚床，青纱帐似的苇丛是屏障。秀秀枕在希声细长的胳膊上，四仰八叉地躺在积满了落叶的林子里，眯起眼睛望着蓝天白云，耳畔流过小蜜蜂嗡嗡的歌唱，鼻腔里灌满了山花芬芳的气息，一时间就像喝多了客家的老米酒，几乎要醉醺醺地昏死过去。

哦，只有在这山野深处，在这远离人世纷争的时刻，两个年轻人整天揪紧的心才放松下来了。他们听到树梢头的鸟声一阵阵地洒落，有的情意绵绵，有的激情澎湃，小家伙们正在品尝着生命的快乐呢。他们又看见一对小松鼠在马尾松上相互追逐、蹦达嬉戏。它们突然发现自己的领地闯进两个不速之客，都惊诧地睁圆了滴溜溜的小眼睛。秀秀和希声相视一笑，都友好地朝小松鼠招了招手。当然，小家伙们不敢轻易向他们靠近，对于人类，山禽山兽们都保持着足够的警惕。

十分遗憾，这种幽会都是匆匆一晤。幸福对人类来说，总是短暂而悭吝的。他们不仅要防人耳目，更重要的，是他们还有个嗷嗷待哺的小崽子。他们只能见缝插针，偷偷摸摸亲热一会儿，秀秀会突然惊醒，突然消失，希声没有理由拦她。楮楮是他们的血肉结晶。疼崽的天性压倒一切。

　　有一天，娟娟抱着妹娃子小金兰到秀秀家串门，盯着秀秀怀里的小崽子说，哟，看你家楮楮长得真漂亮！秀秀很是得意，说是嘛？能不能配得上你家妹娃子？娟娟说，当然配得上，只是我们不敢高攀呀！秀秀笑笑说，嘛咯高攀不高攀？你小金兰的爷爷是党支书哩！娟娟说，你楮楮的阿爸还是大主任哩！秀秀立即拉下脸来，说娟娟姐，请你莫再提那个狗东西了！娟娟就吃了一惊，咦，做嘛啦，你们？秀秀幽幽地说，也没嘛咯，我就是不愿提起那个狗东西。娟娟默了会神，说秀呀，你也别瞒我了，村里许多婆娘子都在背地里咬耳朵，说楮楮不像刘福田。秀秀把两道秀眉竖起来，谁嚼烂舌头呀？那我的楮楮像谁？

251

　　娟娟就意味深长地笑了笑，嘿，人家都说楮楮像吴希声！

　　秀秀忽然满脸飞红，低头不语。

　　娟娟和秀秀是掏心换胆的好姐妹，也没有什么好藏着掖着的，就把婆娘们的一些闲言碎语跟秀秀学说了一遍。秀秀也以诚相待，把自己与希声怎么在苦楮林里得了楮楮，后来又怎么被刘福田设下套子，硬是像套只野兔一样套了去，如今和希声又是怎样暗中来往，都一五一十和盘托出。说到末尾，伤心至极，话就咽在喉管里，满面都是泪水了。

　　娟娟听了秀秀和希声的故事，深深感动，陪着不停地抽鼻子抹眼泪。"我说呢，那个书呆是不是犯了神经病？怎么常常在半夜三更拉琴？"

　　"真的，你也听到了？"秀秀就有些害怕。

　　娟娟认真地警告道："秀，村里鬼精鬼灵的人多的是，吴希声的琴声弦外有音，总有一天会叫人听出来的。你们可得小心点！"

　　当夜，秀秀把娟娟的担忧跟希声说了，希声顿时害怕起来，就求秀秀中断这种关系。秀秀却不依不饶，说有一天算一天吧，只要做得更小心点，有嘛咯好怕？希声说，怎么个小心法？秀秀说，半夜三更你别再拉琴了，拉琴全村人都能听到。你要是半夜里想我想得不行，就在房里点起一盏灯吧，我家和知青楼一溪之隔，你的北窗正对我的南窗，你房里半夜还亮着灯，我就知道你在想我了。希声觉得这个主意很不错，试了几回，秀秀都如约而至。

　　但是，希声觉得大权在握的刘福田，毕竟是个可怕的存在。有时一想起那个恶魔，他就浑身哆嗦。半夜里，他房里那盏光芒四射的煤油灯，点亮的次数愈来愈少了。秀秀就有些生气。有天深夜，希声并未点灯，秀秀也摸黑进了希声的房间，质问道："胆小鬼，你怕了不成？大不了是个死吧！像畜生一样活着，还不如做个快活鬼呢！"希声说："我死了也不怕，可我不能害了你！"秀秀又说："我一条贱命值几个钱！反正你别想半路扔下我。这辈子呀，你是树，我是藤，生生死死都要缠在一起的！"说着，一头栽进希声怀抱，轻轻地哼起一支客家山歌：

　　　　哥是林中千年树，
　　　　妹是林中百年藤；
　　　　藤藤树树结情缘嘿，
　　　　千年万年唔离分。咧嗨哟！

　　　　哥是林中情人树，
　　　　妹是树边长青藤；
　　　　树死藤生缠到死嘿，
　　　　树生藤死死也缠。咧嗨哟！

吴希声常常在窗台上点起一盏爱神之灯，召唤着在水一方的那个女人。

希声在大山里见过许多树和藤，知道植物不仅有生命，而且有感觉，有感情。那些长青藤，鸡血藤，对于自己看准的情人树，简直英勇无畏，忠贞不渝。即使拉开一道坡，远隔一条涧，它们都能凌空飞越闯了过去，投入树的怀抱，就那么终生厮守卿卿我我缠缠绵绵，一起抗击风霜雨雪，迎来一个又一个春天，直至老死终生。希声更知道客家妹子缠绵而坚贞、温柔又刚烈，胸中的火焰一旦燃烧胜似火山喷发。这支藤树相缠的客家山歌，就是古往今来千千万万热恋苦恋死恋的青年男女，用生命和热血谱写的诗篇。秀秀唱得缠绵绵的，火辣辣的，且带几分野性，把一曲生死之恋唱到了极致。希声被深深打动，又有不祥的预感，不禁悲怆满怀，双泪长流，紧紧抱住秀秀，恨不能就这样猝然死去。唉，只要两眼一闭，坠入永恒的黑暗，人世间的明争暗斗，一无所知，那才是一种大快乐啊！

此后，吴希声只要一想起这支山歌，就一扫昔日的怯弱，变得少有的英勇无畏。刘福田不在枫树坪的夜晚，他常常在自己的窗台上，点起一盏光芒四射的爱神之灯，召唤着在水一方的那个女人。

254

第十二章　妖雾谜团

　　1976年夏天，刘福田去大寨取了一趟经，兴冲冲地回到枫树坪召开干部会，说要在枫树坪搞实验，树样板，大造大寨田。春山爷不同意，说我们枫树坪田多得种不过来，还造嘛咯大寨田？刘福田说，你们那是些嘛田哟？都是些斗笠丘、蓑衣丘，人耕脚辘，牛都不好驶咯，将来怎么开拖拉机？人家那个大寨田呀，都是规规整整，方方正正，像棋盘格子一样的。春山爷说，你是想把山垄填平取直吧，那得花多少人工呀？刘福田就说，看看，说到底，你还是怕困难吧！

　　刘福田就把大寨人"先治坡，后治窝"那套经验说得天花乱坠，又把"耕田不用牛，点灯不用油"的"天堂"吹得神乎其神。干部们听得一愣一愣的，心里还是没个底，谁也不吭声。最后，刘福田甩出一张王牌：同志们，枫树坪一直是我抓的点，我要挑选这里树个学大寨的典型，是我对枫树坪有感情。这回树样板，县里可是下了大决心的。我向财政局里要了两千元专款，向农业局要了三台拖拉机，向水利局要了二十吨炸药，还向粮食局要了八千斤白面，都是专门支援开山造田用的。嘿，光这些条件，就足够叫枫树坪上个高台阶了，你们合计合计吧，真不想要，我就拨给别的大队了。

　　听说开山造田有白面馒头吃，还能要到三台拖拉机，干部们一下来了劲头，都吵吵嚷嚷表了态：干！干！干！有三台拖拉机、八百斤白面，傻瓜才不想要呢！又说，我们一年到公社开一次三级干部会，才能吃上一两顿白面馒头。好家伙，这回县里一下子就给八百斤白面，春山爷，也让社员们打打牙祭吧，不要白不要呀！

干部们说着，都向春山爷挤眉弄眼的，就等着他表态了。

春山爷胳膊拗不过大腿，只好少数服从多数、下级服从上级。

其时，田耘三道，禾苗有两尺来高了，正好有一个来月农闲。春山爷便带领一批人马进了山，刀斧乒乓，锹镐叮当，轰轰烈烈地大干起来。砍树的，挖山的，挑土的，打桩的，填坑的，垒坝的，男男女女，老老少少，几百号人，把一条狭长的山垄闹腾得像个大圩场。

刘福田为了做出个干部带头、身先士卒的榜样，要求正奶着崽子的秀秀和娟娟也得进山。秀秀和娟娟不依，说，我们的小崽怎么办？刘福田说，出工前，先把崽子喂个饱，然后包好尿布，就搁在大床上，床沿再用一条大被子拦好挡好，饿也饿不着，摔也摔不了，你们还有嘛咯不放心的？秀秀说，我们坐月子还不满一百天，浸不得水，挑不了担，进山能做嘛事？刘福田说，不要你们干重活，只要你们进山给大家蒸蒸馒头烧烧水，累不倒你们的。娟娟也赖着不肯出工。说这点子事，别个婆娘子还干不了？非得我们去？刘福田就批评她们是死落后，是懒婆娘。你们一个是大队支书的女儿，一个是县领导的婆娘子，就是要你们去带个头嘛，怎么这样死脑筋？

秀秀和娟娟拗不过刘福田，把小崽子奶饱了，哄睡了，安放在床铺上，很不情愿地跟着社员们进了山。

在一个避风的山坳里，秀秀和娟娟挖了个老虎灶，埋下口行军锅，刚割下的禾草燃起的熊熊火焰，像几匹红绸子在风中飘舞。

白面馒头的热气和香气，随着阵阵山风在山垄里飘散，把多年见不着面渣子的山里人馋得直流口水，一时半会儿就抻长脖子朝火光闪闪的山坳里瞭望。

近午时分，正在灶头和面的娟娟，感到胸前两个大奶子渐渐沉重起来，就放下手里的活，擦一把汗，撩一撩短发说，秀，我的奶子胀死了，我可得歇一歇！

在老虎灶前烧火的秀秀回应道，可不是，瞧，我的衣衫也湿了一大片！

娟娟和秀秀都是青春年少的母亲，两只大奶子像两窟取之不尽汲之不竭的泉水。小半天没有奶孩子，就快把她们胀痛死了。

娟娟又说，刘福田真不是个东西，叫我们天天把崽子放在家里挨饿！秀秀说，是啊，工地离村子不过一两里路，乡亲们回家吃个午饭，也耽误不了几多工夫，叫我们上工地做嘛猪食狗饭？娟娟说，你不知道，刘福田就是好大喜功，爱出风头。他天天都盼着领导下来参观，记者下来采访，能受表扬，能上报纸。秀秀说，现今当了干部的男人，有几个不是这样的！还是你家石头哥好，贴心顺耳的，知冷知热的。娟娟很高兴，咬着秀秀的耳朵掐细了嗓子叮咛道，刘福田这个瘟神回来了，你们可得小心点哟，叫他不敢老是对着你家南窗拉琴了。秀秀当然知道娟娟说的"他"是指谁，就感激地拍拍娟娟的胸脯，放心，放心！人家早不拉琴了。

这一拍，秀秀感到女人的那个部位，原来是极有弹性柔软可爱的，忽然想起希声贪恋自己胸前的一对宝物，便失声轻笑起来。娟娟莫名其妙，问秀秀笑嘛咯？秀秀笑得更加厉害，说，这会儿我们俩的奶子都胀得厉害，放了吧，可惜；留着吧，死痛。我们来自己解决吧！娟娟问怎么解决？秀秀提出一个别出心裁的建议：娟娟姐，这样吧，我挤下一口杯给你吃；你挤下一口杯给我吃。奶子就不会痛死了。娟娟就笑弯了腰，说你是疯了吗？我只吃过我妈的奶，自己都做妈了，怎么敢吃你的奶呀？

秀秀却不笑，一本正经地坚持着：怕嘛咯！人奶比牛奶羊奶还补呢，总不能白白浪费吧！来，你吃我的，我吃你的，肥水不流外人田，就这么着。

秀秀和娟娟扶肩搭背的，钻进一片林子里，左顾右盼，觉得绝对安全了，就解开衣襟，掏出各自雪白的一对大奶子，用手轻轻挤压，两股洁白芳香的乳汁嗞啦嗞啦地注入两只大口杯。奶水挤满了，两个女人相视一笑，交换了杯子。

秀秀尝了一口，眯起眼，咂嘴咂舌说，嗯，真香！

娟娟也尝了一口，细细品味着：嗯，味道果真不坏！

当两个女人忘乎所以的时候，由张亮带领的一个青年突击队，要炸开一块横在田垄中间的拦路巨石，已到了攻坚战的最后阶段。这个青年突击队长是张亮亲自请战受命的。自从蓝雪梅出事离开枫树坪，张亮沮丧至极，孤单透顶。他一天也不想在这里待下去了。但他知道，凭他的家庭背景，要想走出枫树坪，简直是白日做梦。好，现在来了机会，刘福田要在大山垄里造大寨田，在全村动员大会上鼓动说，哪个知青能在造田工程中当先进、当模范，有了招工名额就优先上报。张亮膀阔腰圆，有的是力气，一心想为招工返城创造条件，就向春山爷毛遂自荐当上青年突击队长。

在整个开山造田工程中，张亮和他的青年突击队战功显赫。几人搂不过来的大树，是他们放倒的；两人多高的一条深坑，是他们填平的。锯齿一般弯曲的田埂，是他们拉直的。现在，他们要炸开一块巨大无比的拦路石，镐挖肩扛根本不顶事。刘福田向水利局要来二十吨炸药可派上用场了，下令来一次大爆破。爆破前，要打三十个一米来深的炮眼，完全是抡锤打钎的力气活。张亮组织队员开展打钎大比武。队员们可以自由组合，两人一组，一个抡锤，一个扶钎，凡是能够连续抡一百锤的，是英雄；能连续抡九十锤的，是豪杰；能连续抡八十锤的，是好汉。只能抡六七十锤的，给个及格分，不奖不罚。

再等而下之的，对不起，就是狗熊、孬种和软蛋了。

　　这种活动富有鼓动性和挑战性，一个个年轻人都摩拳擦掌、争先恐后，要在这场大比武中一分高低。小半天比下来，绝大多数队员只能抡六七十锤，就气喘吁吁退下阵来。一个厦门知青和一个枫树坪的后生哥，都是拿十工分的强劳力，使出吃奶的力气，分别抢了八十锤和九十锤，趾高气扬地把写着"好汉"和"豪杰"的两面红旗扛走了。一条长长的山垄里，响起了滚雷般的掌声。但是，书写着"英雄"二字的一面大红旗，始终在山顶猎猎飘扬，没人敢要。突击队长张亮高声大喊：

　　"这面红旗谁来扛？啊，谁来扛？"

　　几十个后生哥站在垄岸上和田坝上，望望山头上迎风飘扬的红旗，看看躺在大青石上的十磅大锤，面面相觑，鸦雀无声。

　　张亮又高声喊道："这面红旗谁想要？啊，想要的，快站出来！"

　　一个福州知青哥说："张亮，还是你自己来扛吧！你是有名的大力士，谁敢跟你争？"

　　张亮知道这位知青哥说的是实话。论个头论膂力，不仅仅是枫树坪，在整个枫溪公社他张亮也是数一数二的。如果不当这个突击队长，张亮早去抢那把十磅大锤了。现在，全场一百多棒小伙子都怯阵了，吓蔫了，又有人点了张亮的名，张亮便当仁不让，挺身而出。

　　"行，我来试试吧，谁来给我扶钎？"

　　福州知青哥指着站在一旁的吴希声："他来吧，你们都是上海知青么！"

　　吴希声吓了一跳，连忙摇手："不行，不行！我不行！"

　　张亮深知吴希声不仅没有力气，还十分爱惜他那双纤细的手，就帮他解围道："吴希声不行，还是你来吧！"

　　"行，我来就我来！"那个福州知青也是个不肯示弱的汉子。

　　吴希声很为张亮的骁勇强壮而骄傲，就把他砸石打钎这场恶战当作精彩的竞技运动来欣赏。他看见张亮宽厚的双肩轻轻一抖，把一件破裑子抖落在地，一身健美的古铜色的肌肉，便在骄阳下灼灼闪光。嘿，希声想，这家伙的体魄，几乎能与米开朗基罗的雕塑杰作《大卫》相媲美了。又见张亮纵身一跃，跳下田坝，扯开大步向那块小山一般的大青石奔去。这时，那个福州知青哥戴好一双绵纱手套，蹲下身子，扶着一根一米来长的钢钎戳在岩石上。张亮扎了扎腰带，朝双掌啐了两口唾沫，用脚尖一勾，把大铁锤的木把勾了起来，右手一探，轻轻巧巧地就把大铁锤掂在手里。张亮拉开弓步，把十磅大锤举过头顶，一下接一下狠砸起来。砸一锤，铿锵一声，吴希声就觉得脚下的地皮颤抖一下，自己目不转睛的眼皮也随即弹跳一下。

慢慢地，在山垄里劈草、砍柴、挖土、挑石的社员们，全停下手里的活，在山垄里穿梭送水的秀秀和娟娟也停下脚，都站到垄岸上来，看着张亮抡大锤打炮眼。张亮抡了二三十锤，上身出汗了，一身古铜色的皮肤，在太阳下益发油光闪亮；胳膊和肩背上的腱子肉，像钢块一样一上一下蹦达。这时，总指挥刘福田也来了，看着看着，也不得不打心眼里佩服他的宿敌，就扯开嗓门大声吆喝："同志们，来，我们给他们俩鼓鼓劲呀！"刘福田就领着大家喊起了劳动号子：

拼命干哟–学大寨！
奔先进哟–造大田！
鼓干劲哟–建家园！

张亮不慌不忙地抡着大锤，在空中画出一圈又一圈弧线。敲打得大青石一下一下打哆嗦。他心里也喊着号子，却是另一种声音：

拼命干哟–创条件！
创条件哟–回上海！

再不回哟－是何年？

在钢钎叮当、石火四溅的时候，有个后生哥专司计数。他一、二、三、四、五……大声响亮地报着数。张亮已经砸过八十下，吴希声看见他仍是脸不变色气不喘，全山垄看热闹的人都亢奋起来，号子也顾不得喊了，全跟着张亮手中大锤的起起落落，拉开大嗓报着数：八十一、八十二、八十三……一百，一百零一、一百零二、一百零三……张亮一口气抢了一百二十五锤，那位福州知青突然一摆手，叫了声："停！"

张亮收起大锤："咦，怎么啦？"

福州知青说："我的妈呀！你再砸下去，我就没命啦！"

他向大家亮一亮手中的钢钎。原来那根有一米来长的钢钎，已经被张亮砸得只剩下七八十公分了！福州知青再龇牙咧嘴脱下手套，大家就看见他的双掌血肉模糊，像刚从猪血桶里提起的杀猪师傅的一双手。

春山爷大声气响喊道："张亮，好样的，行啦，行啦，这面红旗归你了！"

张亮这才把十磅大锤撂在地上，轻松一笑，一个虎跳，跃下那块被他砸开了一排炮眼的大青石。

刘福田上了山顶，拔起那杆特别耀眼的红旗，像个大首长那样庄重地授给张亮和扶钢钎的知青哥。

福州知青大声说："谢谢刘主任！"

张亮也说了声谢谢。但他肚子里还加了一句："我操你妈！大流氓！"

刘福田当然听不见张亮在肚子里骂他，一副兴高采烈的样子，还拍拍张亮的肩膀，学着现代京剧《智取威虎山》中座山雕的台词，少有地幽了一默："老九啊！英雄！"

接下来，就没有什么好戏看了。继续上阵去抢大锤的，大都只能砸个五六十下，就满头大汗，上气不接下气，赢来一片嬉笑和嘘声。

吴希声不知是过于紧张，还是刚刚灌了几口泉水，肚子不合时宜地痛了起来，脸色都青了。张亮看在眼里，走到吴希声跟前悄声问道，你怎么了？不舒服？吴希声说，我刚才喝了点冷水，肚子有点不舒服，不过，没关系，一会儿就会好的。张亮捏了捏吴希声冰凉的手，说不行，你既然肚子痛，就不要再硬撑了，快快回村去歇一歇！我的抽屉里有人丹、十滴水。张亮一边说，一边又给吴希声眨眼睛。吴希声心里明白，张亮想把他支走，不只因为他肚子痛，而且是要他逃避一场抢大锤的苦役，是心疼他那双拉小提琴的高贵的手。

说来也怪，吴希声觉得肚子真的痛得厉害起来，双眉紧皱，手捂肚子，趁大家闹闹哄哄的时候，他离开炸石现场，悄悄下山回村去了。

在吴希声下山半个小时后，又有几个年轻人上阵抢锤砸石，终于把三十个一米来深的炮眼打好了。张亮带上几个突击队员往炮眼里装上炸药，拉上一条几十米长的导火线。春山爷认真检查了一遍，指挥社员们疏散到山垄外。然后，他吹了三声哨子，把准备就绪的信息传给了刘福田。站在山顶上的总指挥刘福田便高高举起一面小黄旗，朝负责点火的张亮挥了挥，大声念道：

"九、八、七、六、五、四、三、二、一，放！"

张亮点着引信，一条闪光的小火龙发出咻咻的欢叫，朝那块蹲伏在田垄间的大青石飞快奔去。眨眼间，爆发一声惊天动地的巨响，一团浓黑的烟雾腾空而起，像原子弹试验升起的蘑菇云，一团叠一团，一圈套一圈，向上升腾翻涌，一下子蹿起半天高。片刻，蘑菇云似的烟雾渐渐消散，一阵阵沙石尘土哗哗散落。持续好几秒钟的大爆炸，有如七级地震，威力无比，四周的崇山峻岭都抽筋拔脉似的颤抖了好一阵子。

日落时分，社员们纷纷收工。说是上山造大寨田，其实大都是来凑个热闹，并不辛苦，中午还能免费吃四个白面馒头，在那个年代，这是一次免费的午宴，社员们简直像过年过节一样高兴。年轻人哼着"日落西山红霞飞，战士打靶把营归把营归"，晃晃悠悠地下了山。秀秀和娟娟没有心思唱歌，都急着回家给小崽子妹娃子喂奶，扯开大步跑在最前头。

　　秀秀进了屋，还来不及喝口水，直奔自己的房间。她往床上一瞄，床上空空如也，心里不由一惊；再往地上一看，看见裹在小风衣中的小文革孤零零地躺在地角头。天呀！这是怎么啦？她一下子扑过去，抱起小崽子一瞅，楮楮双目紧闭，满脸是血，脑门子上涂满了白兮兮的脑浆。一摸，小崽子全身冰凉，僵硬了，早就死撅撅了！

　　秀秀魂飞魄散，大声哭喊起来："楮楮！楮楮！文革！文革！噢噢噢，我的崽呀！呜呜呜，我的崽呀！……"

　　茂财叔和刘福田闻声赶来，看看秀秀怀里的死婴，也都吓慒了。刘福田疯子一般大声狂叫："怎么回事？啊！怎么回事？啊！是谁害死我的崽？是谁害死我的崽？呜、哇、啊！……"

　　从"文化大革命"大风大浪中闯过来的刘福田，阶级斗争这根弦始终绷得紧紧的。他在屋子里转了几圈，这里翻翻，那里看看，发现不了任何蛛丝马迹。又跟他的丈人老茂财叔合计了老半天：是小崽子乱蹦乱爬，自己摔下床的？不可能，绝不可能！不满百日的幼婴，连挪挪屁股蛋子都不会呀，哪里说爬就会爬？退一万步说，就算是小文革自己栽下床的，也只能栽到床跟前，哪会一栽栽到离床一丈多远的大橱边？

　　"肯定有阶级敌人破坏！肯定是阶级敌人进行阶级报复！"

　　装满了敌情观念的刘福田脑子一转，得出这个结论，完全符合那个年代流行的思维逻辑。队里母猪不下崽，黄牛不耕田，桃树不开花，李树不结果，都能生拉硬扯追索到阶级敌人破坏。要拉几个四类分子出来批一批，斗一斗，甚至毙几个杀鸡警猴，叫做"阶级斗争一抓就灵"，叫做"抓革命促生产"。这会儿，一个

263

县革委副主任活泼可爱的小崽子突然一命呜呼,背后能没有阶级敌人的疯狂报复?还不是现行反革命分子磨刀霍霍行凶杀人?

刘福田立马找来大队支书、治保主任和民兵队长,分析敌情,对全村可疑分子进行排队摸底。大家认真回忆,七嘴八舌,说当天全部青壮劳力都上山开山造田,留在村里的都是些像瞎目婆张八嬷、没卵泡拐子牛那样行动不便的老弱病残;再说,又都是贫下中农,作案的动机和能力,都等于零。排来查去,就有人提出个线索,说当天半下午,大约四点多钟,也就是张亮抢了一百二十五下大锤扛走那面大红旗之后,有人看见吴希声一个人悄悄下了山。

刘福田双眼骨碌一暴,咬了咬牙根说:"嗯,这家伙很可能是个嫌疑犯!"

春山爷拿不定主意,有些犹豫说:"刘主任,这个结论是不是下得太早了,证据呢?"

"还要嘛咯证据?大家都在山上开山造田,他吴希声独自一人偷偷溜下山,这就够可疑了。"刘福田想起孙卫红咬他一口的血海深仇,想起吴希声曾是秀秀老情人的那些旧事,自以为作此判断是万无一失的。他朝治保主任和民兵队长挥了挥手,"快,你们先把吴希声给我抓来问问看,莫让他逃跑了!"

治保主任去传呼吴希声的时候,希声还以为又是写标语、出墙报这一类写写画画的差事呢,因为这类细活一向都由他包干的。吴希声顾不得肚子还有些不舒服,趿着双人字塑料拖鞋,踢踏踢踏地来到大队部。看见会议室里坐着刘福田、春山爷,而且都是脸孔板板的,心里格登一下,觉得情况不大对头,就惴惴然问道:"刘主任,找我有事?"

"吴希声!"刘福田阴毒的目光像锥子一样直刺过来,"下午四点多钟,你一个人下山做嘛咯?"

吴希声想起下午怕抢锤打钎,偷偷下山,这分明是逃避干重活,心里就有几分发怵,脸也白了,气也粗了,支支吾吾回答道:

"我、我、我不是有意要逃避劳动，我喝了点冷水，突然肚子痛……"

"鬼话！"刘福田一巴掌拍在桌子上。桌上一只热水瓶弹起老高，砸在地上，一声爆响，热水飞溅，像舞台上有意制造的效果一样，把现场的气氛弄得益发紧张了。"吴希声，你给我放老实点！嘛咯逃避劳动，你真会避重就轻！这一整天你都好端端的，怎么突然就肚子痛了？"

吴希声心里更慌了，结结巴巴说："我、我、我真的肚子痛，我向张亮……请、请过假的。"

这时张亮恰好闻讯赶到大队部，就挺身而出为吴希声辩护："刘主任，我可以证明，今天下午吴希声真的是肚子痛，真的向我请过假。"

"你能证明？笑话！笑话！"刘福田气汹汹地盯着张亮，"吴希声偷偷溜回村的时候，你还在山上放炮，你能证明吴希声回村里干了嘛咯勾当？"

张亮耐着性子说："刘主任，吴希声能干什么勾当？就算他今天偷了一回懒，也不值得这样兴师动众呀！"

"张亮，你以为吴希声是回村睡大觉？"刘福田突然转向吴希声，指着他的鼻子大吼大叫，"他、他、他，他是回村行凶杀人！"

吴希声一下吓傻了："我、我杀了人？我杀了谁？"

张亮也吓蒙了："吴希声会杀人？他杀了谁？"

刘福田大声怒吼道："吴希声，你还装蒜！你你你，你杀了我的儿子！"

"什么？什么？我杀了人？"真是晴天霹雳，把吴希声吓得脸色惨白，双腿发软，站也站不住了，"我杀了人？我杀了我、我的儿子……不、不……是你、你……你的儿子？我到现在还、还不、不知道我的，不，不，你……你的儿子死了呢！冤枉啊！冤枉啊！真是天大的冤枉！"

吴希声一边分辩一边哭。既害怕，更心疼他的亲骨肉。你他妈的刘福田搞的什么阴谋诡计？我吃错药了？傻了？疯了？你拿把快刀架在我的脖子上我也决不会自己杀死自己的亲生儿啊！

刘福田朝治保主任和民兵队长大声下令，"你们还站着做嘛咯？快快把他捆起来！"

治保主任和民兵队长找来一根粗不拉叽的棕索，把吴希声五花大绑捆在大队部厅堂的木柱上。刘福田又急慌慌地进了自己的办公室，使劲摇着手摇电话机，要给县公安局打电话。

春山爷跟了进来，在一旁劝说道："刘主任，这事人命关天，我们是不是……先调查调查，拿到了真凭实据，再报告县里也不迟呀！"

刘福田狠狠瞪了春山爷一眼："杨春山呀杨春山，你真是个老糊涂！反革命分子都武装到牙齿，又动刀杀人了，你还看不见？"

春山爷无话可说。是啊，吴希声呀吴希声，你的肚子早不痛，晚不痛，做嘛咯偏偏就在这个节骨眼上痛了呢？再说，痛就痛吧，你在工地上忍一忍，歇一歇，都行呀，做嘛咯独自一人下了山？咳，人家准是又要联系你的家庭出身，再扯上你的猴子咬了他一口，还有还有，早先你跟人家的婆娘子秀秀还闹过恋爱……这些乱七八糟的事扯在一起，再上纲上线，不是你进行阶级报复还能是谁呀？咳，现如今，吴希声呀吴希声，你真是跳进黄河也洗不清了。

秀秀抱着小崽子刘文革哭啊哭啊，一口气上不来，猝然晕死过去。茂财叔和娟娟把秀秀怀里僵硬的死婴抱过来，搁在一块床板上，接着又回过头来抢救秀秀。捏鼻子、掐人中，灌红糖水，手忙脚乱折腾好一阵，秀秀才有了气息，慢慢苏醒过来。

"是谁杀了我的崽？啊，是谁杀了我的崽？"悲痛欲绝的王秀秀连说话的力气都没有了，仍一个劲追问阿爸和娟娟。

"秀，一时还弄不清是怎么回事，你先歇着，不要多想，啊!"娟娟一边劝慰，一边给茂财叔递眼色，示意这个时候是不该给秀秀增加精神刺激的。

可是，茂财叔一是出于痛失外孙的悲伤，二是出于一向对吴希声的不满，竟按捺不住说出了吴希声："嘿，还不是那个上海佬，杀千刀的!"

"是他? 是他!"秀秀翻着白眼想了想，对这个答案深表怀疑。

"今天下午，村里的青壮劳力全都上了山。"茂财叔补充说，"只有那个上海佬在日头偏西的时候，装着肚子痛，偷偷溜下山。咳，就在这个时候，我们小文革出了事! 不是那个杀千刀的干的，还能是谁哟?"

秀秀把呆滞的目光投向娟娟："是吗? 吴希声真的提前下了山?"

娟娟说："听大家说，是有人看见吴希声提前下山了。可是，这并不能证明他是杀人犯呀!"

"不是吴希声，还能是谁呀……"秀秀一边喃喃自语，一边闭上哭红了的眼睛。

秀秀心里暗想，希声绝不会自己杀死自己的亲崽。但是，他会不会因为刘福田最近回了家，再也见不到我，见不到孩子，就忌恨在心，给孩子下了毒手? 不会，不会，绝对不会的! 他和我一样，把楮楮看得比自己的命还重，哪里肯动崽子一指头? 可是，会不会因为爱得太深了，在无意中摔死孩子。秀秀就想起一个多月前，在枫溪之畔，希声头一次抱着楮楮那种陶醉的眼神，想起他一次又一次跑到院墙外偷听小崽子的哭闹声。如果他想小楮楮想疯了，找个借口单独回了村，偷偷溜进屋里去抱抱楮楮，亲亲楮楮，可又毛手毛脚的，一家伙就把小楮楮摔死了，这种不幸是完全可能发生的。……没错，就是这样。秀秀相信这种推断合乎逻辑，无懈可击。她双眼倏地睁开，像只受伤的母狼一样呻吟着："吴希声这会儿在哪里? 啊，他这会儿在哪里?"

茂财叔说："阿田已经把那个杀千刀的提溜起来了！现在正在大队部开堂审问哩。"

秀秀霍地站起，夺门而出，踉踉跄跄地向大队部奔去。茂财叔和娟娟想拦没能拦住，只好紧紧跟在她后头。

一会儿，秀秀闯进大队部，三下两下拨开看热闹的社员，看见吴希声被捆绑在一根柱子上，就怒气冲冲地扑过去，朝他脸上啐了两口口水："呸！呸！你这畜生，做嘛咯要杀死我的崽？"不等吴希声回答，秀秀左右开弓，捆了两个响亮的耳光。"啪——啪——"两声脆响，像鞭炮爆炸，把大队部满堂满院的人都惊呆了。

吴希声的双颊顿时现出一道道红指痕，人也蒙了，脸也白了，一句话也不说，脑壳耷拉着，只翻起死鱼一样的目珠子偷觑秀秀。秀秀心里一动，看见一股难以形容的惊慌和悲哀，裹着一股凉飕飕的寒风飘了过来。秀秀简直疯了，再次举起手，却被娟娟制止了。

娟娟把秀秀拽出人群，在一个僻静的屋角，把嘴筒子对准秀秀的耳根悄声说："秀，你千万要冷静，常言道，虎毒还不食崽哩，他吴希声会杀了自己的儿子？"

秀秀猛地惊醒，是啊，希声就是再怎么不小心，好端端地抱着孩子，还能把槠槠摔死了？而且是摔成脑浆迸溅，满脸鲜血，天下会有这样粗心狠毒的亲爸？秀秀抬起红肿的眼睛，远远地看定吴希声。瞧，他目珠里的黑眸子还是那么单纯，那么清澈，除了委屈和悲哀，找不到一丝痛悔的表情，不管是有意还是无意，这个书呆子都不像个杀人凶手，其中必定有天大的冤情。

秀秀那两记耳光，把吴希声打得晕头转向，同时也把她自己打清醒了。秀秀忽地想到，这很可能是刘福田挟嫌报复、一箭双雕的阴谋诡计。槠槠一出生，刘福田就怀疑是不是自己的种。最近，他可能把这种猜想证实了，就摔死槠槠，又嫁祸于吴希声。如果确是如此，她王秀秀就为虎作伥，做了刘福田的帮凶。这么一想，除了丧子之痛，又担心起希声被诬受害，性命难保。可是，自己纵有一千张嘴，也不能更不敢为希声辩护。天呀，这真是雪上加霜，把全世界的不幸都降到我头上了！秀秀蹲在屋角头嘤嘤大哭，真不想活了。

一会儿，大队部又涌来许多社员。有些人是来看热闹，更多人是为吴希声提心吊胆。瞎目婆张八嬷拄着根藤条拐杖颤巍巍地摸来了。她走到吴希声跟前，抚摸他的头，抚摸他的脸，抚摸到身上捆着横一道竖一道的棕索，目汁汪汪地唠叨着："可怜哪，可怜！谁讲这个知青哥会杀人，我死也不肯信呀！年年秋收，都是希声给我背米送粮呀，月月我那小孙子来信，都是希声给我读信写信呀！这样老实的好心人，会杀人？会杀死个小崽子？打死我也不肯信呀！你们千万莫冤枉了好人哪！"

乡亲们觉得瞎目婆说出了自己的心里话，唧唧喳喳议论着，都说吴希声不可能杀人，那么个文弱书生，看见杀猪宰羊都战战兢兢的，他下得了毒手摔死个不满百日的幼婴？

可是，乡亲们的议论归议论，一点也不能动摇刘福田的铁石心肠。十点来钟，人们看见远远的村口射来两道刺眼的车灯。一会儿，一辆大卡车开到大队部门前。车上下来五六个穿黄军服的公安人员，跟着刘福田进了大队部，嘀咕一会儿，就把吴希声押出来，然后，推推搡搡地向大卡车走去。

瞎目婆凭她特别灵敏的听觉，立马知道发生了什么事。她戳着藤条拐杖大声呐喊："同志们，不能随便抓人呀！"

乡亲们也齐声嚷嚷："同志们，不能乱抓人呀！"

秀秀飞快闯进堂屋，拽着刘福田的胳膊恳求道："事情还没有弄清楚，你不能抓人，不能抓人！"

可是，刘福田根本不搭理人们的呼天喊地，命令公安人员把吴希声架上汽车。随后，自己也上了车头的座位。司机一踩油门，车屁股旋起两股黑烟，大卡车轰隆隆开走了。

秀秀心痛欲裂，却哭不出声，哧溜一下坐在泥地上，晕死过去。乡亲们无暇顾及这个不幸的婆娘子，只管望着慢慢远去的大卡车，在黑夜中站成一尊尊无言的菩萨，站成一根根无声的木头。

这时，张亮忽然听见大队部里咚地响了一声，就看见忽然闯出个似狗非狗似猫非猫的怪物，唰溜一下，射进黑漆漆的稻田。一阵沙沙响动之后，眨眼不见踪影。

张亮惊呼一声："咦，那是什么？"

一个后生哥说："好像是只猴哥。"

春山爷说："你们看走眼了吧！村子里哪会有猴哥？"

人们便站在黑夜中惊惊乍乍地议论："我的天！枫树坪可能出鬼了！要不，就是出了嘛咯妖怪？"

在漆黑的夜中，春山爷吼了一声："胡说八道！哪来的妖魔鬼怪？都嘛咯年头了，还散布封建迷信！"

可是，春山爷的斥责没人想听。枫树坪今天怪事一桩接一桩：刘福田的小崽子突然摔得脑浆四溅，王秀秀突然成了个疯婆子，吴希声突然成了杀人犯，刚才大队部又突然蹿出个非猫非狗的怪物……所有这一切，要没有妖魔鬼怪兴风作浪又该作何解释？

恐怖的阴影笼罩着枫树坪，久久挥之不去。

那个在黑夜中箭一样射向田野的怪物，确实不是妖魔鬼怪，果真是个猴哥——就是吴希声驯养过又放归山林的那只金丝猴，就是被乡亲们戏称为吴希声的小情人和婆娘子的孙卫红。

孙卫红的猴崽子摔死后，痛不欲生，在花果山却找不到一点温暖，得不到一点宽慰，不由倍加想念主人吴希声。它漫无目的地在山林里走啊，走啊，不知翻了多少岭，过了多少河，竟不知不觉潜回第二故乡枫树坪。孙卫红在村里走来走去，急不可待地想见到吴希声，想见到知青楼的老朋友蓝雪梅和张亮。可是，奇了怪了，村子里空空荡荡，知青楼也空空荡荡，那些能直立行走、能开口说话的老伙伴都到哪去了？孙卫红毕竟是个猴哥，它不能知道，刘福田把全村男女老少都鼓动到山垄里去造大寨田了。它无比扫兴，又十分不甘，继续在村子里东闯西蹿，想从它所熟悉的一草一木、一砖一石和一房一屋中，找回那些早已流逝的异常快活的日子。

忽然，孙卫红听到枫溪边一座土墙四合的小院里，传来了隐隐约约的声音。小院里有一株乌桕树，孙卫红嗖嗖嗖爬上去，站在一根斜横挑出的枝桠上往房间里一瞅，看见一个白白胖胖的小崽子，躺在床上蹬腿挥手啼哭，而整座宅院里却没有一个大人。孙卫红有些诧异，有些气忿，是哪个极不负责的母亲，竟把个小不点儿的婴儿孤零零地扔在家里！当然，孙卫红同样不能知道，这个小崽子是秀秀的宝贝儿子。刘福田动员社员们学大寨，他得身先士卒，以身垂范，把不满百日的月婆子王秀秀也鼓动到山垄里去烧水做饭了。

孙卫红在乌桕树上蹲了很久，看了很久，那小崽子的声声啼哭，愈来愈厉害，声音都哭哑了，差点儿就要憋过气去。刚刚做过母亲又痛失爱崽的孙卫红，对小生命的啼哭有一种天生的敏感，它很难过，很心酸，母性的冲动叫它浑身颤栗，无法自已。孙卫红看到对面的土屋，檩条与墙头间留有一尺来宽的空隙。它纵身一跃，上了墙，再一跃，进了屋，急急慌慌跳上床，一下就把哇哇大哭的幼婴抱在怀里。

不满百日的刘文革，睁大目珠滴溜溜地看着孙卫红，先是一愣，止住哭，继而又吓一跳，张开小嘴哇哇大哭起来。三个来月的婴儿虽然毫无意识，但是，他对孙卫红的尖嘴巴，塌鼻子，火眼金睛，浑身黄毛，还是陌生得不能接受。刚做过母亲的孙卫红对付一个幼婴驾轻就熟，从容不迫。它把一个不算丰满却还坚挺的奶头塞进刘文革的小嘴里，同时用一只前爪使劲地挤压着，一股芳香的猴乳嗞啦嗞啦注入婴儿的小嘴。早已肚子饿瘪的刘文革只顾吮奶，立马止哭。

孙卫红很快找回做母亲的感觉。婴儿的小嘴嗡着它的乳头，小手抓住它的胸毛，小眼睛盯着它的眼睛，这一切都给了孙卫红

271

一种母性的快愉。随着积贮太久的乳汁的欢快流淌，看着小楮楮红扑扑的小脸蛋，孙卫红博大无私的猴性母爱尽情宣泄，一泻千里，酣畅淋漓。

当孙卫红把婴儿喂了个饱，刘文革就对毛茸茸的母猴看顺了眼，居然冲着它甜甜地笑了笑。孙卫红大乐，也龇牙咧嘴傻不愣登地唧唧憨笑。压抑太久的母性一旦释放出来，孙卫红陶醉至极，忘乎所以，抱着刘文革在屋里晃晃悠悠，走来走去，那乳臭未干的小崽子也舒泰至极，耷拉上薄薄的眼皮，在母猴怀里静静地安然睡去。

孙卫红痴痴地瞅着怀里的婴儿，刘文革慢慢地就变成它那已经摔死的小猴崽，而且比小猴崽更可亲可爱。刘文革来自娘胎的抬头纹已经消退了，小脸蛋光洁而鲜嫩，小手小腿胖嘟嘟的，像莲藕似的有好些肉圈圈。小文革的气息也好闻，乳香味和尿骚味混合在一起，刺激得孙卫红的扁鼻子有种痒丝丝的感觉。最逗人的，是小文革在熟睡中还时不时微微一笑，弄得孙卫红心花怒放，压根忘了返回花果山。

这是多么美好的奇遇，多么幸福的时光！

但是，时间过得极快，日头慢慢挨了山沿。孙卫红听到村外人声喧嚷，屋外传来愈来愈近的脚步声，传来锄头、砍刀碰撞的哐当响。孙卫红知道，它该走了，即使遇到枫树坪的老朋友们，人家也决不会让它抱着这可爱的小崽子逗乐的。

孙卫红把刘文革轻轻放回床上，又难舍难分地瞅了两眼，一纵身，上了墙头，再一跃，出了屋。它在枫树坪待过三年，几乎熟悉村里通向山上的每一条大路和小径，便人不知鬼不觉地飞快上了山，进了林。

第二天，刘文革饿得哇哇大哭的时候，孙卫红又潜进秀秀家的小院。它抱起小崽子喂饱了奶。也是待到人们回村的时候，它才匆匆离去，一切安然无恙。第三天，孙卫红又来了。刘文革吸惯母猴的乳汁，似乎有了一种预约的期待，它不哭了，就那么静

刘文革对毛茸茸的母猴看顺了眼，冲着它甜甜地笑了。

静地躺在床上，恭候着猴妈妈到来。孙卫红从刘文革的眼神里看到小生命对自己的依赖，看到猿猴存在的价值，看到古老灵长目与现代灵长目之间沟通的可能性，更是喜不自禁，抱着小崽子在屋里走来走去，晃晃悠悠。一会儿上梁，一会儿下地，乐得个屁颠屁颠的已经忘了自己是谁。就在孙卫红抱着刘文革蹲在一人多高的大立柜上嬉戏逗乐的时候，它听到突如其来石破天惊的一声巨响——它当然不能知道，刘福田正带领社员大造大寨田，开山炸石，放了一炮——像地震一样可怕，沙啦啦的灰尘从屋顶震落，小土屋剧烈地颤抖了好几秒钟。孙卫红陡地一惊，两只前爪一松，刘文革来了个倒栽葱，从高空跌落，像个易碎的玻璃器皿，脑壳粉碎，脑浆迸溅，立时摔了个死撅。

孙卫红当即吓坏了，唧唧大哭，六神无主。这是一种怎样的宿命呀！一个多月前，孙卫红的亲崽在深涧悬崖摔死了，现在，被它视如亲崽的刘文革又一命呜呼。孙卫红在屋里急得团团转，想不出一点办法，直熬到上山造田的社员们陆续回村了，它听到王秀秀咿呀一声开了门，哐当一声把锄头扔在地角，接着是咕嘟咕嘟的喝水声，朝卧房大步走来的脚步声。孙卫红浑身一阵蹩躈，一跃上了墙头，悄没声息地蹲在那里，看着秀秀哭得死去活来，也陪着叭达叭达地掉泪。再后来，孙卫红听到村子里人声扰攘，轰轰隆隆，人们像潮水一样向大队部涌去。它为好奇心所驱使，也下了高墙，越过枫溪，潜入稻田，跃上一株乌桕树，窥视着事态的发展。

一会儿，孙卫红看见几个壮汉把一个瘦高个带进大队部。孙卫红一下就认出那人是它的大恩人吴希声。天呀，这是怎么回事？……孙卫红心里一惊，也顾不得多想，连续几个猫蹿虎跳，很快就上了大队部的黑瓦屋顶；继而，它又钻进屋子，一声不响地趴在大厅高高的横梁上。现在，孙卫红什么都看得更清楚了：吴希声被人家用棕索捆绑在柱子上，手指粗的棕索勒进他的细皮嫩肉，脖子上、肩胛上和膀子上，都磨出了一串串血星子。一会儿，孙卫红又看见走进一个凶神恶煞般的男人来，心里更加紧张了。从这家伙凶巴巴的样子，孙卫红很快认出来，他就是一年前曾经被孙卫红狠狠咬了一口的那个两脚兽！瞧，他又朝我的大恩人龇牙咧嘴哇啦哇啦了。孙卫红一时怒火烧心，真想凌空跳下，一口咬断那个两脚兽的喉管。但是，它不敢动弹，屋里人多，一人伸个指头，也能把它掐得粉碎。孙卫红只好咬紧牙关忍住了。它的一根不长不短的猴尾巴，一不小心掉了下来，连忙小心翼翼地收了上去，就那么一动不动地趴在横梁上，连大气也不敢喘。

再过一会儿，孙卫红又看见一个蓬头垢面的女人跌跌撞撞走进来，它认出她就是那个摔死了的小崽子的母亲，这女人肯定是疯了，一进来就刮了大恩人两个大耳光。被捆绑在柱子上的吴希声，不能还手，也不敢还口，可怜兮兮地耷拉着脑壳。孙卫红快要急死了，怎样才能解救自己的大恩人啊？……

275

一直捱到上灯时分，孙卫红看见几个穿黄军衣的汉子闯了进来，把大恩人吆喝着，推搡着，押上一台装着四个大磨盘（孙卫红少见多怪，头一次看到吉普车）的大家伙，呼隆隆开走了。破败古老的大队部忽然静了下来，趴在高高横梁上的孙卫红抓耳挠腮地想了又想，糟了，大恩人吴希声这一去准是凶多吉少了！

于是，孙卫红倏地跃下横梁，腾地一声钻出窗洞，站在黑暗中定了定神，辨明远去的隆隆车声，追着弥漫在风中的汽油味，朝县城的方向，像带响的飞箭一样射了出去。

第十三章　犹大的悲哀

茂财叔锯了几块床板，钉了副小棺材，给小外孙收了殓，不顾秀秀哭得死去活来，硬是扛上山埋了。

此后几天，秀秀茶水未进，关在家里以泪洗面。乡亲们只晓得秀秀是为小崽子的惨死伤心，却不知道她同时也为吴希声牵肠挂肚、悲痛欲绝。娟娟怕秀秀有个三长两短，常常过来跟她作伴。

娟娟陪着秀秀不知说了多少宽心话，也不知淌了多少伤心泪，但秀秀总是解不开心头的死结，苦唧唧的，病恹恹的，饭也不吃，家也不理。脏衣服积了一大堆，桌面上尘土灰蒙蒙，地下鸡屎鸭屎臭烘烘。娟娟看不过去，喂饱了小金兰，又哄她睡熟了，安放在秀秀的床铺上，就挽起袖子帮着拾掇屋子。半死不活的秀秀稍稍振作了些，也和娟娟抢着做活。桌子抹过了，地角扫净了，姐妹俩到院子里洗衣服。娟娟摇辘轳，秀秀提水；娟娟抹茶饼，秀秀搓衣衫；娟娟刷鞋子，秀秀洗被子。初伏白花花的阳光撒满小院，小凉风轻轻地吹，小蜜蜂嗡嗡地叫，小蝴蝶翩翩飞舞，小麻雀在草坪上啄草籽，一切都仿佛怕勾起秀秀的伤心事，院子里一片出奇的静谧。

小半天，衣服被子洗好了，晾好了，秀秀和娟娟进了屋。刚走近卧房门边，秀秀轻轻"啊"了一声，就弹回头，把一根食指竖在唇边，一副丢魂失魄的表情把娟娟吓得同样丢魂失魄。

娟娟向前探了探头，看见一只半人高的金丝猴，把小金兰抱在怀里，在床上轻轻晃悠，又下地来回走动。金丝猴一双闪光烁金的眼睛瞅着小金兰，笑容可掬；毛茸茸的尖嘴时不时亲一亲小金兰的脸颊，怪模怪样的，又开心又陶醉。

秀秀和娟娟匆匆交换一瞥，读懂了彼此眼里的意思：我的妈哟！这是怎么回事啊？

已经魂不附体的娟娟愣了片刻，扯扯秀秀的衣角，蹑手蹑脚退出堂屋，一边捂着怦怦剧跳的胸口，一边轻声叫着："啊，吓死我了！吓死我了！"

"我晓得了，这畜生就是摔死我崽子的凶手！"惊魂未定的秀秀脸上没有一点血色，用手扶住屋柱子才勉强站稳了。

"噢，我的天！这可怎么办？这可怎么办？"娟娟盯着几丈远的睡房，像盯着一颗定时炸弹。

秀秀又轻声说："它脖子上还戴个铁圈，很可能就是吴希声放生的那个孙卫红。"

娟娟可没有心思研究这只金丝猴，急慌慌地对秀秀说："我去叫人，你在这里看着，注意，千万别惊动了它！"

一会儿，娟娟把春山爷、茂财叔、大队治保主任都叫来了，大家蹑手蹑脚地靠近秀秀的房间。透过卧房壁板的缝隙，他们看清了那只抱着小金兰的母猴已经下了床，小金兰也被弄醒了，但是她不哭，正埋在母猴怀里吸奶呢！看来母猴的奶水很足，小金兰叭唧叭唧的吮吸声传到屋外，清晰可闻。金丝猴用一只前肢托着妹娃子的屁股蛋，另一只前肢扶着她的腰，松紧适度，不倾不斜，这种姿势简直无可挑剔。小金兰吃饱奶，抬起头来看看母猴，一点也不害怕，还用小嘴扯着母猴的奶头，一会儿拉长，一会儿放松，显然把母猴的奶头弄痒了，弄痛了，就朝小金兰发出唧唧怪笑。春山爷、茂财叔全看呆了，眼里泪花闪闪，感动已经多于害怕。这畜生如果不是长得尖嘴塌鼻，浑身黄毛，谁看了这幅母亲奶子图，不会对灵长目动物善良的天性发出由衷的赞叹啊！

277

春山爷指挥大家悄悄从堂屋退到小院，捏着嗓子小声说："嘘，莫讲话！莫弄出一点点声音！现在嘛咯办法都没有的，只有等，静静地等，等那个畜生自己离开！"

娟娟憋着哭声说："不行！不行！万一我的妹娃子……"

春山爷说："莫怕，我想，那畜生玩够了，天黑了，它自己会走的。"

大家都噤若寒蝉，想不出更好的办法，只好耐着性子在屋外静静地等待着。慢慢地，天黑下来了。春山爷他们听到屋里传来两声轻轻的响动，随即一切静了下来。当然，这静有些深不可测，有些危机四伏，但是，所有人都得忍受这种无比严峻的寂静。过了许久，春山爷蹑手蹑脚走到房门前一看，母猴不见了，小金兰又睡熟了，依然躺在秀秀的眠床上，毫发无损，安然无恙！春山爷又惊又喜，向娟娟招了招手。娟娟一下扑进屋，把小金兰抱在怀里，像是捡回个妹娃子，激动得哭出了声。

秀秀反身出屋，沿着院墙找了一圈，金丝猴孙卫红早就无影无踪。可秀秀还是这里看看，那里瞧瞧，气恨得咬牙切齿："咳，我一定要逮住这畜生，叫它千刀万剐、碎尸万段！"

春山爷拦住秀秀劝说道："秀，你的小文革很可能是这只猴哥摔死的，可看它爱小金兰的那股劲头，你也看到了。这母猴决不会成心要摔死你的崽子，你就饶了它吧！"

秀秀觉得春山爷的话有些道理，稍稍安静了些。

春山爷在屋里屋外查了一遍，把茂财叔和秀秀等人叫到窗前说："你们看，那畜生就是从这里跳上跳下的，窗台上还有金丝猴的爪子印，你们千万要保留好！这就是证据，吴希声嘛咯罪也没有，他是无辜的！"

这个推论倒是叫秀秀放下心上的一块大石头。她特意拿来两个小脸盆，把窗台上的猴爪子印盖个严严实实，保护好现场，就等着公安们来取证。秀秀相信，她的希声哥肯定能死里逃生了。

这桩看似离奇荒诞的怪事，把整个枫树坪都震动了，男女老少，一拨又一拨的，涌到秀秀家来参观、探问，议论纷纷："这下可好了，吴希声有救了！""我早说呢，吴希声那样个书呆子，心地善良，胆小怕事，下得了手杀一个小崽子吗？"

春山爷叫治保主任和民兵队长站在秀秀家的院门外严加防守，决不让乡亲们跨进门槛。春山爷说："知道就好了，现场可是要好好保护，我马上通知县公安和刘主任来看看，这事关系吴希声的死活呢！"

乡亲们不能亲眼看到猴哥的爪子印，虽然觉得有点遗憾，但是都很听话地纷纷散了。现在案情大白，枫树坪虽然死了个小崽子，而大好人吴希声总算能起死回生了，全村乡亲便都松了口气。

县公安局接到枫树坪大队的电话报告，得知刘福田的小崽子刘文革是一只猴哥摔死的，便立即派人前来侦查，取证，还用一台海鸥牌老爷相机，对准留在窗台上的金丝猴的爪子印，喊哩喀嚓地拍了好几张照片。他们带回局子，请痕迹检验员作了仔细鉴定，又经过一番认真研究，一致认定吴希声是完全无辜的。局长签发了命令，要立马放人。可是，这时案子峰回路转，突然有了意外的重大发现。

原来公安人员去枫树坪抓人的时候，为了掌握凶犯的证据，曾去知青楼吴希声房间搜查一遍。他们指望发现匕首、铁片、铅丝或是已经配制好的万能钥匙等等作案工具，然而一件也没找到，却发现了几本笔记本，也不管用得上用不上，顺手牵羊都带了回来。在审查吴希声是否杀了刘文革的时候，局长指定一个细心的女公安审阅这些材料。那位女公安十分惊讶地发现，吴希声真是个好学上进的好知青，六大本笔记本，满满当当地抄录着许多客家山歌、名家名作、格言隽语。其中有毛主席诗词，有唐宋诗词，有海涅、拜伦、普希金、泰戈尔等外国诗人的爱情诗，有《红楼梦》、《西厢记》的诗词摘抄，还有许多歌曲——包括女公安看不懂的五线谱。全部笔记都清清爽爽，赏心悦目，那些书抄、文摘

279

和心得笔记，简直能当硬笔书法来欣赏。尚未婚配的年轻女公安一边看，一边为吴希声扼腕叹息。这家伙如果不是个嫌疑犯，在许多姑娘（当然也包括她自己）眼里，简直会成为抢手的追求对象哩。女公安在心里嘲笑局长真是多此一举，用这些材料去挑选个秀才和学习模范还差不多，哪能从里头找到现行反革命的犯罪证据？

年轻的女公安花了两天时间，七翻八看，看到第五本笔记本的时候，发现这样一首诗：

受够无情戏弄之后，
我不再把自己当人看。
仿佛我就成了一条疯狗，
漫无目的地荡游人间。

我还不如一条疯狗，
狗急它能跳出墙院。
而我只有默默地忍受，
我比狗有更多的辛酸。

女公安吸溜着鼻子，似乎闻到这首诗有些不大对头的气味。但是，民间诗人食指这首风靡一时的短诗，毕竟只是流露出某种忧伤和悲愤，也说不清要害到底在哪里。女公安便提高警惕，瞪大眼睛继续往下看。再翻到第六本笔记本的最后几页，女公安又看到更成问题的两首诗。一首是：

总理逝世留英名，
竟有蝇蛆贬丰功。
排他抬己阴风起，
吕后鬼魂逞淫凶。

> 妖魔啮人喷迷雾，
> 瘟鸡焉敢撼大鹏。
> 奋起马列千钧棒，
> 痛打白骨变色龙。

另一首是：

> 歌悲闻鬼叫，
> 我哭豺狼笑。
> 挥泪祭雄杰，
> 扬眉剑出鞘。

年轻的女公安眼睛一亮，精神大振。因为上头已经下了文件，把"四五"悼念周恩来总理的活动定为"反革命事件"。公安内部也层层下达任务，要在全国范围追查政治谣言和恶攻言论。后面那两首诗，矛头所指，一目了然。女公安终于松了口气：我的天，总算没有白花我两天工夫呀！她兴冲冲地把抄录着那三首诗的笔记本呈送给公安局长。局长更是兴奋万分，立即向刘福田作了汇报。刘福田对那些既拗口又深奥的文字不甚了然，局长耐着性子给他作了讲解，刘福田就吓出一身冷汗："我的妈呀，真想不到，一个活生生的现反分子就躺在我身边，我竟一点也看不见！"

局长说："刘主任，这个吴希声是不是杀害你小崽子的凶手，已经无关紧要。现在，最要紧的，是要揪出躲在吴希声后头的大鲨鱼！最近上头催得很紧，要我们追查政治谣言，追查'恶攻现反'。我们原先是多么麻痹大意啊，还以为一个山区小县有嘛咯'现反'？现在好了，狡猾的狐狸终于露出小尾巴了，我们……"

刘福田抢过话头说："对，对，我们要乘胜追击，揪出幕后更大的摇鹅毛扇式的人物！"

刘福田接到枫树坪大队的报告，说他的小崽子为一只金丝猴所害，跟吴希声毫无关系，已经有些泄气。现在好了，铁证如山，不仅能够置吴希声于死地，而且有个立大功的机会。他精神抖擞，全身细胞都亢奋起来，用不容争辩的口吻交代公安局长："你立马给我派上两个人，成立个专案组，我要亲自抓这个大案要案！"

那个年代，中国有一类人的政治嗅觉比猎狗的鼻子还要灵敏。刘福田立马从吴希声身上嗅到一种气味，那就叫做"恶攻"。当时的宣传舆论，动不动就把屁大个事或是纯属子虚乌有的事，上纲上线为"誓死捍卫"。现在，刘福田觉得他真是值得好好地"誓死"一番了，然后向那个长得像蛤蟆精样的老女人邀功请赏。刘福田美滋滋地想，上海的王洪文原先不过是个小工人，就是被那个老女人看上了，一家伙就当上党中央的副主席；我如能立大功，创奇迹，乘飞机，坐火箭，到省城，上北京，弄个大首长当当也只是时间问题吧！

刘福田带着两个公安人员兴冲冲赶回枫树坪。一名年轻公安扎到群众中去摸材料；一名老公安把知青们集中起来办"追查政治谣言学习班"，发动大家揭发吴希声的反革命言论。学习班严格实行"三不"——一不准串联，二不准通信，三不准走出知青楼。大家都关在自己的房间里写材料。刘福田和老公安，嘴里叼支烟，时不时在各层楼的楼道上走来走去，看似无事，可谁都知道他们那鹰似的眼睛和猫似的耳朵，绝对不会闲着。连上厕所也不方便了，一个一个进，不准两人同时在茅坑里蹲坑；吃饭呢，不准上伙房，三餐都由民兵拎着一大桶稀粥，送到各个房间，像供囚犯似的，不论男女，绝对平均，一舀一勺，不多不少。一向还算热闹的知青楼，顿时变成一座不是监狱的监狱，笼罩着一片阴沉沉鬼森森的杀气。

春山爷对办这样的学习班大感不解，十分抵触，有天径直找到刘福田。说刘主任，你的小崽子明明是一只猴哥害死的，再怎么的，你总得去现场看看吧！刘福田拗不过春山爷，这天傍晚，就抽了点空回了趟家。秀秀、娟娟、春山爷、茂财叔，还有民兵队长和治保主任，一大帮子人把刘福田包围起来，七嘴八舌向他说起金丝猴进屋抱崽的怪事。

刘福田嘿嘿冷笑："谁这么聪明，编了个稀奇古怪的故事来蒙我！"

春山爷把刘福田带到窗台前："你自己看看吧，是不是蒙你？这窗台上还有一串猴哥的爪子印，一直用脸盆罩住，这会儿还能看个清清楚楚呢。"

秀秀的房间也就是刘福田的房间，他当然很熟悉，但自从刘文革出了事，他就没回来过。一跨进房间，刘福田就嗅到一股逼人的阴气，不觉双眉紧蹙。自从摔死了心爱的崽，秀秀怕风怕光怕太阳，成天把门窗关得严严密密的。茂财叔点了盏风灯，秀秀又摁亮手电，让刘福田在窗台上细细看了许久。果然，那里上有四个爪子印，像四朵梅花瓣，清晰而醒目地落在窗台上。刘福田心里暗想，他妈的！真是怪了，怪了！这畜生还真可能是杀害我崽子的凶手啊。

但刘福田城府极深，决不会把心思写在脸上。他反剪双手，在厅堂上踱着方步说："光看这些爪子印么，也说明不了问题咯；这村子靠山，柴狗野猫进村偷鸡叼鸭也是常有的事。"

春山爷说："这哪是柴狗野猫呀，明明是猴哥的爪子印。你再仔细看看，两个脚趾短点的，是后脚；两个指头长点的，是前爪。这不是猴哥能是嘛咯山兽？"

"嗯，嗯！"刘福田漫不经心地点点头，"那就等我逮到那只猴哥，审个清楚再说吧！"

"山里的猴哥可不是你想逮就能逮到的。"春山爷急了，嗓门一下炸开来，"再说，猴哥又不会说话，你怎么个审法？"

大家都把目光盯着刘福田。善良的山里人，包括一向看不起吴希声的茂财叔，都晓得人命关天，平白无辜把个知青哥绑送到县里去，现在又要办嘛咯学习班，罗织他的罪名，真是天理难容。

大家七嘴八舌央求着："刘主任，别冤枉好人了，快快把吴希声放了吧！"

"唉！吴希声我们可是救不了了。"刘福田脸上竟是万般无奈的样子，"我的崽子是不是他杀死，已经无关紧要了。"

春山爷吃了一惊："哦？你这话是嘛意思？"

刘福田说："吴希声犯了更大的罪。县革委会在知青队办学习班，就是查他的案子。"

"嘛咯案子？啊！他会犯嘛咯案子？"春山爷简直不相信自己的耳朵，目眈眈地盯着刘福田，"请你讲清楚一点！"

"这个吗？"刘福田脸孔绷紧，莫测高深，"县公安局已经掌握许多材料，吴希声有严重的政治问题，他犯了'恶攻'大罪。"

春山爷还是一头雾水："嘛咯恶公恶婆的？我们山里人是石碓打石臼，讲究实（石）打实（石）的，请你讲具体点！"

刘福田解释道："这个'恶攻'么，就是恶毒攻击中央首长，恶毒攻击中央文革，恶毒攻击文化大革命。"

秀秀陡地吓了一跳。因为她已经从报上看到有好几则消息，说某某某、某某某，就因为犯了"恶攻"大罪而被判了死刑。可是，秀秀怕刘福田猜到她和希声之间的秘密，硬是不敢吱声，只好把满眶泪水往肚里吞。

春山爷说："刘主任，我还是听不明白，他吴希声到底讲了嘛咯冒犯王法的话？你能不能讲得更具体点，更实在点！"

"杨春山，你不要逼我！"刘福田一下把嗓门放开了，"吴希声讲的都是些犯上作乱的反动话，谁敢重复？谁敢扩散？要犯杀头大罪嘞！"

刘福田这一番话，可把小小的枫树坪镇住了。乡亲们就将那座正在办学习班的知青楼，与吴希声的性命紧紧联系在一起。有事没事，都想去知青楼看看。可是里头住着公安，门口又有民兵站岗，神秘兮兮，深不可测。社员们便装作拾粪、捡柴和呼鸡寻狗的，常常在楼外转悠，又探头探脑往里瞅。乡亲们真不敢相信，那座知青楼里难道真能藏着一两个国民党特务？那个斯斯文文、心地善良的吴希声，还真能是个现行反革命分子？

这个年头，稀奇古怪的事情真是太多了！

枫树坪这一带山高林密，是猴哥出没的世界。自古至今，猴入民宅、猴猪抢食、猴犬同窝、猴猫相戏，这类怪事屡见不鲜；猴抱幼婴、猴奶孩子、猴哥救人、猴哥报恩的故事，也时有所闻。但是，刘福田最初听说小文革是一只猴哥弄死的，他压根就不肯信。自从看过秀秀房间窗台上那些猴爪子印，刘福田不仅信了，而且还听乡亲们说，那只猴哥脖子上戴着个铁圈，八成是吴希声豢养过的那个孙卫红，他就更加气恨难消。刘福田觉得他的右胳膊隐隐作痛起来。一年多前，孙卫红狠狠咬了他一口。刘福田卷起袖子看看，胳膊上的伤疤还清晰可见。真是旧恨新仇，不共戴天！刘福田的腮帮骨鼓了起来，牙根咬得咯咯响了：

"孙卫红呀孙卫红，老子不宰了你下酒吃，老子就不姓刘！"

在办学习班紧张忙碌的日子里，刘福田有好些天在午休时间，独自潜回秀秀家的小院，藏在柴禾间里守株待猴，要打孙卫红的伏击。

从柴禾间的小窗望出去，三丈开外，是一株绿满枝头的乌桕树，离乌桕树一丈来远，就是秀秀的睡房。刘福田听他丈人老说，那畜生很可能是先上了这棵乌桕树，再跳上对面的墙头，然后钻进秀秀房间的。刘福田想，仅一箭之地，只要孙卫红一出现，把它一铳撂倒那是十拿九稳的。

为了报仇雪恨，刘福田真是够有耐性了。一连三天，他悄悄地溜回家，独自一人蹲在柴禾间的小窗下，一呆就是两个来小时。刘福田蹲久了，腿有些麻，就在柴捆上坐下。点了支烟抽着，一杆乌黑发亮的鸟铳架在窗洞上，双眼死死盯着窗外的乌桕树。他支楞起耳朵，捕捉着田畈上一点点细微的声响。那个聚精会神的样子，很像个公安侦察员神不知鬼不觉地在那里蹲坑。

285

第一天和第二天，刘福田都扑了个空。直到第三天下午两点来钟，他忽然听到窗外的杂草丛中响起一阵窸窸窣窣声。随即，他看到一团金光一闪，一只金丝猴嗖嗖嗖地上了乌桕树。片刻，它又轻轻一跃，落在对面的墙头上。金丝猴静静地蹲在那里，探头探脑地往房间里瞅。那畜生大概有些纳闷了，前些天我抱过奶过的那个妹娃子怎么不见了？咳，我的两只奶子胀鼓鼓的，多想找个小崽子妹娃子来吃我的奶呀！

刘福田连忙端起鸟铳，一眼闭一眼睁地瞄准了一霎时，"砰"地放了一铳，随后就看见那个畜生栽了下来。刘福田心中狂喜，冲出柴禾间，在小院的杂草丛中找了老半天，连一根猴毛也没找到。

孙卫红可是个机灵绝顶的家伙，在听到鸟铳击发扳机的一瞬间，它嗖的一下就跃下墙头，像金色的闪电一闪，眨眼间逃个没踪没影了。

茂财叔和秀秀闻声赶了出来，见刘福田手上端着杆鸟铳都十分诧异，问道："咦，你这是怎么啦？"

刘福田顿足失声："咳，咳，刚才树上有一对斑鸠，我放了一铳，可惜呀可惜，都飞走了！"

茂财叔满脸疑惑："阿田，这些天村子里人心惶惶的，你还放嘛咯铳，打嘛咯鸟啊？"

刘福田走进柴禾间，把鸟铳在墙壁上挂好，回头答道："学习班的饭食没点油水，我想弄点小菜下酒吃。"

"那你就回家来吃吧，叫秀秀给你弄两个菜。"茂财叔虽然这样招呼，声音却是冷冰冰的，全然没有昔日的殷勤了。

全村乡亲亲眼看见刘福田把吴希声逮走，现在他又来查吴希声的案子，茂财叔爷儿俩都把他看成个可怕的瘟神，恨不得躲他远远的。

秀秀和丈人老如此冷淡，刘福田自然早有感觉，但他革命第一，六亲不认。他一边往外走一边说："我忙，我忙，学习班还有一大堆事哩，我走了，不在家吃饭了。”

自从爱崽摔死之后，秀秀只剩下半条小命了。她病歪歪地跟在刘福田身后探问道：“你们的学习班办了好几天，查来查去，查出嘛咯名堂来了？”

“这是国家机密，你懂不懂？”刘福田转过身来，用冷冰冰的目光咬住秀秀说，“嘿，婆娘子家，敢多嘴多舌！”

为了保住希声一条命，秀秀脸面也不顾了，又哀哀地央求道：“人家嘛事都没有，你就放过人家吧！”

“哼！没事？”刘福田用鼻子冷笑一下说，“你知道吴希声没事？查出个事来，准叫你们吓一大跳！”

秀秀当即就吓了一大跳。原来还是低三下四哀求着的，突然就像一匹母狼一样嚎起来：“刘福田，你不要把坏事做绝！你知道乡亲们背地里怎么骂你吗？都说你要遭五雷劈，天火烧！就是死了，也要被野狼掏光五脏六腑，被臭蛆吃成一把骨头……嘿，你威风嘛咯威风，一人一口唾沫，也要把你淹死哩！”

刘福田把秀秀的话当耳边风，一声不吱，跨出院门。眨眼间，穿着旧军衣的威风凛凛的背影，消失在禾苗夹道的田间小路上。

张亮关在自己的房间里已有三天，小书桌上摊开一叠空白信笺，搁着一支脱去笔帽的钢笔。他时而在竹椅上坐着，时而在小床上躺着；一会儿在巴掌大的房间里打转转，一会儿坐下来抽闷烟。烟灰缸里的烟蒂已经堆成一座小山，可张亮一直写不出一个字。他在心里痛骂刘福田：我操你妈，大流氓！关吧，关吧，老子要把牢底来坐穿，看你能把老子怎么样？

其他知青也都关在自己的房间里冥思苦想，三天过去了，也写不出一个字。吴希声性情孤僻，喜欢独处，平时跟厦门知青、福州知青联系更少，能有什么材料好供他们揭发？但是，交白卷是过不了关的。知青们就绞尽脑汁，搜索枯肠，胡乱写上几条。比如，吴希声喜欢拉小提琴，经常拉些外国曲子，是一种根深蒂固的小资情调；吴希声开头跟王秀秀谈恋爱，后来又不要人家，生活作风大有问题；吴希声把自己养的猴子起名"孙卫红"，是明目张胆污蔑红卫兵，污蔑红色政权；吴希声担任大队会计，年年搞瞒产私分，破坏集体经济等等。刘福田看过这些材料，极为不满。胡扯蛋！胡扯蛋！这些鸡零狗碎的东西，有嘛咯价值？老公安说，算了，这些福州知青和厦门知青，可能真的不了解吴希声。刘福田说，我看是火候不到，再加把火吧！老公安却阴阴地笑了笑，说都让他们解脱了吧，给他们自由！刘福田叫起来，这怎么行？我们拿嘛咯交差？老公安说，毛主席教导我们，伤其十指，不如断其一指。集中兵力打歼灭战吧。

刘福田佩服老公安的老谋深算。立马把知青们集合起来开了个会，充分肯定知青们不愧为毛主席的好青年，觉悟就是高，绝大多数同志都表现很好，已经跟吴希声划清界线，揭发了许多材料。刘福田把一大叠信笺稿纸朝大家亮了亮，提高嗓门强调说，光凭大家交上来的这些材料，足够证明吴希声是只混在羊群中的狼，给他判个十年二十年绰绰有余了。但是——刘福田把这个转折词拖得很长，同时把锥子似的目光射向张亮——但是，有个别人，至今还和吴希声穿一条裤子，不肯揭发吴希声的问题。这就叫我们有理由怀疑，这种人是站在嘛咯立场？

张亮感到有许多眼睛盯住了他，立即毛骨悚然，浑身冒汗。张亮知道刘福田说的"个别人"就是指他张亮。他张亮已经不配称"同志"，只配叫"人"了。在"文革"年代，人是无足轻重的，只有"同志"的称呼才让人有一种亲切感和安全感。张亮就有了被打入另册的惊惶。然而，更加严重的事还在后头。刘福田郑重宣布：除了张亮，其他同志都不需要实行"三不"规定了，可以出工了，可以通信了，知青之间也可以自由交谈了。惟有张亮，得继续交代揭发问题，哪天交代揭发清楚了，哪天恢复自由。

张亮一颗心空落落地悬了起来。他发现，再没人敢跟他讲话了，更没人敢到他房间串门了。就是在楼道上与人擦肩相遇，人家不是撇过脸就是低下头，眼里根本就没他张亮这个人。张亮感到彻底的孤立，比"文革"初期被人骂做"狗崽子"的孤立还要更加可怕十倍百倍。张亮好像被抛到一片荒郊野地的坟场上，恐怖的氛围把他挤压得喘不过气。

但是，张亮可不是一压就垮的软蛋。他关在自己的房里发出阵阵冷笑。他想，他狗娘养的刘福田，准是发现刘文革是吴希声的种，就因为情场上的恩恩怨怨，非置吴希声于死地决不罢休了。前几天，刘福田给希声强加个杀人罪，幸好孙卫红再次现身，把他的冤情洗刷干净了；如今，刘福田又给他栽上个"恶攻"罪，更加荒唐狠毒。吴希声一向胆小怕事、谨言慎行、夹着尾巴做人，他敢犯上作乱？敢攻击中央首长？说到"政治谣言"，他吴希声待在这山沟沟里七八年了，抬头见天，开门见山，和知青哥农民哥厮混在一起，他能听到些啥？传播些啥？简直是天方夜谭！

289

楼道上一阵脚步声响起，老公安嘴里叼根烟，踱进张亮房间。看见铺在桌上的信笺仍然不着一字，微笑问道，还是嘛咯都想不起来？张亮可怜巴巴地说，想不起来。老同志，我真的觉得没有啥好揭发的。你说吴希声他……老公安一抬手制止了张亮。后生哥，你以为今天的反革命，都把标记写在额头上？你以为政治谣言和"恶攻"言论，都是在大会上说，在演讲中讲的？错了，今天的阶级斗争、路线斗争更复杂更隐蔽了。有许多"恶攻"是在闲谈中发泄的，有许多反动言论是在聊天时流露的，而且，也不会明目张胆，大肆张扬，常常是含沙射影，藏头露尾的。张亮，你是不是多往这方面去想想？特别是吴希声情绪不好的时候，他都说了嘛咯鬼话？发了嘛咯牢骚？

老公安的循循善诱，像一把强大的钳子，硬是把张亮的思路拧了过来，就想起吴希声过去的确发过一些牢骚。但是，那样的泄气话自己说得更多呢，也有政治问题？张亮依然想不起更有价值的东西。

老公安披件旧军衣，穿双大皮鞋，呱达呱达地在楼道上走来走去，快把张亮的脑瓜子踩裂踩碎了。张亮知道，这单调沉重的脚步声，是一种提醒，一种警告，他丝毫不敢懈怠。他一根接一根抽烟，一边拼命吸，一边使劲想。一沓烟纸撕完了，一包烟丝烧完了，他终于想起两桩往事。这一想可不得了，张亮自己被自己吓了一大跳。

第一件事，那是今年夏天吧，一个星月无光的夜晚，为了那张救命的招工表，蓝雪梅被刘福田骗到大队部去，久久不见回来。他和吴希声在晒谷坪上等着，焦急万分，心情糟透了，吴希声教他唱了一首《中国知青歌》。那支歌的曲调非常悲凉、凄婉。张亮至今还记得头一段歌词是这样的："告别了妈妈/再见吧家乡/金色的学生年代已经转入青春的史册/一去不复返/啊，未来的道路多么艰难/曲折又漫长/生活的脚印深陷在偏僻的异乡……"张亮细细品味这段歌词的意思。怪了，早先吴希声教他哼唱的时候，这些歌词的每个字，都像从自己心头蹦出来，是自己很想说又没敢说或者说不来的心里话。可是现在，按照老公安的启发，张亮换个角度，一琢磨，一推敲，字字句句都有了问题。什么"未来的道路多么艰难，曲折又漫长"，这不是污蔑"是大好，不是小好"而且"愈来愈好"的大好形势么？什么"生活的脚印深陷在偏僻的异乡"，这不是发泄对上山下乡运动的不满，对抗毛主席关于"接受再教育"的伟大指示吗？

张亮觉得真是奇了怪了，同一件事从不同角度看，感受和结论竟是截然相反。同一枚硬币有正有反，你是亮出面值，还是亮出图案，就凭你的需要来决定吧！绝对的真理是不存在的。

第二件事更可怕：去年春天，吴希声回上海探过一次家，回来之后心情一直很沮丧。一天中午，张亮和吴希声在大队部看报纸，当天报上登着毛主席的七绝《为李进同志题所摄庐山仙人洞照》以及那帧黑白艺术摄影作品。也不知怎么的，他们聊来聊去，就由李进扯到江青，由江青扯到"三点水"，由"三点水"又扯到蓝苹，吴希声仿佛说过，蓝苹在三十年代的大上海是个三流演员，名声不好，同时跟一个编剧、一个导演同居，还闹出人命。张亮记得他当时吓了一跳，简直不敢相信那个满脑袋光环的女人是那么个角色！希声又继续补充道，这事千真万确。"文革"初期，他哥吴希文曾带着他去看过蓝苹在三十年代住的房子，就在淮海路的一条小弄堂里，那是一个小小的亭子间……

张亮一阵心惊胆战，背脊上早被冷汗打湿了一大片。

我的妈哟，要说"恶攻"，这更是不折不扣的"恶攻"了！这事一捅出去，吴希声还有命吗？不能说，决不能说，死也不能说！张亮深晓问题的严重性，决心要让这两桩事永远烂在自己的肚子里。

又一天过去了，张亮还是交不出一个字。一早醒来，他发现房门口多了个民兵。他想，他妈的，我真成了中央大首长了，连睡觉都有人站岗保卫。张亮到伙房打水，到茅坑拉屎，这个民兵崽子也寸步不离。其他知青纷纷与他划清界限，惟恐避之不及，只敢远远地看他，就连平时与他联系颇多交情很铁的哥们，也不敢多瞅他一眼。张亮觉得自己忽然成了个麻风病患者，根本不配在人群中生活了。张亮气得牙根格格响，他妈的！躲吧，躲吧！你们这些大软蛋都给我滚得远远的，离了你们我就活不成了？嘿嘿，笑话！笑话！

老公安看陪了几天几夜，从张亮身上榨不出油水，就对刘福田说，刘主任，你得去给那小子加加温。刘福田有些为难。他说张亮跟自己有过节，牛脾气又犟，不会买他的账。

当然，刘福田不敢提起他曾经强暴过张亮的爱人蓝雪梅。

老公安又说，张亮再犟还能犟过无产阶级专政的铁拳头？刘主任，你是县领导，又分管县知青办这一摊。知青们的命根子就攥在你手里，你只要稍稍提到招工招干这档子事，嘿，你看看吧，他张亮就是个铁打的汉子也会变成个大软蛋！

刘福田沉吟半天，说，我去试试看吧。

张亮正躺在床上吸烟，看见刘福田迈进屋，就闭上眼，不动弹。张亮的放肆无礼，刘福田早在意料之中，并不计较，自己拉过板凳坐下了，阴阴地问道，张亮，想得怎么样了？

张亮眼睛一横，没啥好想的。你们把我抓起来吧！

刘福田撇一撇嘴，哼，要抓你还不容易！叫两个民兵来就行。我是有点为你可惜啊！

张亮一下坐了起来，哼，你还以为我是三岁儿童，跟我玩黄鼠狼给鸡拜年的游戏？

真的，我是有点为你可惜啊！你干活真是把好手，一抡起大锤就是一百二十多下！刘福田回忆往事，眼神里充满了钦佩而又惋惜之情。可是，要想招工，要想上调，光会抡大锤还不行，还得政治表现过硬……

张亮心里动了一下，就问道，招工上调？这和招工上调有什么关系？

刘福田说，关系大了！你能拿出有价值的材料，我保证给你一个回上海的招工指标。

张亮咬得紧紧的牙关差点儿就要被撬开了，但他忽然想起蓝雪梅的悲剧，一下子蹦了起来，大声吼道：刘福田，你又想给老子下套子？啊！你以为我是蓝雪梅，啊？

刘福田也霍地站起来，提高了声音警告道：张亮，我把话说在前头，你如果不怕在枫树坪待一辈子，你就顶牛顶到底吧！

刘福田一跨出房门，张亮砰的一声放倒在床上。我操你妈×，我操你祖宗十八代，大流氓刘福田！你知道我怕在这里待一辈子，你就偏偏拿这个来吓唬我，我才不尿你他妈个×！……

张亮骂够了，骂累了，精疲力竭地躺倒在床。又转念一想，要是真的在枫树坪待一辈子会怎么样？"文革"后期，张亮的父母因为没有政治问题，纯属富甲一方的资本家，早已获得"解放"，他家的银行存款和享有的定息虽然尚未解冻，那幢梧桐掩映的别墅小院却物归原主了。常言道瘦死的骆驼壮过马，他张家随便典当变卖点古玩家什，还是衣食无虞的。父母又上了年纪，出于骨肉亲情，对张亮早年的过激之举也不作计较了，十天半月就来封信，盼着儿子招工回城。现在，狗娘养的刘福田偏偏卡我的肉脖子，不让我回城不是要了我的命吗？

张亮想，回不了上海，就意味着再也不能在凉风习习的上海外滩轧马路，再也不能到锦江饭店、国际大厦去吃西餐，再也不能在南京路上欣赏闪烁变幻的霓虹灯……这不是活活地要把人憋死吗？一个奇怪的念头在张亮脑中闪过，要是把吴希声那两桩事情说出去呢，难道我梦想的事情都能一一变成现实？或许，欲加之罪，何患无辞！知青们写的一大沓揭发材料，已经要了吴希声的命了，哪里在乎我再加上一条两条呢？……

呸！这不是卖友求荣吗？张亮忽然又惊醒过来。他虽然不大爱看书，但是《水浒传》还是看过的。那个出卖林冲又为林冲手刃的陆虞侯陆谦，留下千古骂名他至今仍还记得。呸，呸呸！我决不能做那样的无耻小人！

在苦煎苦熬中度过五天，张亮除了写了些关于吴希声的没斤没两的小事，仍然不肯发射那两颗杀伤力巨大的炮弹。

熬到第五天夜晚，张亮吃过一罐民兵送来的钵子饭，站在窗前看风景。老公安不准他下楼，这是他惟一的散心的方式。张亮发现村子里慢慢热闹起来，许多人搬着矮凳、长凳和竹椅，往枫溪岸边的晒谷坪走去。一会儿，晒谷坪上拉起了一张白色的布幕，再一会儿，张亮听到了发动机的噗噗声。张亮问在门外看守的小民兵，咦，今天开嘛咯大会？小民兵说，放电影。嘿，县里来了放映队。张亮又问，放嘛咯电影？小民兵说，《卖花姑娘》，朝鲜片，听说非常好看，看得人人出目汁。女人去看，得准备三条毛巾。张亮问，我能不能去看？那个才十七八岁的基干民兵就气得快哭起来。你去看？我还不能去看呢！都是给你害的。

张亮颓然坐下，苦着一张熬瘦了的脸，肺都快气炸了。《卖

293

花姑娘》已经在汀江县放映好一阵子，是闹"文革"八九年来惟一的一部外国影片，几乎把万马齐喑的中国影坛闹翻了天。这部影片在哪村放映，就有许多知青和社员翻山越岭赶到哪村去看。现在，县电影放映队看在枫树坪是个老区革命基点村的面子上，扛机器，抬幕布，坐了八十里路的拖拉机，噗噗噗地送电影下乡了，他妈的刘福田，却不让我看，这算什么回事呀！

张亮又走到窗前，看见进村的山路上，晃动着许多手电，打起许多火把，四邻八乡的山民们都涌到枫树坪来看电影。晒谷坪上人头攒动，墙头上、树杈上也坐满了小郎哥、细妹子。一会儿，电影开始放映了，远远地，能看到幕布上眼花缭乱的亮光，能听到音乐和对话模糊不清的声音，像水中朦胧的月影，看不清，摸不着，是多么吊人胃口啊！张亮跺跺脚，嘣的一声放倒在床铺上。

除了那个年轻民兵在门外走来走去，整个知青楼像坟山墓场一样静雀雀的。晒谷坪上隐隐传来《卖花姑娘》的声音，与楼里的寂静形成强烈的反差，对张亮是个可怕的冲击。他已经意识到，不准他看电影，就是不准他与外界联系，就是剥夺他享受文化生活的权利，就是不让他像一切公民一样过正常的日子。一想到这里，张亮不由手脚冰凉，浑身毂觫。

就在这个关键时刻，老公安拎着一只小公文包，踱了进来。

老公安扔给张亮一支乘风牌香烟，语气平和地问道，张亮，想得怎么样了？

张亮从桌上拾起那支烟，把玩着，沉默无语。他觉得这个老公安还是蛮和蔼可亲的，不像刘福田那样叫人生厌。

老公安问，张亮，想得怎样了？

张亮说，想起来的，我都写了，再没什么好揭发的了。

老公安说，张亮，我们一直给你时间，给你机会，就是要挽救一切可以挽救的年轻人，包括你。咳，我们已经做到仁至义尽！但是，我们的耐心也是有限度的。张亮，你可不要拿我们的好心当作驴肝肺，你更不要拿自己的前程开玩笑！啊？

张亮不说话，把香烟在桌上夯了夯实，老公安连忙擦了根火柴，送到张亮唇边，张亮对老公安就有一种亲切感，连忙凑过头去，点着了烟，猛吸一口，那支"乘风"烟就以乘风的速度烧去一大截。

老公安又说，其实，要定吴希声的罪，光是他担任大队会计、策划"瞒产私分"、破坏集体经济，就绰绰有余了。嘿，这事听说你也掺和了？我们想拉你一把，一直没敢向县里汇报哩！

张亮心里一惊，拿烟的手指一阵颤抖，烟灰簌簌掉了一地。

老公安把这些都看在眼里，觉得火候差不多了，就哧啦一声拉开公文包的拉链，掏出一大沓材料。他把材料码码好，像一级一级层次分明的台阶，每一份仅仅露出材料的题目，都是些"揭发吴希声的'恶攻'言论"、"吴希声散布的政治谣言"之类的可怕字眼，像烙铁似的把张亮烙了一下。待张亮眼巴巴地还想看个究竟，老公安随即把材料收进那只神秘的公文包里。

老公安又慢悠悠地劝说道，你看看，吴希声的"恶攻"和"政治谣言"，知青们已经揭发了一大堆，多一条，少一条，又有嘛咯关系？后生哥，你自己掂量掂量吧，不要死抱住哥们义气却害了自己啊！

张亮又狠狠吸了两口烟，那支"乘风"又以乘风的速度烧去一大半。他扔了烟蒂，迟疑不决说，事情我倒是想起了两桩，不知算不算"恶攻"和"政治谣言"？

讲！你讲我听听！老公安不露声色。

张亮把《中国知青歌》与三流演员蓝苹在上海的风流韵事说了一遍。

嗯，好像还有点内容。你写下来吧！

老公安并不显得特别满意。他可能患有面部神经瘫痪症，与他交谈的对手是很难从他脸上看出喜怒哀乐的。

现在就写？

最好现在就写，我等你。放下包袱，今晚睡个好觉吧！

张亮拿起钢笔，刷刷地书写他刚刚回忆起来的两桩往事。写着，想着；想着，写着，他忽然大吃一惊，汗流如注。原来写到后头，他恍恍惚惚想起一个被他忽略了的细节：他和吴希声由李进而议论到江青的时候，一向谨言慎行的吴希声说了些"三点水"在上海闹三角恋爱的旧事，可他张亮的嘴也没有闲着，好像曾经破口大骂江青是武则天，是西太后，是老妖精，还说她天天夜里要叫个小伙子给她揉腰捶背。……还有，吴希声教他唱《中国知青歌》那天晚上，他还抨击最后一段歌词写得不高明，说"用我的双手绣红了地球，绣红了宇宙"是狗屁、十足的狗屁！……一想起这些，张亮吓了一跳，脑子清醒多了。天呀，要说吴希声犯了"恶攻"，自己不是更加严重的"恶攻"？万一吴希声也把这些话抖落出来，我张亮不是也要进局子坐班房吗？

张亮放下钢笔，不敢再往下写。张亮说，老同志，我记不起来了。老公安把眼一瞪，咦，刚才你还说得头头是道的么，怎么就忘记了？张亮说，刚才我说的那些话，都是胡编乱造的！

啊！都是你胡编乱造的？老公安的眼睛瞪得更大了，赛过一百支光的大灯泡。谁叫你胡编乱造呀？

张亮头低低地说，你们一直逼，一直逼，我只好胡编乱造！

老公安在桌上狠击一掌，好，我马上就叫民兵把你抓起来！

张亮吓了一跳，你凭啥？

老公安说，就凭你刚才说的那些反动话。嘿，你竟敢当着公安人员的面，恶毒攻击中央首长，攻击江青同志，还一套一套，有鼻子有眼的，够你吃一粒花生米了！

张亮知道老百姓都把行刑挨枪子戏称为"吃花生米"，不由脊背直冒凉气，身子哆嗦得更加厉害。

老公安提高了嗓门喊了一声，喂——站岗的民兵——你们来一下——

老公安这一声拖腔拖调无比威严的喊叫，极像鲁迅小说《离张亮在揭发材料的签名上摁了个犹大式的指印。

婚》中的七大人说了声"来——兮"一样可怕，一样有惊天动地的威慑力；张亮也像爱姑一样，觉得心脏一停，接着便突突地乱跳，如不是咬紧牙根，差点儿小便失禁。还没等到站岗的民兵应声而至，张亮就连声求饶：好，好，我写！我写！我马上就写！我写了还能"坦白从宽"吗？

老公安说，写了就没你的事，当然"坦白从宽"。

这回张亮彻底老实了，除了自己说的那些"反动"话只字不提，对于吴希声说的那些"恶攻"，毫无保留地抖落了个一干二净。由于心里紧张，愧疚，害怕，张亮拿笔的手抖抖索索，字就写得歪歪扭扭，一笔一画都像他当时怯懦的心在慌乱地跳动。然而，老公安不是欣赏书法的收藏家，他的职业是办案子，诈口供。看完张亮的揭发材料之后，他心中暗喜，说，摁个手印吧！

张亮支支吾吾说没有印泥。

老公安便从公文包里掏出一盒印泥。还是漳州"丽芳斋"出的"八宝"名牌，散发着扑鼻的芳香。这些天老公安随身携带着这个玩意儿，在知青楼一间间房间穿梭来去，已经大大地派上用场。

张亮犹豫片刻，把右手的大拇指翘了起来，看看，又换成左手的大拇指。他想，右手干活多，受累多，这种屈辱的买卖还是叫左手去干吧。张亮左手的大拇指在印泥上一蘸，放在嘴边哈了口气，再在揭发材料的落款上重重一摁，"张亮"的大名上便覆盖上指纹清晰的鲜红的指痕。

那一刻，张亮心头掠过一阵悲凉。他想起了电影《白毛女》中黄世仁和穆仁智强扭着杨白劳的手，在喜儿的卖身契上摁手印的镜头。

老公安把张亮的揭发材料收进公文包，笑了笑，说后生哥，祝你今晚能睡个好觉！

然而，张亮仍是通宵达旦不能合眼。他忽然想起一年前，希声提出跟他与雪梅分伙吃饭那天，他和雪梅请希声吃过一顿晚饭。

当时他曾信口雌黄："我们总得在一起吃一顿'最后的晚餐'吧！"真是没有料到呀，仅仅一年工夫，自己竟成为一个出卖了基督的犹大！

此后许久许久，直至生命的终结，张亮一想起曾经摁过一个犹大式的手印，他的灵魂就不得安宁。

第十四章　人比狗辛酸

初战告捷，刘福田兴奋不已，给老公安鼓劲说：嘿，你呀，吃公安这碗饭也有十几二十年了吧，连个小股长也没混上。为嘛？光抓些小偷小摸，光整整"四类分子"，轮得到你嘉奖晋级吗？这回呀，好好干！干出个名堂来，我给你请功！

老公安就说，全靠刘主任栽培了！

他们立马赶回县城提审吴希声。

对付这个文弱书生，反而不能像对付五大三粗的张亮那样客客气气了。老公安走进预审室，往审讯台前的木椅上一坐，板起一张铁青的脸，对戴着脚镣手铐像用螺旋铆钉固定在一张石凳上的吴希声发问：

"吴希声，根据我们掌握，你这些年散布了许多政治谣言，恶毒攻击中央首长。那些污七八糟的东西，你是从哪里听来的？又向哪些人传播过？你要老实交代，党的坦白从宽，抗拒从严的政策，你是知道的。"

吴希声一下就蒙了。前些天，公安们一直追问他怎么杀害了小文革？出于什么动机？从何时开始预谋？是怎样撬门入室的？等等等等。吴希声悲痛至极，欲哭无泪。天哪，那个惨死的孩子可是我的亲骨肉呀，我又不是疯子白痴禽兽畜生虫豸乌龟王八蛋，我会亲手杀死自己的孩子？但楮楮是他和秀秀的结晶，也是他和秀秀的绝对秘密，一丁半点也不敢暴露。吴希声暗暗想：刘福田很可能已经发现他跟秀秀私通，而且知道楮楮并非姓刘而是姓吴，一怒之下杀了孩子又嫁祸于他吴希声。他继而想起秀秀啐自己的脸，刮自己的耳光，恨不得吃他的肉喝他的血那疯疯癫癫的样子，秀秀似乎并未看穿这个阴谋。她也许还是蒙在鼓里吧？我怎么才能把这想法透给她，也免得蒙受这不白之冤，而且也好让秀秀在外头设法营救自己呀！……吴希声这么颠来倒去地思量着，就下了狠心，咬紧牙根，一直保持沉默。

可是现在，公安们一字不提谋杀幼婴的事了，却穷追不舍要他交代什么"恶攻言论"和"政治谣言"。开头，吴希声有些摸不着头脑，老公安用一种巧妙的方式，暗示他曾经传播过一些反动诗歌，曾经议论过一位非常"受人尊敬"的中央首长，那位首长还是个女的，那位首长照相的技术呱呱叫，那位首长是戏剧行家，亲自抓了好几个革命样板戏……这些暗示再明白不过了，吴希声只觉眼前有一窝马蜂嗡嗡乱飞，脑瓜子就痛得快要爆炸。

说实在话，"文革"初期，吴希声对那个自诩为艺术行家的老女人还是有些敬佩的。偶像的倒塌开始于得知一件史实凿凿的传闻。那时红卫兵运动还没有闹起来，却是"山雨欲来风满楼"了。一天，他和他哥希文在书房里看书，父亲和几个文艺界的老朋友坐在客厅里喝茶、聊天。一会儿，兄弟俩就听见父亲和叔叔、伯伯们谈到了江青。嗓门都放低了，语气都有些不屑。客厅里的气氛一下子变得有些神秘。兄弟俩都放下书本，把双耳支楞起来。

希文和希声听见一个苍老的声音问，这个江青三十年代好像在上海演过戏吧？另一个低沉的声音说，不错，那时候她的艺名叫蓝苹。又一个叔叔补充说，蓝苹那时好像就有情人了，不止一个，而是两个。再一个伯伯又抢着说，可不是吗，那女人同时和两个男人好，一个是编剧唐纳，一个是导演章泯。蓝苹对人很凶很粗暴，也不知为了件啥事体，逼得唐纳去上吊……父亲这时才插了话。父亲好像要为老友们举出点证据，就说蓝苹当时就住在淮海路弄堂里，她跟唐纳同居的亭子间还在呢，一点也没有损坏……

吴希声记得那天从书房通往客厅的房门是虚掩着的，父亲肯定以为孩子们不在家，才敢跟朋友们谈论那些有所忌讳的往事。尽管父亲和老友们的谈话声音很低，时断时续，神神秘秘，还是非常清晰地传到希声哥俩的耳朵里，而且激起两个年轻人极大的好奇心。

过了些天，他们就有了一次探险式的经历。哥哥希文比希声大七八岁，已经是一家报社的记者，自然是这次活动的领头人。哥哥对弟弟说，走，我带你到一个地方白相白相。弟弟问，去哪里？哥哥说，走呀，去了你就知道了。他们坐了好几站车到了淮海路，又七拐八弯走进一条蛮长的弄堂。弄堂两边都是三四层高的洋楼。但是没有一家店铺，弄堂就显得非常幽静，幽静得像一条长长的峡谷。他们一边走，一边能听到峡谷里响起脚步的回声，气氛真有点紧张。哥哥在路上问了两位上了年纪的大爷，说要找一幢解放前一位女电影明星住过的房子。那时的老人警惕性都很高，用审贼一样的目光审视哥儿俩。好在希文带着记者证，老人相信他们是记者的采访活动，才给他们指了路。走到弄堂尽头，他们终于看到一幢灰色的洋楼，窗户和走廊上，晾着许多衣服，花花绿绿的，像万国旗似的在阳光下飘扬。这说明这一带的住宅是极普通的居民区，在繁华的大上海几乎是个被人遗忘的角落。希文再问了一位老人，老人指着那幢洋楼二层的一间亭子间，说那就是解放前一个女明星住过的房子。希文来了兴趣，拽着希声就要往上走，才走到第二道院门，被两个戴着红袖箍的中年人拦住了，喝问他们是来干啥事体的。希文这回没敢亮记者证，拽着弟弟掉头就走，像逃难似的。他们跑出老远老远，气都差点憋过去，希文这才刹住脚对弟弟说，我还以为那个女人很了不起呢，解放前不过是个三流演员，就住那样的小弄堂，那样的亭子间……

下乡之前，哥哥希文曾多次告诫希声：江青如今是个炙手可热的大首长，关于她的历史，今后绝对不能跟任何人提起。那是个危险的雷区，一踩上地雷，会粉身碎骨，家破人亡！后来希声一直守口如瓶，不敢在谁面前提起这档子事。

今天是怎么啦？老公安揪住这事没个完。吴希声继续回忆着，也许是啥时候自己的嘴巴没有把好关，跟什么人谈过江青的绯闻旧事吧？哦，吴希声终于想起来了，想起来了，是有那么一天，他和张亮在大队部看到一张报纸，在头版显著位置刊登着毛主席的七绝《为李进同志题所摄庐山仙人洞照》。诗文下端，刊着一帧黑白艺术摄影作品，那是一株铁骨铮铮的黄山松，突兀而高耸，一派凌雪傲霜、雄视万物的气概。张亮非常欣赏这幅照片，问起李进是何许人也。就在这个时候，吴希声没有管好自己的臭嘴，把李进就是"三点水"，"三点水"就是江青，江青就是蓝苹，以及这个女人在三十年代的丑闻劣迹，都一吐为快，告诉了张亮。……

老公安桌上摆着一盒烟，泡了一杯茶，一会儿凶神恶煞，一会儿苦口婆心，跟吴希声泡了两个昼夜。磨得吴希声唇焦舌燥，眼皮耷拉，快要昏睡死去。其实，他的脑子片刻也没有消停过。吴希声细细回忆，老公安说的"反党诗歌"，肯定是从自己的笔记本中查到的；那支《中国知青歌》，也只在张亮面前哼唱过。关于蓝苹的风流韵事，我还跟谁说过呢？没有，绝对没有！他思前想后，此事除了张亮，他没敢向任何人——包括最亲近的雪梅和秀秀——透露一个字！这点断定之后，吴希声就猜想张亮出了问题。但张亮是自己从小学到中学的老同学，是从穿开裆裤到一块儿下乡插队的铁哥们，他还能把自己端出去卖了吗？不可能，不可能！

"吴希声，我帮你提个醒吧！"老公安头也不抬，耷拉着困倦的眼皮轻声说，"你有一次攻击中央首长的时候，是在枫树坪大队部，当时在场的只有两个人。另一个呢，已经抢先坦白，占了主动，白纸黑字的揭发材料就在我的包包里，想不想保住年轻轻的小命儿，现在就看你自己了。"

吴希声觉得有把匕首捅进心脏，立时失血过多，差点儿虚脱倒毙。老公安这个暗示太明显不过了。当时在场的另一个人就是张亮！天呀，那个跟自己一起宣誓"有难同当，有福同享"的好朋友，那个与自己同窗十多载的老同学，这么快就把自己出卖了吗？能一口气抢一百二十五下大锤的"英雄"，如此不堪一击？真是人心叵测呀！

吴希声立即想起那个盛夏的正午，他和张亮在大队部谈过江青在上海的一些绯闻旧事之后，张亮曾经大骂"三点水"是武则天、西太后、老妖精，还说"三点水"天天夜里要叫个小伙子揉腰捶背……张亮是否把这些全都坦白交代了？我要是给他端出去呢，他不是也得立马和我一样关进班房吗？不，不，不！张亮决不会是个软骨头；再退一步说，就是人家出卖了我，我也决不以牙还牙。生命和自由，对人对己都是最宝贵的，灾难既然已经落在我的身上，又何必殃及朋友？"我不入地狱，谁入地狱"？砍头枪毙都由我一人来承担吧，何苦再拖个朋友垫背呀！

吴希声思路理清了，主意拿定了，脸上的惊慌一扫而光，沉默得像一块坚硬的磐石。

老公安毒辣的目光又死死咬住吴希声："快快讲！我们留给你的时间不多了。"

吴希声双目紧闭，作昏昏欲睡状。他由张亮，又想起自己的父亲、哥哥，以及给自己抄过诗和传递过信息的同学朋友们。他知道，防线不能突破。只要打开一个决口，就不知有多少好人将和自己一样陷入冤狱。吴希声装困装睡装傻装死，其实脑子一直在打转转，一一回忆那些惹下塌天大祸的烂事。食指的诗是个中学同学寄来的。食指是当时名气最大的地下诗人。他的诗人人传抄，像地火般运行，特别是那首《疯狗》，道出了吴希声的切肤之痛。那个年代，有多少人真是活得比狗更辛酸呀！悼念周总理的两首诗，是哥哥希文从信中传来的，与天安门事件的真相一起，吹来一股寒夜里的春风，闪过一道黎明前的曙光。他十分珍惜，便一一抄录在本子上。

现在，吴希声反反复复考虑的，是要千方百计地把与这些事有关的人保护好。要编造一些情节和过程，并不困难，关键的关键，是要能自圆其说，不出纰漏，不留把柄。熬过两个昼夜，吴希声终于把一切都想好了，这才开了口。他佯装脑子十分迟钝的样子，一点一点回忆，一点一点往外掏，真像那个年代的专案人员常爱说的一句话——"挤牙膏"：关于蓝苹的那些事，是在上海火车站候车的时候，听两个候车者闲聊时说的，听完，各走各的，再也记不得他们长个什么样子了。悼念周总理的那两首诗和食指那首《疯狗》，是在福州汽车站捡到的一本油印小册子上看到的，抄在本子上以后，那本油印的小册子一页一页撕下当了手纸。至于那支《中国知青歌》，许多知青都会唱，因为前不久莫斯科广播电台还天天广播呢，我在收音机上听了几遍，就会哼了。

老公安打断吴希声："胡扯！这山沟沟里听得到莫斯科广播电台？"

吴希声说："山愈高，听短波的效果愈好。不信，你去问问知青们，或者，你自己晚上也可以试一试。"

老公安眼睛一瞪："啊哈，吴希声，你偷听苏修电台广播，还敢煽动别人也去听？嘿，你想罪加一等！"

吴希声说："罪加一等还是加十等，那是你们的事，权力在你们手里。"

"啊哈，你真嚣张呀，吴希声！"老公安又拍桌子又瞪眼，暴跳如雷。

"我说的都是真话，你不信，我就没办法了！"吴希声翻眼看天花板，一脸视死如归。

吴希声在看守所熬过一周，像经历过欧洲漫长的中世纪，思想的种子在咸涩的心里发了芽，抽了叶，忽然长成一棵高大挺拔的松柏。他知道苟活的生命对自己已经没有意义，惟一能做和必须做的，就是保护说了真话的人，同时也捍卫自己的尊严与良知。

老公安软硬兼施，攻心战持续三天三夜，吴希声翻来覆去就是那些话，针插不进，水泼不入。刘福田有些急了，问："你就不能给他来点颜色？"老公安说："来嘛颜色？这种横下一条心准备吃枪子的人，就是动了大刑也是不愿开口的。"刘福田笑笑说："你等着瞧，我有办法治这小子。"

刘福田叫老公安召来几个在押的小扒手、盗窃犯，在公安局内的小礼堂里，搭起一个五尺多高、一尺多见方的小高台。高台下四周铺了一圈水泥板，水泥板上嵌着密密麻麻的玻璃片，锐利得跟刀子一般。刘福田说，这是他们造反派在批斗"走资派"时玩过的把戏，有个很形象很有诗意的叫法："猴子望月"。

吴希声被几个公安架上高台。那高台离天花板只有两尺来高，一米七几的吴希声站也站不直。小台子只有一尺多宽，倒钉着密密麻麻呈梅花状的铁钉，吴希声坐又坐不得。他只能低着头，弓着腰，像猴子那样，蹲成个"猴子望月"的姿势。但是，猴子望月可以观景，可以小憩，想望就望，不想望就走，随时蹦下岩石悠哉游哉，皇帝老子也管不着。而吴希声可没有猴子的福气。他早已经遍体鳞伤、精疲力竭，站不直，坐不下，像只猴子佝偻着，不到一袋烟工夫，膝盖骨和腰椎骨断裂一样剧痛，豆大的汗珠噼里啪啦往下洒落。

"怎么样？想不想交代？"坐在一张藤椅上的刘福田，一边吸烟一边问。

"我实在没有什么好交代的！"吴希声的声音有气无力。

"那好，你就在上头凉快吧！"刘福田一点不着急，把二郎腿架起来，让自己坐得更舒服些。

刘福田又想起奸刁枭恶的悍妇阿婶的名言："羊食草，狼食肉，牛牯耕田到死饥辘辘。"阿婶就是一匹恶狼，常常把他关在柴

刘福田强迫吴希声玩"猴子望月"的把戏。

房里，用带刺的荆条抽得他鲜血淋漓。苦难的童年，在刘福田心中积攒下的仇恨，叫他没齿难忘，总想找个机会尽情地宣泄。今天，能找到个出气筒出出气，刘福田真像个大烟鬼过了一回烟瘾那样畅快。

"小伙子，你还是说了吧！"审讯过多少犯人的老公安，都有些为吴希声难受了，在一旁催促着。

"我……没……"吴希声几乎听不见自己的声音。

吴希声脸上没有一点血色了，身子像寒风中枯叶一样战栗着，汗珠儿噼里啪啦掉下来，身上看不见一点活气了，可他就是不肯开口，不肯告饶。

刘福田问："吴希声，想好了没有？"

沉默。铁一般的沉默！

刘福田掏出两支烟，一支分给老公安，一支叼在自己嘴边。老公安连忙掀亮打火机，预审室里立即白烟袅袅，香气四溢。

刘福田又眯起眼睛问道："吴希声，你想好了没有？"

沉默。还是铁一般的沉默！

又过了一支烟工夫，刘福田看见气息奄奄的吴希声嘴唇轻轻翕动，以为到了火候，心里一喜喝问道："吴希声，你要讲嘛咯？快快讲，大声点！"

吴希声干裂的嘴唇不住哆嗦着。刘福田凑上前去，这才听清了吴希声像蚊子一样哼哼道："放……我……下去……我……要……解……小……便！"

刘福田又泄气又狂怒："去你妈的蛋！你要解小便你就解呀，谁把你的鸡巴打上塞子啦？"

吴希声觉得做人的起码尊严受到践踏，又变得像铁一样沉默。说实在的，吴希声一点也不想扮演英雄。他身上没有这种气质。他从小胆小怕事，不问政治，连共青团也没想入，满脑子都是音符、乐谱、小提琴、莫扎特、施特劳斯、贝多芬……吴希声身陷囹圄，受尽折磨，不是坚守什么主义和理想，也没有从伟人语录和英雄的豪言壮语中获得力量。他所坚持的只是一个小民凡人都应该有的信念，那就是不能告密，不能出卖，不能害人，更何况那些人是自己的亲人和朋友啊！实在受不了熬煎的时候，吴希声脑子里就响起莫扎特的《圣母颂》，想起贝多芬的名言："谁能了解我的音乐，谁便能超越常人无以摆脱的苦难。"正是高尚的音乐鼓舞和支持着吴希声，这个不是猴子的猴子，在做"猴子望月"时，做出一个全身僵硬不变的动作，能比任何猴子坚持更长的时间。

倒是刘福田失去了耐心。他把双手搭在背上，狂躁不安地绕着高台转圈圈。即将死去的吴希声，腿已麻木，腰快折断，又有一大泡尿压迫膀胱，小肚子痛得针刺刀绞似的难受，即使咬紧牙关也把持不住了。吴希声万般无奈，只好掏出家伙，一股黄尿像万丈飞瀑从高空降落，带着骚臭的热气，带着满腔的怒火。

正在高台下埋头踱步的刘福田，当头淋了一泡臭尿，一下蹦开，像恶狼般怒吼着："他妈的！反了！反了！你竟敢在太岁头上撒尿！我毙了你妈里个巴子！"

解完小便，吴希声的小肚子轻松了些，但是，他耗尽最后一点气力，身子一歪，从五尺高台上栽了下来。头部和身上被玻璃碎片扎了十多个窟窿，纵横交错的红色小河，在他身上哗啦啦流淌。

刘福田和老公安都慌了手脚，立即叫人把吴希声抬到医院去抢救。

张亮摁过那个犹大式的手印后，当天就解脱了，自由了，他轻舒口气，伸展双臂，觉得浑身都放松了。哦，十来天没出知青楼一步，乍看到头顶的天空像水洗过一样蓝湛湛的，白云悠游自在，小溪潺潺流淌，世界是多么美好。张亮吹了两声口哨，信步在村街上溜达，高兴得想跟每个人打招呼。

但是，张亮很快发现，他所遇到的每一个人，都掉过头去不愿理他。咦，这是怎么回事？学习班不是已经结束了？刘福田也亲口宣布我完全自由了？

原来，枫树坪的乡亲们对学习班是极其关注、严密监视的。天天都有人从里头传出消息说："嘿，平安无事！别看刘福田乍乍呼呼的，今天他们又没捞到嘛咯有价值的材料。"好些天了，都这样有惊无险地度过，乡亲们便稍稍地放心了。心想知青们到底都是些善良之辈，哪会栽赃害人呢？吴希声在公安局再关些天，吃点苦，他们总是要放人的。青天白日，朗朗乾坤，还能平白无故冤枉一个大好人？

可是，又过了几天，却听说学习班有了重大的突破。据派到知青楼站岗的基干民兵透露：突破口是从大软蛋张亮那里炸开的。张亮是吴希声最好的朋友，两人从穿开裆裤时起，就在一个幼儿园玩耍，在一个小学和中学读书，情同手足，无话不谈，拎出点违禁犯忌的只言片语，再加油加醋，上纲上线，还不是小菜一碟？听说，张亮那小子写的揭发材料，码起来足有一筷子高哩！

像个刚用搅屎棍搅过的大粪缸，张亮的名声很快臭遍了枫树坪。

张亮还没走过半个村子，心就发虚，腿就发软，呼吸也有些急促起来。他发现，村里男女老少都用愤怒而鄙夷的目光瞅他、盯他，恨不能吃了他。张亮吓了一跳，脑壳涨成巴斗大：我的妈呀！莫不是大家都把我看成了卖友求荣的陆谦了？把我看成背叛同志的甫志高了？准是这样！张亮已经看到有人在一旁窃窃私语，甚至隐约听到"叛徒"、"告密者"这样一些指桑骂槐的诅咒。

张亮晕晕乎乎地往前走，迎面碰上瘦骨伶仃的王秀秀。张亮张了张嘴，想表示一下问候，或者说点什么。

秀秀眼一瞪，朝地上吐口水，呸了一声，又跺了一脚，转身走了。

张亮满脸羞惭，不愿再与人碰面，更不敢主动跟人打招呼。他急匆匆往村外走去，却发现一路上遇到的家禽家畜们对他也态度大变：鹅公们一看到他，都是拧着脖子翻白眼；牛牯们看到他，一双双铜铃似的大眼球里充满了蔑视；鸭嬷们一碰上他，就嘎嘎嘎的，尽是怪里怪气地冷言冷语；狗牯们碰上他，像见到贼，汪汪汪地吠个不停。……张亮想，我的天呀！全村男女老少和家禽牲畜们都抱成了团，嘲笑我，唾弃我，挤兑我，还叫我怎么活哟？

张亮再也不敢走出知青楼，整天在房里呆着。可是，他不愿见人，有人却偏偏要见他。有一天，瞎目婆张八嬷拄着藤条拐杖来到知青楼，见人就问，希声放回来没有？希声放回来没有？张八嬷说，她在新疆当军官的小孙子又来信了，要请吴希声读信写信。

知青们都推说不知道，这事要问张亮。张亮是上海知青。张亮躲避不过，透了点消息，说吴希声还关在县公安局。这下可惹了大祸。张八嬷手中的藤条拐杖立时动了怒发了威，戳得杉木楼板嗵嗵响，用有眼无珠的眼睛对准了张亮：不是讲摔死秀秀小崽子的是只小猴哥吗？怎么还把吴希声关着？是哪个黑心肝的落井下石？是哪个烂肠子的在后面捅刀子？连吴希声这样的老实人也敢欺负，要遭天打雷劈啊！……

瞎目婆看不见张亮脸上无地自容的表情，愣哭愣哭，愣骂愣骂，张亮一声也不敢吭，觉得自己的五脏六腑都被人掏了出来，用一根竹竿高高挑起，在光天化日之下曝光示众。

张亮知道罪有应得，一直忍着，而且极想求得人们的谅解，就讪讪地说，阿婆，你孙子的信，我来帮你读，帮你回吧。

哼，瞎目婆冷笑一声，我怎么敢劳你大驾？你又会说，又会写，还是忙着给公安写材料吧！刘福田会给你记功发奖招工招干哩。

张亮满脸羞红，恨不得一头撞死在石柱子上。

在这支以"红五类"为骨干的上海知青队中，张亮是个异数。他是上海滩一位丝绸大亨的阔少爷，"文革"初期向往革命的疯劲是全校有名的。"红五类"们纷纷参加红卫兵的时候，张亮连佩戴毛主席像章的权利也没有。可他是个死心眼，人家不让戴，他偏要戴。张亮拿一块瑞士梅花牌名表跟一位"红五类"同学兑换了三块毛主席像章。第一块是铝合金的，大红漆底浮雕金像，张亮激情满怀地别在一件旧军装的左胸前，可是被造反派看见，立马就摘下没收了，连那件旧军装也不准穿。那个年代，不缀着领章帽徽的军装是红卫兵和造反派的标志，他妈妈的，老子革了命，还有阿Q的份吗？张亮并不灰心丧气，而是再接再厉，把第二块像章——一块瓷都景德镇烧制的白玉瓷质彩色宝像，小心翼翼地别在内衣里，可是再次被造反派发现，又毫无道理地收缴了。张亮不屈不挠，当着众多造反战士的面，撕开自己的内衣，把第三块像章——一块有机玻璃制成的具有夜光功能的宝像，径直别在自己肌肉鼓鼓的胸脯。锋利的别针扎进细皮嫩肉，血如泉涌，张亮胸前红了一片。同学们都惊呆了，连连退缩，远远站着观望。只有扎着两根小辫、身穿旧军装、腰束军皮带的蓝雪梅走了过去，使劲拍着张亮的肩膀说：

"行，张亮！你是我们战斗队的一员了！"

然而，张亮依然不能像"红五类"的红卫兵那样为所欲为，叱咤风云。因为出身成分像古代囚犯的鲸印一样烙在张亮的脸上和心上，批斗起那些出身高贵、历史光荣的"走资派"来，他还是有些自惭形秽底气不足。张亮惟一值得一提的，是带头造他资本家老子的反。除了贴出一批又一批杀伤力极强的大字报，他还带领蓝雪梅们到自己家抄家挖"浮财"。张亮自充内线，提供情报，一挖一个准。不管他爸他妈埋在夹壁里还是藏在地窖里的"封、资、修"垃圾——从绫罗绸缎到奇装异服；从金银首饰到珍珠玛瑙，从古玩名画到线装古籍，从冬虫夏草到朱砂玉桂，从洋参鹿茸到熊胆虎胶，从金条银元到法郎美金，——全被搜出，琳琅满目，应有尽有。接着，有些付之一炬，有些上缴国库，有些被人顺手牵羊，饱了私囊。那个漂亮的攻坚战战果辉煌，轰动全校，张亮也就出足了风头，成了与"反动"家庭彻底划清的"可教育好的子女"的典型。

可是，后来全国掀起知识青年上山下乡运动，红卫兵领袖蓝雪梅还是怕张亮吃不了苦，为了要不要接纳张亮参加自己的知青队，颇有一番踌躇。张亮突然又来了牛劲，郑重其事地递给蓝雪梅一封血书："紧跟毛主席干革命，广阔天地炼红心，扎根农村不动摇，誓做革命接班人。"这是张亮撕下一件白衬衫，割破手指头，用自己的热血写下的二十九个大字。

蓝雪梅记得，张亮咬破了的手指还来不及包扎，他举起血肉模糊的手指，就像举起一支熊熊燃烧的火炬。蓝雪梅大为感动，立即吸收张亮参加奔赴闽西老苏区的上海知青队。

现在，上海知青队的最后一员——张亮，呆在锅清灶冷、四傍无邻的知青楼，感到极度的恐慌和悲哀。他把自己在"文革"初期的疯劲傻冒全都回忆起来了。咳，我一个劲想跟上潮流，一个劲想脱胎换骨，到头来怎么还是处处遭人唾弃？天啊，长达八年的知青生活，简直像一场噩梦！八年了，我学会各种农活，能一口气抡一百二十五下大锤，却远离书籍，把学到的知识都还给了老师；我轰轰烈烈、死去活来地爱过一个善良的姑娘，却留下终生的屈辱；我结交过一个同甘共苦、绝顶聪明的朋友，却把朋友送进了大狱……

张亮一想起吴希声这会儿关在大牢里受苦，就觉得他那只左手的大拇指隐隐作痛。他非常痛恨这只大拇指，常常把大拇指竖起来，看见一圈圈螺纹上还残留着印泥的红痕，那是永远洗刷不了的污斑。

他妈妈的，这是一只多么倒霉的臭手呀！就是你的屈服，老子这七尺男儿才成了一只断了脊梁骨的哈叭狗！难怪乡亲们和知青们都朝我瞪白眼吐口水啊。

一天夜晚，张亮看见一辆吉普车进了村，发现刘福田那小子

313

不知有何公干回到枫树坪。张亮心里一动，突然冒出个疯狂的念头。张亮灌下半斤地瓜烧，喝了个半醉不醉的，怀里揣上一把军用匕首，踉踉跄跄闯进大队部。

在昏暗的煤油灯光下，张亮像一具可怕的僵尸，突然戳在刘福田跟前。

刘福田吓了一跳，从那张古色古香的太师椅上站起来，哆哆嗦嗦地呵斥道："哎，张、张亮，你，你，你有嘛事？"

刘福田惊慌四顾，想随手抓件防御的家伙，比如扁担、木棍什么的。这个愣头青张亮，一口气能抡一百多下大锤，他深更半夜闯了进来能有好事吗？可不能不防着点儿。

满脸通红的张亮，把浓浓的酒气喷到刘福田苍白的脸上："姓刘的，快把我写的那份揭发材料还给我，那些屁话都是我胡编乱造的。"

刘福田说："所有材料都是公安局拿去的，我怎么要得回来？"

张亮说："那就立马把老子的招工手续办了！"

刘福田用鼻子哼了一声。他发现张亮原来是有求于人的，而自己正是掌握权力被人求着的人，高高在上的权威感又回到他身上，口气便硬了起来："嘿，还老子老子呢！这事由你说了算？"

张亮两道灼亮的目光刷地一下射向刘福田："你小子别忘了！造大寨田的时候，你说过谁表现好，给谁招工；叫我写揭发材料的时候，你又说过，写了材料就给我办招工。哎，刘福田，你没忘记吧？"

"就算我说过这些话，那又怎么样？"刘福田眯着眼十分不屑地瞅着张亮，"哈哈，就凭你这种态度，你还想……"

张亮嗖地一下从裤兜里抽出军用匕首，往办公桌上一拍，昏暗中飞起一道蓝幽幽的寒光，把刘福田还没说完的话吓了回去。

"你，你，你敢行凶？"刘福田凶巴巴的脸一下就黄了，"张亮，别、别乱来呀，有话好说，有话好说！"

314

　　"哼，一个孬种!"

　　张亮说着把匕首掂在手里，另一只手搁在桌上，咔嚓一声，一道血光飞溅，一个大拇指剁了下来。这个大拇指，正是在揭发材料上摁过犹大式手印的那只左手的大拇指。张亮已经恨它厌它有许多日子，今晚终于找到一个机会给它严厉的自裁。那个脱离了主体的大拇指仿佛不胜委屈，在桌子上蹦了两三下，才老老实实地静卧在桌子上，像一块涂了红糟的猪蹄肉。

　　刘福田倒退两步，吸了口冷气，胆战心惊地直摆手："张、张亮，别、别犯傻，别犯傻! 有、有话好说，有话好说，啊!"

　　张亮手上的军用匕首在空中挥了挥："姓刘的，老子现在是个残疾人，按政策，应当招工优先。"

　　张亮说着从衣兜里掏出一条洁白的手帕，这是他早预备好的，从容不迫地拾起血肉模糊的断指，裹了起来，郑重其事地递给刘福田。

315

　　"你就把这个交给县知青办和人劳组，向他们要个招工指标。万一要不到招工指标，就给老子办残退返城手续。"

　　"成，成，我一定尽快给你办!"刘福田已经吓得快瘫了，战战兢兢说，"这个，这个，就不要了吧!"

　　"那也行。"张亮把那只血糊糊的手指头装进兜兜里。他想，老子留着做个永久的纪念也好。哼，这个可耻的大拇指!

　　第三天拂晓，天才麻麻亮，左手大拇指上缠着绷带的张亮，已经走在灰蒙蒙的山道上。除了刘福田，谁也不晓得张亮就这样满怀悲愤地离开了枫树坪。

　　一勾残月慢慢西沉，几点寒星摇摇欲坠。东方天际亮了起来，一抹曙色包裹在浓雾中，像打烂了的鸡蛋黄发出浑浊的微光。张亮走在露湿裤管的小路上，步履蹒跚，泪雨滂沱。他的伤心，不仅为自己，也为蓝雪梅和吴希声，为整个上海知青队。

第十五章 黑色星期五

　　张亮走后第二天，春山爷和秀秀搭上一部进城的拖拉机，去县城搭救吴希声。本来，春山爷不肯带上秀秀。秀秀愣哭愣哭，死缠活缠，说希声坐牢是她害的，不见希声一面，她死不瞑目。春山爷只好依了秀秀。

　　坐在拖拉机车头，春山爷时不时摸一摸娟娟给他缝的青花布袋。布袋里装着一份"万民折"——那是吴希声的命根子。春山爷特地到枫溪镇求一位教过几年私塾的老先生，写了一份有理有据，言辞恳切的申诉书，为吴希声喊冤请命。春山爷挨家挨户征求意见。全村乡亲念着吴希声教夜校、算工分、协助春山爷连续多年搞"瞒产私分"的种种好处，念着他和秀秀演绎了一个凄婉感人的爱情故事，两百多户人家的成年户主，全都毫不含糊地在"万民折"上摁了指印。无数带着印泥芳香的指印，像清明时节的映山红开得满山遍野，既轰轰烈烈又阴阴惨惨。

　　进了城，春山爷带着秀秀直奔红军干休所。春山爷当年的一位老首长，如今离了休，就住在这里颐养天年。老人八十来岁，是1929年春天毛委员和朱军长率领红四军入闽时的老红军，全县人都尊敬地叫他"红军爷"。

　　"文革"前，县里的干部有谁敢违法乱纪多吃多占的，只要红

军爷哼一声，谁就得身子哆嗦更弦易辙。因为红军爷当年任过红
十二军的团长，他的许多老战友如今都是中央和部队的大首长。
老百姓都说红军爷只要花一张八分钱邮票，或者拨个长途电话，
就能通天，就能为民申冤，就能把天大的事情摆平。春山爷心想，
请红军爷向上级革委会呈上"万民折"，再凭老人威镇乡里的名
声，十有八九能救吴希声一条命。

红军爷戴上老花镜，把"万民折"认认真真看了一遍，轻轻
摇头叹息道："唉，没用了！我听讲，这个案子已经判下来了！"

"噢！"春山爷和秀秀心里凉了半截，"判了？怎么判？"

红军爷张了张嘴，满嘴雪白的假牙滑稽地撮动好几下，才吐
出冷冰冰的两个字："死罪！"

春山爷看见秀秀的脸一下就白了，身子一晃，差点栽倒在地。
春山爷连忙搀扶秀秀在椅子上坐下，又给她筛了一杯热茶。

317

秀秀喝了两口水，慢慢打起精神，扑通一声跪下，苦苦哀求
道："红军爷！红军爷！请你救救吴希声吧，他是冤枉的啊！他
是冤枉的啊！枫树坪的乡亲们，没有一个不说他是个好人哪！"

红军爷一直摇头："来不及了！上头的指示电报都下来了：
明天行刑！唉，可怜的孩子！"

秀秀又连声苦求，把红军爷说得心里酸楚，眼里掉泪，唉声
叹气说："我老了，没得用了，咳，现在是人家造反派的天下
啊！"

春山爷也差点要给红军爷下跪："老团长，请你把万民折递
上去吧，兴许能救人一命呢！"

红军爷冷冷地瞅了杨春山一眼。那轻蔑的目光，就像一个老
爷爷看个不晓世事的小郎哥。"万民折，万民折，你们还是快快
烧了吧，莫引火烧身啦！"

春山爷傻了，不明白这话是何道理。"怪了，写个万民折也
有罪？"

红军爷拿起万民折问道："这个东西是谁写的？老八股，文

绐绐，叫人牙根酸痛。"

"请枫溪镇一位私塾先生写的。"春山爷有点心疼地补充道，"花了我三块钱，送了两刀腊肉哩！老首长，有嘛咯地方不对头的？"

红军爷又戴起老花镜，随即念了一段话："草芥刈之，冬死春生；蚁民灭之，万劫不复。仁义之君，爱民如子。清明之治，恩被众生。民不安命，国无宁日。恃德者昌，恃力者亡。载舟覆舟，后世勿忘。……"他用布满老人斑的大手戳着"万民折"那几张皱巴巴的十行纸，"看看，看看，你们不是不晓得嘛咯叫'恶攻'吗？在造反派看来，这又是你们'恶毒攻击'的证据了！"

春山爷打了个寒噤，把万民折接了过来，又左看右瞧，也看不出个名堂。"哦，这就叫'恶攻'？怪了，怪了，这上头全是我们老百姓的心里话啊，怎会成了'恶攻'？到底是哪句话哪个字犯了大忌？"

红军爷说："明明是孔圣人老夫子说的话，你们老百姓也敢鹦鹉学舌？这就是借古讽今，就是别有用心，不是'恶攻'又是嘛咯哟！"

春山爷倒抽了一口冷气。"咦，怎么这样蛮不讲理？"

"不是我蛮不讲理，是这个世道蛮不讲理。"红军爷不搭理杨春山，一脸严霜，声色俱厉，"烧掉！快快烧掉！把我也连累进去，大家都得进班房。"

春山爷脸阴阴地看着手上的万民折，仿佛心疼一件稀世珍宝。红军爷一把抢过去，划根火柴，把那几张皱巴巴的十行纸点着了。春山爷看见十行纸卷起焦黄的一角，呼啦啦冒起火光，顷刻成了一小撮灰烬。春山爷闻到的不是焚纸的焦臭味，而是鲜活的血肉放在铁砧上烧烤的焦糊味。这份万民折可是全村乡亲掏心掏肺的祈愿和请求啊！

春山爷不觉老泪纵横了，问道："老首长，我闹不明白，当下这年月，怎么跟民国二十一年闽西'肃社党'一个样，动不动就有掉脑壳的危险?"

红军爷装聋作哑,闭目养神。

有许多话在春山爷肚子里憋得太久了,不能不一吐为快。"老首长,你是见过大世面的,请你告诉我,这"文化大革命"都革了些嘛咯呀? 十来年了,总是革来革去,反来反去,整来整去,批来批去,斗来斗去,揭来揭去,清来清去,打来打去,杀来杀去,一天也没停歇过! 比当年闽西'肃社党'闹得还厉害!……"

"闭嘴! 闭嘴!"红军爷倏地睁开眼来,在藤椅的扶手上狠狠地拍了一下。

春山爷吓了一跳,噤声不语。

红军爷轻轻摇头,声音又软和下来。"哎,春牯子,莫谈国事,莫谈国事! 你这张嘴实在痒痒,实在难受,就用绣花针缝起来! 用膏药封起来! 我们都老了,清清静静地多活几年吧!"

319

春山爷心里一酸,看看红军爷确实老了,满头白发,稀稀拉拉,满脸皱纹,横一道竖一道,嘴也瘪了,背也驼了,双眼眊然无光。红军爷的许多老战友、老首长都被揪出,被打倒,不是进"牛棚"蹲监狱,就是下了台靠边站,如今的红军爷又能有嘛咯能耐?

春山爷和秀秀晓得一切都无能为力了,只请求红军爷给看守所挂个电话,准许他们去见吴希声最后一面。红军爷当即发了善心。挂完电话,红军爷嘴里还不停不歇地念叨:"唉,可怜的孩子! 可怜的孩子! ……"

当单间死牢的铁栅门哐当一声打开,春山爷和秀秀看见一只大老鼠唧地一声惊叫,倏地钻进墙洞,消失了。他们紧张的目光,在昏暗狭小的囚室里转了三圈,并未看见一人,不禁一脸的惊愕。看守员用脚尖轻轻踢了踢搁在墙角头一堆像破烂一样脏兮兮的东西,叫道:

"吴希声,吴希声,起来! 有人来看你啊!"

　　春山爷和秀秀眯起眼，在幽暗中看见那堆破烂轻轻蠕动一下，有个蓬头垢面的囚犯抬起头，两只眼仁发白的呆滞的目光闪了闪，他们这才认出此人就是吴希声。吴希声身上一件白衬衫血迹斑斑，看不出底色，又撕碎成一挂一挂的布条；脸上、身上、胳膊腿上，不是贴着胶布，就是裸露着已经化脓的伤口，全身没有一块好肉了。随着他吃力地坐起身子，一股脓臭与血腥味在囚室里弥散开来。秀秀一下扑到希声身上，发觉把他的伤口弄痛了，连忙又松开手，埋在希声的肩胛上低声痛哭。

　　"哥，都是我害了你！都是我害了你……"

　　吴希声脸上也挂下两滴浑浊的泪珠，抽抽泣泣地安慰秀秀："别，别，秀，秀，别这么说，这是我自己的事！跟你有什么关系？"

　　秀秀还是一直哭，反反复复絮叨一句话："唉，哥，都是我害了你！都是我害了你！……"

　　站在一旁看着的看守员也眼睛红红的，说："就这样吧！给上头晓得了，我们吃罪不起的。"

　　老看守老得有点腰弯背驼，春山爷和秀秀从他厚道的面相，看出他是个心地善良的狱警。

　　"秀，起来吧！"春山爷硬是把秀秀拽了起来。

　　春山爷从青花布袋里掏出一壶糯米酒，两个熟鸡蛋，三块大米粄，蹲下身子对吴希声颤颤巍巍说："孩子，这，是留给你的，明天，吃—得—饱—饱—的……"

　　下面的话春山爷不忍说出，卡在嗓子眼里。

　　匍匐在地的吴希声，吃力地抬起手，抱住春山爷一双青筋暴突的粗脚杆，说："春山爷，我在九泉之下也会记住你的！"

　　那声音细细的，轻轻的，仿佛是从吴希声心窝里抽出的一缕游丝。

　　老看守又催促道："你们快走吧，所长只给你们五分钟！"

　　吴希声目汁汪汪地盯着秀秀，仿佛有话要说又不好启齿。秀秀看在眼里，又蹲下身子，抽抽泣泣地问道："哥啊，有嘛话你就对我讲！啊，快！"

吴希声说："秀，我走了以后，你到我房间去看看，那把小提琴如果没有给人拿走，请你给我保管好，假如，哦，我是说假如，我的父亲、哥哥还能活下来，一定会来看我的，你就把这把小提琴交给他们。"

秀秀哽咽着："嗯！"

"我的箱子里，还有些书，一本新华词典，一支钢笔，如果还没有被人拿走，秀，都留给你了，你兴许用得着。"

秀秀哽咽着："嗯！"

在看守员频频催促下，春山爷搀起瘫软的秀秀，要走了。这一老一少，都用生离死别的目光盯着吴希声，用倒退的缓步退出了铁栅门。两颗滴血的心，却永远留在那小小的号房里，留在那个即将辞别人世的年轻人身边。

321

吴希声精力耗尽，又视死如归，昨夜就异常平静地睡了一觉。梦中有《圣母颂》的音乐响起，吴希声看见前头有个活泼的小天使领路，频频回头朝他微笑，他便踏着朵朵白云升上蔚蓝的天空。

可是，天将放亮，吴希声的好梦突然被惊破了。隔壁囚室传来撕心裂肺的呐喊："冤枉呀！青天大老爷！冤枉呀，青天大老爷！"吴希声知道，隔壁囚室关着一位年轻的小学女教师。放风的时候，吴希声见过那个小姑娘，只有十八九岁吧，头上扎两把毛刷子小辫，小脸蛋又瘦又黄，穿一件过于宽大的号服，那样子真是楚楚可怜，怎么也会成了政治犯？后来吴希声听老看守说，这小姑娘所在的那所城关小学女厕所的墙壁上，出现了"恶攻"标语。公安们一查，发现这个女教师那天上过一回厕所，她的身高与墙上字迹的高度差不多；叫她用左手写了几个字，竟与"恶攻"标语上的字迹大体相像，就把她逮起来了。每天公鸡报晓时分，女教师就撕破嗓门凄凄惨惨地大声呐喊：

"冤枉呀！青天大老爷！你们快来救我呀！青天大老爷！……"

吴希声想，那个小姑娘真傻，她还以为只要使劲呐喊，如果有一位包青天听到，就能救她一命呢！岂知无论是在黎明前的黑夜，还是在黑夜尽头的黎明，许多生命的呐喊往往注定要被窒息的。他吴希声可不会有如此天真的奢望了。一切幻想都在他的心头熄灭，直盼着人生悲剧快快落幕。吴希声忍着伤痛，扶着土墙，使出全身力气站立起来，看见圆窗之外一小片天空慢慢地亮了。他看不见太阳，但是看守所建在一座小山上，透过小窗，他能望见静静流淌的汀江。由天光水色的变化，他知道太阳正在冉冉升起，心头便有一幅幻想中的图景：在旭日辉映下，汀江水由黝黑变成青黛，由青黛变成浅蓝，由浅蓝变成浅灰，由浅灰变成橘黄，最后，汀江像是倾倒下亿万桶鲜血，变成血的河流，红浪滔滔，东流而去。两三个小时之后，自己将成为滔滔洪流中的一朵小浪花，转瞬即逝，在漫长的历史长河中，那又算得了什么呢？

忽然，吴希声听到铁窗外传来"唧唧"的哀叫声。

吴希声陡地一惊，天！这不是孙卫红的叫唤吗？果然，只听嗖地一下，一个毛茸茸的活物蹿上牢房的小铁窗，两只前爪抓着铁栅栏，半个塌鼻尖腮的脑壳探了进来。可惜，窗子太小，铁栅太窄，任孙卫红怎么使劲，它的身子却一直钻不进来，就愈发焦急地哀叫着：

"唧唧唧！唧唧唧！"

在依稀曙色中，身陷囹圄的吴希声觉得这叫声特别清亮而凄惨，顿时热泪盈眶。他踮起脚尖来亲孙卫红的脸，握孙卫红的手。

一个多么有情有义的小生灵啊！孙卫红是怎么知道我遭了难入了狱的？哎，我的小骚包蛋，你瘦多了，丑多了，你身上伤痕累累，皮毛上沾满污泥，你翻了多少山，越过多少岭，跑了多少路来见我最后一面啊！……吴希声心中大恸，有许多许多话要对孙卫红说！孙卫红也异常激动，滚烫滚烫的泪珠像热带雨林中的水滴，洒落在它大恩人的身上和脸上。

前些天，孙卫红再次跳上秀秀家的土墙，想潜入房去看看那个它抱过奶过的女娃子。突然，潜伏在暗处的刘福田瞄准它放了一铳，虽然没有送命，但呈扇面形飞射而来的铁沙子，叫孙卫红受了多处皮肉之伤。孙卫红失魂落魄地逃回林子里，找到一窟清泉冲洗伤口，又采了些草药服下，几天工夫，身上的枪伤就结疤愈合。但孙卫红一心惦记着吴希声，仍然不肯离开枫树坪。白天，它在林子里待着，夜晚，它潜入村子到处寻找。终于，在昨天天亮时分，孙卫红看见春山爷和秀秀搭上一辆手扶拖拉机。凭它的灵性，它猜测这一老一少要去的地方，跟吴希声准是有些关系。于是，吴希声便尾随那辆突突突开进的拖拉机，紧追慢撵，来到县城。当然，拖拉机穿镇过村的时候，孙卫红不敢大模大样在大路上行走。它一会儿上大道，一会儿钻小径，绕了许多弯路。

323

昨天傍晚，春山爷和秀秀来探监的时候，孙卫红也远远地跟了来。它看到看守所里有许多人走来走去，还有挎着卡宾枪的人站岗，心里发怵，不敢造次，就找个遮身之所藏了起来。夜里天黑，伸手不见五指，大牢里不准点灯，孙卫红也不便来打扰它的主人。但是，从种种迹象，孙卫红已经嗅到死亡的气息，知道它的大恩人的死期快到，就哀哀切切地哭了一夜。天刚放亮，孙卫红急不可待地蹿上铁窗，要闯进号子来营救吴希声。

唧唧唧，唧唧唧？——孙卫红用猴语问道，我的主人，你到底犯了嘛罪？

吴希声说，我是好人，我嘛罪也没有！

唧唧唧，唧唧唧！——孙卫红惊叹道，看，你上了脚镣，戴了手铐，浑身血淋淋的，一块好肉都没有了，就是在我们猴儿国，也从来没见过这种刑法，那些两脚兽不是自称为最文明的高等动物吗，怎么这样凶狠啊？

我的小骚包蛋，别问了，别问了！吴希声说，我们两脚动物的世界，你们四脚动物永远也弄不明白。

唧唧唧！唧唧唧！——孙卫红趴在小铁窗上使劲挣扎着，狂叫着，不行，不行，我一定要把你救出去！

孙卫红用牙齿咬铁栅，用前肢掰铁栅，用后肢蹬铁栅，用整个身体撞击铁栅，直累得满嘴淌血，浑身大汗，仍是徒劳无功。它急得唧唧痛哭。

吴希声看在眼里，知道孙卫红要豁出命去，毁了这座铁屋营救他，更是感慨不已，轻声劝道：小傻瓜呀小傻瓜，你是多么愚蠢又多么勇敢，你是多么幼稚又多么可爱。现世间，像你这样的堂·吉诃德已经绝无仅有！但是，这是大牢，这是监狱，你一个小小猴哥，能动得了它一根毫毛？

孙卫红一边拼命摇撼铁窗的栅栏，一边唧唧穷叫，那意思是说，我决不会把你扔下不管的，我亲爱的主人！就是豁出一条老命，我也要把你救出去！

孙卫红真不愧为孙悟空的后代，它忽然变得力大无比，摇啊摇啊，晃啊晃啊，吴希声觉得孙卫红把整个铁牢都摇撼得簌簌颤栗起来。黎明前的天空忽然变暗了，几颗摇摇欲坠的星星旋转起来；窗外有风声呼啸，惊涛拍岸，好像正在发生九级地震。

孙卫红难道真能动摇这铁桶般的世界？

可惜，天却慢慢地亮了，吴希声担心孙卫红遭到什么不测，就一个劲劝它说，走吧，走吧！我的小傻瓜，你救不了我的，你快快走吧！

唧唧唧，唧唧唧！——孙卫红十分固执地坚持，不，不！我一定要把你救出去！

孙卫红继续拼命摇撼着铁窗，有两根铁栅栏已经被它拗弯了，像弓一样，如果再使一把劲，那两根铁条真可能被它拗断，它劫狱救主的义举也许就能大功告成。

然而，吴希声听到牢房外响起脚步声，知道有人来了，急慌慌地对孙卫红说，小傻瓜，永别了！你别管我，快走快走，快快走！

吴希声不管孙卫红的挣扎，掰开它抓紧铁栅的两只前爪，用力把它推下铁窗。随即，吴希声听见大铁门哐当一声打开，看见老看守走了进来。他手上挽着一只盛满食物的篾篮。盖子一掀开，从篾篮里端出一壶酒、两个鸡蛋、三块米粄，都是春山爷和秀秀昨天留下的，老看守特意温过蒸过。在淡淡的微光中，吴希声看见酒食升起白白的热气，凉冰冰的心里也就有了一丝微微的暖意。但他毫无食欲，一颗心还牵挂着窗外的孙卫红：小骚包蛋，你走远没有？刚才被我强推下去，你摔痛摔伤了吧？……

"后生哥，吃吧，热热的。"面对一个即将绑赴刑场的年轻人，老看守的话说得格外温软，"你赶紧吃吧！"

"我不饿，吃不下！"吴希声依然望着窗外，头也不回。他的一颗心还牵挂着孙卫红。

老看守一个劲说道："后生哥，你得吃！宁做饱汉，不做饿鬼！吃！快快吃呀！"

325

吴希声听到铁窗外传来轻轻的唧唧声，稍稍地放心了。还好，小骚包蛋，刚才总算没有把你摔死。可是，又忍受不了孙卫红一声声呼喊，一声声哭泣，有如万箭穿心了，哪还顾得了吃东西。

老看守站在一旁紧催着："吃吧，吃吧，枫树坪的乡亲们老远送了来，你多少也得吃一点吧，啊！"

一阵窸窸窣窣的响声过后，铁窗外静了下来，孙卫红想必是听懂了老看守的话，不再打搅即将赴死的主人了。吴希声知道孙卫红走远了，这才放下心来吃断头饭。他不好有拂老看守的美意，就是硬撑也得吃一点。

吴希声吃一口菜，喝了一口酒，又停下筷子不动了。他忽然想起刘福田初到枫树坪，就和孙卫红结下仇恨，说要把孙卫红宰了下酒吃。这会儿，孙卫红在县城东走西逛，安全吗？你千万别撞上刘福田呀！那家伙恨人、恨猴、恨一切生灵，咳，这世界上怎么会有这样的两脚动物！

"后生哥，吃呀，吃呀，发嘛呆哟？多吃点，多吃点！"老看守幽幽地劝说道，"人呀，活着就是这么回事，像做个小梦一样，一眨眼就玩完了！迟死、早死、好死、歹死，活到一百岁一千岁总有个死！我在号子里待了二十多年了，看的多啦，后生哥！莫说你个黄毛小子，满肚子学问的老教授，南征北战的大干部，一个跟斗栽进号子里，一关十多二十年，把个好端端的人关都关哑了，关疯了，不会笑，不会哭，只是一具行尸走肉，小哥子，比你的结局也好不到哪去啊！"

关于人生如梦的议论，古人不知说过多少了。吴希声在此时此地听来，似乎有些镇定与麻醉作用，心里宽解了些，匆匆吃了几口断头饭。但是囫囵吞枣，根本吃不出鸡蛋和米板的滋味。酒很香，很醇，很爽口。吴希声本来不会喝酒，却把一壶断头酒一饮而尽。老实说，对于一个年仅二十四岁的年轻生命，要以这样的方式了结，吴希声不会不心酸不害怕。他想把自己彻底醉倒，以便减少最后时刻的恐惧。

但是奇怪，那米酒竟没一点酒力，直到两名彪形大汉进了囚室，给吴希声插上一枚亡命牌，直到四名荷枪实弹的士兵，把吴希声推上刑车，吴希声的脑子仍然十分清醒，对外界的感觉仍然异常的敏锐。

刑车开得很慢很慢。吴希声心想，他最后可以利用的一点价值，就是游街示众杀鸡警猴了。果然，刑车很快吸引来许多人。在街头卖菜的，买菜的，上班的，赶路的，闲逛的，以及背着书包上学的小学生，捧着破碗要饭的叫花子，看见刑车都惊愕地伫足观望。一时间，万人空巷，人头攒动，一个个脖子伸得跟公鹅一样，几乎把小城古老狭窄的街道挤破了。刑车不得不使劲摁喇叭，还不时把车头的铁皮和车帮的横板拍得嘣嘣响，才能在熙熙攘攘的人群中犁开一条小路，缓缓开进。

吴希声对这盛典一般的礼遇，竟有一丝欣喜。他不想逞英雄，他知道他仅仅是个可怜虫，算不上英雄。但他有个卑微的愿望，就是最后看一眼春山爷和秀秀。他抻长脖子抬起头，用渴望的目光在人群中扫来扫去。小城人后来传出许多佳话，说吴希声如何了得，站在刑车上腰板挺直，目光炯炯，气宇轩昂，视死如归，等等等等。其实，这是一种误解或理想化的提升。那时候的吴希声像大多临刑者一样，浑身颤栗，双膝发软，站立不稳，小便失禁，如此等等，在所难免。但是，刑车缓缓驶过大街那会儿，吴希声确实是以发亮的目光向人们告别。

　　忽然，吴希声果真在里三层外三层的人群中看到了春山爷和秀秀。可怜的秀秀满脸泪花，把手高高举起，向吴希声挥舞着一方雪白的手巾，传递着悲痛欲绝的呼唤。吴希声惊喜异常，大喊了声："秀……"吴希声立即感到坚硬的枪托把他的腰背顶了起来，套在脖子上的绳子也突然拉紧了，像勒杀一条狗，别说呐喊，连气也喘不过来。吴希声的双眼也被吊翻上去，只见头顶一片白晃晃的阳光，再也看不到秀秀和春山爷。

　　刑车出了汀江县城，围观者渐渐少了，行刑队员松开了套在吴希声脖子上的绳子。吴希声觉得呼吸顺畅了些，意识也清醒多了。他看见刑车出城之后，就沿着汀江往北一拐，朝北门外的一片荒郊野地开去。这一带吴希声十分熟悉。那里有个罗汉岭，是彪炳千秋的瞿秋白烈士就义处。刹那间，那位面目清癯的书生，潇洒倜傥的文士，偷盗天火传给世人的普罗米修斯，在吴希声脑里倏忽闪过。尽管"文革"年代，有人往这位说过些"多余的话"的先哲身上泼过许多污水，但是，每个到闽西插队的知识青年，都会前来拜谒罗汉岭，也无不被更为真实的史料记载和民间传说所感动，所震撼。吴希声到枫树坪插队不久，就和同学们来罗汉岭接受过一次心灵的洗礼。哦，那个阴霾密布的日子，是1935年6月18日。多么巧合呀，和今天竟同是一个日子！想到这个巧合，吴希声就把一个既是瞬间又是永远的疑惑，留在心间。

　　四十一年前那个郁闷酷热的夏天，国民党三十六师劝降小组的军官们向瞿秋白出示了蒋介石的电令："着将瞿秋白就地处决具报"。瞿秋白心境平静，视死如归。他神定气闲地着意修整边幅：上身穿着紧身青衫，下身是白色齐膝短裤，蹬一双青布鞋，穿一双蓝色长统袜。刑前，瞿秋白在行刑的兵丁们簇拥下，步入中山公园的小凉亭吃断头酒。据当时报载：此时"全园为之寂静，鸟雀停止呻吟。秋白行至亭前，已见菲菜四碟，美酒一瓮，彼独坐桌上，自斟自酌，谈笑自若。酒半乃言曰：'人之公余小憩，为小快乐；夜间安眠，为大快乐；辞世长逝，为真快乐！'继而高唱《国际歌》，以打破沉默之空气。……"到了罗汉岭，瞿秋白选了个芦花飞絮的芦苇丛，盘腿而坐，点头示意："此地很好！请开枪！"

自从那一声尖厉的枪声打破罗汉岭的千古沉寂，这一带就成为汀江县妇孺皆知的杀场。解放前，国民政府枪毙革命者屡屡在这里；解放后，人民政府镇压反革命也屡屡在这里。吴希声早就听说，罗汉岭一到日头落山，就风声鹤唳，阴气袭人，纵是生了熊心虎胆也不敢随便在此行走。然而，这里却成了自己的葬身之地。

吴希声觉得脖子又生痛生痛地被勒了一下，带有几分景仰的记忆随即回到残酷的现实。离拜谒罗汉岭已有七年多了吧，那天吴希声还模仿瞿秋白，在芦苇丛中屈膝而坐，叫张亮给他拍过一张相片。真没想到啊，这张照片竟成了他命运的谶语。又是一个芦花飞雪的季节，吴希声今天竟以一个"死刑犯"的身份再次来到罗汉岭，他不能不想起秋白先生英雄就义的一幕。当然，吴希声的联想也许不可能这么顺畅，这么完整。但是，他的的确确想起了瞿秋白。他觉得，瞿秋白之所以视死如归，献身革命，其目标其理想不言而喻，就是要永远杜绝专权的强者无端地把屠刀砍向无辜的弱者。然而，在瞿秋白牺牲四十一周年的忌日，他，吴希声，一个同样善良文弱的书生，竟又成了不幸的弱者。吴希声悲从中来，一串串热泪洒落在被棕绳打了个大叉而捆绑得结结实实的前襟。……

刑车在坎坎洼洼的公路上慢慢开进，凌乱无序的意识在吴希声脑中奔涌。一会儿，吴希声看见前面现出个小土坡。一大片芦苇丛壮实得像密密的甘蔗林，千千万万柔枝带雪的芦花，不胜哀怨地在风中摇曳。吴希声知道自己生命的终点到了。蓦地，瞎目婆张八嬷谆谆叮嘱的声音在他耳边响起："三十年河东，三十年河西，那些乌龟王八蛋的日子长不了。我瞎目婆瞎了，老了，你还年轻哪，总能看到这一天！"可是，亲爱的老阿婆啊，我要先你而去了！唉，秀秀、春山爷、父亲、哥哥、雪梅、张亮、娟娟……一切善良的人啊，我是多么热切地巴望你们能看到这一天啊！

秀秀听见远处传来一声清脆的枪声，知道一个年轻的生命结束了，拽起春山爷疯一般向罗汉岭奔去。刚才还挤得水泄不通的人群，都自动为他们闪开一条道，脸上一副意兴阑珊的样子。那个年代，死人的事司空见惯。处决个人，像踩死一只蚂蚁，根本不会引起人们的注意。

更何况这种注意有时还会招来麻烦，要付出代价。看客们也就纷纷散了。

春山爷和秀秀飞快赶到罗汉岭。爷儿俩只有一个极其朴素的想法：吴希声在汀江县举目无亲，枫树坪人就是他最亲的亲人，哪能让他尸陈荒野，任野猪去掘，任野狗去啃啊？他们早就预备好一副薄薄的杉木棺材，把希声收了殓，抬上一辆板车，要让这个在枫树坪生活了八年的知青哥，长眠于乡亲们天天看得见的后门山。

沉重的板车进山了，艰难地行进在崎岖的山路上。在前头拉车的是春山爷，在后头推车的是王秀秀。

秀秀怕希声经不起一路颠簸，磕痛了脑壳硌痛了腰，特意买了一床柔软的被褥垫在薄薄的棺材里，让希声睡得稍稍舒服点。春山爷怕希声吓丢了魂，找不到归家的路，按照当地民俗，在板车的前后挡板上竖起四根招魂幡；棺材头上置个香炉，点上三炷高香。一路上，白幡飘飘，香烟袅袅，把一老一少的满腹悲愤，书写在青山绿水之间，描画在蓝天白云之上。

板车走出两里路，一串急促的喇叭声撵了上来。一会儿，一辆北京吉普驶到跟前，钻出个人来却是刘福田，疯了似的狂叫着：

"停！停！停车！"

板车不愿停下来。刘福田又撵在后头狂叫道："咦，你们这是做嘛咯，啊？到底想做嘛咯，啊？"

秀秀气狠狠回道："我们做嘛咯，不要你管！"

刘福田说："你是我的婆娘子，敢不要我管？你要连累我的，你晓得不晓得？"

"呸！"秀秀啐了一口，"你这个害人精，我跟你没任何关系了，你走你的阳关道，我走我的独木桥，怎么连累你？"

刘福田见拦不住秀秀，就抢前几步，跟在春山爷后头大声恫吓道："杨春山，你是共产党员，你是大队党支书，你给反革命分子收尸，是站在嘛咯立场，啊？我、我要开除你的党籍！"

春山爷埋头拉车，对着脚下的土地说："你爱开除，你开除吧！我杨春山从入党那天起，压根就没想过要当官发财，扛了一辈子锄头作了一辈子田，你还能开除我的农籍？还能不让我当农民？笑话！再说，我压根就不愿跟你这种人共一个党，你快快滚吧！"

秀秀也大声叫骂："呸！滚！滚！快快滚！"

刘福田看见自己威风扫地，气急败坏，骂骂咧咧，钻进吉普车，轰隆隆地开走了。

从县城到枫树坪有八十里坎坎洼洼的盘山土公路，春山爷和秀秀爷儿俩要把吴希声请回村去，并非易事。一老一少就轮流抢着拉车头。拉车头当然费劲，推车屁股也不省力。不仅仅是体力消耗，更大的消耗是心力。

双手推着板车的后挡板，眼睛盯着板车上的棺木，鼻子能闻到鼻尖下的气息，那种痛心彻骨的悲伤呀，叫人窒息，叫人晕厥。

现在，在车后头推的是秀秀。看见板车在山路上颠簸，棺木磕碰一下，秀秀心里就抽搐一下。可怜的人啊，你百孔千疮，支离破碎，特别是那聪明的脑壳已经不是脑壳，像只打烂了的干葫芦瓜，哪里还经得起磕磕碰碰呢！秀秀和春山爷给希声收殓的时候，秀秀在希声脸上只看到一只右眼。另一只左眼，跟着天灵盖的破碎不翼而飞。那只右眼睁得很大，不肯闭合，瞳孔一片蒙雾，惊恐和哀怨从暴凸的眼球倾泻而出。秀秀轻轻把希声的右眼揉合上，可是一会儿它又睁开了。秀秀就愣哭愣哭，把一串串目汁洒在希声残破不全的半边脸上。秀秀真是后悔死了！要不是那回在树林子里捆了希声一记耳光，要不是自己疏远了希声，要不是鬼使神差上了刘福田大流氓的套子，她和希声一直好下去，希声怎会吃这颗枪子？秀秀愈想愈觉得是自己害了希声，恨不得一头在棺材上撞死！

板车要上坡了，在前头拉车的春山爷身子弯成一张犁，脑壳快要埋到地里去。秀秀的无穷忏悔戛然而止，连忙跑到车头去，把春山爷替换下来。

在板车后头推车的春山爷，盯着鼻尖下的杉木棺材，真不敢相信里头躺着个年轻人。白发送黑发，已经是人生的大不幸了；况且今天送走的是个多好的知青哥哪！吴希声天天暗晡夜到夜校教书，教会许多小郎哥细妹子知书识字；自己一大把年纪了，也能猜三蒙四地看报纸了；再说出墙报写标语吧，嘿，吴希声那一手美术字，啧啧，把枫树坪的粉壁泥墙捏弄得一看就心里舒坦。至于标语上、墙报上写些嘛咯内容，那是不重要的；重要的是给山旮旯里带来些许文化的春风。最叫春山爷感念的，是吴希声挺身而出担任大队会计，帮助大队搞"瞒产私分"，把家家户户的工分和口粮细账，拨拉得分毫不差，叫枫树坪人连续多年吃饱了饭。这样的后生哥到底是犯了哪家王法？怎么说毙就给毙了呢？

331

　　由吴希声，春山爷又想起民国二十一年闽西老苏区的"肃社党"。这个莫名其妙的运动，别扭，拗口，很不好叫，当地客家人不叫"肃社党"，而叫"杀社党"。"杀社党"就是疯疯癫癫的一阵滥捕滥杀么！那两年，也不知从哪里刮来的一股风，江西苏区大杀AB团，闽西苏区大杀"社党"，稀里哗啦，一家伙杀了几千上万自家同志哪！杨春山那年只有十七岁，穿上灰布军装不久，怎么也弄不懂嘛咯叫"社党"？上头下来的肃反干部就宣传启发说，"社党"就是社会民主党，就是第二国际修正主义，就是苏联老大哥布尔什维克的反对派。杨春山问，"社党"长得嘛咯样子？大胡子、高鼻子、蓝眼睛吗？肃反干部说，中国的"社党"还是中国人，不过家里比较有钱，不是土豪地主，就是富农资本家，一般都能写会画，能说会道，能掐会算，爱留个小分头，小兜兜插支钢笔铅笔，大兜兜揣本小书笔记本什么的……按照这些特点，闽西苏区在地方和部队都揪出许多"社党"分子。肃反干部把他们集中起来，捆绑吊打，炒豆子（房间里站着一圈积极分子，把围在中间的"社党"分子推来搡去），撞油饼（让两个"社党"分子互相撞击，直撞得头破血流）；许多根本不知"社党"为何物的人也就被迫承认自己是"社党"。接着，"社党"的同乡、同学、下属、上级或仅仅只有一面之交的人也受株连而成为"社党"分子。……杨春山也被命令去行过刑，对准自己的一位战友的胸膛脑壳开过枪（我的天！这种伤天害理的蠢事我只有干过一回呀，请冤死的战友饶恕我！）第二次，也是最后一次，上级交给他枪毙的"社党"分子竟是他的团长——也就是如今全县敬仰的红军爷。团长看见杨春山颤颤抖抖举起汉阳造的单套筒，恳求道，春牯子，我求你了，省下这颗子弹去打白鬼子吧，我们红军缺子弹，你就用梭镖捅死我，我决不反抗！瞧，瞄准这里，一下两下，我包你完成任务。团长说着拍拍自己的胸脯，好像他的心脏不是肉做的，而是石头做的。杨春山实在下不了手，把团长放了，一起逃上山。等那阵"肃社党"歪风刹住之后，杨春山和他的团长立即归队，不仅没受处罚，还受到上级表扬。……

真是琢磨不透呀，像红军爷——老团长——这样身经百战、出生入死的英雄，今天也怕那些蛮不讲理的造反派，难道"肃社党"的伤痛还留在他的心头，永远也不能抹去了吗？

是的，毫无疑问，准是这样。几十年过去了，杨春山只要一想起他十七岁那年，在一个寒风呼啸冷雨飘飘的春夜，曾经端起老套筒步枪，枪杀过一个被诬为"社党"分子的战友，他就常常会从噩梦中惊醒，一辈子心里不得安宁。打那以后，不管来了什么运动，只要是对付自家人的，他杨春山总是心慈手软，总是佯装迷糊，决不昧着良心去整人斗人。《三国演义》中曹操的人生哲学是"宁可我负天下人，休叫天下人负我。"他杨春山则反其道而行之："宁可天下人负我，我决不负天下人！"换句通俗的话说，是"宁容人整我，我决不整人。"他注定要当一辈子老"右倾"。

上坡了，春山爷看见秀秀在车头拉得很吃力，脸上和脖子上沥沥啦啦地挂下一串串汗珠儿，一件短衫像从水里捞起来似的湿透了。春山爷不由阵阵心疼，勾下头，用右肩抵着板车的后挡板，使出全身的劲儿往前推。

爷儿俩吭哧吭哧的，把板车推上个小山坡。

山路平缓些了，春山爷的脚步也轻快些了，继续想心事：咳，躺在棺材里的吴希声，是不是今天的"社党"分子？他就是家里有钱一点，父亲有点"问题"，自己爱拉个小提琴，又能写会算，脑瓜子灵光，这就成了"恶攻"了？当然，希声也有希声的毛病，他干不了重活，他太爱惜他那双天生就是拉小提琴的手。可是，这能算嘛咯罪过？孔雀百灵还天生地爱惜自己的羽毛呢！春山爷百思不得其解，做嘛要把个好端端的知青哥一枪毙了？活蹦乱跳的一个人，难道是只鸡，是只鸭，是只小兔崽子，谁想宰就宰？谁想杀就杀？咔嚓一下，随随便便轻轻松松地就能勾销一条命？天呀，这是嘛咯世道哟！

333

日头当午了，晒得黄土路面有些烫脚板。秀秀把车停下来。春山爷以为秀秀累了，说，秀，你到后头来，换换肩吧！秀秀望望天上的太阳，梦呓般说，不，我不累；日头太毒，会把希声晒坏哩！秀秀傻里傻气的样子，把春山爷吓了一跳，就说现在希声才不会怕热怕冷了，快快走吧，走走停停的，天黑也赶不到家。

秀秀不听春山爷的，三脚两步钻进路边的林子里。一会儿，她拗来一大捆小树枝，有马尾松、黄姜柴、金柯木。春山爷这才明白秀秀要做什么，帮着秀秀把树枝插在车帮上，盖在棺材上。秀秀又梦呓般说，嘿，我们不能让希声这样寒碜，春山爷，你等等我。一会儿，秀秀又采来许多野菊花、山茶花、金樱子花，一朵一朵插在树枝间。那辆载着棺材的板车，晦气全无，披翠溢彩，竟有些像赶庙会的花车一样鲜亮好看了。但是，春山爷觉得秀秀的神情有些异样，有些痴呆，便在心里暗自一阵阵地发忧。

又爬了两道坡，春山爷和秀秀双肩乏力，双腿发软，肚子也饥肠辘辘的，板车走得愈来愈缓慢了。爷儿俩时不时看看渐渐偏西的日头，担心在落黑之前不能赶回枫树坪。

突然，在一道山坳的转弯口，树林里一阵沙沙响，倏地蹦出一只金丝猴，奔到春山爷身边，唧唧地叫了几声，就伸出两只前肢，使劲地推起板车来。

春山爷惊叫不迭："咦，猴哥！猴哥！秀秀快来看，来了一只猴哥帮我们推车哩！"

秀秀回头一看，一下子认出是孙卫红——那个摔死她小崽子的畜生，便停下板车，从车帮上拔出一根竹竿，要把孙卫红往死里揍。孙卫红一惊，一下蹦到路边去。

春山爷抓住秀秀的手，劝道："莫打！莫打！这猴哥跟你有嘛咯仇哟？"

秀秀恨得咬牙切齿："这畜生就是孙卫红！是它摔死我的小崽子。"

孙卫红擎起两只前肢，使出全身力气帮着春山爷推灵车。

春山爷惊问道："噢？你怎么认得？"

秀秀说："你看它的脖子上还戴着铁圈呢！跟上回钻进我家抱娟娟的娃妹子的那只猴哥，长得一般般的。"

"哦！"春山爷定睛一看，发现那猴哥脖子上果然系着个亮闪闪的铁圈，也惊得说不出话。

"我要报仇！我要揍死它！"秀秀举起竹竿朝孙卫红扑过去。

孙卫红仿佛听懂秀秀的话，竟不逃走，就那么乖乖地蹲着，一副痛悔不已、引颈就戮的可怜相。

"秀，饶了它吧！"春山爷看着不忍，又拦住秀秀劝道，"这猴哥摔死小文革不假，可它绝不是有意的。它是给孩子喂奶，一不小心却把小文革摔死了。后来，它又去抱娟娟的妹娃子，给小金兰喂奶，那个亲亲热热的模样，你又不是没看到。"

"不！"秀秀怒气难消，又高高扬起竹竿，"我一定要打死它！我一定要报仇！"

秀秀抡圆的胳膊，被春山爷在高空紧紧攥着。"秀，你再想想，就凭孙卫红冒死前来给希声推车，给希声送葬，也能看出这猴哥是多么通晓人性，是多么有情有义啊！看在希声的情面上，你也该饶了它！"

秀秀心里开了窍，长叹一声，把竹竿甩出几丈远，自顾自地又走到前头提起车把拉车。

春山爷朝孙卫红招招手，孙卫红蹦蹦跳跳跑过来，擎起两只前肢，使出全身力气帮着春山爷推车。

今天一早，孙卫红爬上铁窗跟吴希声作了最后的诀别，又眼睁睁地看着它的主人被押上刑车，游街示众。孙卫红不敢挤到人群中去，也知道根本救不了它的主人，便飞快直奔罗汉岭，潜伏在一片芦苇丛中等候。一会儿，一辆刑车轰隆隆开来了，几个荷枪实弹的穿绿衣的人，把吴希声高高举起，架下了车。好可怜哪，那个文弱书生满头满脸的血，差点没气了，走不得路，几个绿衣人死拖硬拽着，像拖一条死狗，拖到一片白花花的芦苇丛中，强迫他跪下。一个年长一点的绿衣人命令另一个年轻一点的绿衣人放枪。那个年轻人有些不忍，有些害怕，握枪的手就战战兢兢、抖抖索索的。但是，枪声终于响了，砰的一声，孙卫红看见它的大恩人应声倒下，脑浆迸溅，像一窝小黑虫从脑壳轰地一声飞起，黑了半边天空。孙卫红觉得天旋地转，一下子晕了过去……许久许久，孙卫红醒转了来，看见春山爷和秀秀已经收了尸，拖着板车上了山路，孙卫红便一路小跑赶了来。

现在板车又上坡了。孙卫红看见在前头拉车的秀秀非常吃力，身子都快弯到路面了。孙卫红倏地一下蹿到前头去，甩出一根长长的尾巴，搭在车把上，又卷了个结，使出全身力气帮助秀秀一起拉板车。

秀秀看了异常感动，高声赞叹道："唉，这个猴哥真是神了！"

337

其实，一只金丝猴能有多大力气呀？难得的是它那份善心和义气。孙卫红佝着腰，驼着背，四只爪子几乎抠到泥地里去，一条细细的尾巴拉成了直直的钢丝绳，一路走，一路呼哧呼哧直喘气，真是一往无前奋不顾身了！

秀秀和春山爷都非常感动。其至，孙卫红还深深地感动了棺材里的吴希声，感动了天和地。秀秀和春山爷觉得板车忽然轻了许多，两个胶皮轮子轱辘辘飞转起来，原来坎坎洼洼的山间小道也变得宽敞而平坦了。

春山爷万分感慨说："秀，这真是一只义猴呀！"

秀秀不愿吱声。但她心里完全同意春山爷的看法。可不是吗？有许多人枉有两只脚，枉能说人话，还不如长着四只小爪子的猴哥哪！

车子又行进了十来里，一个山坳里猛地转出一彪汉子来，全是枫树坪的后生哥。春山爷和秀秀一惊，痴呆呆地站住了："咦，你们怎么来啦？"

后生哥都目汁汪汪地说，吴希声的事乡亲们都知道了，红军爷给我们来了电话。说着，就抚着吴希声的棺木，像抚着吴希声的尸骨，感慨欷歔，怨天骂娘。

春山爷说："莫哭莫哭，快快送希声回村吧！"

十来个后生哥齐动手，有的拉车把，有的扶车帮，有的推着车屁股的后挡板，一辆慢慢吞吞的胶轮板车，几乎被乡亲们抬了起来，轰轰隆隆向枫树坪开进。这时，孙卫红自然插不上手，帮不上忙，退到路边，蹦蹦跳跳的，一直护送吴希声回到枫树坪。

吴希声的灵车进村，日头挨山还有两竿子高，该是农家生火做饭的时候，可是却不见一缕炊烟。全村男女老少几百口人，全聚集在村中心的晒谷坪上，一个个神情肃穆，目汁汪汪。娟娟搀扶挂着藤条拐杖的张八嬷，颤巍巍地走到棺材跟前。张八嬷那没牙漏风的瘪嘴动了几下，就呼天抢地嚎了起来：

"嗷嗷嗷！呜呜呜！是谁杀了这孩子？他碍着谁了？犯嘛罪了？一个多好的知青哥呀！"

瞎目婆张八嬷一双干瘦的手，在吴希声的棺材上摸来摸去，就像抚摸嫡嫡亲的小孙子。忽然，老人的手停住了，抬头大声叫喊杨春山："春牯子！春牯子！春牯子在哪里？"

春山爷连忙走到老人跟前。"八嬷，我在这里，有嘛事？你讲！你讲！"

瞎目婆抹了一把泪说，说："春牯子！不行，不行！用这薄薄的几块烂板送孩子上路，怎么做得哟！你们快快到我家去，把我那副老寿材抬了来！"

春山爷踌躇不决，很是为难。他晓得，张八嬷那副老杉木寿材，可是她在部队的小孙子，前些年特意置办下要给老奶奶送终的。万一年轻的军官追问起来，拿嘛咯交代？

春山爷迟疑着说："张八嬷，这怎么做得？这怎么做得？"

"有嘛做不得的？我的身子骨硬朗着哩，三年五载死不了的。"瞎目婆听不到一点动静，急了，一支藤条拐杖在地上戳得笃笃响。

"我叫你们去抬，你们就赶紧去抬！啊，没人吱声？没人愿去？春牯子，要把我这老婆子活活气死不成？啊！"

春山爷知道瞎目婆性情刚烈，不敢怠慢，连忙叫了十多个后生哥去抬棺木。那真是一副上等寿材。材板跟瞎目婆一样高寿，春山爷用手指敲敲，像敲钢板一样当当作响；生漆上过好几遍，暗红色的油光能照出清晰的人影；寿棺的棺盖高高翘起，威严得像一艘远航大船的船头。

张八嬷满意了，大声发话："盖棺呀！啊？盖棺呀！你们还愣着做嘛咯？那些杀千刀的把孩子折腾得多惨哪，早早的让希声入土为安吧！"

按照枫树坪的风俗，春山爷挑选四个品性端庄、儿孙满堂的老字辈，抡起大锤钉棺材。又选了十个长相出众的后生哥，站在两旁喊钉棺材钉号子：

339

> 铁拐大仙送铁钉，嘿哟！
> 鲁班弟子来钉钉，嘿哟！
> 好人希声你慢慢行，嘿哟！
> 玉皇大帝请你上天庭，嘿哟！

在悲壮雄浑的号子声中，红漆棺材钉得纹丝合缝，严严实实。四个后生哥扛来两长两短四根海碗粗细的竹筒，在坟前叠了个"井"字。众人齐心协力，手抬肩扛，把棺材搁在两根短竹筒上。然后，几个壮汉慢慢撬动竹筒，沉重的棺木就在竹筒的徐徐滚动中送进了深深的坟洞。

夜色一层层厚了，落日最后一缕余光熄灭后，春山爷砌上最后一块砖，糊上最后一把泥，吴希声的坟洞被封个严严实实。一个聪明绝顶心地善良的知青哥，便步入一个既不透气又不见光的黑暗世界。有那么短短一会儿，送葬者都沉浸在悲痛的肃穆中。忽然，有了一声轻轻的哭泣，那是咬紧了牙关的秀秀突然失噤的哭声，接着是娟娟的抽抽泣泣，紧随其后，是瞎目婆张八嬷的一声仰天长啸。随即，在场男女老少大放悲声："小吴呀，你怎么这就走了？""希声呀，你死得真冤啊！""水流千里归大海，人行万里土里埋。上海知青哥呀，你就安心上路吧！"……连枫树林里的小鸟们也扇动翅膀，唧喳惨叫，飞向黑漆漆的夜空。

在一片嚎啕声中，另有一个极不和谐的哭声——唧唧唧！啾啾啾！那是吴希声的小情人婆娘子好朋友金丝猴孙卫红的抽泣痛哭。孙卫红混杂在挤挤挨挨的悲痛得失去感觉的人群中，哭哭啼啼地参加了整个葬礼。

全村惟一噤声不哭的是春山爷。他见过太多的流血和死亡，有着惊人的自制力。春山爷觉得有一股咸涩的液体从喉管直向上涌，慢慢地盈满眼眶。但是，经历过半个多世纪苦难的老人，硬是咬紧嘴巴皮，强迫泪水由眼眶回到泪腺，由泪腺再通向鼻腔，然后，化做一把清水鼻涕，弄得一把花白胡子挂满了水珠。春山爷抬头看天，觉得今夜天也怪异，扯满乌云，惟有当顶飘游着几颗星星，在云层中时隐时现。有一颗灼亮灼亮的星星格外刺眼，却一直摇摇欲坠地颤栗着，晃动着。忽然，它像电火一般照亮漆黑的夜，拖着一条长长的炽白的尾巴，从高空坠落，栽进黑魆魆的山坳，熄灭了。

然后，这个前所未有的黑夜，把整个世界装进一个密不透风的大铁桶，人人伸手不见五指。

枫树坪人刻骨铭心地记住了这一天：公历1976年6月18日。农历辛丑年五月二十一日。一个黑色的星期五。

第十六章 群猴大闹枫树坪

枫树坪成了孙卫红的伤心地，无可留恋，它拖着瘦弱不堪的身子，翻山越岭，涉水渡河，回到阔别已久的花果山。

看守山门的两只老猴拦住孙卫红，唧唧怪叫，那意思是问孙卫红是何方人士？

孙卫红用猴语回答：我是花果山的猴皇后。

哈！你想蒙我们！两只老猴差点要动拳头。滚！滚！

这时美猴王由一大群猴兵猴将簇拥着缓缓走来，大声喝道：吵吵嘛咯呀？

客家山区的猴哥说起猴语来也带些客家乡音。

守卫山门的老猴禀报道：大王，这里有个老猴婆冒充花果山的猴皇后。瞧，又丑又老，又脏又瘦，哪点像花果山的猴皇后？它准是个大骗子！

哦?！美猴王把孙卫红看了又看。心想眼前这个老猴婆没有一百岁，也有八九十岁吧！瞧它的瘦脸尖嘴比别的猴子更瘦更尖，猴们原本深陷的眼眶也愈加深陷，本该像金丝般闪闪发亮的一身细毛，脏得失去本色，毫无光泽。刀削般的脊背佝偻着，两只后肢成了罗圈腿，走起路来一瘸一拐的。呸，它怎么可能是我那一见钟情、绝代天骄的猴皇后？美猴王举起蒲扇似的前掌，孙卫红连忙趴在地上，唧唧痛诉。孙卫红说，自它的小猴崽摔死后，它如何痛不欲生，如何昏昏沉沉，如何到了枫树坪，如何在奶小文革的时候，听到一声炮响，又把人家的小崽子摔死了；再后来，它看见它的主人和恩人吴希声横遭劫难，被两脚兽们用绳索绑走，给一枪崩了……看看，这十几天来，我真是跟我们的老祖宗孙大圣一样，经历了九九八十一难，不知蜕了几重皮，换了几次毛，死去活来多少回，我能不脏不丑不瘦不老吗？

对于在另一个世界发生的大灾大难，美猴王虽然无法理解，却也动了恻隐之心，边听边落泪。唧唧唧，啾啾啾！它安慰孙卫红，好了，好了，我们别再跟那些会说话的两脚兽们打交道了，回来就好，回来就好，你还是花果山的第一夫人，你还是我的猴皇后。我要让你住好，吃好，调养好，亲爱的，你会慢慢健壮、年轻、漂亮起来的。

孙卫红重又在花果山上过着养尊处优的日子，身体渐渐康复如初。

然而，痛失亲人的王秀秀却渐渐疯了。一到阴雨天气，秀秀常常站在枫溪之畔，远眺南山坡上一大一小两座新坟，轻声喃喃自语：楮楮呀，希声呀，山头上风大雾大，你爷崽俩冷不冷呀？要赶快多穿衣服呀！每逢"做七"的日子①，秀秀温一壶水酒，蒸几块米粄，炒几个小菜，拿个乌漆茶盘盛着，搁在大门口的高台阶上，对着南山坡絮叨不休：楮楮呀，希声呀，你们那个地方，吃没吃的，喝没喝的，该饿瘪了吧，快下来打一顿牙祭呀！……

人们就看见那黑森森的南山坡，霎时间阴风惨惨，浓雾弥天，山上的树林和竹林也呼啦啦哀号起来。秀秀便说那是希声显灵了，激动得像个小孩子过年过节一般，在门前的晒谷坪上手舞足蹈，又叽叽呱呱唱起那支"树死藤生缠到死，树生藤死死也缠"的山歌。

---

① 客家民俗，人死之后，七七四十九天之内，逢七便是一个祭日。

342

才几天工夫，秀秀头不梳，脸不洗，衣着穿戴也邋里邋遢的，原先四乡闻名花朵样个山妹子，忽然变成个面黄肌瘦形容枯槁的老婆娘。乡亲们看在眼里，疼在心里，无不感慨叹息这个世道把个好人活活地变成了鬼。

一年前，茂财叔被刘福田割"资本主义尾巴"和划漏网富农吓病吓疯了，秀秀要天天防着他阿爸；现在倒了个个，茂财叔怕女儿有个三长两短，时时处处盯着秀秀。可是，那天午后茂财叔实在困了，稍稍打了个盹。秀秀趁机溜出屋，独自一人出了门，像个幽灵飘过咿呀吟唱的古老水车，飘过半月形的石板拱桥，一闪，飘进了溪对岸那幢知青楼。

现在，这里人去楼空，一片破败。全盛时期，楼里住过上海、福州与厦门知青四十余人，煞是热闹。后来招工的招工，病退的病退，上学的上学，在吴希声被一枪崩了之后，留下没有走成的十来个知青哥，怕楼中出鬼，找到种种借口，全都返城不归。秀秀进楼的时候，只听到自己的脚步声，踢-踏-踢-踏，踢-踏-踢-踏，像在空谷中响起一串恐怖的回声，甚是吓人。原本就精神恍惚的秀秀，常有幻听幻觉，冷不丁地就看见希声的影子，听到希声说话的声音，至于希声拉的小提琴协奏曲《梁祝》，更是时时萦回于耳。这时，秀秀又看见一个似有似无、时有时无的影子，在前头飘飘忽忽地引路。有时上半身，有时下半身，有时是一张完好的秀气的脸，有时是被打烂了的血淋淋的半边脸。秀秀好生纳闷，我的一个活蹦蹦的亲哥哥，怎么的就变成个支在田头的稻草人了呢？瞧他，被山风吹得打转转，不会说话，不会吱声，又没丁点儿分量。

稻草人在前头引路，秀秀款款地拾级登楼。楼梯吱嘎吱嘎作响，更增添了恐怖的气氛。秀秀上了二楼，再上三楼，朝右一拐，前面飘忽着的人影忽然不见了。秀秀知道希声的宿舍到了，是第三个房间。房门上了把大铁锁，门板上贴着盖着县公安局和枫溪公社革委会大印的封条。这在那个年代是极具权威性的，但是，

343

在精神恍惚的秀秀眼里却视同废纸。她三把两把就扯下来，撕碎了，又抡起小锄头，咣当一下，把门砸开。一股霉气夹着阴气迎面扑来，秀秀不由倒退两步。秀秀已经不知道害怕，但刚从亮处到了暗处，她眼睛不能适应，便微眯着眼，连忙打开小窗。一缕阳光裹着清新的空气泼了进来，房里敞亮多了。秀秀看见床上桌上积满了灰尘，墙旮旯里有一张美丽的蜘蛛网，加重了这空房的清冷；用来糊小窗的旧报纸有几处剥落了，在风中簌簌颤抖，发出一声声叹息。

房里的摆设依然如故。一张单人小床搁在墙脚下，窗台下有张小桌子，是希声自己用杉木板钉制的，他常常坐在桌前写字看书。两个抽屉和一只木箱都打开了，里头的东西被翻拣得乱七八糟。秀秀终于找到那本《新华词典》和一支金星钢笔。希声临刑前，说这两件东西留给秀秀，无非是希望秀秀多读点书，认些字吧。可是这年头，有了文化又能怎么了？哥啊，你在全县知青中算是最有文化的人了，不是连个小命儿都保不住嘛？一股冰水漫上心头，秀秀全身都凉透了，又把希声的两件遗物放回箱子里。

秀秀最挂心的还是那把希声爱惜如命的小提琴。希声赴刑前惟一的嘱托，就是请她将这把小提琴保管好，日后（如果还有日后的话）转交给他的父兄。秀秀记得，那把小提琴总是装在一只黑色皮革琴匣里，像希声忠实的朋友，日夜厮守在小床对面的墙壁上。但是，如今墙壁上原来挂琴匣的大铁钉，孤零零地作壁上观，任什么地方都找不到那把能叫人心旷神怡又热血沸腾的小提琴。

秀秀悲伤至极，自言自语："唉，哥，真对不起！你吩咐的一件小事，我也做不了。"

"秀，没关系的，你能来看我，我就很高兴了！"

恍惚间，秀秀竟听见希声似有似无的声音。秀秀睁大眼睛，四下睃巡，却看不见希声的影子。

过了会儿，一个细若游丝般的声音又响起来："秀，我害苦你了!"

"哥，你把话说反了，是我害死了你呀!"秀秀睁大眼睛，竭力想找到那个说话的人。但是，她什么也不见。

在一片空无中，一个幽幽的声音又轻轻地说："秀，你不要呆在这里。快走，快走，你快快走!"

秀秀循着这个声音望，竟然就看见那个可怜的人。他满头满脸都是血，瑟缩在墙角里向秀秀挥手。

秀秀扑了过去，想抓住那一无所有的影子。但是，她扑了个空，看见那个影子化作一缕轻烟，打着旋子从窗口飞了出去，消失得无影无踪。

秀秀笑了一下，对着天空梦呓般说："哥，你等等，你等等，我这就来了!"

秀秀整了整衣衫，捋了捋头发，然后，往屋梁上搭上一根麻绳，打了个活结，抻起脖子往里一套，就把自己挂了起来。

后来，帮助秀秀收殓的娟娟悲痛万分，总是泪水涟涟地到处解释：谁说秀秀疯了？她走的时候绝对是头脑清醒的。像要去圩场赴圩，去学校上学，已经许久衣衫不整的秀秀，那天特意把自己打扮得干干净净，漂漂亮亮。上身穿一件红毛衣，高领，束腰，非常好看。说到这里，娟娟的口吻透着几分神秘，她说，那是吴希声悄悄送给秀秀的信物，秀秀还从没上过身，那天是头一回穿，虽然已经断气了，却把她残花枯叶一样的脸庞照得鲜红亮丽起来。最为奇怪的，是秀秀已经许久不梳头，不洗脸，而那天她把那一头短发梳理得纹丝不乱，脸上还扑了淡淡的脂粉，嘴角两个笑靥挂着一丝微笑。娟娟最后说，最奇怪的是秀秀一双悬在空中的脚。枫树坪客家婆娘子一生一世除了做新娘几乎不穿袜子。那天秀秀一双美丽的小腿却套上一双肉色长袜，脚下是一双大红绣花鞋。娟娟和茂财叔推门进屋的时候，看见秀秀一双穿着红鞋子的大脚在空中高高悬起，被风吹得悠悠晃荡，就像优美的舞蹈动作。当时娟娟和茂财叔吓了一跳。但是娟娟事后细细回想起这一切，就

345

一再赞叹说，秀秀走得绝对的心舒气爽，欢欣鼓舞，用现在的新潮话说，就像个怀春女子去赴一个巴望已久的约会。……

这些话娟娟至少说过一百遍，乡亲们百听不厌，像听一个动人的神话故事，感慨欷歔，泪湿衣襟。

哭得死去活来的茂财叔稍稍平静之后，把秀秀安葬在北山坡的一处高岗上。传说中的梁山伯与祝英台，生不能同床共枕，死后却求同穴同坟。闽西客家也有一支山歌唱道："生也魂来死也魂，死哩两人共墓坟；周年百日共碗酒，纸钱烧落两人分。"希声和秀秀自然没有这个福份，可茂财叔也算尽了心了。茂财叔翻山越岭费尽心思给女儿挑选的一块坟地，与安葬在南山坡的吴希声恰好遥遥相望。乡亲们都说，糊涂一世的茂财叔总算做对了这件好事，既是对秀秀不幸婚姻惟一的一次补偿，又是对吴希声的最后一次忏悔。

天气特好的日子，夕阳西坠时分，乡亲们常常看到北山坡袅袅升起一股紫烟，南山坡悠悠升起一缕岚气，慢慢地在半空中合二为一，相拥相亲，衣袂翩然，无不愕然震悚，啧啧称奇：瞧，那就是王秀秀和吴希声！

1976年深秋，晚稻穗压禾头，满垄飘香，枫树坪眼看有个好年景。可是，当年收尾的第八号台风带来连日暴雨，落得地不抬头，天不开眼。接着山洪暴发，山溪暴涨，刘福田带领社员开山放炮新开的一片"大寨田"，被冲得稀里哗啦，一垮到底，五十多亩山田，连一株禾兜都找不到。

瞅着坝垮田崩惨不忍睹的一垄烂泥，春山爷欲哭无泪，冲着刘福田像野牛一样大声怒吼："瞎折腾！瞎折腾！现今一根禾草都捞不到，你高兴了吧！"

抱着脑壳蹲在田垄边的刘福田久久站不起来："我，我怎么晓得老天爷也跟我作对呀！"

"错了！"春山爷厉声纠正，"是你先跟老天爷作对，老天爷才跟你作对！看看吧，树也砍了，石也炸了，圳也填了，坝也挖了，这个田垄要不要发大水？"

刘福田觉得这话跟一加一等于二一样，是铁的道理，不敢争辩，甚是无奈地挥了挥手："今年你们大队的征购粮就免了吧。"

春山爷继续咆哮如雷："社员们的口粮呢，你也能免？你叫我们喝西北风！"

社员是不是喝西北风，刘福田倒没有去多想。但是，"大寨田"是他当政的门面，高征购是他升官的阶梯，全在一场山洪暴发中付之东流，这不能不叫他心如刀剜。

天渐渐暗了，刘福田从痛苦中站起来，发现春山爷竟不和他打个招呼，早就独自走了。刘福田跟跟跄跄走出山垄，有点沮丧，有点孤凄。咳，炊烟四起的枫树坪，对刘福田来说，几乎身无立锥之地了。

自从吴希声被害，枫树坪人都认定是刘福田在背后捅刀子，便视他为公敌，翻翻白眼就躲开了。秀秀对刘福田更是恨之入骨，连门槛也不让他进；而且，现在秀秀也追随吴希声到另一个世界去了。孤家寡人的刘福田，无家可归，茫然四顾，一时竟不知去哪儿落脚的好。

事实上，叫刘福田头疼心烦的臭事，远远不止于一场大水冲了"大寨田"。更叫他惶惶不安的，是他已经有十多天没在报上看到"当代女皇"江青的名字。昨天夜里，他又从一个造反派铁哥们那里听说江青、王洪文、张春桥、姚文元这四大"左派"都被解放军逮了起来。刘福田顿时丧魂失魄，预感大势已去，秋后的蚂蚱可是蹦跶到头了。他匆匆忙忙赶回枫树坪，以为这里山高皇帝远，能避一避风头。又哪里料到，自己竟是个不受欢迎的人物，连老实巴交的杨春山也把他看成一堆臭狗屎。

刘福田在晚风中愣了好一会儿，心想返回县城绝非良策，罢罢罢，只好去苦竹院暂住几天吧。

蔡桂花倒是热情依旧，炒了几碟小菜，温了一壶米酒，对愁

347

眉苦脸的刘福田笑嘻嘻说，刘主任，把心放到肚里去吧，愁嘛咯？愁白了头，愁老了脸，就没人疼你了！

刘福田喝了一会儿闷酒，对拐子牛说，阿牛哥，我要报仇，你帮帮我。

拐子牛吓了一跳，以为刘福田又要使什么坏水。说你还要报仇？吴希声已经一枪崩了，张亮和蓝雪梅也被你气走了，你还有嘛咯仇好报哟？

刘福田说，我想来想去，是那个孙卫红杀了我的崽，害得我家破人亡，我和它不共戴天。阿牛哥，你能不能帮我逮住这个狗畜生？

嘛咯嘛咯？你说嘛咯？拐子牛认认真真地瞅着刘福田，刘主任，你没喝醉吧？不是说酒话吧？孙卫红是个猴哥，满山遍野地跑，我到哪去抓它？

刘福田从拐子牛眼里看到了一种少有的怠慢。心里骂道，他妈的！连这没卵泡的也不把我放在眼里了。刘福田从衣兜里掏出三张十元大钞，往饭桌上一拍，说阿牛哥，不管难不难，你总得带着我进山跑一趟，不管逮到哪个猴哥都行。唉，我先付十块钱，给你买酒吃，如果真能抓到孙卫红，我还会重重赏你！

拐子牛一向见钱眼开。有了钱，杀头的生意也敢做，何况是进山逮只猴哥？拐子牛满口应承。第二天，拐子牛领着刘福田进山。他们扛着杆鸟铳，挑着担苞谷，还带上砍刀、锄头、山锥、踏笼等等家什。拐子牛自从炸飞了卵泡炸瘸了腿，干不了田里的农活，摸鱼逮鸟猎捕山兽却成了鬼精鬼灵的行家。

进了山，拐子牛看准了一片树林子，说，行，就是这里了。刘福田不大相信，说你是能掐会算，还是瞎蒙乱碰？怎么晓得猴哥准定会打这里路过？拐子牛说，刘主任，你看看这林子里长的都是些嘛咯树？唉，那是杨梅，唉，这是榛子。再朝前看吧，那边还有好几棵山楂树，一嘟噜一嘟噜挂在枝头哩。这些都是猴哥最爱吃的果子呀！猴哥能不来这里讨食？

刘福田仍是不解，又问道，既然猴哥吃惯了这些野果子，还会吃苞谷？

拐子牛说，你我不是都贪杯嗜酒吗？猴哥通人性，也爱喝两口小酒，我带来的苞谷都是在酒坛里浸泡过的，猴哥们能不爱吃？

哦！你真是个老山精！刘福田朝拐子牛竖起一只大拇指。他想，这个没卵泡的实在是不可小觑的。

拐子牛继续卖弄猎猴的经验。他说刘主任，你看，这里又是通往山下村庄的必经之路，猴哥想进村偷吃地瓜，偷吃黄豆，没有不打这里路过的。我们在这里挖个深坑，那些醉醺醺的家伙都会往里跳，你就等着逮猴哥吧！

拐子牛放下家什，开始沿着小路撒苞谷。拐子牛说，撒苞谷也有学问，远的撒得稀些，近的撒得稠些；远的酒味淡些，近的酒味浓些。还不能撒在路中间，猴哥们会看出猎人的阴谋诡计。要把苞谷撒在小路两旁的草丛中，猴哥们会想，那是挑苞谷的山农箩筐破了两个窟窿，把苞谷撒了一路。贪吃的猴哥便麻痹大意了，尝过一粒两粒，就愈吃愈想吃，愈吃愈走近，连最刁钻的老猴王，也会被酒香熏得迷迷糊糊，跟着苞谷一路走，都傻不愣登往坑阱里跳。

349

拐子牛和刘福田花了小半天工夫，挖了口坑阱。坑阱有桌面大小，一丈多深，像张大的虎口，黑咕隆咚地藏在一片茅菅草后头。随后，他们在林中的一间竹寮里待下来。那是香菇客们春天采野菇时的栖身之所，虽然窄小，破败，依然能遮风挡雨，烧茶煮饭。拐子牛在一截树墩上摊开棋盘，又掏出烟丝、烟纸、火柴，说，刘主任，来，来，杀两盘，等那些鬼精鬼灵的猴哥，要足够的时间，心急吃不了热豆腐。

你就那么有把握？

抓不到猴哥，你割我两个卵泡！

刘福田笑了，你摸摸你的裤裆，还有嘛咯卵泡好让我割？

那你就割我的脑壳！拐子牛嘿嘿傻笑，对，要是抓不住一只猴哥，割下我的脑壳给你当矮凳坐，行吧？

行！刘福田和拐子牛在树墩上坐下来，专心一意地开始对弈。

金丝猴聚居的花果山，入冬以来不得安宁。这里的好几条山垄，也在大造"大寨田"，整天价砍树伐木，开山放炮，叮叮咚咚，轰轰隆隆，闹得猴哥们寝食不安心惊肉跳。美猴王率领它的臣民转移到另一个山头。这山上虽然林木茂盛，可都是些松树、杉树和花斑栲，没有嘛咯果子可以充饥。整天嘴不停口不歇的猴哥们饿了一两天，急得唧唧叫，美猴王只好带领它们外出寻食。

一支浩浩荡荡的金丝猴大军，或在草丛里蹦蹦跳跳，或在树梢头滑翔飞蹿，一会儿就进入一大片林子。猴哥们这里瞧瞧，那里嗅嗅，发现小路边的草丛里星星点点地撒着些金灿灿的苞谷，都踌躇不前了。一只不满周岁的小猴崽捡到一粒，想往嘴里塞，被美猴王唧的一声喝止住。美猴王把那粒苞谷抓在手里瞧了瞧，想了想，咦，苞谷，不长在苞谷地，怎么会撒在山野里？美猴王叫只老猴哥尝尝。老猴哥塞进嘴里小心地咀嚼着，有滋有味的，半天也看不出有什么异样。美猴王放心了，自己也捡起一粒尝尝，既香且甜，美味无穷。美猴王抓耳挠腮地想，苞谷，是猴哥们常吃的美食。一到深秋，山农种在山坡山上的苞谷熟了，猴哥们一秆一秆拗下来，捧在手上大嚼乱啃，半吃半扔，不吃到胀个半死是不肯罢休的。但是金丝猴们记忆中的苞谷，是密密麻麻嵌在一根根苞谷棒子上的，有点涩，有点苦，不像这些苞谷粒粒饱满，珍珠一般，奇香诱人，干巴拉脆，还有一种又刺激又麻醉的气味，那就是猴哥们从未尝过的酒香。这件见所未见的怪事，叫美猴王抓耳挠腮，心里嘀咕。贪吃的老猴小猴们见美猴王吃了苞谷安然无恙，早就按捺不住，也在路边草丛里寻食苞谷，忘乎所以，一发而不可收拾。它们一边吃，一边走，一会儿就进入林子的中心地带。

唧唧！唧唧！唧唧唧！富有经验的猴皇后孙卫红接连发出警

告。

孙卫红回到花果山后，经过一些日子调养，又变得体态丰盈，毛色鲜亮，一对猴眼流光溢彩，尖尖的红臀丰姿绰约，重新成为这个金丝猴族群的第一夫人。孙卫红不仅姿色超群，还聪明绝顶。因为它毕竟为吴希声驯养过，在枫树坪生活过，亲眼见过山民们用铁铗夹野兔，用陷阱逮山獐，用弓箭和火铳射杀野猪和豺狗。孙卫红自己亲身经历的血的教训，更是一辈子不会忘记：它刚满周岁的时候，就是因为嘴馋贪吃，钻进猎人的踏笼，一家伙被逮了去，后来又被卖给江湖客敲锣卖艺，差点儿一命呜呼。嘿，那些会说话能站立的两脚动物，才是真正的兽中之王，敢不处处提防吗？现在，孙卫红看见这一路上无缘无故地撒着这么多苞谷，心里不断涌起一串大问号。

美猴王回转身来，用猴语询问孙卫红：你咋咋呼呼做嘛咯？

孙卫红说，这苞谷可不能随便吃。

美猴王生气得把尖嘴筒都撕裂开了，这是多么好吃的果子，做嘛咯不能吃？

孙卫红说，正是因为太好吃，我看这里头有名堂！

美猴王又问道，怪了，能有嘛咯名堂？

孙卫红说，愈是好吃的东西，两脚兽们藏得愈严实，怎么会随便撒在山路上？

哦！美猴王觉得孙卫红的话很有道理，唧唧叫着，发号施令，不准猴兵猴将们前进。可是，猴哥们盯着撒在路边的苞谷粒，目光就像黏在上面，怎么也不肯移开。再说，苞谷散发着一股闻所未闻的酒香，逗得猴哥们垂涎直滴，舌头抻直，四只爪子都挪不开步了。美猴王也经不住诱惑，把玩着抓在前肢的苞谷粒，扔又不肯扔，吃又不敢吃，痴呆呆地愣了片刻，又想，去他妈妈的！我就再吃一粒，还能把我怎么了？当然，在酒坛里浸泡过的苞谷，除了香、甜、脆，并无毒性，更不会叫猴哥们立时毙命。

美猴王把持不住自己，吃了一粒又想吃，就一路捡，一路吃；

其他猴哥也跟着学，在草丛中蹦来跳去找苞谷吃。一会儿，猴哥们胃口大开，胆子愈大，一路上渐渐增多起来的苞谷粒，把这一伙精明透顶又不堪教化的灵长目的动物，我们人类的近亲密友，顺顺当当地吸引到那口深不可测的坑阱旁边。

猴哥们看见坑阱下也撒满苞谷，更是大喜过望，唧唧欢叫，手舞足蹈，就等着美猴王一声令下，往坑阱里跳。美猴王倒是沉得住气，迈着王者的步子，绕坑阱转了一圈，又朝树林四周望了望，心想，怪了，这么多好吃的东西搁在这里，怎么没人看守？

唧唧！孙卫红在美猴王身后用猴语警告，停！停！这里有暗算，有埋伏！

树林里一下静下来。猴哥们连大气也不敢出，瞧瞧脚下，又盯盯坑阱。一些有经验的老猴，这会儿最担心的是那些身上无毛又能用后肢直立的动物，在食物的旁边设置暗器，比如炸药、踏笼、吊弓、暗箭等等，可是，时间一点点过去，一切意外的情况都没发生。

唧唧！唧唧！孙卫红又在美猴王身后用猴语发出警告，危险！危险！走！走！快快离开这里！

美猴王恋恋不舍，东张西望。它用疑惑的口吻问道：事情有这么严重？这里有这么多苞谷，足够我们饱餐一顿，不吃白不吃，做嘛咯要让自己饿肚子？

孙卫红见美猴王不听警告，气得给它一爪子。美猴王岿然不动，还冲孙卫红龇了龇牙。真是忠言逆耳呀！美猴王压根就不理孙卫红的茬。它和它的部族已经饿了好几天，怎肯放弃饱餐一顿的机会？但美猴王行事还是谨慎老练的，它挥了挥前爪，叫所有的猴子退后三丈，然后，命令一只小猴崽往坑阱里跳。那只小猴崽小心翼翼走近坑阱，低头打量好一会儿，扑通一声跳下去。哈！什么危险也没有。美猴王看见那只猴崽子高兴得在苞谷堆上翻了个跟斗，然后抓起一把苞谷塞进嘴里，大吃大嚼。站在坑阱上的猴哥们又静静地看了好一会儿，还是没有发现什么异常的动静。

除了孙卫红，所有猴哥包括美猴王，都心花怒放，疑虑全消，争先恐后扑通扑通往坑阱里跳。

孙卫红万分无奈，预感有什么灾难就要降临。在枫树坪呆了三年可不是白活的，它深知两脚兽们总是诡计多端。它爬上一株高高的桐子树上，瞪大火眼金睛四处张望，忠心耿耿地为猴子家族警戒放哨。

一会儿，猴哥们不再狼吞虎咽，吃苞谷的速度明显放慢。并不是猴哥们忽然变得斯文起来，而是它们吃够了，撑饱了，浸过地瓜烧的苞谷，酒力发作了，叫猴哥们肚子发烧，脑子迷糊，动作迟缓，表情变样，一个个丑态百出，颠顿可笑。

忽然，猴哥们听到一声穿云裂帛似的尖叫，那是站在桐子树上望风放哨的孙卫红发出的警报。猴哥们陡地一惊，全都从醉醺醺中惊醒。到了这个节骨眼上，就显出这是一支训练有素的猴子军。美猴王把前肢一挥，猴哥们从慌乱中镇静下来。美猴王再把壮硕有力的身躯一蹲，第二只壮猴蹬上它的双肩，接着，第三只壮猴又蹬上第二只壮猴的双肩。转瞬间，一架结实的猴梯搭成了。几十只猴哥呼啦啦蹿上一丈多深的坑阱。与此同时，两个两脚兽飞奔而来，只听砰的一声铳响，硝烟裹着弹片铁沙呼啸袭来。机灵的猴哥们都躲过了，沿着既定的路线，像刮起一阵巨风，呼地一下钻进树林，逃得无影无踪。然而，作为猴梯底座的美猴王没有任何依托，再加上地瓜烧大大消耗了它的体力，它徒然往上蹿跳几回，都上不了坑阱。

在这千钧一发之际，孙卫红冒着硝烟弹片，奔到坑阱边，探下一只前肢，助了美猴王一臂之力。美猴王纵身一跃，跳出坑阱。而此时刘福田和拐子牛都赶到了，挥起一棍，把孙卫红击晕了，再捆上前肢和后脚，装进一只铁笼里。

已经逃远了的美猴王立马刹住脚，回过头来直立着，一头漂亮的头毛蓬蓬松松地喷张开，像一只雄狮张牙舞爪，唧唧嗥叫，要冲回来援救它的猴皇后。但是，已关进笼中的孙卫红发出撕心

353

裂肺的哀号：唧唧！唧唧！——你不要管我，快逃，快逃，快快逃！

拐子牛心中暗喜，匆匆忙忙往土铳里装好硝药、弹片和铁沙，而聪明的美猴王却在那杆可怕的土铳尚未击发的一瞬间，像一道金色的闪电，倏地一亮，消失在莽莽丛林之中。

拐子牛和刘福田兴冲冲地把孙卫红抬回苦竹院。蔡桂花兴兴抖抖的，围着铁笼子左看右瞧，一会儿就瞧出点名堂。咦，这只猴哥不就是吴希声养过的那只金丝猴么？

噢？刘福田好像见到不共戴天的仇敌，一下子眼睛都红了。桂花，你可不要看走了眼，你怎么能认出这家伙就是吴希声养过的那头狗畜生？

蔡桂花说，你们看，这只猴哥脖子上还戴着个铁圈哩，不是吴希声养过的那只猴哥，能有这个玩意儿？

拐子牛把孙卫红仔细打量一番，也非常赞同蔡桂花的说法。刘主任，桂花讲得没错，我也认出来了，不过这只猴婆娘长得更高大，更漂亮了。嘿，真巧，几十只猴哥，怎么就偏偏逮回吴希声的小情人？

刘福田听到"小情人"三个字，想起秀秀和吴希声不明不白的关系，一时醋意大发，咬得牙根格格响。嘿，嘿，太巧了！太巧了！我要抓的就是它！

蔡桂花问道，刘主任，你准备怎么处置这只猴哥？这家伙能卖大价钱呢！

要钱做嘛咯？烧水！烧一大锅水！先宰了再说。拐子牛大声吩咐婆娘子。这么肥敦敦一只猴哥，红烧，清炖，爆炒，杂烩，熬汤，怎么做都好吃透顶，够我们打三天牙祭。

慢！刘福田说，我们来个新鲜玩意儿！

拐子牛问，怎么个新鲜法？

刘福田说，生吃猴脑。

生吃猴脑？拐子牛把目珠瞪得跟牛卵泡一样大。听倒是听说过，可是我还真没吃过。

刘福田说，我也是前些年闹"武斗"，被对立派逼到一个小山村里，几个战友逮了只猴哥。不过，那不是金丝猴，是只短尾猴，挺壮实挺高大，我们准备宰了吃。

一个拳头师傅说，闲着没事，我来教你们活吃猴脑。嘿，真刺激！真过瘾！时至今日，我一想起来还会流口水哩！

我的天！蔡桂花尖声惊叫起来，一个活蹦乱跳的头牲也能生吃？你莫非是头豺狼虎豹！

拐子牛也有些生疑，怕是膻得不行吧？

刘福田说，不，只要你敢吃，一点也不腥不膻！跟吃水豆腐一样，又嫩又鲜！最大的好处，是吃过猴脑，再宰猴哥，猴肉、猴血、猴下水，照吃不误，一丁半点也不糟蹋。要是先把猴哥宰了，猴脑浆结成了块，再下锅一煮，就成了豆腐渣渣，没一点味道了。

不行，不行！蔡桂花以手掩鼻，双眉紧蹙，一副又慈悲又惊吓的样子。我可不敢吃，恶心死了！

你就傻了吧！刘福田开导说，自古至今，人都讲山兽四大补：虎鞭、鹿茸、熊掌、猴脑壳。特别是这猴脑，跟冬笋、白菜、豆腐、香菇烩成一锅汤，慢慢地品酒，真是好吃无比。更难得的是补脑。天上飞的，地上走的，水里游的，除了人，第一聪明就数猴哥。吃了猴脑，不止我们聪明，生了子，育了孙，世世代代子子孙孙都会聪明过人哩！

蔡桂花仍是忸怩作态。不！我不敢吃！恶心死了！

桂花，你就听我这一回吧！刘福田挽起袖子，胳膊上露出块铜钱大的伤疤。你们瞧，前年夏天，就是这只狗猴哥咬伤我的手，这里还留着一块大伤疤；这个狗畜生还是个现行反革命，杀死我的崽，害我家破人亡。这笔血海深仇，我今日不报，更待何时啊！

蔡桂花说，一命还一命，你把它杀了吃也算报了仇了，做嘛

355

咯要慢慢腾腾折磨它？

量小非君子，无毒不丈夫！刘福田冲着铁笼里的孙卫红大吼大叫。我就是要先活生生地取了猴脑来下酒！慢慢吃死了它，再要怎么吃，都由你们了！

刘福田像疯子一样嚎叫的时候，又想起他的悍妇阿婶的名言："羊食草，狼食肉，牛牯耕田到死饥辘辘。"这个世界，大鱼吃小鱼，小鱼吃虾米，人吃猴哥，天经地义，何况孙卫红是他不共戴天的仇敌！

见刘福田对孙卫红恨得咬牙切齿，蔡桂花不再阻拦了，就去烧火，备菜，温酒，洗刷碗筷。拐子牛听从刘福田的吩咐，拉锯动斧的，做了一张稀里古怪的饭桌。其实，说穿了，那饭桌就是一件特制的大枷。大枷是由两块长方形木板拼成的，正中挖空了两个半圆，合起来是个碗口大小的圆窟窿。刘福田把孙卫红的四肢都用棕索捆绑结实，再把它的脖子套在饭桌的圆窟窿里。完成这些程序之后，孙卫红只剩下个孤零零的脑壳露在桌面上。孙卫红金灼灼的猴眼左看看，右瞧瞧，肯定早已认出了刘福田，眼里就闪着仇恨的光；但它听不懂刘福田跟拐子牛、蔡桂花的对话，不知道比自己进化得多的灵长目朋友到底要玩嘛咯把戏。

蔡桂花把水烧滚了，拐子牛端来一盆热水，让刘福田给孙卫红洗头。这母猴有一头毛氄氄的头毛，像真丝一样光滑，柔软，发亮。刘福田抚摸一下，手感极好，犹豫了一两秒钟，不知怎么下手。但是，刘福田忽然看到孙卫红不屈不挠地盯着他，眼里没有丝毫求饶的意思，不由怒火中烧。他咬咬牙，把一盆烫手的热水浇在孙卫红的猴头上。孙卫红受了突然一烫，唧唧狂叫。随即，刘福田给孙卫红的头毛抹上香皂，搓揉一阵，孙卫红头上就堆满了像雪花一样膨胀起来的肥皂泡。有那么一霎间，孙卫红感到很舒泰，很过瘾，想起吴希声常常给它洗头洗澡的情景，竟然稍稍安静下来。刘福田从拐子牛手中接过一把锋利的剃头刀，像个理发师傅一样，一丝不苟地给孙卫红剃头刮脸。孙卫红感到一阵阵凉风从头上刮过，看见金丝般的头毛纷纷飘落，也许是对一头秀发的无比惋惜，或者对刘福田手中凉飕飕的利器的恐惧，它叫不出声了，浑浊的泪珠沿着皱巴巴的脸颊叭嗒叭嗒掉下来。

拐子牛在一旁看着刘福田极其认真地给孙卫红剃光了头，不禁厌恶地皱了皱眉。嘿，没了头发，连猴哥也难看了，像前些年剃了阴阳头拉去游街的大破鞋。

蔡桂花听到"大破鞋"三字就有些不高兴，撇嘴啐道，呸，破鞋？破你妈的骨头！你放个狗屁也能臭遍十座山！

拐子牛这才知道犯了忌，连忙改口说，不，不！我看是像剃了阴阳头拉去游街的地主婆！

蔡桂花转嗔为笑，哼，这还差不多！

莫要贫嘴了！快给我端盆凉水来。刘福田干起操刀杀生的活儿真像个刽子手，兢兢业业，严肃认真，不容有人在一旁聒噪。刘福田又给孙卫红的光脑壳浇凉水，洗了一遍又一遍，直至不见一丝毛茬儿。孙卫红的光脑壳白里透青，闪闪发亮，像个双目仍会转动仍会眨巴的活骷髅头，把蔡桂花吓得一声尖叫，连忙掉转头去，却又舍不得走开。那个封闭的年代，可供人们散心解闷的活动实在太少，有些人难免把杀戮生灵当作一出好戏来看。面对孙卫红经受破脑开瓢的凌迟酷刑，蔡桂花也有一种既想看又怕看的好奇心。

刘福田又大声吩咐拐子牛，快，阿牛哥啊，把炉子火锅搬上来！

拐子牛把小炭炉端上桌，再坐上个大铜锅。炉里炭火熊熊，锅里煲满了豆腐、香菇、粉丝、芋卵、笋尖和金针菜，早开锅了，热气腾腾，香飘盈屋。这时刘福田拿起一把小锥锤，在孙卫红光溜溜的脑壳上比比画画。看来刘福田对这道工序不甚老到。他只听说过猴脑壳正中偏右有一小块薄薄的软骨，只要小锥子轻轻一敲，就像打开个小瓶盖，大滋大补的东西就全在里头了。

唧唧！唧唧！唧唧唧！

357

孙卫红一声接一声惨叫着，翻起目珠皮瞅着刘福田。它知道大难即将临头，出于求生的本能，它发出告饶的哀号。蔡桂花看见刘福田手中的小锥锤指向猴脑壳，更是心惊肉跳，就用双手掩了脸，而一丝怯怯的目光，仍由指缝中飘泄而出。

刘福田也觉得屋里的气氛太紧张了，就收起小锥锤，大声响气说，喂，阿牛哥啊，把酒筛上，把酒筛上！大家都先喝两口酒，压压惊，壮壮胆，就不害怕了！

拐子牛给三个酒盅筛满了酒。刘福田领头举起酒盅，三人都一饮而尽，果然胆子壮多了。蔡桂花不再以手障目，看见刘福田手中的小锥锤在孙卫红的天灵盖上比比画画，突然手起锤落，只听橐的一声脆响，唧的一声惨叫，猴脑壳就开了个小口。里头盛满了液浆，呈灰白色，随着孙卫红的垂死挣扎，还微波荡漾，飘起一股白色的热气，那就是被刘福田奉为山珍极品的猴脑。蔡桂花再细看一眼，见那猴脑有点像雪白的奶酪，但没有奶酪的油光闪亮，上头还牵扯着几丝淡青色的脉络和撒着些许猩红色的斑点。不由干呕两下，掉头奔出门去，心里一阵翻江倒海，却吐不出东西。

来，开动呀！刘福田已经满脸涨红，精神亢奋了，用一把小勺子，一小勺一小勺地舀起白花花的猴脑，放在火锅里一烫，立即凝结成块，像豆腐花似的，飘散着奇异的香气。

吃呀，吃呀！刘福田先尝了一口，抿着嘴细细品味，禁不住连声赞叹，好吃，好吃，太好吃了！嘿，猴脑真是个好东西！啧啧，鸡鸭鱼肉都比不上的！

拐子牛尝了一口，也叫好不迭，嗯，好吃，好吃，桂花，你也尝尝吧！

蔡桂花用筷子掐了一粒，慢慢送进嘴里，目光直直地品味着，一边口齿不清地嘟哝道，跟吃豆腐脑差不多，没多大意思！呸，呸，还膻臊得恶心！

孙卫红奄拉下脑壳，目珠骨碌碌地转动着，无限悲哀地瞅瞅

358

刘福田舀起白花花的猴脑，放进火锅里一烫，满屋飘散着奇异的香气。

刘福田，又瞧瞧拐子牛。孙卫红在荒山野林里生活过一辈子，见过多少山兽啊！豺、狼、虎、豹、熊，还有大象、山獐与麋鹿，有食肉与食草之分，可是眼前这三只两脚兽该属于哪一类？就是食肉的豺狼虎豹，也是把对手弄死了才当作食物来充饥的，哪有把个活物生吞活剥凌迟折磨一丁点一丁点活活吃死了的呢？他们还能称之为高等动物吗？这些个疑问，孙卫红至死也想不明白。

刘福田吃得有滋有味，嘴里咂出响声，脸上泛着红光，频频劝酒。牛哥，桂花，喝酒，喝酒！有老酒压一压，一点膻味也没有！

脑壳开了瓢的孙卫红，开头还哼哼唧唧地叫，很快，大概是发音神经受了损伤，它一点声音也发不出了。但目珠一直是圆睁睁、滴溜溜的，蔡桂花就看见那桂圆核般的金色晶体里，有痛苦，有哀怨，有困惑，有火焰。蔡桂花又撇过脸去，说，你们吃吧，我恶心，我要吐！她说着真的呕了两声，连忙奔到门外，吐出一大摊乱七八糟的秽物。而后她就再也不敢上桌，只坐在一旁看着两个饕餮之徒从容不迫地折磨孙卫红。

刘福田像在溪圳里戽水捉鱼似的，不断地用勺子舀着猴脑浆，在火锅里烫成洁白的豆腐花，呷一口酒，唉一块猴脑，额上脸上早挂满了汗珠。他一边狼吞虎咽，一边侃侃而谈，像发表演说一样发表人生感慨。刘福田说，吃了猴脑，人准定会变得更聪明！哎，这个社会，这个年头，斗争太复杂，太残酷，光靠人脑已经忙不过来呀！就说走路吧，人人都有一双眼，两条腿，谁还不会走呀？可是你走着走着，就走错路线，嘛咯时候栽个大跟斗把小命也赔进去都不晓得的……

刘福田的话戛然而止。他想到江青、张春桥等几员大将无缘无故地突然从报纸和广播上消失了，一颗心便空落落虚缈缈地悬了起来。

火锅在桌上热烘烘烤着，老酒在肚里火辣辣烧着，猴脑在嘴里热乎乎烫着，刘福田却是感慨欷歔，眼里噙满目汁，鼻下淌着鼻水，席间的气氛就有些郁闷而伤感了。

拐子牛给刘福田添满酒，劝说道，刘主任，喝酒喝酒，想那些恼人烦心的事做嘛咯？

刘福田一仰脖子又干了一杯。阿牛哥啊，桂花啊，我和你们家的交情也不算浅了，如果有朝一日，我刘福田栽了跟斗倒了霉，你们不会看着不管吧？

刘主任，你这是说嘛咯话呀？蔡桂花给刘福田添满了酒。好端端的嘛，会栽嘛咯跟斗？当年汀江县跟你一块贴大字报造反起家的，有多少人呀！能混到你这个份上的，还有谁？

那是！那是！刘福田又得意而且开心了，来，喝酒，喝酒！桂花，猴脑你不吃，酒总该喝两盅吧！

孙卫红脑壳里的脑浆快要被舀空了，它的面部神经已经完全瘫痪，嘴巴、鼻子歪向一边，目珠皮耷拉下来，一张猴脸就变得丑陋不堪。但是，孙卫红这时仅仅是脑死亡，它的心脏还在扑通扑通跳动。目珠皮偶尔轻轻一撩，无力地轻飘地投来一瞥，目光中已经没有哀怨，却放电似的噼哩叭啦地喷射出点点火星。

但是，刘福田却不把一只猴哥的仇恨放在眼里，只顾吆五喝六，跟拐子牛继续猜拳喝酒，直至烂醉如泥。

忍受了两小时凌迟酷刑的孙卫红，四肢一阵剧烈抽搐之后，脖子像突然折断似的一软，脑壳耷拉下来，猝然闭上眼断了气。

刘福田卷着大舌头说，桂、桂花，你快快生火；阿牛、牛哥，你快剥皮剁肉，把这畜生给我烩了！

拐子牛把断了气的孙卫红提溜到院子里，吊在一株苦竹上。随即用一把锋利无比的匕首，横一刀，竖一刀，像解开一件紧身衣的拉链，而后捻着孙卫红肩胛上的皮毛慢慢往下撕扯，猴皮像件紧身衣完好无损地褪了下来，被张挂在一株苦竹上。再过一会儿工夫，孙卫红被剖了肚，挖了心，掏了肝，盘了肠，剁了四肢，切成二指大小的肉块，放进一口大锅里，再添加些老酒姜蒜花椒糖醋等等佐料，用不温不火的炭火慢慢地煨着焖着。一会儿，一

361

股不可名状的奇香肉味，随风飘散，充满了枫树坪的四野和天空。

离枫树坪千里之遥的省城福州，有一道传统名菜，是把鱼翅、海参、鲍鱼、蛏干、淡菜、发菜、鸡肉、鸭肉、乳鸽、猪蹄、鹌鹑蛋等等几十种山珍海味装入酒瓮之中，加上黄酒、桂皮、八角、葱蒜与油盐糖醋等等，再封上瓮口，用文火焖炖七天七夜，然后启封。那浓郁奇香，飘逸四野，能叫隔墙寺庙的僧人们经念不下，禅参不进，惶惶然不可终日，都爬上墙头寻闻这股香味。这道名菜就叫"佛跳墙"。

刘福田们生起文火炖焖的猴肉，那奇香美味，比起"佛跳墙"来尤胜百倍。不绝如缕的猴肉奇香被山风裹着挟着，飘散到村村寨寨，弥漫在辽阔的丘陵原野，吹越过一座座峻岭高山，一时间，八百里闽西红土地都笼罩在天宫盛筵般的气氛中，把汀江的鲤鱼馋得一蹦百十丈高，把金峰大山的狐狸逗得抻长了鼻子团团转；当然，也撩拨得人人满口生津，垂涎直滴，坐立不安。这个世界一下子乱了套。

孙卫红的壮烈牺牲，预示着即将发生一场空前可怕的灾难。

日落时分，天上的云霞忽然变灰、变黑、变暗，变出许多牛头马面，魑魅魍魉，千奇百怪，荒诞不经。同时，枫树坪起风了，不是那种轻风微风和煦之风，而是寒冷刺骨呼啸怒吼的老北风，把一棵棵枫树摇撼得歪来倒去，把红透了的枫叶剥离枝杆，劫掠而去，变成千只万只红蝴蝶漫天飞舞。村街上的草屑、柴杆、鸡毛、鸭毛，也被卷上天空，搅得天昏地暗。一霎时，天砸在地上，地腾上了天空，仿佛回到亿万年前混沌初开的年代。再过一会儿，又忽然下起冰雹。花生米大小、鸽子蛋大小、乃至鸡蛋鹅蛋大小的透明的冰疙瘩，夹杂着米粒般的雪霰，像步枪机枪冲锋枪一齐开了火，噼哩啪啦，把竹林和树林的枝杆砸得纷纷断裂，把枫树坪的农舍瓦房砸出百孔千疮。

雹子过后，随即闯来许多金丝猴。有人说数千只，有人说上万只，反正多得数不过来。只见金灿灿的猴群，从树林中奔出，从草窝中钻出，铺天盖地，黄毛滚滚，左奔右突，势不可挡，一下子把枫树坪围了个水泄不通。聪明而富有团队精神的猴哥们，显然闻到了被烩在锅里的孙卫红飘散出的阵阵奇香，得知猴皇后壮烈牺牲的噩耗，便长途飞奔，寻觅而至。猴哥们唧唧叫着，哇哇哭着，捣毁田里的烟苗，践踏地里的红薯，撕扯晾在竹竿上的衣衫，追撵村子里的行人，把枫树坪闹得天翻地覆。

村民们惊骇不已，纷纷关门闭户。只在门缝中嵌着一双双惊恐的眼睛，窥视着这伙不速之客有如山洪暴发一般奔突，有如火山爆发一般怒吼。

春山爷是一村之长，遇到这种飞来横祸，不能藏头缩脑只顾逃命。他爬上自家的墙头观察猴哥们的动静。只见一只高大的猴王，率领一队健壮的猴兵猴将，轰轰隆隆朝苦竹院拐子牛家奔去。凭他机敏的直觉，拐子牛和刘福田胆敢上山逮猴哥，而且活吃猴脑，猴哥们准是来找他们复仇雪恨了。

正在蔡桂花床上呼呼大睡的刘福田，突然从梦中惊醒，对拐子牛说，啊！出嘛事了？阿牛哥，快，看看去！

拐子牛到门口一看，见满山遍野的金丝猴汹涌而来，一下子吓傻了，慌慌张张关上大门。

悄悄跟在猴群后面的春山爷看见，那只被拒之门外的美猴王雷霆震怒，双眼突突地喷射火光，只听它尖啸一声，上百只猴哥嗖嗖嗖地蹿上苦竹院屋顶。有的揭瓦片，有的捡石子，有的抓起尚未融化的鸡蛋般大的雹子，朝屋下猛砸猛扔。一时间乒乒乓乓，飞石如蝗。这时拐子牛和蔡桂花畏畏缩缩地闪出门来，一人拎着一只搪瓷脸盆，当当敲打着，想吓退猴哥。哪知猴哥们毫不畏惧，待看见一张猴哥的毛皮，被支成十字形的竹片张开着，挂在一株苦竹的斜竿上，还滴滴嗒嗒淌着血水，想到那是猴皇后的遗骸，就更加仇恨百倍，怒火满腔，嗖嗖嗖一阵狂奔，就上了屋顶。有的跺脚，有的砸瓦，一霎时捅开了许多天窗，眼看要毁了这座破败的农家院落。

躲在屋里的刘福田这时才露了面。他战战兢兢的，双手握着一杆鸟铳，上了硝药和铁沙，对准那只高大威武的猴王就要放枪。春山爷及时赶到，对着墙洞朝院子里大声喝斥：呔！刘福田！你犯了天条啦，还敢动武？快快放下鸟铳吧！

刘福田不听春山爷劝告，一眼眯一眼睁地瞄准目标，朝美猴王砰地放了一铳。火光一闪，硝烟四散，一只猴哥从屋顶栽了下来。但是，丧命的不是美猴王，而是一只硕大的公猴——美猴王的贴身保镖。这位猴儿国的勇士看见刘福田举铳瞄准的刹那间，用血肉之躯保卫猴王而壮烈牺牲了。

刘福田看见美猴王仍然昂然挺立在屋顶上，院内院外，屋顶屋下，黄澄澄的尽是龇牙咧嘴的金丝猴，更加慌神了，连忙缩进堂屋，抖抖索索地掏出硝筒，拔去塞子，慌慌张张地往铳管里再一次装上硝药和铁沙，又颤巍巍地从窗洞捅出一杆长管铁铳。

然而，刘福田的负隅顽抗已经徒劳无功。只听美猴王尖啸一声，好像吹响冲锋的号角，无数瓦片、石头和冰雹飞掷而下，刘福田抵挡不住，终于摇摇晃晃倒地不起。接着，猴哥们有如天兵天将，从天而降，有的攥胳膊，有的搡脑壳，有的扯头发，有的咬耳朵，有的啃皮肉，把刘福田捶打得鬼哭狼嚎。明察秋毫的美猴王知道裤裆里的家伙是刘福田犯罪的根源，直奔要害，一爪子扒开他的裤子，再一爪子揪住他的家伙，又拽又拧，又掐又咬，片刻便像拔一根烂萝卜一样把那祸根拧了下来。刘福田痛得在地上打滚。但猴哥们犹不解恨，继续抓他撕他咬他啃他，一会儿工夫，这位曾把枫树坪折腾得鸡犬不宁的瘟神，就被怒火满腔的猴哥们撕成碎片，捣成齑粉，像一堆带血的猪屎狗粪狼藉遍地。

躲在屋旮旯的蔡桂花和拐子牛，吓得魂不附体，浑身筛糠。春山爷在院门外大声喊道，你们还愣着做嘛咯？快快叩头告饶啊！

蔡桂花和拐子牛这才醒悟过来，连忙进屋找了些米饭干果，用只青篾簸箕盛着，恭恭敬敬端到院子的台阶上，点上香，烧了纸，对着猴哥们磕头如捣蒜。说来也怪，猴哥们立即停止攻击，只用警惕的目光盯着蔡桂花和拐子牛。

春山爷又指挥全村乡亲在自家门前焚香烧纸，顶礼膜拜。一时间，全村一片磕头之声有如雷鸣，祷告之词有如潮声。家家户户院门前的石阶上无不鲜血飞溅，全村的牛羊猪犬等等牲畜，无不匍匐倒地，诚惶诚恐。

美猴王唧的一声发出号令，金丝猴们纷纷放下手中的石头和棍棒，只顾冲着它们的臣服者龇牙咧嘴，唧唧大笑，随即手舞之，足蹈之，欢庆原始的灵长目对于它们的后来者的伟大胜利。

一炷香后，村子里忽然安静下来。猴群全部撤退了，正如它们来得突然而神速，走得也非常突然而神速。

尾声　敬猴节

　　自从孙卫红被刘福田活活吃死之后，枫树坪一带猿猴绝迹。不止枫树坪大队和枫溪公社，连汀江县方圆三百多里红土地，再也见不到一只金丝猴。

　　第二年秋天，春山爷召开了一次村民大会，全村一致通过一项重要决议，把孙卫红遇难——也是金丝猴大闹枫树坪——这天定为敬猴节。每年到了这个神圣的节日，家家户户都要烧高香,点红烛，敬献时鲜果品，对山遥祭，对天膜拜，祈求猴哥们给全村带来安宁，带来丰收，消灾赐福。

　　第三年春天，一个阴雨绵绵的日子，乡亲们看见山间公路上出现三辆小轿车，像小鳖鱼似的朝枫树坪慢慢腾腾爬上来。顿时，全村惊动，男女老少都到村口看热闹。一会儿，车到了，车上先下来几位地县干部，争着给一辆车子打开车门，扶下一位白发苍苍的老人。

　　一位陪同人员对春山爷介绍说，这位是上海著名的音乐家，吴希声的老父亲，专程来看看儿子的坟墓。

　　春山爷把来客上下打量一眼，果然看出跟希声有许多相像之处：一般般的眉清目朗，一般般的文质彬彬。只是老人满头白发，满脸皱纹，还拖着一条残腿，走起路来一拐一瘸的，想必在"文革"中受够了苦，在监狱中遭够了罪。

春山爷也不知道跟人家握手问候，嘿嘿两声，算是打过招呼，便匆匆回家取来那把维约姆牌小提琴，郑重其事地交到老人手上。春山爷说，希声临终之前，把这事托付给秀秀。可是秀秀在希声安葬之后，很快疯了，他就把希声这件惟一的遗物收藏起来，一直盼着希声的亲人前来看望的这一天。

老人接过儿子留下的小提琴，眼睛霎时就红了。

这时雨虽然小了，但是通向吴希声墓地的山路，陡峭崎岖，又泥泞打滑，老音乐家自然是去不了的。春山爷便叫乡亲们抬来一张竹躺椅，再绑上两根长竹竿，临时扎了一乘简便的轿子，请老爷子坐上去，由八名壮汉轮流替换着抬上了山。

老音乐家在儿子墓前站了许久，既不烧香，又不焚纸；既不说话，也没流泪。他打开琴匣，取出儿子的小提琴，奏了一支平和、悦耳的曲子。像春山爷这样上了年纪的老一辈，只听出那是希声在夜校常拉的一支曲子，像寺庙的佛乐一样好听，却不知道叫什么曲名。然而，希声总算没有在枫树坪白活一场，毕竟培养出好些音乐的耳朵，几个后生哥和山妹子一边听着，一边就若有所悟地唧唧喳喳：

"哦，这是莫扎特的《圣母颂》！"

说来也怪，刚才还烟雨迷蒙，天幕低垂，待大指挥家奏完一曲《圣母颂》，忽然雨细了，雨稀了，阳光从淡淡云海筛下来，南北对峙的两山之间，架起一道弯弯的七彩长虹。一时间，难得见到的雨丝虹影，亦即当地人称做"太阳雨"的那种金灿灿的阳光银闪闪的雨，映照得枫树坪的山山水水一片辉煌。春山爷兴高采烈地欢呼雀跃：

"啊，希声呀，秀秀呀，可是你们显灵了？！"

所有的谒墓者顿时惊呆，肃立墓前，抬头仰望，绚丽的"太阳雨"便给无数忧伤的眼睛镀上一层希望的亮色。

367

后记　人比猴进化了多少

　　英国著名的生物学家苔丝蒙德·莫里斯对人类的本性进行系统而深入的研究后，得出的结论只是中国人常用的一句成语——人类不过是"衣冠禽兽"。

　　地球上现存的猿猴动物共有193种，其中的192种遍体毛发覆盖，惟有自称为人类的一种猿猴是个例外，莫里斯把它叫做"裸猿"，写了一本叫《裸猿》的专著。他的另一本名著为《人类动物园》，也是把人类当作一种动物来考察研究的。莫里斯追根溯源，处处把人类跟我们的祖先猿猴放在一起分析与论述。当人类华丽的外衣、漂亮的面具被剥个精光之后，其尊容跟猴子也就相差无几。他说："随着文明的成长，人类的骄傲也滋生起来。他闭目不看这个事实：他和其他物种一样，其实也是动物。"

　　莫里斯犀利的解剖刀首先指向人与猴的生物本能——性心理与性行为。数十万年前，生活在丛林中的猿猴走向大陆和原野，学会狩猎、耕织等劳动，不仅成为直立的会说话的人，还渐渐成为衣冠楚楚文质彬彬的人。但是，人类的性欲望和性行为，与猿猴可没有多大差别。莫里斯花了大量篇幅论述了人与猿性行为的功能，有十个方面是相同或相似的。如性的生殖功能、结偶功能、固偶功能等等，几乎毫无差异。这些也是人所共知的。莫里斯进一步说到"性的探索功能"，发现那些"处于囚禁状态的大猿猴，往往出现一整套的性试验行为，其中包括很多交媾的姿势。""这表明它们过的是动物园的生活，不愁食物，不忧外患"，便有了跟人类一样的"纵欲行为"。莫里斯又说到"性行为的商业功能"，指出"在某些灵长目动物"中也有"卖淫"的行为。"人们看到过樊笼里母猴主动献身给公猴，以便获得散落在地上的碎屑。性行为分散了公猴的注意力，它便不会争夺食物了。"莫里斯还说到"性行为的显位功能"，指出"表现地位的性行为和统治地位有联系，而与生育无关"。"在交媾时，母猴总是将臀部转向公猴，然后俯身低头。"再回头看看人类社会，在权力与金钱的慑服和诱惑下，女人在男人跟前低眉顺眼、搔首弄姿，难道不正是从自己的祖先猿猴那儿继承下来的天然的衣钵吗？

　　于是莫里斯大为感叹：虽然"进化已经发生，但实际上这只是一种幻觉罢了。在现代化都市生活背后，裸猿已然故我，只是换了一个称呼而已：把'狩猎'叫做'上班'，'猎场'叫做'商行'，'巢穴'叫做'住宅'，'结偶'叫做'婚姻'，'配偶'叫做'妻子'，等等，不一而足。……从生理学和解剖学的角度看，今天的裸猿在性生活方面完全师承了其祖先的遗风。"

　　如果莫里斯对人的探讨仅仅限于生物学层面，《裸猿》和《人类动物园》的学说价值也许会大打折扣。不，莫里斯的许多论述其实是独到而深刻的社会批判。在《地位与超级地位》这一章中，莫里斯归纳了十条法则，"它们适用于所有的首领，无论是狒狒还是现代的总统首相。"要细细转述这十条法则，将很占篇幅，我这里只谈谈第一条法则——"显位"法则："必须明确表示出与众不同的服饰、高人一等的举止和姿态。"莫里斯写道，"对于狒狒来说，这意味着光滑漂亮的皮毛、茂密的头毛；没有卷入斗争时的闲适的姿态；一旦采取行动时的那种故意的、有目的的步履，决无急躁、优柔寡断和犹豫不决的样子。"那么，人类的首领们表现如何？莫里斯的描述十分生动："我们人类动物至今还以各种形式保留着像狒狒那样显现统治地位的行为。在将军、

369

法官、高级圣职人员和残存的皇室人员身上，我们还可以看到最原始最明显的表现形式。这些形式固然已开始局限于一定的特殊场合，但只要有表现的机会，其夸张炫耀的程度便一如既往。"他们"外出时讲究排场，有长长的汽车列队、摩托卫士的保卫、个人专机。他周围仍可保留一大群'职业的从属'——副官、秘书、仆人、私人助手、保镖、随从等——这些人的一部分工作单单就是向社会表明他们是他的仆从，以此表明他那高高在上的社会地位。他们的一举一动、一颦一笑仍然保留着治人者的风度。……在谈话时，他将自己的目光当武器使用。时而目光如炬，使下属小心翼翼避开他的逼视；时而扭头佯作不视，迫使下属诚惶诚恐，目不转睛地洗耳恭听。"

在漫长的人类史中，"裸猿"的"显位"本能已由帝王将相、达官贵人推到登峰造极。早在两百多年前，西方启蒙思想家们喊出"人人生而平等"的口号；将近一个世纪前，中国最后一个皇帝被赶下金銮殿；五星红旗在天安门上空迎风飘扬，有半个多世纪了。人的尊严与价值究竟在多大程度上深入人心了？时至今日，我们的父母官（这个人们喜欢袭用的称呼本身就含有凌驾于民众之上的陈腐气息）中的许多人还是摆脱不了"显位"（即高高在上、高人一等、出人头地、炫耀权威等等）法则。别的且不说了，仅仅公务用车一项，就有令不行，屡禁不止。许多官员竞相购买超标豪华轿车，突显自己高人一等的地位，每年都要耗费纳税人一笔惊人的钱财。更有甚者，很有一段时间，东北某市有些高官的特权车子或车队经过大街岗亭时，不仅不遵守红停绿行的交通规则，还要交通警察给他们行礼致敬。这种既弱智又荒谬的显贵摆阔，在下令废止后，还当做干部作风转变的佳话披露于媒体，真是匪夷所思！未读莫里斯之前，原以为这些陈风陋习仅仅是等级制的产物，现在才知道往根子里深究，不过是我们的老祖宗猿猴遗传至今的动物属性之一。

在这两部专著中，莫里斯把"裸猿"和猿猴相互比较的论述，无处不在，又入木三分。掩卷而思，我就惋惜莫里斯没有去写小说，否则，他笔下的"裸猿"，一定会更真实、更丰富，也更接近人的本质。

当然，莫里斯对"裸猿"的进化不会视而不见，相反，他在自己的专著中不断惊叹人类在科技上的巨大进步。现代都市人是科技成果的直接享用者，光家用电器就给他们带来多么惬意的现代生活：冷了，有电热毯；热了，有空调机；想吃点什么吗？有微波炉、电烤箱、电炒锅、电瓦甑伺候。想听歌剧看电影了解天下大事吗？打开收音机、电视机与电脑网络就行了。想清扫房间卫生吗？有机器人为你代劳。最近半个世纪，新的科技奇观还有卫星上天、飞船登月、火星探险以及克隆羊、人类基因解密与互联网的迅速普及等等。所有这一切，与我们的祖先山顶洞人的生存状态相比，简直是天上地下！然而，在莫里斯看来，"尽管我们的技术大大发展，我们人类仍然是一种简单的生物现象。尽管我们有崇高的思想和自我感觉，我们仍然是卑微的动物，服从于动物行为的基本规律。"

更为可悲的，是人类还有更为可恶的禽兽不如的一面，那就是自相残杀、以强凌弱、弱肉强食。在《裸猿》中，莫里斯用了一章的篇幅论述人与猿在"争斗"方面的异同之处。各种动物同类之间的争斗，起因与目的有三：1.建立支配地位；2.建立领地权；3.以上二者兼二有之。裸猿即人类之间的争斗属于第三种。从生物学角度考察，猿猴与裸猿在进攻之前，一个头毛直竖，一个怒发冲冠；一个血液上涌，一个满脸通红；一个挺起身子，举起前肢，一个摆开架势，握紧双拳……它们是何其相似乃尔！但是，二者相比，我们的祖先——猿猴们——要善良得多。它们的攻击，是"希望击败对方而不是杀死对方；攻击的目的是支配，而不是毁灭"。人类却残暴残忍残酷得多。从远古战争开始，大量屠杀俘虏就屡见不鲜。无论翻开哪个国家的史书，都能看到"血流漂杵"、"尸骨如山"等等词汇，把千千万万鲜活的生命的消失

371

一笔带过。在中国的史籍中，还有许多人吃人的记载。春秋，易牙为了讨好主子，把自己的亲生幼子宰了蒸熟，献给齐桓公享用。唐末，黄巢起义军"围陈郡三百日，关东仍岁无耕……贼俘人而食，日杀数千。"而且用春臼磨碎，"含骨而食"。静夜读之，如见其血，如闻其声，令人毛骨悚然。

二十世纪是科技飞速发展的世纪，同时也是灾难空前深重的世纪。举其要者，仅仅三四十年代，就有苏联的古拉格群岛式的政治大清洗、东条英机策划的"南京大屠杀"和希特勒建造的集中营和灭绝营。日本侵略军杀人用刺刀、活埋和机枪扫射，弥漫于石头城上空的血腥味至今未能消散；而纳粹德国屠杀三百多万犹太人，则进入十分先进的现代化流程。我们从法国导演克劳德·朗兹曼花了十一年才拍摄成功的大型纪录片《浩劫》中看到，每天都有大批"原料"（犹太人）从德国集中营，源源不断地用火车运到设在占领国波兰的灭绝营，然后，哄骗他们走进杀人"工厂"的"卫生间"洗个澡，接着"卫生官"们合上电源开关，把足够的化学毒气注入毒气室，千千万万血肉之躯顷刻化为灰烬。

这些惨绝人寰的"创举"，在人类的祖先猴儿国里可是从来也看不到的。

韦伯说："把文明和野蛮想象成对立面是个错误。"现代文明与野蛮屠杀不正是如此奇妙地有计划有组织地结合在一起了吗？

当二十一世纪的阳光照耀地球的时候，我们仍然几乎天天听到杀戮无辜的枪声：2001年，本·拉登策划"9·11"恐怖事件，使两千多生灵葬身火海；2003年，美英联军在伊拉克燃起战火，造成数以万计的平民伤亡。没有出息的人类，就是这样一次又一次以自己的愚蠢证明莫里斯的理论是颠扑不破的真理。

由于对"裸猿"兽性的深刻认识，莫里斯写作他的专著时，无时无刻不流露出一种大悲悯的情怀。他在书中多次告诫人类：总有一天，人类会自己毁灭自己！特别是高科技推动着大规模杀伤武器的发展，再与人性中的邪恶兽性结合在一起，毁灭性的灾难就像达摩克利斯剑一样，时时刻刻悬挂在人们的头上。

> 进攻方法中接下来一个大的行为动向，是延伸进攻者与敌手之间的距离，而这一步几乎可以说是栽下了我们人类毁灭的祸根。长矛可以在一定距离内发挥作用，但是太有限了。箭在攻击距离上要好一些，但不够准确。枪一下子就把距离戏剧性地拉开了，但从天上扔下来的炸弹，可被带到更远的距离，而地对地火箭则能把攻击者的"打击"推得更远。这造成了敌对双方不再是被打败，而是不加区别地被毁灭。……

就这样，"任何其他种类中所没有发生过的大规模屠杀"，已经千百次发生，今后还将继续不断地发生。

当然，以上所举的都是一些极端的例子，人类冲突的最高形式——战争。处于非战争状态的人类社会的命运又将如何？阅读莫里斯的专著时，我不能不时时回想起"文化大革命"噩梦般的日子。这场浩劫开始不久，福建十来位全国闻名的作家、艺术家，几乎悉数关进"牛棚"。我所在单位的第一把手——省文化局长兼省文联主席（一位新四军老战士）就被揪了出来。福建是戏曲大省，造反派说他扶植过许多传统剧目，"罪恶滔天"，一个酷日当头的大暑天，硬是给他穿上厚实的蟒袍戏服、戴上沉重的乌纱戏帽，拉到大院的操场上曝晒批斗。艺术处的一位女处长（也是一位新四军老战士），被诬为"反军黑手"，用极浓极脏的墨汁涂黑了脸，涂黑了手，又剪了个阴阳头，押上大卡车游街示众。这些"创举"，与那个名叫英格兰的美国女兵在阿布格莱布监狱对那些被脱得一丝不挂的伊拉克战俘百般虐待的暴行相比，是不是一样令人作呕！

如果我们都有直面人生的勇气，更不能忘记"文革"中的非正常死亡。据权威人士估计，在"文革"中受到冲击的约一亿人

373

口，迫害致死的也是一个惊人的数字。"文革"初期，无数在造反派棍杖之下毙命或被迫自杀的冤魂且不去说了，直至1976年夏天，也是黎明前最黑暗的一段日子，"四人帮"仍以"专政"的名义处死过许多无辜者。那时北京不断传来悼念周恩来总理的诗词，像地火一样在民间运行。我们读了都为之一振。可是不久，"四人帮"就开始追查"恶攻"和"政治谣言"。我和我的几位朋友都亲身受到盘查和威胁，熬过了好些个惊恐的黑夜。有一天，两名便衣公安突然光临复刊不久的《福建文艺》，向我们出示几张拍有钢笔字迹的黑白照片（那时候我国尚无复印技术），要我们从最近的来稿中找出与照片上字迹相似的嫌疑人。我和编辑同仁们在私下猜测，此事肯定与追查"恶攻"和"政治谣言"有关，一个个噤若寒蝉。所幸的是，这位具有独立意志的思想者从未给《福建文艺》来过稿，我们逃过了一次良心的拷问，更没有干出为虎作伥的憾事。然而，过了十多天，福州的大街小巷就贴遍了打着红"✓"的行刑布告：某某中学的一位历史教师因为匿名上书，议论"文革"的是是非非，被定为现行反革命分子，未经任何法律手续，从速从严判了死刑。这桩六月飞雪的大冤案，许多上了年纪的榕城人至今记忆犹新。……

2003年春末，我读完莫里斯非常精彩的《裸猿》与《人类动物园》，以上所思所想，汹涌如潮，不能自抑。某日清晨，一觉醒来，沐浴着新世纪的曙光，我坐在电脑桌前开始敲写这部长篇小说。巴金老人暮年一部"讲真话的大书"《随想录》，唤醒一代文人的自省忏悔意识，影响深远。于是，回忆与反思"文革"的杂文、随笔，枝繁叶茂，连绵不绝。"文革"题材的小说虽惨淡经营，也时有佳作面世。以《厚土》《旧址》《无风之树》等小说名世的作家李锐说："我常常在想，'文革'应当成为我终生追问和表达的命题。在西方，两次世界大战使得他们产生所有现代意义上的哲学、艺术和宗教。甚至有人说，一切现代哲学和宗教的问题，都应当也只能应当从奥斯维辛集中营开始。同理，我们发生过'文革'是一个任何'爱国'的或'向前看'的理由，都抹杀不了的处境。"这种清醒与执著，令人敬佩。我想补充的是，无论西方与东方，许多自觉肩负起历史使命的作家，从两次世界大战的题材中获取灵感，创作了许多有世界影响的文学名著，这也是人所共知的事实。

就文学创作来说，对于"文革"的"追问和表达"，切入点和侧重面可以多种多样。有的侧重于政治，有的侧重于历史，有的侧重于伤痕，有的侧重于国民劣根性，等等。我的"追问和表达"则侧重于普遍的人性。一个历时十年、有几亿人口卷入的疯狂运动，归罪于个人过错和少数几个人的兴风作浪，是失之偏颇的。试想，如果不是亿万人潜在的非人道非人性的恶（即兽性）——诸如懦弱卑怯、贪生怕死、随波逐流、愚昧盲从、见风使舵、趋炎附势、求宠邀功、损人利己、忌贤妒能、权欲熏心、狡狯善变、好勇斗狠、党同伐异、仇恨凶残等等等等——被最大限度地诱发出来，并无所约束地肆虐泛滥，又有什么魔力能使心地纯净又能独立思考的民众，扮演出那么多惨绝人寰的悲剧和指鹿为马的闹剧呢？

代价已经付出，鲜血不能白流，痛定思痛，从中汲取教训，是我们的责任。倘若，人性中的善不能得到张扬，人性中的恶不能受到鞭挞，上当受骗者不愿自省，有过有罪者不肯忏悔，谁又能担保另一种形式的"文化大革命"不会卷土重来？

那个非常的年代虽然离我们渐渐远去了，但是，在人们的钱袋子渐渐鼓起的今天，人性的自我完善仍是一个无法逃遁十分迫切的课题。想想某某收容所干警把一名没有随身携带身份证的大学生活活打死的暴行吧，想想马加爵一连杀害四名同学的惨剧吧，想想官场商场和情场上屡见不鲜的行凶杀人毁尸灭迹的案件吧，如果他们身上多一点善，少一点恶，多一点人性，少一点兽性，能干出这一类蠢事吗？

人类的兽性是人类一切悲剧的根源，而人性的不断自我完善，

375

则是把人类社会推向理想境界的基石。当前，我国主流意识强调"以人为本"是一切工作的出发点，倡导尊重生命、呵护生命的人道主义精神。我的小说正是在这种精神的感召与鼓舞下动笔的。

我的叙事意图并不囿限于具体时空，甚至试图超越这个凄绝惨烈的爱情悲剧。像莫里斯一样，也是一种指向全人类的自不量力的悲天悯人。

莫里斯在写作《裸猿》时是颇有心理负担的。他说："在与其他动物比较时，我们人类显得如此强有力，如此成功，以至于对我们卑微本源的思考显得多少有点唐突冒犯，因而我并不期望我所写的东西而得到人们的感谢。"我写作《非常年代的非常爱情》时的心境与此有些相似。我竟如此放肆地把人与兽相提并论，构筑了一个人猴共舞的世界，对"裸猿"们也是一种"唐突冒犯"吧。此外，我笨拙的文字究竟能走出多远，这个痴人说梦的故事有没有人喜欢，也胸无成竹。我期待着读者与专家的批评。

最后，我敬录沈从文先生的名言，祈求人们宽恕我对于自己同类的大不敬。

照我所思，能理解"我"。
照我所思，可认识"人"。

图书在版编目（CIP）数据

非常年代的非常爱情/季仲著. – 北京：作家出版社，
2005.7

ISBN 7 – 5063 – 3322 – 8

Ⅰ. 非… Ⅱ. 季… Ⅲ. 长篇小说 – 中国 – 当代

Ⅳ. I247.5

中国版本图书馆 CIP 数据核字（2005）第 068508 号

非常年代的非常爱情

作者：季　仲

责任编辑：黎云秀

装帧设计：李栋设计工作室

版式设计：吴　言

出版发行：作家出版社

社址：北京农展馆南里 10 号　　　邮码：100026

电话传真：86 – 10 – 65930756（出版发行部）

　　　　　86 – 10 – 65004079（总编室）

　　　　　86 – 10 – 65389299（邮购部）

E – mail：wrtspub@public.bta.net.cn

http://www.zuojiachubanshe.com

印刷：北京乾沣印刷有限公司

开本：880×1230　1/32

字数：320 千

印张：12　　　　　　　　插页：3

印数：001 – 8000

版次：2005 年 10 月第 1 版

印次：2005 年 10 月第 1 次印刷

ISBN 7 – 5063 – 3322 – 8

定价：25.00 元